FABULAE TOTAE ANTIQUAE
PLAUTUS

古罗马戏剧全集
普劳图斯
上

王焕生 译

吉林出版集团有限责任公司

出版前言

2008年吉林出版集团策划《古罗马戏剧全集》的出版工作，经过近7年的翻译、整理等工作，时至今日终于付梓出版，可谓"十年磨一剑"，精工细作之处亦不必细说。

相传古代罗马城建于公元前8世纪前期，随着社会文化的发展，戏剧也逐渐由兴起而盛极一时，不过由于时间久远，大部分戏剧作品都被历史湮没，完整或较完整传世的只有普劳图斯的21部剧本（其中一部剧本仅为长篇片断）、泰伦提乌斯的6部剧本和塞内加的10部悲剧。《古罗马戏剧全集》收录上述三位剧作家的全部作品，分5卷出版，即普劳图斯的剧作三卷，泰伦提乌斯和塞内加各一卷，作品以中译本"全集"的方式呈现，在国内，甚至华语地区还是首次。

古代希腊和罗马是两个在地理方面互相毗连，而历史发展略有先后的欧洲文明古国。古希腊戏剧创造过辉煌的历史，稍后发展的古罗马戏剧直接继承了古希腊戏剧遗产，并且成为整个欧洲戏剧发展史上重要的中间环节，直接影响了后来欧洲戏剧的发展。古罗马戏剧本身包含许多不可多得的重要戏剧史材料，对于研究古希腊戏剧也有重要的参考意义。古代希腊和罗马戏剧规则成为后来欧洲古典主义的典范。

本次译介是我国第一次将古罗马戏剧以全貌形式，直接从拉丁文译出，展现给中国读者，足以填补作为外国文学史重要一环的古罗马戏剧的出版空白。为保证翻译风格的一致，避免前后篇目的质量参差不齐，翻译工作全部由在我国西方古典学届享有威望的古希腊拉丁语文学专家王焕生先生承担。

关于编辑工作有如下几点说明：

一 翻译采用的是"勒布古典文库"拉丁文文本，文本异读以楷体表示。

二 人名、地名一般采用国内通行译名，其他的按原文译出。

三　剧本原文为诗体，译文保留诗体形式，诗行按5/10进位标示。

四　译文中的注释为译者注，其他的另作标示。

五　《古罗马戏剧全集》第一卷以"序"开篇，概括古罗马戏剧发展历史和特点，及其与古希腊戏剧的关系等。每位作家有一篇比较详细的论述性介绍，分别作为作家卷的开篇。

六　每部剧本有一篇研读性的《导言》，介绍与该剧本有关的情况，指导阅读。由于是古典戏剧，正文适当加注。卷末附专名索引，便于统一译名和检索。

《古罗马戏剧全集》既具备一般意义上的求典雅诗意的"文学意义"，而且也同样有更深层次的社会史与思想史效用。出版如此精深的文学著作，深感压力，恳请学界一如既往地提出宝贵意见，使之臻于完美，希望这颗经过千百年历史大浪涤荡的戏剧明珠，继续释放夺目的光芒。

编　者
2015年4月13日

目 录

《古罗马戏剧全集》总序……………………………………………… 001

普劳图斯
上 卷

喜剧天才普劳图斯………………………………………………… 001

安菲特律昂………………………………………………………… 025

赶驴………………………………………………………………… 115

一坛金子…………………………………………………………… 193

巴克基斯姐妹……………………………………………………… 261

俘虏………………………………………………………………… 365

卡西娜……………………………………………………………… 445

提匣………………………………………………………………… 531

《古罗马戏剧全集》总序

按照古罗马神话传说，古代罗马人的远古始祖是著名的特洛亚战争结束后的流亡者埃涅阿斯。命运本来规定，在特洛亚的普里阿摩斯王朝倾覆后，由埃涅阿斯统治特洛亚地区。后来命运有了变化，让埃涅阿斯在特洛亚灭亡后流亡"西土"，另建城邦。由此，埃涅阿斯在特洛亚城陷于火海时逃过浩劫，带领一部分幸免于难的同胞乘船渡海漂泊，历经种种艰难困苦，终于在命运的指引下到达"西土"——意大利台伯河口，在那里经过一番战斗，得以定居下来。传说中的罗马城奠基者罗慕卢斯便是他的后代。

相传古罗马城建于公元前753年。孪生兄弟罗慕卢斯和瑞穆斯在建城过程中发生争执，罗慕卢斯杀死了弟弟瑞穆斯，成为古代罗马的第一任国王。此后的罗马国王既有合法传承的，也有凶杀篡位的，历经七世。至傲王塔克文的暴政引起社会骚动，推翻王政，建立共和制，时为公元前509年。

意大利半岛中部的台伯河下游自东向西流淌，古代罗马城始建于距河口不远、地势平缓绵延的七座山丘之间。罗马建城后不久便开始向外扩张，既为了增加人口，也为了掠夺土地，从而不断与相邻的其他拉丁部族发生冲突。可以说，古代罗马的发展史本身就是一部连绵不断的战争史。罗马正是主要以战争为手段，起初统一了它所在的拉丁地区，而后征服了北方的埃特鲁里亚人和南方的萨姆尼乌姆人，于公元前272年攻克意大利半岛南部的主要希腊移民城市塔伦图姆，从而把整个意大利半岛置于自己的统治之下。

在这之后，罗马开始了对意大利半岛之外的扩张。首先是与北非的腓尼基人移民城市迦太基为争夺西西里岛而发生了战争。罗马人称迦太基人为布匿人，因而称与他们的战争为"布匿战争"。第一次布匿战争始于公元前264年,于公元前241年以迦太基人承认失败结束,罗马夺得了盛产粮食的西西里岛,从此那里成为罗马的"粮仓"。

迦太基人并不甘心自己的失败。当他们从战争的失败中恢复元气之后,便于公元前218年由著名军事统帅汉尼拔率领一支军队,从西班牙基地出发,经过今法国的南部沿海地区,史无前例地从北坡翻越阿尔卑斯山,突入意大利半岛北部的波河平原。他们在击溃了匆匆赶来的罗马军队的阻击后,继续沿着亚平宁山脉绕道南进,直至意大利中部地区,使罗马城处于其威胁之下。这就是第二次布匿战争。最后以战争转至北非,迦太基于公元前201年再次失败,交付巨额战争赔款结束。战争期间,罗马借口马其顿与迦太基结盟,开始了对巴尔干半岛的扩张。

罗马在上述扩张和掠夺的过程中,已经发展成为强大的奴隶制国家经济发展,经济发展。不过与奴隶制经济的迅速发展相比,古罗马的文化发展一直很缓慢。究其原因,正如公元2世纪的罗马历史学家斯维托尼乌斯(Suetonius,约公元70~121年)评述的那样:"这是一个不文明的尚武民族,对各项高尚科学无暇顾及。"[1]斯维托尼乌斯这里所指的即包括古罗马戏剧。古罗马诗人贺拉斯(Horatius,公元前65~前8年)对此也有精当的评述:

> 罗马人很晚才用心研读希腊著作,
> 布匿战争后得到安宁,开始探索
> 索福克勒斯、特斯庇斯、埃斯库罗斯的益处。[2]

罗马对外扩张的结果不仅使奴隶数量激增,使奴隶制经济迅速发展,而且也促进了罗马本身滞后的文化发展,特别是在古希腊文化的影响下,使其迅速改变面貌。

古代罗马人与古希腊文化的接触开始得很早。早从公元前8世纪起,巴尔干半岛的各希腊城邦便向意大利半岛南部和西西里岛东南部沿海地区移民,后来扩大到意大利半岛西南部沿海地区,从而使那些地区很早就希腊化了。这些移民一般都继续与希腊祖邦保持着联系,沿用祖邦的风俗建立新的生存之地,从而建立起准希腊式的城邦。他们在文化方面与祖邦同时发展,有时甚至还反过来影响和

---

[1] 斯维托尼乌斯:《文法家传》,第1节。
[2] 贺拉斯:《书札》,第2卷第1首第161~163行。

促进了祖邦文化的发展。例如雅典西部的墨加拉人和西西里岛的墨加拉移民都称是他们首创了希腊喜剧，西西里的墨加拉人称他们的诗人写作喜剧远在雅典诗人之前。① 罗马人正是首先在同这些移民的交往中接触了希腊文化，从而对罗马文化的发展产生了重大影响，对他们原先滞后的文化发展带来冲击，出现了对更高的文化生活的追求。

在罗马向南意大利扩张的过程中，特别是在使那里的希腊移民城市归入罗马统治的范围之后，这种影响变得更加强烈。正是为了满足互相交往的需要，罗马人开始学习希腊语，并且很快使古希腊语在罗马上流社会成为仅次于拉丁语的第二官方语言。例如：公元前282年，罗马使节便用希腊语与意大利半岛南部的塔伦图姆人谈判；公元前280年，希腊雇佣军首领皮罗斯的使节基涅阿斯在罗马元老院便不用翻译地直接使用希腊语发言。这种情况也使古罗马戏剧的发展出现了突变。

古代罗马曾经出现过一些民间诗歌演唱形式，那些诗歌演唱包含着一定的戏剧表演因素的萌芽。例如其中的菲斯克尼曲（fescenini）便是一种对唱性演唱，农人们在秋日收获之后用这种对唱性歌曲互相嘲弄娱乐，以消除一年来的身心劳累。此外，一些农事祭神庆典也具有戏剧萌芽的因素。例如每年十二月祭祀农神萨图尔努斯的欢乐庆典，便包含一定的戏剧模拟表演因素。公元前364年，罗马北方的埃特鲁里亚人应邀前来罗马表演歌舞禳灾驱邪，很受欢迎，为罗马青年所模仿，促进了包含音乐、舞蹈、对唱，甚至可能还有一定对白的"杂戏"（satura）的出现，进行这种表演的人自称为"基斯特里奥"（cistrio），即埃特鲁里亚语中的"演员"之意。②

古代罗马还曾有过阿特拉剧（atellanna fabula）和拟剧（mimi）。阿特拉剧是罗马人在向中意大利扩张过程中从那里吸收过来的。阿特拉剧名可能同那里的奥斯基部落居住的阿特拉城（Atella）有关。阿特拉剧主要描写农人和手工业者的日常生活，表演者戴面具。面具是夸张性的，主要有四种类型角色，即"马库斯"（Maccus）——贪吃的蠢汉；"布科"（Bucco）——愚蠢的吹牛者；"帕普斯"（Pappus）——头脑简单的老人；"多塞努斯"（Dossennus）——狡猾的老人。罗马阿特拉剧的表演者不像其他戏剧形式的表演者那样受歧视，而是受到一定的优待，可以不被逐出罗马基层社会组织特里布斯，而且还可以继续

---

① 参阅亚里士多德：《诗学》，第3章，罗念生译，人民文学出版社，1982年。
② 参阅李维：《自建城以来》，第7卷第2章第1~7节。

服兵役，也就是说，表演者不会失去罗马市民权。拟剧实际上是古代希腊人的一种表演形式，是罗马人在向南意大利扩张过程中从那里吸收过来的。古罗马拟剧表演在内容和形式方面与阿特拉剧有许多相类似的地方，只是滑稽戏谑成分显得更多一些，表演时演员不戴面具，妇女也可以参加表演。古代罗马进行戏剧表演的基本是奴隶或获释奴隶，对戏剧表演的歧视严重阻碍了戏剧的发展。

在古希腊文化的影响下，罗马人已经不能满足于上述这些简单而原始的戏剧表演。公元前240年罗马大节期间，为庆祝第一次布匿战争的胜利，罗马人第一次模仿希腊习俗，举行正式的舞台戏剧演出，演出的是由来自南意大利的希腊籍获释奴隶李维乌斯·安德罗尼库斯（Livius Andronicus，约公元前284～约前204年）根据古希腊戏剧改编的剧本。由于缺乏史料，李维乌斯当时上演的究竟是根据哪位希腊剧作家的哪部作品改编的剧本，现在已经无从考证。李维乌斯的剧本全部佚失了，只传下来一些非常零散的片段，既有悲剧片段，也有喜剧片段。李维乌斯用来改编的希腊悲剧可能主要是欧里庇得斯的剧本，因为欧里庇得斯的悲剧的情节生动、感人。李维乌斯用来改编的希腊喜剧并不是以著名的阿里斯托芬为代表的以时事政治讽刺为主的"旧喜剧"，也不是作为过渡形式的以戏拟神话传说为主的"中期喜剧"，而是主要以中等市民的家庭生活和年轻人的爱情为题材的"新喜剧"。改编后的喜剧由于剧中人物着希腊服装披衫，因而称为"披衫剧"（fabula palliata）。希腊"新喜剧"繁荣于公元前4世纪至前3世纪初，当时罗马正在经受变化的社会生活与剧中描写的社会生活相近似，因而容易被罗马观众理解和接受，从而很受观众欢迎。

李维乌斯开创的戏剧事业为格奈乌斯·奈维乌斯（Cnaeus Naevius，约公元前270～公元前204或201年）等所继承，而且很快地在改编希腊悲剧和喜剧作品的同时，开始尝试写作民族题材的剧本。这种喜剧以意大利本土生活为题材，由于剧中人物着罗马人日常穿的长袍，因而又称"长袍剧"（fabula togata）。悲剧则以罗马历史或者当代事件为题材，由于剧中人物着罗马官员日常穿的镶紫边的长袍，因而称为"紫袍剧"（fabula praetexta）。由于剧作家们的这些努力，一时间使罗马戏剧舞台显得很兴旺。

古代罗马最著名的喜剧家是普劳图斯（Plautus，约公元前254～前184年）。他只改编希腊喜剧，成果甚丰，其喜剧活动代表了古罗马喜剧发展的高峰。泰伦提乌斯（Terentius，约公元前185～前159年）是继普劳图斯之后出现的又一位出色的喜剧家，其喜剧以雅致见长，代表了另一种喜剧风格。古罗马悲剧在帕库维乌斯（Marcus Pacuvius，约公元前220～约前30年）和阿克基乌斯（Lucius Accius，约公元前170～约前85年）时期达到高峰。

在阿克基乌斯之后，仍然有作家继续写作和演出悲剧，但成就不显著。罗马悲剧很快衰落了，其原因主要在于根据古希腊悲剧作品改编的以神话传说为题材的悲剧与罗马的现实生活距离太远，它们主要是为了满足具有文化修养的社会上层人士的欣赏要求，对普通民众缺乏吸引力，而紫袍剧虽然以罗马历史传说或现实事件为题材，但它主要是被用来为贵族阶层歌功颂德，因而同样缺乏观众基础。在喜剧方面，希腊式喜剧"披衫剧"也遭遇了与悲剧类似的命运。在希腊，主要演出喜剧的勒奈亚节举行到公元前150年，酒神大节举行到公元前120年。这些主要的戏剧节的停止举办，实际上宣布了古希腊喜剧时代的结束，同样也影响了罗马的戏剧舞台。

随着罗马社会生活的变化和民主运动的高潮迭起，在主要描写希腊人生活的希腊式喜剧越来越难以满足罗马广大民众需要的情况下，以罗马本土生活为题材的各种喜剧形式得以发展，长袍剧、阿特拉剧和拟剧代之获得了更大的流行。

长袍剧主要反映意大利自由民的生活，流行于公元前2世纪后半期至公元前1世纪前期，此后长袍剧有些剧目还曾经继续保留了一段时间，不过现在我们除了知道阿弗拉尼乌斯等几个代表性作家的名字外，作品也全都佚失了。

随着罗马人对民族戏剧兴趣的增强，差不多在长袍剧兴起的同时，原来主要作为民间戏剧表演的阿特拉剧也得到文学加工，成为罗马戏剧舞台颇受欢迎的表演形式之一，除了一般的单独演出外，有时也作为严肃悲剧演出后的余兴。拟剧也一样，在得到文学加工后，开始在舞台上正式表演，并且逐渐替代了阿特拉剧的地位。

罗马帝国时期，著名诗人瓦里乌斯（Varius，公元前74～公元前14年）写过悲剧，后来奥维德（Ovidius，公元前43～公元8年）写过悲剧，都很受称赞，不过其中只有塞内加（Seneca，公元前5或4～公元65年）的悲剧作品得以传世。

帝国初期，戏剧演出以豪华著称，目的在于一方面宣扬奥古斯都掌权后的太平盛世，另一方面达到淡化社会政治矛盾的目的。舞台上继续上演共和国时期的戏剧作品，例如普劳图斯、泰伦提乌斯的喜剧和帕库维乌斯等人的悲剧，有时也表演新创作的以神话传说为题材的悲剧，但演出主要着意于场面的华丽，不求深意。当时一般民众的戏剧趣味也明显地降低，以观赏题材轻松、场面热闹的表演为满足。

在当时的戏剧演出以唱歌、舞蹈和嬉戏、笑闹、滑稽表演、技巧表演等娱乐性因素占重要地位的影响下，悲剧的结构也发生了很大的变化，音乐和舞蹈在其中所占的分量明显地增加，有时甚至就是由演员表演剧中的歌唱部分或舞蹈场面，因而出现了"唱悲剧"和"舞悲剧"的说法，并且由此进一步发展，出现了类似于后来的芭蕾舞剧。这种表演很受欢迎，古罗马作家阿普列尤斯（Apuleius，公元2世纪）在小说《金驴记》里对以神话故事帕里斯的裁判为题材的类似表演作了描写。赫拉、雅典娜、阿佛罗狄忒三位女神服装飘逸，美艳动人，伴以音乐和舞蹈，分别允诺给帕里斯好处，结果帕里斯把"最美的女神"的荣耀判给了爱与美之神阿佛罗狄忒。①

尽管古罗马戏剧成就不及古希腊戏剧辉煌，古罗马留给后代最巍峨的建筑物是椭圆形角斗场，但是古罗马戏剧直接继承了古希腊戏剧遗产，并且影响了后来欧洲戏剧的发展。古罗马戏剧是整个欧洲戏剧发展史上的重要一环，前承古希腊戏剧，后启后代欧洲戏剧的发展。古罗马戏剧本身包含许多不可多得的重要戏剧史料，其中包括古希腊戏剧的史料。古罗马诗人贺拉斯正是除了古希腊的戏剧史料外，也基于古罗马自身的戏剧实践，写出了著名的文艺理论著作《诗艺》，他对戏剧艺术规则的总结成为后来欧洲古典主义的规范。

古罗马戏剧作品严重佚失，幸运的是仍然有普劳图斯、泰伦提乌斯和塞内加的作品完整传世。中文版《古罗马戏剧全集》收集的就是这三位剧作家的传世作品，翻译时采用的是"勒布古典丛书"（The Loeb Classical Library）中有完整作品传世的普劳图斯、泰伦提乌斯和塞内加这三位作家作品集的拉丁文本，参考过一些其他版本。对每位作家的评述和每部剧本前的"导言"为译者所撰。

王焕生

---

① 参阅阿普列尤斯：《金驴记》，第10卷第30～32章。

喜剧天才普劳图斯

普劳图斯是古罗马最著名的喜剧家，也是第一个有完整作品传世的罗马剧作家。

一　生平和作品

普劳图斯的全名通常称为提图斯·马克基乌斯·普劳图斯（Titus Maccius Plautus）。关于普劳图斯的生平，古代传下来的材料很少，而且不很确切。根据那些材料，普劳图斯生于公元前254年左右，据说是意大利翁布里亚（Umbria）南部萨尔栖纳人。据古罗马著名演说家西塞罗说，普劳图斯卒于普·克劳狄乌斯和卢·波尔基乌斯执政年。[1] 按照古罗马历史年表，该年应是公元前184年。

关于普劳图斯的生平活动，公元2世纪古罗马作家革利乌斯（Gellius）在评述普劳图斯的戏剧遗产时说，普劳图斯起初从事舞台演出，积得一些钱财后经商，但赔掉了全部本钱，一贫如洗地回到罗马，受雇于一家磨坊谋生，同时写作剧本。[2] 革利乌斯还说，他同意大部分古代批评者，其中包括古罗马著名学者瓦罗（Varro）的看法，喜剧《萨图里奥》和《债奴》以及另一部他一时想不起标题的剧本就是在那期间写成的。

在传世的普劳图斯生平史料中，上引革利乌斯的叙述是最为具体的。不过也有研究者认为，革利乌斯的这一叙述可能是后代作家根据普劳图斯的剧本中提供的一些材料所作的杜撰。尽管革利乌斯的叙述颇像奇闻逸事，不一定完全可靠，不过人们仍然可以从中看出，普劳图斯显然出身于社会下层，从事过戏剧演出，

---

[1] 西塞罗：《布鲁图斯》，第15章第60节。
[2] 革利乌斯：《阿提卡之夜》，第3卷第3章第14节。

经过商。从普劳图斯的剧本中体现出的丰富舞台经验来看，他可能确实曾经较长时间从事过舞台演出。

《赶驴》一剧中称普劳图斯为Macci。①古代罗马传统的民间戏剧表演阿特拉剧（atellana）的四种主要角色之一为Maccus（马库斯）——"贪吃的蠢汉"，由此引起研究者的推测，认为普劳图斯的这一名字可能与此有关，也许正是由于他饰演阿特拉剧中Maccus这一角色类型演变而来，表明他原来在剧班里经常扮演这一类角色，故而有此绰号，而他的正规的、完整的三段式姓名则是他经商发迹后得到的尊称。

也有人认为，把普劳图斯的姓氏Macci的原格推导为Maccius是对Macci的误读，理由是，虽然拉丁文Macci作为属格形式，其主格也可以是Maccius，但是普劳图斯的姓氏可能直接就是Maccus，而不是Maccius。不过从拉丁文的构词习惯来看，以作为Maccus的派生词的 Maccius为姓氏也许更为可能。

古代传下来一首墓志铭：

> 普劳图斯故去了，喜剧穿起了丧服，
> 舞台成了孤儿，嘲笑、嬉戏、讽刺
> 和无数的诗歌格律，都在流泪哭泣。

据说这首墓志铭是普劳图斯自撰的。若真是这样，可以说，虽然普劳图斯对自己的历史功绩的评价幽默而略带夸张，但不过分。

二　喜剧作品

普劳图斯一生只写作喜剧，很多产。公元前2世纪时，曾经有一百三十多部剧本记在他的名下。其中有不少可能是由于普劳图斯的声望而托名于他，一些古代批评家曾经对那些剧本的真伪进行鉴别，其中以著名学者瓦罗的鉴别最具有权威。瓦罗按照普劳图斯本人的才能和戏剧风格进行分析，认定其中的二十一部剧本确实是普劳图斯的作品。瓦罗的意见得到普遍的认可，使得这二十一部剧本幸运地流传了下来。

---

① 普劳图斯：《赶驴》，第11行。Macci是Maccus的属格形式。

古代作家还提到过一些其他剧本，认为它们可能也属于普劳图斯。瓦罗除了上面提到的二十一部剧本外，还提出过有些被认为是其他作家的喜剧也可能原本是普劳图斯的作品。在这类剧本中，革利乌斯提到了《波奥提亚女子》。[1]革利乌斯读过那部喜剧，那部剧本记在较普劳图斯年轻的一位同时代作家阿奎利乌斯的名下，革利乌斯表示同意瓦罗的看法。令人惋惜的是，上述那些被视为伪托的剧本后来全都佚失了。

普劳图斯的剧本有多种抄本传世，其中一种属于公元4世纪或5世纪，19世纪初在那部抄本上发现了普劳图斯的十七部剧本的长短不等的残段。现今流传的二十一部剧本文本来自公元10~11世纪的抄本。普劳图斯的二十一部传世剧本按拉丁字母次序分别是：《安菲特律昂》（*Amphitruon*）、《赶驴》（*Asinaria*）、《一坛金子》（*Aulularia*）、《巴克基斯姐妹》（*Bacchides*）、《俘虏》（*Captivi*）、《卡西娜》（*Casina*）、《提匣》（*Cistellaria*）、《库尔库利奥》（*Curculio*）、《埃皮狄库斯》（*Epidicus*）、《孪生兄弟》（*Menaechmi*）、《商人》（*Mercator*）、《吹牛的军人》（*Miles gloriosus*）、《凶宅》（*Mostellaria*）、《波斯人》（*Persa*）、《布匿人》（*Poenulus*）、《普修多卢斯》（*Pseudolus*）、《缆绳》（*Rudens*）、《斯提库斯》（*Stichus*）、《三文钱》（*Trinummus*）、《粗鲁汉》（*Truculentus*）、《行囊》（*Vidularia*）。这些剧本中有二十部除了有的剧本有部分残损外，文字都相当完整，《行囊》一剧只传下来较长的残段。

普劳图斯的这些剧本的具体演出年代一般都无从考证，只知道《斯提库斯》演出于公元前200年，《普修多卢斯》和《粗鲁汉》是普劳图斯的后期作品，[2]其中《普修多卢斯》演出于公元前191年。《埃皮狄库斯》的写作早于《巴克基斯姐妹》，因为后者中提到了前者。一般说来，普劳图斯的这些剧本大概演出于公元前3世纪后期至公元前2世纪80年代之间。

三　生活时代

普劳图斯的戏剧技巧已经达到相当高的水平，表明由安德罗尼库斯和奈维乌斯开始的罗马舞台戏剧演出在不长的时间里已经获得了很大的发展。普劳图斯的

---

[1] 革利乌斯：《阿提卡之夜》，第3卷第3章第3~5节。
[2] 西塞罗：《论老年》，第14章第50节。

戏剧活动处于罗马奴隶制社会形态迅速发展的阶段。公元前272年罗马征服了意大利半岛南端的"大希腊"之后，激烈的商业竞争促使罗马开始了同北非的商业强国迦太基的长时间的战争——"布匿战争"。这一时期对于罗马共和国来说是一个决定性的时期，也是一个转折性时期。

由商业竞争和追求市场而引起的布匿战争，以及向巴尔干半岛甚至西亚的扩张，对于罗马的社会经济发展产生了重要的后果。由于商业的迅速发展，伴随着的是金融业的广泛开展，传统的自然经济受到冲击和排挤。如果说长期的战争使农民和手工业者平民阶层破产，社会矛盾加深，那么随着同海外国家之间商业的发展，商业投机和个人努力也使平民中部分富有活力的阶层很快致富。这种商业精神也沾染了部分农业氏族贵族，促使部分贵族脱离保守的贵族阶层，同平民中发了财、不过对他们仍然保持敌视态度的那些阶层接近。虽然按照平民商业阶层的要求，由于害怕贵族同他们竞争，曾经立法禁止元老经商，但部分氏族贵族仍然继续从事商贸和放贷，与平民金融阶层接近，从而促进了商业高利贷资本的发展。这是一个旧式的农业社会形态与新的希腊化文化矛盾和斗争的时期，是传统的宗法制农村与商业金融城市冲突的时期。商业的繁荣促进了奴隶制的发展，希腊和东方的大批战俘来到罗马，充斥了奴隶市场。如果以前农民通常只有两三个奴隶帮助耕作，那么从现在起，已经逐渐可以看到成群的奴隶在大田庄里劳动。奴隶制生产方式开始流行，大的田庄靠小农的破产而获得发展。

同希腊和东方的联系促进了古老生活方式的瓦解。商人们用赚来的钱购买昂贵的舶来装饰，传统的简单餐桌被豪华的盛宴所取代，同时还运来了活的商品——妓奴，这种被普通民众视为淫荡的希腊生活方式在富有的奴隶主阶层中变成凡常现象。所有这些动摇了罗马传统的宗法式家庭及其家长的绝对权力。经商把儿子从父亲的权力下解放出来，妻子也力求摆脱丈夫的控制。

所有这些变化都加剧了社会矛盾。保守的平民和贵族阶层以"美好的古代风习"为口号，立法限制奢侈，特别是妇女的奢华。贵族保守集团的代表是著名的老卡托（Cato Priscus），不过他的行为也表现出两重性。他是大土地所有者，著名的监察官，古代风习的维护者，反对奢华，家教严厉，严格管束自己的妻子和儿子，认为放高利贷是一种不诚实的行业，把农业理想化，按照他的主张从罗马赶走了希腊哲学家和修辞学家，不过他也把钱投资企业，给他带来了不低的收入，他闲时也研究希腊文学。

普劳图斯就出生和成长在这一社会急剧分化、社会矛盾增长、金融经济发展、新的希腊化文化因素在罗马形成的时期，他的喜剧反映的也正是这样一种社会生活。

四　希腊新喜剧

普劳图斯的喜剧也像他的前辈们的剧作一样，是根据希腊剧本改编的，属于披衫剧类型。

古希腊喜剧发展的历史分为三个阶段。公元前4世纪，希腊由于内部动乱和马其顿的外力压迫，政治上失去独立，民主权利受到压制，人们对政治淡漠而失去兴趣。这种社会状况也影响到戏剧的发展，使古希腊喜剧从内容到形式都发生了很大变化，由原先的以著名喜剧家阿里斯托芬为代表的社会政治抨击性"旧喜剧"，向新型的以宗教、哲学、文学批评为主的喜剧转变、过渡，史称"中期喜剧"。"中期喜剧"存在的时间不长，于公元前4世纪后半期发展成为主要以描写家庭日常生活为题材的世态喜剧，史称"新喜剧"。新喜剧的主要代表作家是米南德（公元前342～前292年）、菲勒蒙（公元前363～前263年）和狄菲洛斯（约公元前340～约前292年）等，他们是马其顿的亚历山大及其在东方建立一系列希腊化王国的继承人的同时代人。

新喜剧产生于希腊土地贵族退化和手工业、商业阶层统治的时期。在这一时期，中等富有的商业阶层突显出来，新喜剧描写的主要就是这一奴隶主阶层的生活。"新喜剧"作为世态喜剧，以中等商业阶层家庭的各种偶然事件和波折为基础，以传统的宗法性秩序同与金融高利贷资本增长相联系的社会矛盾和各种现象为线索，反映的主要是中等富有的商业奴隶主阶层的感情。偶然性在剧情发展过程中成为一种主要的推动力量，反映的主要是商业阶层的心理，他们在自己的事业过程中经常同不可预见的偶然性相冲突。新喜剧不带政治色彩，回避重大的政治问题。新喜剧的这种特点是同马其顿的亚历山大征服希腊和西亚后的社会经济条件，特别是同商业流通的扩大和发展，以及希腊屈居于马其顿的统治之下的具体社会政治形势有关。

新喜剧的题材和情节都比较相近似，剧作家的用心主要在于细节的变化。剧情的中心人物通常是出身于殷实家庭的年轻人，他们爱上了自由人身份的女子或者更经常的是伴妓，然而父辈给年轻人的幸福追求造成障碍，机敏的奴隶或其他辅助角色则帮助年轻人摆脱困境，由此而牵涉到一些其他社会问题。剧情一般都比较复杂，充满波折和突变；解决冲突的手法通常是经过充分安排的"解"——"认识"，如被视为奴隶、伴妓的年轻男女原来是自由民父母的孩子等，最后通常以婚礼顺利举行作为结局。

这一世态喜剧提炼出了一系列重复性的人物形象——类型。在我们面前出现了各种类型的奴隶，特别是年轻人的侍奴、保姆，他们中的许多人诡计多端，机巧灵敏，帮助少主人获得爱情，但他们常常作为底层社会等级而受到蔑视，这种情况特别明显地表现在让后者主要成为剧中喜剧性嘲讽的对象上。剧中有各种类型的老人（父亲）、骄横的妻子（主要是嫁妆丰厚的女子）、谄媚的门客、吝啬的老农人、贪婪的妓馆老板（老鸨）、各种类型的伴妓。此外还有非常频繁出现的军官，他们追逐女人，吹牛夸口自己的非凡军功（这一形象形成于公元前4世纪后期马其顿的亚历山大的远征）。所有这些人物类型都有相对应的面具，古代理论家统计出了十种不同的老人面具，十一种年轻人的面具，十七种妇女的面具。古希腊作家特奥弗拉斯托斯（Theophrastus，卒于公元前287年左右）写了一部《性格论》，与新喜剧中刻画的人物性格特征很吻合。

尽管如此，新喜剧与先前的戏剧相比，它在戏剧艺术的成熟性方面仍然大大前进了一步。这首先表现在人物形象的刻画上。尽管人物性格通常无变化，每个人物具有一种不变的性格特征，例如老人暴戾、贪婪或者宽宏大量，年轻人急躁、柔弱、无主见等，不过有时也出现突然的跳跃，如吝啬的老人突然后悔，严厉的父亲突然变得宽容。虽然一般说来人物性格仍然显得单调，不过那些形象还是比较完整，个性色彩明显，充满心理描写，心理活动丰富，因而仍能给人较深的印象。另外，新喜剧采用的是日常口语，简洁而富有表现力。与旧喜剧相比，新喜剧的内容和情节易于被古代罗马人理解和接受。

与内容和形式都比较简单、以即兴表演为主的罗马传统民间戏剧表演相比，新喜剧显然以其复杂的结构、鲜明的人物形象和曲折动人的情节，更能满足罗马人日益增长的文化需求。此外，罗马的对外扩张促进了奴隶制经济的发展，但与此同时，新的社会危机和矛盾也在酝酿之中，思想意识方面也在发生巨大的变化，因此罗马人在希腊新喜剧中似乎看到或者领悟到了自己已经面临或正在面临的许多社会现象和问题。罗马剧作家改编希腊剧本时，一般来说不是机械地翻译或复制。虽然剧中事件仍以希腊（主要是雅典）为背景，但他们在根据需要任意取舍原剧情节的同时，还适当地加进一些罗马生活细节，以满足观众的口味和需要。在罗马观众看来，剧中描写的是希腊，但又不尽是希腊，而剧作者在承认自己的剧本是根据希腊剧本改编的同时,也总是把自己的剧本称做"新剧"。

罗马在公元前3世纪征服"大希腊"之后,便开始了对古希腊文化遗产的吸收。如果在占领希腊城市时罗马军队对于希腊造型艺术品可以直接进行掠夺,并运往罗马的话,那么文字作品,其中包括戏剧作品则需要翻译,并且使其适应罗马观众的需要,特别是商人阶层和自由派贵族阶层对希腊文学和戏剧很感兴趣。这一社会需求是由处于社会下层的诗人来完成的。

根据普劳图斯的喜剧前言,我们准确地知道他的一些剧本的希腊原本,不过他的大部分作品的希腊原本都无从考证。

五 希腊戏剧罗马化

罗马作家采用主要是改编现成的希腊新喜剧剧本这种方式来满足罗马戏剧舞台的需要,其中除了公元前3~前2世纪的罗马社会进入了与公元前4~前3世纪的希腊社会相近似的社会发展背景外,可能还有另一个方面的原因,那就是在贵族专制制度下,罗马贵族不允许像早期希腊那样,直接用戏剧形式来抨击贵族,因此喜剧基本只能是希腊式的。为此,普劳图斯在改编希腊喜剧作品时,力图使剧本保持希腊外表。在他的剧本里,事件地点仍然在希腊,人物仍然用希腊名字,穿希腊服装,同时不是像罗马人通常称呼的那样称意大利南部的希腊移民地区和西西里为"外希腊"(Graecia exotica),而是从希腊人的角度称其为"大希腊"(Graecia magna),把意大利称为"蛮邦"(barbaria),以希腊人的口吻称罗马剧作家奈维乌斯为"蛮邦诗人"(poeta barbara),①并且在整体上使故事情节基本上保持了希腊社会色彩。

不过与此同时,普劳图斯又尽力使希腊戏剧罗马化,其特色表现在如下方面:

取材的倾向性

从现在传世的普劳图斯的剧作来看,他的剧本大部分情节都直接与商业活动有关。例如《巴克基斯姐妹》中的情节实际上整个地与人物去以弗所讨债有关,《斯提库斯》中表现了商人兄弟满载商品归来。普劳图斯的剧本中经常提到商业信贷、商品委托等,有部剧本就直接标题为《商人》。当时的罗马正是复杂的商业金融关系迅速形成时期,这种社会经济条件促使人们富于幻想,甘冒风险。比

---

① 普劳图斯:《吹牛的军人》,第211行。

如，《普修多卢斯》中的同名人物面对对手时十分自信，《巴克基斯姐妹》中的赫律萨卢斯欣悦地说：障碍越多，胜利就越辉煌。

上述情况表明，普劳图斯的喜剧的选材与罗马现实很贴近，它们很好地反映了罗马传统的富有家庭的基础与新的社会生活因素之间的冲突，以及随之出现的社会关系方面的矛盾，反映了古代意大利宗法制农业文明与希腊化商业文明因素之间的冲突，反映了随着社会经济条件的改变而出现的新的社会矛盾，反映了作者与社会下层民众一起对商业金融经济和希腊化文明的影响的消极后果的摈弃，因此他的喜剧是新旧时代的混合产物，在当时是很有现实性与进步意义的。

为了使剧本情节能更好地表达自己的思想，更为贴近罗马社会生活以吸引观众，普劳图斯常常不受希腊原剧情节的拘束，而是自由地利用希腊原剧，采用拼合法编写剧本，即把两部或三部题材比较接近的剧本的情节有所取舍地拼合在一起，揉成一部罗马剧本，例如他的《吹牛的军人》就是这样揉合的结果。剧作者在糅合时力求弥合巧妙，不过有时人们仍然会有所察觉。人们在阅读普劳图斯的剧本时，有时会觉得剧本的结构不很匀称，或者甚至可以见到情节方面的矛盾和心理描写的不真实。这些现象有的可能归于原作，有的则可能归于改作，由于糅合不严密，不过有的则可能是由于后代重新上演时的改动或插入一些新的情节而造成的。现在的人们应该知道，当时这些剧本主要不是以书面形式供人们仔细阅读的，而是鲜活的群众戏剧，主要追求在观众中产生即时的效果，因此结构方面的一些矛盾甚至都不会引起当时的观众注意。

普劳图斯的喜剧也像希腊新喜剧原剧一样，情节不太多样。他的大部分剧本的情节都是青年出身于中等富裕家庭，在爱情道路上遇到障碍，常常是由于缺钱赎妓造成的，需要机敏的奴隶为他弄到钱，或是蒙骗老父亲，或是欺骗爱情对手。由此，伴妓经常出现在他的剧本里。她们不仅为年轻人所喜欢，有时还诱惑老年人，使他们成为年轻人的竞争者。《巴克基斯姐妹》的演出"后言"中写道：

> 我们也不会这样表演，若不是有时曾经见到，
> 在妓馆老板那里，父亲成为儿子的竞争对手。

这种戏剧题材的社会现实性由此可见一斑。

与此相联系的是年轻人的教育问题，如《巴克基斯姐妹》一剧中便表现了在这方面存在的争论。应该说，普劳图斯在这个问题上摇摆于罗马古老传统的严格

性和新的自由放纵之间，表现了普劳图斯既具一定的保守倾向，同时又不得不与新的社会现象相折中。

普劳图斯的喜剧提出了当时正在日益加深的城乡矛盾问题。剧作者在剧中把未受损害的乡村风习与轻浮、淫荡的城市生活及其对金钱的贪婪相对照。喜剧抨击城市生活风气，并且指出这种败坏的风气甚至污染了乡村。

剧中经常谈到财富问题，反映了公元前3世纪罗马社会随着商品经济的迅速发展而日渐尖锐的贫富矛盾。剧中从希腊化时期的哲学思想出发，提出了空想主义的平均财富的方法，即富人娶没有嫁妆的穷人的女儿，以求得市民之间的和睦。例如在《一坛金子》中，梅格多洛斯就对这种主张作了详细的阐述。

另一个引人注目的问题是婚姻和丈夫与带嫁妆的妻子的关系问题。普劳图斯反对大量的嫁妆，反对由此而产生的妇女的奢侈，指出正是嫁妆破坏了良好的家庭关系的基础。在普劳图斯的笔下，嫁妆丰厚的妇女大多怪僻、骄纵、追求奢华，在《吹牛的军人》和《埃皮狄库斯》里，特别是在《一坛金子》里，对此都有详细的描写。在《赶驴》里，丈夫慨叹他因为妻子的嫁妆而失去了家庭权力。

普劳图斯在喜剧里提出妻子必须服从丈夫的思想，要求女子应该以良好的德行来代替物质嫁妆。他在《安菲特律昂》里刻画了一个真正的罗马传统女性的形象。在这个问题上，普劳图斯与保守的社会上层的观点是一致的。

就这样，尽管新喜剧反映的是公元前4~前3世纪的希腊生活，但是普劳图斯有选择地改编成的剧本中反映的社会问题对于变化中的罗马社会生活都是很现实而迫切的。

插入罗马生活细节

普劳图斯使希腊喜剧罗马化的另一个重要手法是在自己的剧本里插入罗马生活细节，使得剧中发生在希腊的事件在不知不觉之中带有罗马的现实生活感。

首先，他在剧中称呼神明时总是采用罗马神名。剧中的希腊人物呼唤罗马神祇，可能出于两种情况。在有些情况下，普劳图斯也可能像安德罗尼库斯那样，对希腊原剧中的神名不采用音译，而是以相对应的罗马神名相替代。不过，在有的时候，情况却显然并非是这样。例如在《库尔库利奥》一剧里，妓馆老板请厨师为他圆梦，说他按照习惯睡到医神庙里，请求医神给他治病，但他在梦中却发现医神不理他，不知道那是什么意思。厨师劝他最好还是睡到尤皮特庙里去，发誓请求尤皮特帮助。如果这两个人物的对话仅此而已，我们仍可以按上述理解去看待这段对话，即这里只是用罗马主神尤皮特的名字代替了希腊的主神宙斯，就像在提到医神时,剧作家用医神的罗马名字艾斯库拉皮乌斯(Aesculapius)代替希腊医神名字阿斯克勒皮奥斯(Asclepios)。然而对话并未就此终止。妓馆老板听了厨师的话后,不免困惑地回答说(第268~269行):

> 要是伪誓者们都到这位神那里去求助,
> 那时卡皮托利乌姆山冈就会容纳不下了。

卡皮托利乌姆山冈是罗马人崇奉尤皮特的中心,由此显而易见,这里不只是神名对应问题,而是对罗马现实生活的直接嘲讽。罗马医神是罗马人从希腊迎来的,与希腊医神是同一个神,只是名字按拉丁语音习惯作了些变化。罗马人迎来医神后,在医神首先登陆罗马土地的地方——台伯河中的一个小岛上为医神建造了庙宇,距罗马广场不远。因此,当剧作者用罗马名字称呼医神时,已经使观众在不知不觉之中产生了身在罗马的戏剧幻觉,现在又提到卡皮托利乌姆,更会让观众进一步感到剧中的罗马生活现实。

普劳图斯经常把罗马官员引进剧本里。尽管普劳图斯喜剧中的人物是希腊人,但他们面对的却是罗马官员,如罗马执政官、裁判官、市政官等。在他的剧本里,剧中人物按照罗马法律履行职责。罗马裁判官主持释放奴隶,按照罗马习惯完成各种交易细节,进行各种罗马式的诉讼。如在《布匿人》里,尽管事件发生在希腊的埃托利亚,但人们却在罗马的裁判官面前听审。在《波斯人》和《一坛金子》里,人们也是去找裁判官判案。在《普修多卢斯》里,当青年卡利多罗斯与妓馆老板发生争执,要奴隶普修多卢斯狠狠地咒骂妓馆老板时,普修多卢斯称他一切都已准备就绪,抛出那些咒骂会比去裁判官那里请求释放还要快。这里指的即是罗马释放奴隶的法律程序。特别有趣的是,在《普修多卢斯》一剧中,罗马特有的独裁官竟然出现在"阿提卡的雅典"(第416行)。

人们在普劳图斯的喜剧里还经常可以见到罗马法律概念、罗马法律术语和司法程序。他在喜剧里,让罗马百人团大会作为最高刑事法庭,让军队统帅享有罗马特有的凯旋权利和其他纯罗马的军事权力。剧中的罗马市政官管理节日赛会和戏剧演出,管理市场秩序,主持出售战利品。《安菲特律昂》中的奴隶索西亚胆小,害怕夜间的巡逻,怕被送交三人法庭挨鞭刑。这里的三人法庭纯粹是罗马刑事法庭。在《普修多卢斯》里,剧中人物卡利多罗斯抱怨普勒托里乌斯法使他无法借贷赎伴妓,然而这却是一部罗马法律,该法律规定年满二十五岁才具有借贷资格。在《一坛金子》里，当主人公欧克利奥指责厨师手持菜刀是违法行为时，他所依据的显然是罗马十二铜表法中禁止在公共场合携带冷凶器的条款。在《孪生兄弟》里，主要人物抱怨自己作为保护人，不得不去为自己的门客辩护，这里涉及的是典型的罗马司法习惯和门客制度。类似的例子还可以举出很多。

普劳图斯在剧中经常提到意大利本身的城市、地区，罗马的市场、街道和庙宇等，好像剧情直接与意大利有关，或者让人感到似乎事件就发生在意大利。

在《库尔库利奥》中，门客库尔库利奥带回来好消息，匆匆跑上场，大喊着要人们给他让路，任何人都不能挡他的道（第285~294行）：

> 不管是哪个将军、僭主，也不管是市场管理员，
> 不管是乡长、村长或其他地位相等的人，
> ……
> 至于身穿披衫，蒙着脑袋在街上漫步，
> 手里握着书卷，肩上背着背袋的希腊人，
> 经常聚在一起，互相谈论，一群逃跑奴隶，
> 站在那里挡住道，宣讲着自己的格言行走，
> 人们经常可以看见他们在小酒馆里饮酒，
> 从某个地方偷来东西，包着脑袋喝热酒，
> 喝得醉熏熏的，满脸悲愁地在街上游荡。

在这里，库尔库利奥用希腊称谓罗列了上至将军、下至村长等不同类型和等级的人，这一称谓罗列无疑是希腊性的，它可能源自希腊原剧。然而人们同时又可以想象，在希腊原剧中剧作家怎么也不可能有随后那一段对希腊人极尽嘲讽的描写。这显然是出自普劳图斯的手笔，矛头针对那些流落在罗马的有文化的希腊人。

如果在上引例子中还是巧妙地把原剧中的一种希腊因素和罗马因素相混合的话，那么仍然是在同一部剧本里，下一个片段则是对罗马现实生活的直接描写。请看该剧中服装管理员对观众的一番建议（第470~484行）：

> 有谁想找道德败坏之人，那他不妨前去民会会场；
> 有谁想找说谎者、吹牛家，请去克洛阿基娜女神庙；

> 如果有谁想找富有的色欲之徒，那就请前去大宫殿。
> 那里也经常聚集成年的放荡者和吹毛求疵的买卖人，
> 至于说那些喜欢拼份子吃喝的人，他们通常在鱼市。
> 在最下面的市场，高尚之人和富有之人在那里游荡；
> ……
> 在旧街区，聚在那里的是提供贷款者和需要借贷者。
> 聚在卡斯托尔神庙后面的是一些不可随意信赖之人。
> 作图斯库斯街区，好在那里聚集的人自己出卖自己。
> 在维拉布鲁姆区聚集的是面包师、屠户、占卜师，
> 他们在那里或是企图蒙骗他人，或是自己遭人蒙骗。

引文中的科弥提乌姆位于罗马广场，是举行市民大会和进行审判的地方。引文中的其他地方也都在罗马广场上或者是广场附近的去处。毫无疑问，这段文字不可能来自希腊剧本，而是出于罗马作家的奇巧构思。在这里，普劳图斯实际上是借题发挥，把当时的罗马社会世态漫画化地加以表现。

普劳图斯在剧中经常涉及战争，军事场景在他的剧本里占有很重要的位置，这是对罗马现实的写照。剧中的希腊将领在普劳图斯的笔下具有罗马将领特色，例如《安菲特律昂》中的奴隶索西亚对刚刚过去的战斗场面的叙述中便包含有许多罗马特点，安菲特律昂本人倒像是一位真正的罗马统帅，战斗开始前进行占卜更是罗马习惯。

在普劳图斯生活时期，长时期的战争现实使许多军事术语自然而然地进入了日常口语，例如出征或回师时对神明进行隆重的祭祀，或者由元老院或高级官员在市民大会上宣布战争消息等。普劳图斯特别喜欢使用军事方面的比喻，有时甚至是描写。例如在《吹牛的军人》里，奴隶帕勒斯特里奥需要蒙骗军人和另一个奴隶斯克勒得鲁斯，请看邻居是怎样向他提建议的，对话犹如面临真正的战斗（第219～225行）：

> 看见没有？敌人已经从你背后把你包围
> 你赶紧想办法召集军队应付，要快，拖延不得。
> 你要想办法首先行动，率领军队绕行，
> 把敌人赶进包围圈，为我们的军队设立防卫；

> 你要切断敌人的联体系，保护我们的交通线，
> 使食物和各种补给能安全地到达，
> 你和你的军团。你要行动，情况紧迫

特别是《巴克基斯姐妹》中的赫律萨卢斯，按照他的观念，有作为的人应该既能行善，又会作恶；有作为的奴隶应该肩上长着脑袋，善于既适应人，又适应情势，以便成功地进行欺骗。在他的欺骗成功之后，他在长篇独白中把自己置于在特洛亚城下作战的所有荷马英雄之上，其内容完全是希腊式的，但是他随后突然话锋一转，提到罗马举行凯旋时特有的招待士兵饮的蜜酒。当他说到欢呼地带着战利品回来，把战利品交给财政官，对凯旋进行嘲笑等情节时，已经完全是一支得胜的罗马军队班师回国的情景。

在《埃皮狄库斯》中，年轻人表现出真正的军人式的品质，坚决而果断，不过那是在平时，是在爱情上，而不是在战争中，他在战场上却表现胆怯。为此，他的奴隶埃皮狄库斯把自己视为真正的战略家，这一点在他的阴谋获得成功之后，甚至得到主人的承认（第381行）：

> 我现在凭借埃皮狄库斯的勇敢和占卜，携带着战利品回营地。

或者在《波斯人》中，奴隶萨伽里斯提奥显然曾经由于进行过大的欺骗而被送去磨坊受罚。他把这场苦差事称为"服役"，称自己是个指挥官，当然不是军团指挥官（tribunus militaris），而是一个挨鞭打的人（vapularis）。他的朋友嘲讽地称那次服役使他成了富有经验的"老兵"。

就这样，普劳图斯在利用希腊戏剧现有的题材时，在尽可能地，或者更确切地说，是有意地保持和强调希腊原剧中各种外在特征的同时，又采用各种手法，给自己的剧本里揉进罗马生活因素，从而构成希腊题材与罗马情景的一种有趣的混杂和融合。关于剧本的希腊题材和罗马现实的这种混合关系，《巴克基斯姐妹》的"结束语"作了很好的说明：

> 我们也不会这样表演，若不是有时曾经见到，
> 在妓馆老板那里，父亲成为儿子的竞争对手。

虽然这句话具体指的是令老一辈人反感的社会腐败风气的流行，但它反映了普劳图斯总的创作意图。诗人在剧中这样做的时候，特别是当他将具体的罗马因素代替希腊因素的时候，有时可以理解为是为了便于罗马观众理解，但有时则明显地可以看出，是剧作者出于对戏剧功能的认识而借用希腊题材，联系罗马现实，实现喜剧讽刺和教育的目的，使他的喜剧不仅借用的希腊题材对于当时的罗马社会具有现实意义，而且剧中揉进的罗马因素和情境所造成的戏剧时空幻觉使他的喜剧与罗马现实有了更为紧密的联系。

众所周知，普劳图斯生活的罗马社会虽然是共和制性质的，但这种共和制是贵族专制的。在这种社会条件下，文学讽刺，特别是针对个人的文学讽刺，一般是不被允许的，这也是普劳图斯的喜剧中一般不直接涉及当时社会政治问题的原因。在这种情况下，剧本的希腊题材、希腊特点却给诗人进行社会讽刺提供了较为方便的条件，使他的创作能较为自由而少受束缚，从而使许多罗马社会不允许的东西，由于是发生在希腊而成为可能，并且对丑陋的希腊人的讽刺还可以给罗马观众带来快感，而剧作者则借用这些他人的教训和模糊的戏剧幻觉寓教其中。

增强喜剧性

"'新喜剧'不重笑而倾向于严肃。"[①]普劳图斯喜剧的明显特点是幽默、滑稽、生动、活跃，喜剧性强。他的大部分喜剧属于披衫剧中的"动态喜剧"（fabula motoria）类型，古代研究者就曾经把他的19部剧本都归于这种类型。这主要是由于他在编写剧本时，尽可能增加作品的活跃因素，增加笑闹成分，同时削弱严肃因素。他这样做时采用的手法是多种多样的。

为了活跃戏剧场面，普劳图斯喜欢采用让演员在舞台上奔跑的场面。这些奔跑角色主要是奴隶或门客，他们由于计谋成功或者获得某个意外的好消息，需要赶忙去向主人报告，从而急如星火，口出狂言，要所有的人给他们让路，奔跑得上气不接下气，显得非常滑稽可笑。例如《俘虏》中的门客埃尔伽西卢斯在港口看到赫吉奥的被俘儿子回来后，便立即得意忘形地跑回来报告好消息，以求得到一顿渴望的饱餐。

普劳图斯还喜欢让剧中人物在舞台上互相戏谑、对骂，有时甚至斗殴。这些场面通常也主要与奴隶有关，比如，或是让《一坛金子》中皮托狄库斯对纯喜剧作用的角色厨师进行戏谑、嘲讽，或是让《普修多卢斯》中的同名奴隶对妓馆

[①] （古希腊）佚名：《喜剧论纲》，罗念生译，《罗念生全集》，第1卷第399页，上海人民出版社，2007年。

老板巴利奥大加嘲弄，或是让《凶宅》第一幕第一场中的奴隶互相对骂，或者让《赶驴》中的奴隶甚至骑到少主人的背上取乐等。这些场面通常都与剧情本身关系不大，有时甚至延缓剧情的发展，但却充满滑稽、可笑的喜剧因素，很能激起喜好热闹的罗马观众的观赏兴趣。上述这些场面中，有些显然是普劳图斯自己编写的。他为了增加喜剧性，甚至不惜因增加这些情节停滞的场面而影响剧本的结构，使剧本结构显得不严谨、不匀称，不过由于它们的喜剧性非常强，因此人们往往在强烈的喜剧享受中不会在意结构方面的不足。

普劳图斯喜欢让剧中人物直接与观众对话。在希腊戏剧中，这种手法已经见于新喜剧作家，源于阿里斯托芬，例如可以见到狡猾的奴隶离开舞台时，要求观众不要告诉任何人他去了哪里。普劳图斯经常采用这一手法，往往达到非常好的戏剧效果。

普劳图斯经常在剧本开场词的独白中采用这种手法，如《俘虏》的开场词、《孪生兄弟》的开场词等，让演员在介绍剧情背景材料时同观众开玩笑，直接交流，使得戏剧一开场便形成活跃的气氛。他也把这种手法运用于剧情进行中。在《库尔库利奥》中，女奴请求观众告诉她把装有可以相认弃婴的物品的提匣丢在哪里了，然后又突然醒悟，觉得不能寄希望于这些观众，因为他们惯于拿妇女的不幸取乐。在《一坛金子》里，欧克利奥在丢失金子后询问观众知道不知道是谁偷了他的金子，后来他也突然醒悟，因为观众中大部分人就是小偷，尽管凭身上穿的衣服看起来很正经。

普劳图斯不仅让剧中人物直接同观众对话，有时甚至让演员脱离自己的角色，强调自己是表演者，使戏剧幻觉变成剧场真实。例如在《波斯人》里，当门客要把自己的女儿装扮成外邦女子来蒙骗妓馆老板时，他让女儿去戏剧服装管理员那里要服装，并且强调后者有责任提供。在《布匿人》里，青年阿戈拉斯托克勒斯需要找几个人为自己作证，他想向他们介绍情况，而那些人则对他说，他用不着对他们说明情况，因为他们排演时都已经清楚地知道是怎么回事。在《巴克基斯姐妹》中，剧中人物提醒对方不要过多地说话，以免把剧本拖得太长。这部剧本正是按照这一指示来结束剧情的，把通常非常重要，并且往往需要反复求证的相认场面只是简单地交代了一下，而且放在台后。

"误会"是普劳图斯爱用的喜剧手法之一。"误会"可以由多种原因造成。在多部喜剧中采用了因人物完全相像而造成"误会"（gui pro guo）的手法，例如《孪生兄弟》、《安菲特律昂》、《巴克基斯姐妹》等。其中特别是《孪生兄弟》，全剧以兄弟俩完全相像得难以辨别为基础展开剧情，并为此安排了非常周密的"发现"场面。另一种"误会"是由剧中人物错误地领会了对方的话而答非所问造成的，例如《一坛金子》中青年卢科尼得斯与欧克利奥的一场误会。卢科尼得斯见欧克利奥痛苦至极，以为是他自己做的对不起欧克利奥的事情暴露了，便向欧克利奥认错，而正为丢失金子而着急的欧克利奥则以为卢科尼得斯是承认自己偷了金子，从而对卢科尼得斯大加指责。场面既令人同情，又非常有趣。还有一种"误会"是直接由误解造成的。例如《巴克基斯姐妹》中，青年姆涅西洛科斯误解了朋友的友好行为而造成误会，使事情复杂化。

普劳图斯经常以小比大，以大喻小，戏拟崇高风格，特别是悲剧风格，使比喻物造成与被比喻物之间出现巨大的反差，显得非常滑稽可笑。这种手法源自阿里斯托芬，为新喜剧所继承，普劳图斯经常利用。如《普修多卢斯》中（第469~470行）：

> 普修多卢斯，赶快清理你的耳道，
> 好让我说的话想去哪里就去哪里。

普劳图斯经常在剧中戏拟崇高风格来称呼神灵，如在《安菲特律昂》中以"武尔坎努斯的疯狂"代指火神武尔坎努斯，把牛角小灯称为"关在犄角里的武尔坎努斯"等。

普劳图斯剧中的奴隶特别喜欢煞有其事地戏拟崇高风格，把他们的行动和议论与罗马元老院相比拟。在《吹牛的军人》里，由于有奴隶帕勒斯特里奥参加，佩里普勒克托芬努斯则称元老院会议可以在全体参加的情况下进行。在《凶宅》里，机智的奴隶特拉尼奥从宅子里把狂饮的人们带出来，把他们的聚会称作浪荡子们的元老会议等。

普劳图斯的喜剧语言是接近口语的文学语言。这种语言既趋于规范化，同时又包含许多口语因素，从而比较接近普通民众的语言，容易被普通民众所理解和接受。正是从这一点出发，他在喜剧中充分运用语言技巧，经常使用各种比喻、谚语、双关语等，使他的喜剧语言非常幽默、机敏。请看《布匿人》第279行中，仅因一个同音词便使对话意外地引申，从而妙趣横生。

青年阿戈拉斯托克勒斯询问奴隶弥尔菲奥在哪里，弥尔菲奥回答说：

> Assum apud te, eccum.

（瞧，我就在你跟前。）

阿戈拉斯托克勒斯听了后嘲弄地说：

Ego elixus sis volo.

（我却以为你已经被煮烂。）

粗看起来，回答显得莫名其妙，其实很有一番讲究。奴隶答语中的assum（"在你跟前"）本是动词adesse的现在时单数第一人称，但当时阿戈拉斯托克勒斯看见自己的情人出屋来，很高兴，以为弥尔菲奥在嘲讽他陷入了情火，于是便把assum理解为由动词arere（烤干）演变而来，是其过去时被动分词assus（被烤干）的宾格形式，以修饰作为介词apud（"在……旁边"）的补语的te（"你"，宾格），正常的词序为apud te assum eccum，意为"在被烤干的你跟前"，从而引起阿戈拉斯托克勒斯反唇相讥，说出了"我却希望你已经被煮烂了"的答话。如果不知道这些语意关系，便可能觉得答非所问，然而当时的罗马观众很容易领会其中的语意奥妙，因而惹人发笑。

为了达到玩笑的目的，普劳图斯常常创造新的戏剧场面和对话。在希腊新喜剧中，甚至社会下层人物也并不喜好粗鲁的玩笑。普劳图斯无疑加强了，并且质变式地改变了剧本的这种滑稽成分，使得细微的阿提卡"盐粒"不见了，取而代之的是各种戏谑，甚至粗鲁的玩笑。普劳图斯戏剧的下层观众主要是小手工业者和赶来罗马观看演出的农人，因此普劳图斯的这些滑稽成分显然主要是为了迎合社会下层观众的口味，而不是为了满足社会上层的观赏趣味。

普劳图斯的粗俗的玩笑无疑源自古老的意大利民间戏剧。农人们在自己乡村农业节日的菲斯克尼的即兴表演中，互相报之以讥讽、挖苦和嘲弄。在罗马，这时流行阿特拉剧和拟剧，其基本因素就是放肆的粗鲁玩笑。普劳图斯在自己的喜剧中继承了意大利民间戏剧的这种传统，企图建立具有罗马本土特点，带有菲斯克尼表演、阿特拉剧和拟剧特色的戏剧。贺拉斯曾经说，普劳图斯笔下的门客很像阿特拉剧中狡猾的老人形象多塞努斯。[①]

总的说来，普劳图斯的喜剧在诙谐、滑稽、怪诞、漫画化等方面远远超过希腊原剧。这是普劳图斯改编希腊喜剧时力求使其罗马化的结果。

---

① 贺拉斯：《书札》，第2卷第1首第173行。

六 人物形象

普劳图斯喜剧中的人物基本保持了希腊新喜剧中的各种人物类型和那些人物类型所具有的主要性格特征。剧中展示的众多栩栩如生的人物形象表明，剧作家在保持传统的人物性格模式的同时，善于使自己塑造的人物处于各种不同的戏剧环境和矛盾之中，从而使人物形象鲜明、生动，更加富有自己的特色。

普劳图斯喜剧中的基本人物类型之一是"老人"。这是些"父亲"，如《凶宅》中的塞奥普辟德斯，《埃皮狄库斯》中的佩里法努斯，《普修多卢斯》中的西蒙等。他们往往因儿子恋妓耗费自己辛苦积得的钱财（通常是靠经商），而与年轻人处于矛盾之中。这些老人很自信，但又常常难免愚庸，从而成为机敏的奴隶搞钱帮助少主人赎取伴妓时愚弄的对象，并使他们陷入非常尴尬的境地，显得非常可笑。这类老人普遍固有的一个性格特征是守财和吝啬，这一点在《一坛金子》中的欧克利奥身上得到充分的展示。欧克利奥的性格特征主要是通过他发现了灶底下埋的那坛金子后的心理和行动，以及他为女儿购买婚礼用品时的内心冲突来表现的，逼真、夸张而淋漓尽致。

除吝啬、愚庸的老人这种基本类型外，也有一些老人性格温和、思想开通，例如《吹牛的军人》中的佩里普勒克托墨诺斯等，他们似乎体现了当时某种进步的思想潮流。

在普劳图斯的笔下，作为父亲的还有另一种形象，他们宽厚，甚至放纵，竟然与生活轻浮的儿子相竞争。

与老人形象相联系的是青年形象。这些年轻人多为较为殷实家庭的子弟，思想幼稚，生活轻浮，贪图享乐，不悟人生。他们或是趁父亲外出无人管束之机，带着贴心奴隶狎妓饮宴，从而成为狡诈的妓女和狠毒的妓馆老板掠夺的对象，或是真心恋妓，但由于自己没有能力赎妓而陷入困境。这种陷入困境的少主人不得不求助于巧于心计的奴隶，甚至不惜和他们一起蒙骗、捉弄自己的父亲，以得到迫切需要的钱款来赎取所爱。总的说来，普劳图斯笔下的年轻人的性格可能基本上保持了新喜剧中的原型状态而未作太大的改变。

在普劳图斯的喜剧里，与"老人"相对应的形象是"妇女"，是普劳图斯进行嘲讽的另一类对象。这类妇女往往嫁妆丰厚，有恃无恐地任性、横暴、生活奢侈、好争吵，凌驾于丈夫之上，要求丈夫听从自己，受她们的管束，从而受到丈夫的厌恶和诅咒。在《赶驴》里，丈夫哀叹他因嫁妆而失去了家长权力，同这样的女人一起生活比赫拉克勒斯干过的任何苦差事都艰难。在普劳图斯的喜剧里，这些妇女形象显然保持了新喜剧原有的性格特点，从而也继续保持了刻画这类妇女时的一些传统套式，使得这类人物形象比较刻板化。普劳图斯谴责妇女生活的奢侈，要求妇女服从男人的权力，从属于男人，这反映了普劳图斯的思想在这方面的保守性。

除了受抨击的嫁妆丰厚的妇女外，普劳图斯也塑造了另一类妇女的形象，这就是真诚、忠实的妻子。例如《安菲特律昂》中的阿尔克墨涅，她是一个典型的符合罗马传统美德的贤淑女子，认为美德是最好的嫁妆。《斯提库斯》中的两姐妹帕涅基利斯和潘菲拉也是两位贤淑的女性。婚后丈夫外出经商，家境贫寒，父亲也力劝她们改嫁，但姐妹俩始终恪守为妇之道，对丈夫忠贞不贰，最后丈夫归来，全家团聚，颇为动人。

伴妓是普劳图斯的喜剧里的另一类女性形象。伴妓在古希腊社会久已有之，到希腊化时期更为流行，沦落者多为贫穷之人或外邦女子。这一现象与家庭生活关系密切，因而自然成为主要以普通市民的日常生活为题材的新喜剧中的常见人物。对于普劳图斯时期的罗马社会来说，伴妓现象虽然仍属新鲜，但随着希腊化生活方式影响的扩大，这一现象也日益具有了现实意义。据西塞罗说，卡托童年时期（卡托生于公元前234年）曾见到享有荣誉特权的盖·杜埃利乌斯（公元前260年任执政官时曾率领罗马舰队第一次打败迦太基海军）宴毕回家时，由一个持火炬者和一个吹笛手伴随。①事情就发生在普劳图斯生活时期，可见当时的社会风气。普劳图斯继承了新喜剧的传统，剧中这类伴妓的形象基本是公式化的，即对那些职业性伴妓进行了否定性的刻画。除了狡诈的伴妓外，普劳图斯也刻画了另一种类型的伴妓形象。她们虽然由于某种原因受制于妓馆老板之手，但仍然保持着良好的天性，受到剧作家的肯定。

与伴妓相联系的是妓馆老板，他们在普劳图斯的喜剧中受到最为无情的抨击。这是一些最没有人性的人，不守信义，厚颜无耻，败坏青年，对金钱贪婪到极点，是民众中可恶至极的败类。普劳图斯的喜剧里最鲜明的妓馆老板形象是《普修多卢斯》中的巴利奥。巴利奥作为妓馆老板，集这类人物的各种反面特点于一身，剧中对他有一段用词不多的绝妙描绘。巴利奥听说要找一个坏蛋、毁誓者、淫棍、无赖、无耻之徒时，他立即心领神会，意识到要打听的人就是他，因

---

① 西塞罗：《论老年》，第13章第44节。

为那些都是他的别名。在《库尔库利奥》里，可以看到对各种阴暗的城市阶层的嘲笑，妓馆老板总是以令人厌恶的形象出现。剧中凡是与妓馆老板的冲突，总是以此类人受尽嘲辱结束，反映了人们对此类人的普遍憎恶心理。

吹牛的军人形象是普劳图斯的喜剧里的重要形象之一。这种形象最初见于希腊民间创作，后来进入新喜剧。特别是在希腊化时期雇佣军流行的情况下，吹牛的雇佣军军官形象更是成为人们普遍嘲讽的对象。这一形象进入罗马戏剧后，吸收了罗马民间戏剧的因素，增加了滑稽成分，很合罗马观众的口味。人们既可以从中看到对他国的（迦太基的、希腊的和各希腊化国家的）腐败无能的雇佣军军官的嘲讽，同时也折射出罗马自己的军队中的某些军人的一些行为和特点，这在连续不断地进行战争的罗马，具有现实生活意义。吹牛的军人的基本特点是愚蠢、虚荣、好色。他们自诩作战勇敢，功勋卓著，把那些功勋夸张到非常可笑的程度。其实他们的那些"伟大功勋"或是出于军人自己为了炫耀而作的夸张虚构，或是出于门客为讨好巴结他们而特意作出的编造。《吹牛的军人》第一幕通过军人和他的随从一吹一捧，充分刻画了这类人物的性格特征。

商业活动的发展促进了高利贷活动的增长，因此在普劳图斯的喜剧里，高利贷者和钱庄主都是以同样厚颜无耻的面目出现，受到同样尖锐的嘲讽和强烈的谴责。《库尔库利奥》中的高利贷者名叫吕科斯，意即"狼"。《凶宅》里的高利贷者被反讽地取名为弥萨尔古里得斯（Misargyrides），意思是"憎恶钱的人"，而实际上他知道的只有如何获得利息。剧中的特拉尼奥感叹说："世上没有什么其他人比高利贷者更令人憎恶了。"上述这些在剧中被称之为"瘟疫"的人物都是当时罗马商品经济发展后的副产品。

剧中的门客是一种可笑而可怜的形象，他们的本领就是供人们取乐，靠卖笑巴结而换得一顿饭吃，从而受人鄙视，遭受嘲弄，唯一的原因就是因为贫穷，无法填饱肚子。

在普劳图斯的喜剧里，厨师也是一种受嘲弄的对象，并且在更大的程度上成为丑角。他们好吹嘘自己，宣称厨艺是人类智慧的最高结晶，从而口出狂言，目空一切。

医生也是普劳图斯的喜剧里嘲笑的对象。在普劳图斯时代，许多希腊医生来到罗马，引起社会下层的不满，被视为以行医骗人。

普劳图斯对哲学家、医生、厨师的嘲笑反映了社会下层民众对希腊化生活方式影响的抵触。

在普劳图斯喜剧里的各类人物形象中，奴隶占有重要的地位。而在现今传世的新喜剧里，奴隶并没有起到如此重要的作用。

奴隶出现在普劳图斯的每一部剧本里，而且几乎在每一部剧本里都起着重要的作用，因此难怪正如《安菲特律昂》开场词中所指出的那样，奴隶形象是喜剧的代表性象征。在古代罗马，奴隶处于社会最底层，他们没有人身自由，在社会生活中受鄙视。在《普修多卢斯》里，同名奴隶以滑稽的形象出现：大脑袋、棕色头发、大肚子、红脸皮、尖眼睛、胖腿肚、大脚板。[①]这样的形象可见于古代喜剧人物造型小雕像。

在普劳图斯的笔下，奴隶形象有多种类型，剧作家着力刻画的是那些机敏、富有活力的奴隶。他们狡猾、诡计多端，有时甚至显得厚颜无耻，但是正是在那些狡猾的行动中，表现出了他们的智慧和机敏。剧中的计谋一般都是由他们设计和安排的，剧情发展由他们引导，围绕着他们展开，从而实际上成了剧中的主要角色。他们嘲笑富有的少主人，然后又真心地帮助他。这种奴隶精力充沛，胆大妄为，目空一切，敢于冒险，带着消息疯狂地奔跑，威胁人们给他们让路，为他们的成功而狂喜，把自己的胜利与罗马将军获胜凯旋相比拟。普劳图斯对这样的奴隶形象进行了最充分的刻画，成为他最喜欢的形象。《埃皮狄库斯》和《普修多卢斯》都是直接以剧中的奴隶角色的名字命名的，剧作者把这两部剧本视为自己最喜欢的剧本即可以说明这一点。

诗人也刻画了另一种类型的奴隶形象。这类奴隶头脑简单，缺乏智慧，没有活力，唯唯诺诺，忠于主人，经常遭受嘲笑、辱骂和鞭打，在剧中往往作为对前一类奴隶形象的衬托。

在《俘虏》里，塑造了一个忠诚的奴隶形象。应该注意到，这个俘虏并非天生的奴隶，而是由于某种外因使其成为了奴隶，因此他仍然具有良好的天性，与那些天生奴隶固有的恶习成为鲜明的对照。

普劳图斯对奴隶形象的描写继承了新喜剧传统，但又具有明显的罗马色彩。剧中的奴隶远不及新喜剧中自由，随时准备遭受鞭打，忍受严厉的惩罚，这种惩罚在罗马远远胜过希腊。《安菲特律昂》中的索西亚说：如果那个自称是索西亚的人（指神使墨丘利）背上有他那样多的伤痕，那就更像他了。这是对罗马奴隶日常处境的真实写照。剧中对奴隶艰难生活的叙述反映了诗人的同情心理，而在

---

① 普劳图斯：《普修多卢斯》，第1218～1219行。

奴隶对主人的嘲弄中则包含着诗人的默认和赞许。

在普劳图斯的喜剧里，大部分奴隶是丑角，比如《安菲特律昂》中的奴隶索西亚与其他奴隶相比，特别像个小丑，被剧作者用来平衡戏剧气氛。

我们同时可以发现，普劳图斯在刻画奴隶形象时，并不仅仅局限于希腊新喜剧作家采用的那些手法。一般说来，他一方面尽量利用希腊原本提供的各种手法以达到自己的喜剧目的，同时又对它们进行深化和扩充，把它们同意大利本土的一些手法结合起来，使他笔下的奴隶形象主要倾向于诙谐、滑稽，成为喜剧笑料的主要来源。

为了赢得下层民众的掌声，普劳图斯尽量使那些富有的主人显得很愚蠢，往往比奴隶还愚蠢。这一点罗马传统是不允许的，例如卡托就不允许奴隶比主人聪明。在奴隶制度下，普劳图斯表现的这些场面可以视为是变相的微弱反抗。

总的说来，普劳图斯在塑造人物形象时是一方面遵循了新喜剧的传统模式，从而使他的人物形象有时显得有些单调、刻板化，但同时他又善于使自己的人物处于不同的戏剧情境和矛盾之中，赋予他们一定的罗马色彩，使他们更为滑稽、诙谐，从而创造出许多鲜明、生动而具有罗马特色的人物来。

七　影　响

在普劳图斯时期，罗马戏剧演出的条件仍然很差。

当时还没有建造木结构的固定剧场，只有临时搭建的舞台和围起来的观众区，节日演出过后便拆除。舞台后面的木结构墙壁作后景用，舞台侧面的入口左侧表示来自城里或港口，右侧表示来自城外或国外，下场亦然。观众无固定座位，由观众为免于疲劳而自带坐凳。不过，很快这个场合也表现出阶层分化。自公元前199年起，元老们不再与平民混杂着观看，而是在舞台前方划出专门区域，设置坐椅。后来随着金融阶层势力的增长，骑士也有了专门的位置。观看演出时，奴隶得把坐位让给自由人。①

这种简陋的演出条件是社会上层反对希腊化影响的结果。公元前179年，即在普劳图斯去世之后，曾经按照希腊式样建立过剧场，不过后来也被拆掉了。

罗马演员起初主要是埃特鲁里亚人。普劳图斯生活时期的演员基本上是奴

---

① 普劳图斯：《布匿人》，第23行。

隶、获释奴隶和来自社会底层的人,都是那些不耻于以劳动换取报酬而生存的人,而贵族和其他富有阶层的人却认为取酬劳动是不光彩的。

剧班有班主,班主为主要演员兼导演,由他与演员签约。诗人只提供剧本,音乐由专人编写。

在普劳图斯时期,罗马喜剧和悲剧演员演出时不戴面具。女性角色由男性扮演,演员戴假发,与人物的年龄、性别和社会地位相称。采用希腊喜剧改编的喜剧演员的服饰是希腊披衫,各种年龄段人物穿的披衫的颜色有区别;门客出场时把披衫搭在肩上;妓馆老板穿花色披衫;伴妓穿金黄色的披衫,表示贪婪;奴隶穿丑角式短衫。

在罗马喜剧里,音乐起到很大的作用。长篇诗歌台词通常有音乐伴奏,乐器类似于吉他。用各种抒情诗格律写成的咏叹段落由专人演唱,演员只作模拟表演。罗马喜剧里很少有纯音乐表演的幕间休息,如在《普修多卢斯》中那样。

上述这些情况在普劳图斯的剧本里基本都可以看出来。

在普劳图斯去世后,其剧本继续在罗马舞台上演出,享有很高的声誉,特别是在普通民众中间。他的《卡西娜》一剧在作者去世后重新演出时,演出者便谈到,人们就像是饮积年陈酒一样,更喜欢普劳图斯的喜剧,而不是那些新创作的剧本。由于普劳图斯的名气,许多人都把自己的剧本托名于他,结果使得真假难辨。

后来随着罗马舞台戏剧趣味的变化,舞台上表演的主要是长袍剧、阿特拉剧和拟剧等,普劳图斯的作品逐渐成为尚古派研究的对象。例如公元前2世纪末的文法家埃利乌斯·斯提洛曾经说:"若是诗歌女神想说拉丁语,那么她们会说普劳图斯的语言。"到了罗马帝国初期,舞台形态发生了更大的变化,贺拉斯以自己的古典标准,认为称赞普劳图斯的格律和讥嘲,即便不说是愚蠢,那也是太宽容,不知道什么是粗俗和雅致。[①]罗马帝国时期,普劳图斯的喜剧曾经继续上演,公元2世纪时,普劳图斯被视为古典诗人,其语言被视为完美的顶峰。

中世纪时,普劳图斯从人们的视野里消失了。文艺复兴时期,人文主义者重新发现了普劳图斯的喜剧抄本。起初只知道8部剧本,后来在15世纪,发现了他的其他剧本。也是在这时期,人们重又开始研究他,并且把他的喜剧搬上舞台,对他的剧本进行模仿或改编。在英国,莎士比亚就曾经创造性地利用过他的剧本,创作了《错误喜剧》。在法国,普劳图斯对莫里哀的创作影响最为明显。德

---

① 贺拉斯:《诗艺》,第270~274行。

国戏剧理论家莱辛对普劳图斯很有研究，特别赞赏普劳图斯的喜剧《俘虏》，把它视为18世纪在欧洲出现的感伤喜剧的原型。

普劳图斯塑造的许多人物形象在后代仍然继续保持了生命力，产生了很大的影响。例如吹牛的军人形象在16～17世纪的意大利假面剧中得到复兴。机智的奴隶同样影响了西班牙喜剧和意大利假面剧中同类人物的塑造。时至今日，普劳图斯仍然没有失去他的历史价值，并且继续受到人们的称赞。

安菲特律昂
AMPHITRUON

导　言

　　普劳图斯的《安菲特律昂》是古希腊罗马时代传下来的唯一一部以神话为题材的喜剧。神话传说是古希腊中期喜剧的传统题材，这种喜剧流行于公元前4世纪。普劳图斯的这部喜剧究竟是根据希腊中期喜剧的哪位作家和哪部作品改编的，由于史料缺乏而无从查考。

　　该剧取材于古希腊大英雄赫拉克勒斯的传说。赫拉克勒斯本是古希腊民间传说中的英雄，本名为阿尔基得斯（Archides）。据说"赫拉克勒斯"（Heracles）一名是由得尔斐阿波罗神示所赐，意为"受赫拉迫害而建立功绩的"。这表明当时关于赫拉克勒斯的传说已经被纳入奥林波斯神系传说范围。

　　按照古希腊神话传说谱系，赫拉克勒斯的母系祖先是其中的阿尔戈斯传说系列的英雄佩尔修斯（Perseus）。佩尔修斯是曾经运用智谋砍下了女妖戈尔工之一美杜萨（Medussa）的头的大英雄，传说迈锡尼城也是由他建造的。赫拉克勒斯的母亲阿尔克墨涅是佩尔修斯的孙女。阿尔克墨涅的丈夫，也就是赫拉克勒斯的名义上的父亲安菲特律昂是佩尔修斯的另一个儿子、阿尔戈斯地区的提林斯（Tiryns）王阿尔凯奥斯（Alcaius）的儿子，因此与阿尔克墨涅本是亲堂兄妹关系。阿尔克墨涅的父亲，即安菲特律昂的叔父、迈锡尼王埃勒克特律昂（Eletryon），遭到邻邦侵犯，召请当时在提林斯为王的安菲特律昂前去帮助，把自己的女儿嫁给了安菲特律昂，甚至还把王权也交给了他。后来安菲特律昂杀死了埃勒克特律昂，从而与阿尔克墨涅一起被赶出迈锡尼，投奔阿尔克墨涅的母舅、特拜王克瑞昂。克瑞昂收留了他们，因而才有安菲特律昂受特拜王之命，率领军队出征特勒波伊人一说。

按照古希腊神话传说，无所不能的主神宙斯（Zeus）利用安菲特律昂受遣出征在外的机会，变成安菲特律昂的模样，骗得阿尔克墨涅的信任，得到阿尔克墨涅的恩爱，使已经为安菲特律昂怀有身孕的阿尔克墨涅又怀了孕，从而生下一对孪生子。

阿尔克墨涅知道赫拉克勒斯出生后难逃好嫉妒的神后赫拉的迫害，便将新生儿弃之野外。女神雅典娜和赫拉恰巧从那里经过，雅典娜可怜面临生命危险的新生儿，劝赫拉给他喂奶。赫拉克勒斯用力吮吸，咬了一口，咬痛了赫拉。赫拉很生气，便又把新生儿放到地上。雅典娜抱起新生儿，作为一个弃婴，交给阿尔克墨涅抚育。

阿尔克墨涅一眼认出了自己的孩子，便把孩子放进摇篮里。赫拉明白了孩子的来历后，便命令两条巨蟒爬进摇篮，紧紧缠住孩子的脖子。孩子被缠，觉得难受，喊叫起来。母亲和奶妈闻声赶来时，发现赫拉克勒斯一生下来就力大无比，只见他伸开双手，已经分别把那两条巨蟒捏死。安菲特律昂也闻声赶来，见此情景，便请来特拜著名的预言家特瑞西阿斯为赫拉克勒斯预言未来。

据说在阿尔克墨涅临产那天，宙斯曾经在神界会议上自信地宣称，那天将会出生一个孩子，那孩子含有他的血统，注定将来会统治周围地区。赫拉听了以后很生气，在让宙斯为自己说的话发了誓之后，她作为生育女神，让阿尔克墨涅延迟分娩，使得在那一天首先出生的不是赫拉克勒斯，而是另一个也含有宙斯血统、论辈分是赫拉克勒斯的叔父的欧律斯透斯（Eurystheus）。强大的赫拉克勒斯长大后不得不屈从于软弱无能的欧律斯透斯的命令，干了那么多苦差事，但是却"因受赫拉迫害而建立丰功伟业"，成为举世闻名的大英雄。

关于赫拉克勒斯的传说可见于荷马史诗，在史诗中得到叙述，表明这一传说产生于荷马史诗之前。从史诗中的叙述来看，赫拉克勒斯传说在当时已经是一个完整的传说，包含了人们熟知的赫拉克勒斯传说的一些基本内容。①

普劳图斯在这部剧本里按照古罗马神话传说系统，把宙斯改称为罗马神话传说中的主神尤皮特，把古希腊神话传说中的神使赫尔墨斯改称为罗马神话传说中的神使兼商业神墨丘利，其他人物的名字，如安菲特律昂、阿尔克墨涅等，仍就保持希腊传统。古罗马神话传说称赫拉克勒斯为海格力斯（Hercules），剧情本身只涉及赫拉克勒斯出生的传说，剧中未直接提到赫拉克勒斯的名字。

---

① 参阅荷马史诗《伊利亚特》，第19卷第97～133行、第14卷第323～324行；《奥德赛》，第11卷第266～268行。

诗人称这部剧本是一部混合型剧本，即"悲喜剧"，原因正如墨丘利在剧中宣称的那样：因为剧中有国王和神明出现，然而又有奴隶，因此不可能完全是喜剧，而是一部悲喜剧。悲剧和喜剧的这种分类概念源自希腊，为罗马作家所接受，不过在普劳图斯的这部喜剧里，国王和神明的出现并没有真的使剧本具有悲剧性质，从而是剧作家对悲剧特性的一种调侃。

剧中对神明角色的戏谑反映了希腊化时期流行的对传统神话传说进行理性主义理解的影响。理性主义把传统神明从庄严的台座上拉下来，在文学和艺术创作中从另一种视角对他们进行新的诠释。正是由于这一原因，虽然这部戏剧整个是以关于赫拉克勒斯的神话传说为题材，但是作者的用心主要不在于描写赫拉克勒斯的种种伟大功绩，而是着意于尤皮特的爱情趣闻以及由此引起的喜剧性误会上，把尤皮特刻画成完像一个世俗的偷情者。另一方面，从墨丘利的话中可以看出，奴隶角色在当时是构成喜剧的主要因素。喜剧把奴隶表现为一种独特的、滑稽可笑的角色，反映的是奴隶主观点，这种观点贯穿整个古代世态喜剧的始终。但是值得注意的是，在普劳图斯的喜剧里，在对奴隶角色作这种刻画时，明显包含着作者对他们抱有一定的赞赏和同情，这显然是由于作者本人的出生和地位与他们很相近。

剧中阿尔克墨涅的形象很有意思。她被描绘成一个贞洁、忠实的妻子，一个真正的罗马传统女性。对于她来说，丈夫的勇敢和荣誉高于一切，赞成丈夫视国家比妻子更重要。她蔑视物质嫁妆，认为相比之下，更重要的是精神嫁妆。① 剧中阿尔克墨涅作为一个理想的妻子形象，完全不同于在作者的其他剧中出现的那些持有丰厚嫁妆的妻子形象。

这部剧本的题材背景与罗马当时的现实生活也有密切的联系。剧中对战争和战斗的胜利、贵族统帅得胜班师和炫耀战功的叙述均很有现实性。墨丘利在开场词中向观众提出了请求，要求主持演出的有关方面认真巡视剧场，如果发现有人雇佣捧场者或者采用不正当的手段竞争演出奖赏，那就应该像追究竞选国家官职时的非法活动那样追究他们。这一请求的喜剧性在于，当时罗马的戏剧演出除了极少数例外，都是由奴隶或者获释奴隶表演的，剧作者在这里戏谑罗马法律，认为他们也应该适用针对自由民和国家高级人物的法律。

安菲特律昂在知道自己的竞争对手是谁之后，心理发生突变，认为与尤皮特

---

① 参阅本剧第839~842行。

分享幸福并不使他感到屈辱，并且还要献祭以求得尤皮特的恩典。这一情节曾经引起后代读者的费解。剧中的这一描写符合关于赫拉克勒斯出生的传说细节，剧作者保留这一情节也许是从理想主义出发，对罗马传统的朴素宗教感情进行一种嘲弄。

这部剧本的人物关系并不复杂，只是由于采用了"以假乱真"（qui pro quo）这种手法来构建剧情，使得剧中人物真真假假，真假交错，真假难辨，从而构成一幕幕别具特色的喜剧冲突。直到最后，剧本才如同悲剧中的"神借助机械下来"（deus ex machina）那样，由尤皮特亲自登场，说明事情缘由，解开了戏剧矛盾。剧中有许多有趣的逗乐场面，语言机敏幽默。

这部喜剧在后代欧洲很受赞赏，对莫里哀、莎士比亚等著名剧作家都明显地产生过影响。

剧情梗概一

尤皮特变化成安菲特律昂的形象，
乘后者出征在外与特勒波伊人①作战，
拥有了他独居在家的妻子阿尔克墨涅。
墨丘利扮成伴随主人出行在外的奴隶
索西亚，就这样瞒过了阿尔克墨涅。 5
真正的安菲特律昂和索西亚回来后，
分别被欺蒙，受到意想不到的捉弄。
丈夫和妻子发生误会，相互指责对方，
直至尤皮特从高空发出洪亮的巨雷，
坦然承认自己就是那个假冒的丈夫。 10

剧情梗概二

尤皮特被对阿尔克墨涅的爱情俘获，
于是把自己变化成她的丈夫的模样，
安菲特律昂正为国家在外同敌人作战。
墨丘利变成索西亚的模样，听从吩咐，
蒙骗刚刚从战场返回来的主人和奴隶。 15
安菲特律昂与妻子发生争吵，与尤皮特
互相指责为奸夫。布勒法罗充当仲裁人，
也难断定他们谁是真正的安菲特律昂。
真相终于大白。阿尔克墨涅生下一对孪生子。②

---

① 特勒波伊人是希腊西部阿卡尔纳尼亚地区（Acarnania）居民，近海的塔福斯岛（Taphus）为其占有。荷马曾经提到塔福斯人（Taphoi），参阅荷马史诗《奥德赛》，第1卷第417行。
② 古代传下来的这两篇"剧情梗概"都不是普劳图斯本人所作。学者们对这两篇梗概的写作时间看法不一。梗概之二原文是一首藏头诗，每行诗的第一个字母连起来便成为AMPHITRUO，恰好是剧本主人公的名字"安菲特律昂"。有人认为，梗概之二可能作于公元前1世纪中期，而剧情梗概之一的写作时间可能要晚一些。

人　物

墨丘利　古罗马神话中的神使、商业神
　　　　　相当于古希腊神话中的神使赫尔墨斯
索西亚　安菲特律昂的随奴，陪同主人出征
尤皮特　古罗马神话中的主神
　　　　　相当于古希腊神话中的主神宙斯
阿尔克墨涅　安菲特律昂的妻子
安菲特律昂　特拜军队统帅
布勒法罗　安菲特律昂的舵手
布罗弥娅　奶妈

哑　角

数奴隶　安菲特律昂的随从
特萨拉　阿尔克墨涅的女侍
女侍数人　阿尔克墨涅的随侍

时　间

夜间。

地　点

古希腊特拜。一街道。一座住屋，为安菲特律昂的居所。

开场词

[墨丘利上。

墨丘利

既然你们希望在你们的商业买卖中，
我能乐意地帮助你们，让你们获利，
甚至在所有的事业中都能助佑你们，
希望我能使你们在各项财务和往来中
都能很顺利，无论是在外或是在家中，　　　　　　　5
都能够获得很好的、持续不断的收益，
无论是业已开始的或计划进行的事业，
希望我都能够为你们从事的事务提供
各种消息，告诉你们，向你们通报
对于你们共同的事务最有用的信息，　　　　　　　10
因为你们知道神明们一致赋予了我
两种职能——传报消息和让人获利；
既然你们希望我能尽力地履行职责，
［使你们能够永远年复一年地获利，］①
那就请你们安静地观看这场演出，　　　　　　　　15
从而能对它作出公正合理的评判。
至于我是奉谁的命令前来，为什么来这里，
我这就作说明，并且首先通报我的姓名。
我是奉尤皮特之命而来，我的名字叫墨丘利。
我的父亲派我来这里，是为了请求你们，　　　　　20
尽管他知道，不管他对你们有什么吩咐，
你们都会唯命是从，而且他也明白，
你们对他心怀应有的敬畏和恐惧，

---

① 19世纪德国学者勒奥（Leo）校勘普劳图斯的喜剧的拉丁文原文时删去此行，勒布本把它放在注释里。译者翻译时仍把它放在正文里，不过诗行以"［　］"标示，内容以楷体字排版，供考；下同。

不过他仍然命令我一定要诚恳地、
温和地、言语友好地向你们提出请求。 25
即便是他,命令我前来的这位神,尤皮特,
并不亚于你们中间的任何人也担心灾祸。
你们出生于凡间母亲,父亲也是凡人所生,
若是心里产生恐惧,并没有什么好稀奇;
即便是我也一样,尽管我是尤皮特之子, 30
但是受父亲感染,也担心会遭遇什么不测。
于是我平和地前来,为你们带来和平:①
我想我对你们的请求公正而容易满足,
因为是公正的请求者向公正的人们作出公正的请求。
须知不应该向公正的人们作不公正的请求, 35
而向不公正的人们作公正的请求则是愚蠢,
因为不公正之人不知道,也不理解什么是公正。

现在请你们认真注意听我继续说。
你们应该想我们之所想,我和我父亲
完全值得你们和你们的国家这样做。 40
我何必列举,正如我看到其他的神明,
例如尼普顿、美德之神、胜利之神、②
马尔斯、贝洛娜,③他们经常列举给过你们的
种种好处,我何必列举我父亲、众神之主宰、
世间一切事物之缔造者,给过你们什么恩惠? 45
我的那位父亲从不知道这样的习俗:
只因为自己曾经施恩便指责高尚的人们。
既然我的父亲认为你们是知恩感恩之人,

---

① 此行中"平和"和"和平"的原文是 pace 和 pacem,均源自名词 pax。
② 尼普顿是尤皮特的兄弟,海神;美德之神(Virtus)和胜利之神(Victoria)都是对普通名词的拟人神性化。
③ 马尔斯是古罗马战神;贝洛娜(Bellona)是战争女神,源自名词 bellum,意为"战争",被视为战神马尔斯的妹妹。

因而值得向你们施与他向你们施与的恩惠。
现在我首先解释我前来对你们有何请求，　　　　　　50
然后再向你们说明这部悲剧的内容梗概。
（稍停，注视观众）
你们怎么一听见我说上演的是一部悲剧，
便都皱眉头？我是神，可以改变自己的形象。①
如果你们希望，我也可以把这出戏由悲剧
变成喜剧，同时仍然保留原有的诗句。②　　　　　55
你们希望二者兼而有之？我也真愚蠢，
好像尽管我是神，却不知道你们的想法。
我明白你们心里对这出戏有什么要求：
我将为你们提供一部混合剧，一出悲喜剧；
因为我想我怎么也不可能让它始终是喜剧，　　　　60
一出喜剧，既然剧中有国王和神明登场？
那怎么办呢？既然剧中也有一对奴隶，
那我就让它像我刚才说的，成为一出悲喜剧。

现在尤皮特要求我这样请求你们：
让督察员们巡行于一排排座位之间，　　　　　　65
一个个地巡查剧场里所有的观众，
如若发现有人充当雇佣的捧场者，
便立即在座位上剥下他的外袍作抵押；
或者若是有人为演员或某个艺术家
游说争获优胜，不管他们是用书信，　　　　　　70
还是亲自游说，或者是通过中间人，
抑或如果市政官不公正地进行奖赏，
尤皮特命令，法律对任何人都一视同仁，
如同有人为自己或他人作竞选游说一样。

---

① 直到普劳图斯时代，罗马人仍然更喜欢观看喜剧和如角斗等各种比较粗俗的表演。
② 按照当时的戏剧概念，悲剧以神话传说为题材，剧中人物为神和英雄，喜剧则表现普通人的日常生活。

他还说，你们一向凭借自己的德行获胜， 75
而不是靠游说、靠奸诈，同样的法律
怎么能对演员就不及对显贵人士有效力？
应该靠德行而不是支持者的帮助来感动人。
只有行为端正之人才会有足够的支持者，
如同只有明晓这一事理的人才会品行真诚。 80
父亲还委托给我一项这样的任务：
要求督察员们严格监督演员的行为，
如果有人雇佣他人为他们自己鼓掌，
或者如果有人故意损害别人的成就，
那就把他的服装连同他的皮一起剥下来。 85
请你们不要感到诧异，为什么今天尤皮特
对演员的事情如此关心。你们也用不着奇怪，
因为尤皮特本人将亲自饰演这出喜剧。
怎么啦？你们感到惊奇？好像这是
尤皮特第一次演戏，第一次当演员。 90
其实甚至去年，演员们就曾经在舞台上
呼吁尤皮特。尤皮特来了，帮助了他们。①
［尤皮特甚至还登台表演过悲剧。］
我宣布，今天尤皮特将亲自演出本剧，
我和他一起演出。现在请你们注意听， 95
我这就给你们介绍这出喜剧的情节。
这座城市是特拜。

（指舞台布景）

     在这座房屋里居住着
安菲特律昂，阿尔戈斯人，由阿尔戈斯父亲所生，②
同他住在一起的是妻子阿尔克墨涅，
     埃勒克特罗斯的女儿。
这位安菲特律昂现在正统率军队， 100

---

① 可能指尤皮特曾经在某些戏剧中出现，以解脱某种剧情困境。
② 参见本剧"导言"。

因为特拜人正在同特勒波伊人作战。
在他离开这里,前往军营之前,
他已经使妻子阿尔克墨涅怀有身孕。
我相信,你们都知道我父亲的习性,
他对这类事情持何等自由的态度,　　　　　　　　105
他是怎样一位爱情能手,只要他喜欢。
他爱上了阿尔克墨涅,瞒着她的丈夫,
趁她独居在家的机会,来同她结合,
以自己的爱抚也使阿尔克墨涅怀了孕。
现在就让你们对阿尔克墨涅的
　　　　　　　情况有更清楚的了解:　　　　　　　110
她怀有双重身孕,既由于丈夫,
　　　　　又由于至高的尤皮特。
我的父亲现在就在这里,在这屋里面,
同她在一起,为此这一夜也会被延长。
当他仍然在与她享受渴望的欢乐时,
他伪装了自己,变成了安菲特律昂的模样。　　　　115
现在为了使你们对我的这身打扮
　　　　　　　不至于感到惊奇,
我怎么穿着奴隶服装出现在这里?
　　　　　　我这就告诉你们:
我将要把古老的旧故事作为新戏上演,
所以我现在才以这身不寻常的打扮出现。
我的父亲尤皮特现在就在那屋里面,　　　　　　120
已经把自己变成安菲特律昂的模样,
所有看见他的奴隶都把他当做安菲特律昂,
因为他能够随意地让自己改变模样。
而我则让自己采用了奴隶索西亚的模样,
他已经陪同安菲特律昂一起离开这里出征,　　　125
这样我便可以侍候我那恋爱着的父亲,
同时也为了让奴隶们不会询问我是什么人,

当他们看见我不断地在屋子里进进出出时。
现在,既然他们把我当做奴隶,是他们的同伙,
他们便谁也不会询问我是谁?为什么来这里? 130

我的父亲现在正在里面如愿以偿:
躺在卧榻上,称心如意地拥抱着热望的人;①
我的父亲正在给阿尔克墨涅讲述他统率
军队建立了哪些丰功伟绩,而她则把他
当做自己真实的丈夫,尽管同她
    在一起的是一个引诱者。 135
我父亲现在正在讲述他怎样击溃了
敌人的军团,如何得到了丰厚的奖赏。
我们把奖给安菲特律昂的那些奖品带了回来,
因为我的父亲很容易能够心想事成。
现在安菲特律昂就要从前线回到这里, 140
带着他的奴隶,我正扮成他那个奴隶的形象。
为了使你们能够较容易地把我们分辨,
我将在这顶帽子上一直插着羽毛,
我父亲的帽檐下面将戴着金穗子,
安菲特律昂将没有这样的标记。 145
这里的家人们谁也不可能看见
这些标记,你们却可以看见它们。

(向远处张望)

瞧,那就是安菲特律昂的奴隶索西亚:
他正从港口前来,还提着一盏小灯。
我让他过来,然后把他从屋前赶走。 150
请你们注意,将会有值得观看的好戏,
由尤皮特和墨丘利作为演员表演。

［墨丘利退到舞台一旁。

---

① 罗马人侧卧于餐榻用餐,由奴隶侍候。餐榻可以是单人的,也可以是双人的,甚至是多人的。

第一幕

第一场

[索西亚手提小灯上。

索西亚

  有哪个人比我更大胆,有哪个人比我更自信?
  尽管我熟知年轻人的习性,但是我
      仍在夜间独自游荡。

(稍停,紧张地)
  要是现在三人巡逻队把我抓进监牢,
      那时我该怎么办?   155
  明天早晨被从那里的小监室
      提出来送到皮鞭下,
  我既不可能为自己辩护,也无法
      寄希望于主人的帮助,
  也不会有哪个人认为我遭受这样的大殃不应该。
  那时八个壮汉会把可怜的我当做铁砧般鞭打: 159–160
  丝毫也不考虑这样的命令合理不合理,   161–162
  刚刚从外邦归来,便受到官方如此款待!①
  主人也真心急,不管我愿意不愿意,
  便在这黑夜里,打发我从港口回来。

---

① 在罗马,奴隶夜间在外面被抓住,通常被视为企图进行抢劫或逃跑,会遭到严刑拷问。

　　　　　他怎么就不能在白天派我前来这里？　　　　　　　　　165
　　　　　　　给权贵当奴隶是件难事，
　　　　　　　给富人当奴隶就更加难，
　　　　　不分白天黑夜地干活，连续不断，没完没了。
　　　　　干活，听吩咐，只有这些，从不让你得安闲。
　　　　　　　主人自身富有，从不知道他人劳作艰辛，　　　　170
　　　　　　　他随意想出什么主意，便都得遵行不怠：
　　　　　他认为应该这样，却不想想那得付出多少辛劳，
　　　　　　　[也不考虑这样吩咐合理不合理。]
　　　　　　　因此，为奴有许多不合理的东西，
　　　　　你必须艰难地承受许多难忍的负担。　　　　　　　175

墨丘利

　　　　　（旁白）
　　　　　我更加应该抱怨为奴的苦处：
　　　　　我本是自由人身份，今天父亲
　　　　　却把我变成奴隶，此人本是个
　　　　　家庭奴隶，还在这里如此抱怨。

索西亚

　　　　　我这个家庭奴隶真是个恶棍，难道我刚才　　　　　180
　　　　　曾经想到回来之后应该向有关神明谢恩？
　　　　　请波卢克斯作证，①若神明对我作出应有的报答：
　　　　　我刚到达，他们便派人来把我的脸面狠狠砸碎，
　　　　　因为尽管他们关心我，我却不知感恩，
　　　　　　　　　　　　让他们白辛苦。

墨丘利

　　　　　（旁白）
　　　　　他真是非同凡响：竟然知道自己会得到什么报应。　　185

---

① 波卢克斯（Pollux）是罗马名字，希腊名为波吕丢克斯（Poludeuces），传说是斯巴达王子廷达瑞奥斯（Tyndareus）和勒达（Leda）所生。宙斯和勒达生下了卡斯托尔，是波卢克斯的孪生兄弟，传说中常把波卢克斯和卡斯托尔合称狄奥斯库里（Dioscuri），意为"宙斯的孪生子"。罗马人常以他们的名义发誓或表示感叹、惊讶。

索西亚

无论是我自己或其他任何市民都没有想到,
我们能够像现在这样,安然无恙地返回来。
我们获得了胜利,敌人被打败,军队胜利归返;
激烈的战斗结束了,敌人被彻底歼灭。
那座曾经给特拜人民造成无数悲伤的城市, 190
终于被强大军队的勇敢精神所战胜和征服,
由于我的主人安菲特律昂的统率和占卜。①
他给自己的人民赢得战利品、土地和荣誉,
巩固了特拜国王克瑞昂拥有的权力。
他派我从港口回来向他的妻子报告, 195
他统率军队,秉承神意完成了国家委托。
现在我得考虑回到家后怎样向她禀报,
如果我杜撰——那是我一向惯用的手法。
事实是,战斗最激烈时我也逃跑得最敏捷;
不过我仍要假装参过战,把听到的情况向她叙说。 200
然而我究竟应该怎样向她禀报,向她叙说呢?
我想我首先应该考虑考虑。

(稍停)

    好,我就这么说:
当我们一到达那里,一踏上他们的土地,
安菲特律昂立即从最优秀者中挑选出一些最杰出的人,
委派他们前往特勒波伊人那里,传达他的要求: 205
如果他们不想动武,不希望战争,那就交出
    劫掠物和劫掠者;②
如果他们交回劫掠的财物,那么他就立即撤退军队,
阿尔戈斯人立即离开他们的土地,给予他们
和平和安宁;但如果他们另有想法,

---

① 按古代罗马人的习俗,每次重大战斗之前都得求神问卜,通常作鸟卜。
② "劫掠物"和"劫掠者"的拉丁文是 rapta 和 raptores,均源自动词 rapere,前者为被动形动词(分词),后者为派生名词。

　　　　　　　　　　　不按要求交出掠获，
那时他就集中全部力量，进攻他们的城市。　　　　　　210
使节们把安菲特律昂的要求对特勒波伊人
一一陈述，特勒波伊人心灵高傲，依仗自己的
勇武和力量，傲慢、狂妄地对我们的使节大声叫喊，
宣称他们能够用战争保卫自己和他们的属民，
要求使节们立即离开，把军队撤出他们的地界。　　　215
使节们带回这样的答复，安菲特律昂立即
率领军队离营出战。特勒波伊人也率领
自己的军队出城对抗，武器无比精良。
　　就这样双方军队迎面出战，
　　布置好士兵，布置好阵列，　　　　　　　　　　　220
　　我们按照我们的习惯和方式布置我们的军队，
　　敌人也布置自己的军队，与我们针锋相对。
　　然后双方的统帅走到两军之间，
　　离开纷乱的阵列，进行协商。
　　最后决定：战斗中被战败的一方　　　　　　　　　225
　　交出城市、土地、祭坛、社灶和自己。
　　在这之后立即开战，双方号角齐鸣，
　　大地发出回响，回应双方的呐喊。
　　双方的统帅在这边和那边
　　向尤皮特许愿，激励自己的军队。　　　　　　　　230
　　随即每个人为了保护自己，都使出全部的力量，
　　举剑砍向对方，武器被折断，人们放声呐喊，
　　喊声直达天际，人们呼出的空气和水汽，
　　在周围凝成云团，许多人受伤后倒下。
　　终于如我们希望的那样，我们的军队占了上风：　　235
　　敌人一批批地倒下，我们对疯狂的敌人
　　发起猛烈的攻击，力量超过了敌人。
　　但是他们谁也不转身逃跑，没有人
　　从阵地后退，而是仍然顽强地战斗。

	他们宁可战死，也不愿放弃阵地：	240
	他们在哪里，就在哪里倒下，坚守阵列。	
	主人安菲特律昂发现这一情况，	
	立即命令骑兵从右翼发起冲击。	
	骑兵迅速出击，发出巨大的呐喊，	
	从右翼猛烈地冲进敌人的阵线，	245
	给敌人很大的杀伤，终于公正地	
	击溃了好行不义的敌人。	

墨丘利

（旁白）
到目前为止，他还一直没有说什么假话。
因为战斗进行时，我和我父亲都曾经亲临战场。

索西亚

敌人开始溃逃，我们的志气更加旺盛，　　　　　250
投掷的武器纷纷砸进特勒波伊人的身体，
安菲特律昂亲手杀死了国王普特瑞拉。
到处是激烈的战斗，自清晨直至傍晚，
这一点我记得更清楚，因为那一天
　　　　　　我一直未能吃上饭。
最后黑夜降临，终于中止了战斗。　　　　　　255
次日清晨长老们满面泪水地出城，
　　　　　　来到我们的军营，
缚着双手，请求我们饶恕他们的罪行，
他们将投降，交出所有的圣物、财富、
　　　　　　城市和儿女，
所有的人都听从特拜人民的命令和裁决。
他们称赞主人安菲特律昂的勇敢，
　　　　　　献给他一只金杯，　　　　　　260
国王普特瑞拉通常就用它饮酒。好吧，我就这样
向女主人禀报。现在我回家去，完成主人的命令。

墨丘利

（旁白）

好，他要从那边走过来。我这就迎面走过去，
我今天怎么也不能让这个家伙靠近这座屋子。
既然他和我一个模样，那我就好好捉弄他一番。 265
既然我现在采用了他的形象和体形，
我便应该具有与他相似的行为和性格，
也应该是一个像他那样的坏人、
　　　　　狡诈之徒、阴谋家，

（看见索西亚抬头张望）

机敏地用他的武器把他从门前赶走。
可他怎么啦？他仰望天空。我跟着他，
　　　　　看他干什么。 270

索西亚

天哪，如果我能相信什么或者能准确地知道什么，
那么我相信，今天夜里星星准是喝醉了睡过了头。
因为我看到北斗星在夜空中一点都不移动，
月亮也一样，无任何变化，就像升起时那样，
无论是猎户座、黄昏星、还是昴星座，也不降落。 275
各个星辰就这样停留着，黑夜也不让位给白天。

墨丘利

（旁白）

黑夜啊，你就像业已开始的那样，
　　　　　继续为我的父亲效劳吧，
你是在杰出地为杰出之人效劳，
　　　　　出色地贷出你的劳苦。

索西亚

我敢肯定，我从来没有见过比这更漫长的黑夜，
只是除了有一次，我挨鞭打后被吊了整整一夜。 280
天哪，今天这一夜甚至比那一夜还要长很多。
我想肯定是太阳喝多了，还在沉沉地睡大觉。
如果不是它昨天晚上喝过了量，那才奇怪哩！

墨丘利

（旁白）

你说说，你是不是个浑蛋？你认为神明也像你那样？
请神明作证，你这个恶棍，由于你刚才的
　　　　　　　　　　　这些污言秽语，　　　　　285
我要招待你一番。你过来吧！只要你
　　　　　　一过来，我就让你遭殃。

索西亚

放浪者们，你们不爱独卧，现在你们在哪里？
今天这一夜即使花大价钱与荡妇鬼混也合适。

墨丘利

（旁白）

我的父亲恰如此人所说，正确
　　　　　　　　　而明智地利用着这个夜晚，
拥抱着阿尔克墨涅，享受着爱情，如愿以偿。　　　290

索西亚

我现在前去，按主人吩咐的那样，
　　　　　　　　　向阿尔克墨涅报告消息。
可是那是谁？我看见他站在门前，在这夜间。
（停住脚步）
　　　　　　　　　　　　　事有蹊跷。

墨丘利

（旁白）

没有哪个人比他更胆小。

索西亚

　　　　　　　我想这个人大概想抢我肩上的衫衣。

墨丘利

（旁白）

他害怕了，让我捉弄他一番。

索西亚

　　　　　　　　糟了，我的牙齿在发痒。　　　　　295

我一走到那里，他肯定会用一顿拳头招待我。
我看他定然是个慈悲人，主人一直未让我睡觉，
他今天会让我狠狠吃一顿拳头，好让我睡去。
真糟糕，天哪，那人多么高大，又多么健壮啊！

墨丘利

（旁白）

我这就大声地说话，好让他清楚地听见，   300
他听到后会使自己陷入更大的恐惧。

（大声地）

拳头啊，准备好！你们已经好久没有让肚子吃东西。
只是直到昨天你们才终于尽了本分，放倒了四个人，
让他们赤身裸体地睡去。

索西亚

（旁白）

　　　　　　　　　　他这样说太可怕了，
我将在这里改换姓名，由索西亚改称为昆图斯。①   305
他刚才声称曾经让四个人赤身裸体地睡去，
我担心他会增加这个数。

墨丘利

（挥舞拳头）

　　　　好，正该这样！好，就这样！

索西亚

（旁白）

他正在活动身子，准备动手。

墨丘利

　　　　他不挨一顿痛打，别想离去。

索西亚

（旁白）

他这是指谁？

---

① "昆图斯"（Quintus）是专有名词，罗马常见名之一，"老五"的拉丁文是数字形容词 quintus，二者同形同音。

墨丘利

不管什么人来到这里,都得尝一顿拳头。

索西亚

(旁白)

你就离开吧!我不喜欢这种黑夜。
我刚才已经吃过晚饭, 310
要是你乐意,你就把这顿"晚饭"
赏给正饿着肚子的人吧!

墨丘利

(继续挥动拳头)
这拳头分量不会轻。

索西亚

(旁白)

糟了,他在试拳头的分量。

墨丘利

要是我慢慢地给他一拳头,让他睡去?

索西亚

(旁白)

但愿你真能够这样,
因为我已经连续三夜未曾合过眼。

墨丘利

(缓缓地摆动手臂)

真不中用,
我在白费力气,我的手臂没有学好如何揍下颌。 315
你应该让拳头不管碰上谁,就能让他改变模样。

索西亚

(旁白)

那个人要改变我的模样,重新塑造我的脸形。

墨丘利

你只要狠狠地揍一揍谁,他的脸就会立即脱骨。

索西亚

(旁白)

如果他不把我揍得如同海鳝般脱骨,那才是怪事。
让这个爱给人脱骨的家伙快滚吧!
要是他发现了我,我就会完蛋。 320

墨丘利

(用鼻子嗅)
这里有人在散发气味,让自己倒霉。

索西亚

(旁白)

啊,难道是我散发了气味?

墨丘利

他现在应该距离这里不远,他原先离这里远一些。

索西亚

(旁白)
显然那个人通晓巫术。

墨丘利

我的拳头现在正跃跃欲试。

索西亚

(低声地)
如果你想拿我练习,那请你首先对墙壁消消劲。

墨丘利

好像有谁的声音飞进了我的耳朵。

索西亚

(旁白)

我真是个不幸的人, 325
没有拔去它们的羽毛,以至于我的声音还带着翅膀。

墨丘利

那边那个人请我让他的驮兽干点苦差事。

索西亚

(旁白)
我没有什么驮兽。

墨丘利

　　　　　　应该狠狠地让他驮驮拳头。

索西亚

（轻声地）

天哪，我乘船回来，已是疲惫不堪，

　　　　　　甚至现在还想呕吐。

我空着手才勉强能行走，你再让我

　　　　　　驮东西，我就抬不了脚步。　　　　　　330

墨丘利

这里确实有个人在说话。

索西亚

（轻声地）

　　　　　　我有救了，他没有看见我。

他说"有个人"在说话，而我的名字是"索西亚"。

墨丘利

声音好像是从这边来的，从右边传进我的耳朵里。

索西亚

（旁白）

我担心，我今天会由于声音而挨揍，那声音能传到他那里。

墨丘利

太好了，他还在向我走来。

索西亚

（旁白）

　　　　　　真可怕，我浑身发颤。　　　　　　335

天哪，要是有人问我，我都不知道自己在什么地方。

我真可怜，心里如此害怕，都向前挪不动脚步。

这下完了，主人的委托完了，索西亚也一起完了。

不过我还是决定要充满自信地上前和他说话，

要尽可能地让他觉得我很勇敢，让他不敢碰我。　　　　　　340

（装出一副大胆的样子继续走路）

墨丘利

你要到哪里去？

（指着索西亚手里提着的牛角小灯）

把武尔坎努斯关在犄角里提着。①

索西亚

你问这个干什么？虽然你能用拳头让人们的脸脱骨。

墨丘利

你是奴隶，还是自由人？

索西亚

这要看我心里怎么乐意。

墨丘利

你敢这样说？

索西亚

是的，我敢这样说。

墨丘利

该挨鞭子的家伙。

索西亚

你在诽谤人。

墨丘利

不过我会让你张嘴说实话。

索西亚

这与我有什么相干？ 345

墨丘利

你能告诉我你要去哪里？你是谁的奴隶？你来干什么？

索西亚

我来这里是奉主人的命令，我是他的奴隶。现在明白了？

墨丘利

无赖，我今天却要管管你这张嘴。

索西亚

不，你不能这样，

---

① 武尔坎努斯（Volcanus或Vulcanus）是古罗马神话里的火神，相当于希腊神话中的赫菲斯托斯（Hephestus）；此处以火神喻灯。

因为它非常谨慎，很有节制。①

墨丘利

你还要继续胡扯？
你来到这座住屋前干什么？

索西亚

不，这与你有什么关系？ 350

墨丘利

国王克瑞昂常常在这里安排一些人进行夜间巡查。

索西亚

他做得对，因为我们不在家，他便保护这座房屋。
现在请你快去报告，就说他们的家人返回来了。

墨丘利

我不知道你是不是他的家人。除非你立即离开这里，
否则我肯定不会按照接待家人的方式接待你。 355

索西亚

我告诉你，我就住在这里，是这家人的奴隶。

墨丘利

你知道吗？
如果你不从这里离开，我今天就要抬举抬举你。

索西亚

怎么能这样？

墨丘利

待我举起棍棒后，那时你就会被抬走，
而不是自己走开。

索西亚

我可再一次郑重告诉你，我就是这户人家的家人。

墨丘利

你看着办，你是想立即挨顿揍，还是立即离开这里？ 360

索西亚

---

① 上句中"管管"的拉丁文是 comprimere，意为"压制"，索西亚故作淫词理解。

墨丘利

我这是从外邦回来,难道你想阻挠我进屋去?

索西亚

这是你的屋子?

墨丘利

我说是这样。

索西亚

那么谁是你的主人?

墨丘利

就是安菲特律昂,此人现在正统率着特拜人的军队,
阿尔克墨涅是他的妻子。

索西亚

你说什么?你叫什么名字?

墨丘利

特拜人称我为索西亚,达乌斯的亲生儿子。 365

索西亚

你今天是想让自己遭不幸,编造了这么多谎言,
来到这里,无耻至极,补缀了这么多阴谋诡计。

墨丘利

不,我来这里是想补缀衫衣,不是补缀阴谋诡计。

索西亚

你还在说谎?你来这里定然是用双脚,而不是用衫衣。

墨丘利

那当然。

索西亚

现在你当然就得为你的谎言挨揍。 370

墨丘利

天哪,我当然不希望。

索西亚

你当然确实不希望那样。
然而这当然是确定无疑的,而不是什么推测。

(痛打索西亚)

索西亚

啊呀，求求你！

墨丘利

你竟然胆敢称自己是索西亚？

索西亚是我。

索西亚

完了！

墨丘利

这还是轻微的，以后你还会更难受。

现在你是谁的奴隶？

索西亚

你的，你用拳头把我变成了你的。 375

（呼喊）

特拜人啊，我求求你们。

墨丘利

你这个恶棍，还要叫嚷？

快说，你为什么来这里？

索西亚

为了好让你能用拳头揍人。

墨丘利

你是谁的奴隶？

索西亚

我说了，我是安菲特律昂的奴隶索西亚。

墨丘利

那就还得

再狠一点地揍你，你还在说谎；我是索西亚，不是你。

索西亚

（旁白）

但愿神明能这样成全，好让你代替我，我好揍你。 380

墨丘利

你还嘴硬！

索西亚

我住嘴。

墨丘利

谁是你的主人?

索西亚

听你吩咐。

墨丘利

什么?现在你再说说,你叫什么名字?

索西亚

除非你吩咐。

墨丘利

你刚才说你是安菲特律昂的奴隶索西亚?

索西亚

我说错了。
我本来是想说我是安菲特律昂的同伙①。

墨丘利

我知道,这里除了我,没有哪个人是奴隶索西亚。 385
理智把你抛弃了。

索西亚

但愿那是你的拳头造成的。

墨丘利

我就是那个索西亚,然而你却对我说,那是你。

索西亚

请允许我在和平中对你说几句,不用担心挨揍。

墨丘利

可以不妨稍许允许休战一会儿,要是你想说点什么。

索西亚

我不说,除非有真正的和平,因为你的拳头会更猛烈。 390

墨丘利

---

① "同伙"的拉丁文是socius,意为同伴,同盟者,其阴性形式为socia,索西亚名字与其音相近。

你想说什么就说吧,我不会伤害你。

索西亚

可以相信你的话?

墨丘利

相信吧!

索西亚

如果你骗我呢?

墨丘利

那就让墨丘利愤怒地狠揍索西亚。

索西亚

请你记住!现在我终于可以说我想说的话了。
我是安菲特律昂的奴隶索西亚。

墨丘利

怎么又来了?

索西亚

我们确定了和平,我们有约在先。我说的是实话。

墨丘利

你想挨揍? 395

(欲打索西亚)

索西亚

你看着办吧,听你的便,因为你的拳头将变得更有力。
不过不管你怎么做,请海格力斯作证,①我也不会沉默。

墨丘利

即使你今天永远不再活着,你也不可能不让我是索西亚。

索西亚

请神明作证,你也永远不可能让我变成
另一个人,我就是我。
除了我以外,我们这里没有哪个其他任何人
是奴隶索西亚。 400

---

① 古代罗马人经常以海格力斯的名字起誓或感叹。

［我曾经陪同安菲特律昂一起离开这里，前去军营。］

墨丘利

这个人理智不健全！

索西亚

那是你的毛病，你却把它说成是我的。
（半自语）
什么？活见鬼，我不是安菲特律昂的奴隶索西亚？
难道我们的海船不是从佩尔修斯港启航，今天夜里
抵达这里，把我载来？难道不是我的主人派我来这里？　　　405
难道我现在不是在我们的屋前？这盏灯不是由我拿着？
难道我不在说话，不是醒着？这个人刚才
没有用拳头揍我？
海格力斯啊，他揍过我，因为我的下颌骨现在还在痛。
我还在疑惑什么？或者我为什么不进我们的屋子里去？

墨丘利

什么？进你们的屋子里去？

索西亚

是的，当然。

墨丘利

瞧你刚才说的话，　　　410
你说的全都是谎言。我才是安菲特律昂的索西亚。
我们的海船正是今夜解开船缆，离开佩尔修斯港，
在那里我们占领了由普特瑞拉王统治的城市，
我们奋勇战斗，打败了特勒波伊人的军队，
安菲特律昂本人在战斗中杀死了普特瑞拉王。　　　415

索西亚

（旁白）
我听见他这样叙说，我甚至都不敢相信自己，
他非常准确地回忆了在那里发生的一切事情。
（大声地）
你说说看，特勒波伊人赠给了安菲特律昂什么礼物？

墨丘利

赠给了安菲特律昂一只金杯,普特瑞拉王通常用那金杯饮酒。

索西亚

(旁白)

他说得对。

(大声地)

那么那只金杯现在在哪里?

墨丘利

现在在小匣子里, 420

匣子上面钤有安菲特律昂的印记。

索西亚

你说,那钤记是什么形状?

墨丘利

四套马二轮战车伴随升起的太阳。恶棍,我逮住你了。

索西亚

(旁白)

他以确凿的证据获胜,看来我真得另换个名字。
不知道他从哪里见过这些东西,我要好好难住他。
我当时独自一人曾在营帐里干的事情,当时没有 425
其他任何人在场,他现在怎么也不可能说出来。

(大声地)

如果你是索西亚,那么当军队厮杀最激烈的时候,
你在营帐里干什么?如果你说得出来,我便认输。

墨丘利

那里有一壶酒,我从中斟了满满一杯。

索西亚

(旁白)

我在半路栽倒了!

墨丘利

当时我从中倒出了一杯纯酒,那是真正的原汁酒酿。 430

索西亚

（旁白）

当时事情确实是这样，我在那里把那杯纯酒一饮而尽。
真奇怪，除非他藏在那里，甚至就藏在那只杯子里面。

墨丘利

现在怎么样？这些证据还没有使你信服你不是索西亚？

索西亚

你说我不是索西亚？

墨丘利

      当然是这样，要不我是谁？

索西亚

不，以尤皮特的名义起誓，我是索西亚，我没有说谎。   435

墨丘利

我却以墨丘利的名义起誓，尤皮特不会相信你。
我知道，尽管我不起誓，他也会更相信我，
      而不是起誓的你。

索西亚

如果我不是索西亚，那么我是谁？我问你。

墨丘利

当我不想做索西亚的时候，你就做索西亚吧。
现在我是索西亚，你若不离开，
     尽管你无名，也得挨揍。   440

索西亚

（旁白）

天哪，我仔细地看他，他确实完全是我的样子，
就像我通常照在镜子里的那样子，他完全像我。
他戴的那帽子，穿的那衣服，完全与我的一样。
他那小腿，脚步，身材，发型，眼睛，鼻子或嘴唇，
双颊，下巴，胡须，脖子，所有的一切。
      我还需要怎么说？   445
如果他的脊背上也布满伤痕，那他就真正无处不像我。
可是我又想，我确实是我以前一直是的那个人啊。

我知道主人，知道我们的住所，我有理智，也有感觉。
不管他说什么，我不听他的，我这就过去敲屋门。
（向安菲特律昂的住屋走去）

墨丘利

（上前拦阻）
你要去哪里？

索西亚

进屋去。

墨丘利

即使你现在乘上尤皮特的 450
四马大车，从这里逃走，你也很难逃脱不幸。

索西亚

难道也不能按我主人的吩咐，向我的女主人禀报消息？

墨丘利

你是想向你的女主人禀报，可我不让你去找我们的女主人。
如果你想激怒我，那你今天将会先折断腰，再从这里离去。

索西亚

（旁白）
我最好还是离开。
（准备离开，面对观众）

不朽的天神啊，请你们助佑我， 455
我在哪里死去了？在哪里改变了自己？
又在哪里丢失了形象？
若是我偶然忘记了自己，那我把自己留在了什么地方？
要知道，这个人现在占有了我原有的整个形象。
我死后谁也不会为我做的东西现在就
呈现在活着的我眼前。①
我现在去港口，把这一切告诉我的主人。 460
除非他也不认识我——愿尤皮特这样做，

---

① 指罗马贵族死后，通常其家人会为亡者拓面像，人们抬着先辈的和该贵族本人的面像为亡者送葬。

那今天我便可以给自己剃光头,戴上圆毡帽。①
[下。

第二场

墨丘利

(对观众)
今天这件事我办得很出色,很成功,
把这个令人讨厌的家伙从门前赶走,
从而使父亲可以不受烦扰地拥抱她。 465
他去那里见到主人安菲特律昂之后,
会述说是奴隶索西亚把他从这里赶跑。
安菲特律昂会认为索西亚在对他撒谎,
不相信索西亚真的按照他的吩咐来过这里。
我要让他们两人,让安菲特律昂全家人, 470
都深深地陷入迷茫,疯狂地失去理智,
直到父亲尽情享受他所喜欢的人的爱,
然后大家会明白究竟发生了什么事情。
最后尤皮特会让阿尔克墨涅与丈夫
重新恢复他们原有的夫妻和好。 475
因为安菲特律昂会立即与妻子吵闹,
指责她行为可耻,那时我的父亲
会去帮助她把这场混乱恢复平静。
再说阿尔克墨涅,刚才我稍许提及。
她今年将会生育一对孪生儿子, 480
其中一个在怀孕第十个月出生,
另一个在播种后第七个月即降世。
其中一个属于安菲特律昂,另一个属于尤皮特:
那个较小的孩子有个强大的父亲,那个较大的

---

① 指获得自由。奴隶被释放时剃光头,戴上帽子。

孩子的父亲却软弱。你们已经明白是怎么回事？ 485
不过为了保护这位阿尔克墨涅的名誉，
父亲将要让她只是分娩一次，
让她经受一次折磨摆脱两次痛苦，
［从而使人们不会怀疑有什么奸情，
好把其中隐秘的关系掩盖起来。］ 490
不过，正如我刚才所说，安菲特律昂
将会知道一切。那又怎么样？谁也不会
为这件事指责阿尔克墨涅。若是神明
犯了过失，做了错事，结果却把它们
推诿给凡人，这样做就未免太不应该。 495
（静听）
我不说了，请听，那里的屋门在响。
看哪，假冒的安菲特律昂走了出来，
同他在一起的是他那个暂时的妻子。

第三场

［尤皮特和阿尔克墨涅由屋内上。

尤皮特

再见，阿尔克墨涅，照顾好共同的事业。
请你多保重自己，你的月份已经临近。 500
我必须离开这里，请抚养即将出生的孩子。

阿尔克墨涅

我的丈夫，究竟什么事情使你如此匆匆离去？

尤皮特

天哪，无论是你或是这个家，都没有使我厌烦，
但是如果军队没有最高统帅，常常会做出
一些不需要做的事情，而不是需要做的事情。 505

墨丘利

（旁白）

真是一位高超的奉承者，不愧是我的父亲。①
你们看见，他在多么柔媚地向女人献殷勤。

阿尔克墨涅

（嗔怪地）
请卡斯托尔作证，我在想，你多么看重你的妻子！

尤皮特

没有任何其他女人比你更令我喜欢，满意吗？

墨丘利

（旁白）
天哪，要是远方的那位妻子知道你现在忙于这些事情，　　　510
我想那时你宁可真的成为安菲特律昂，而不是尤皮特。

阿尔克墨涅

我更希望能实际考验你，而不只是听你这样说。
你刚才躺着的卧榻还没有变暖和，你就要离去。
你昨天半夜刚回来，现在就离开。能够这样做？

墨丘利

（旁白）
我现在走上前去，向她问候，也奉承奉承父亲。　　　515
（走近阿尔克墨涅）
请波卢克斯作证，我敢肯定，凡人中从没有哪个人
如此狂热地爱他的妻子，就像他如此狂热地喜爱你。

尤皮特

（生气地）
该死的东西，难道我不知道你？快从我面前滚开！
该挨鞭子的东西，这里有你什么事情？要你来嘀咕？
我这就让你尝尝棍棒——

阿尔克墨涅

（打断尤皮特的话）

---

① 墨丘利也是欺骗之神。

尤皮特
　　请不要这样。

尤皮特
　　　　　　　　　看他还敢嘀咕。　　　　　　　　520

墨丘利
　　（旁白）
　　看我第一次献媚，就这样几乎遭到完全失败。

尤皮特
　　我的妻子，你说得对，但你仍不要对我生气。
　　我偷偷地离开了军队，我这样做都是为了你，
　　好让你首先从我这里知道，我如何为国家尽力。
　　那一切我都对你说了。如果我不是非常爱你，　　525
　　我就不会这样做。

墨丘利
　　（旁白）
　　难道他不是像我说的那样在向她献媚？

尤皮特
　　现在为了不让军队知道，我必须偷偷地返回去，
　　免得人们指责说，我把妻子看得比国家还要重。

阿尔克墨涅
　　你现在离去，会让你的妻子忧伤地哭泣。

尤皮特
　　　　　　　　　　　　不要说了，
　　不要损害你的眼睛，我很快就会回来。

阿尔克墨涅
　　　　　　　　　这个"很快"会很久！　　　　　530

尤皮特
　　我也不想把你留下来，不想离开你。

阿尔克墨涅
　　　　　　　　　　　　我知道，
　　你夜里来到我这里，当夜又离开。

尤皮特
　　　　　　　　　你怎么抓住我？

已经是时候了,我需要在黎明前离开城市。
现在给你这只金杯,这是对我的勇敢的奖赏,
普特瑞拉王常用它饮酒,他已被我亲手杀死, 535
阿尔克墨涅,我现在把它送给你。

阿尔克墨涅

你依旧那样慷慨。
请神明作证,一件与赠礼者完全相称的珍贵礼物。

墨丘利

不,是一件与接受礼物者完全相称的珍贵礼物。

尤皮特

(生气地)
你怎么又这样?恶棍,难道我不会收拾你?

阿尔克墨涅

看在我的份上,安菲特律昂,不要对索西亚生气。 540

尤皮特

我满足你的愿望。

墨丘利

(旁白)

他由于爱情,变得多么暴躁。

尤皮特

(对阿尔克墨涅,准备离开)
你还有事吗?

阿尔克墨涅

离别后你要仍像你离别时这样爱你的我。

墨丘利

我们走吧,安菲特律昂。天快亮了。

尤皮特

索西亚,你先走,
我跟着你。
[墨丘利下。
再见吧!

阿尔克墨涅

再见,盼你快点儿回来。

尤皮特
                              一定，
你要打起精神，我会在你期望之前回到你这里。　　　　545
[阿尔克墨涅回屋。
黑夜啊，你一直为我拖延时间，现在我将放开你，
为了使你让位给白天，让明亮的光辉照亮凡人的世界。
黑夜啊，你延长了这么长时间，你延迟了多久，
我要让白天也同样地缩短，从而继续保持均衡，
眼看白天已从黑夜升起。我走了，跟随墨丘利。　　　　550
[下。

第二幕

第一场

[安菲特律昂上,索西亚随后。
其他奴隶提着行李跟随他们。

安菲特律昂

(对索西亚)

喂,你赶紧跟上我!

索西亚

我跟着呢,正紧紧跟着你。

安菲特律昂

我看你真是个绝顶的大无赖。

索西亚

啊呀,那是为什么?

安菲特律昂

因为你对我说的事情现在不会有,以前没见过,
将来也不可能有。

索西亚

你就这样认为吧,反正你总是
按你的方式行事,对你的奴隶们从来都不相信。

安菲特律昂

什么事情?什么样子?无耻之徒,请神明作证,
我要割掉你那条无耻的舌头。

索西亚

　　　　　　　　　反正我属于你所有，
你觉得怎么合适，怎么乐意，就可以怎么做，
不过我所说的全都是在这里确实发生过的事情，
不管你想怎么样，你都不可能把我吓唬住。　　　　　　560

安菲特律昂

无赖，你竟然胆敢对我说，你现在在家里，
尽管你现在就在这里！

索西亚

　　　　　　　　我说的完全是真话。

安菲特律昂

神明会让你遭殃，我今天也会让你遭殃。

索西亚

这些全在你的掌握之中，因为我是你的奴隶。　　　　　565

安菲特律昂

挨鞭子的东西，你竟敢嘲弄我——你的主人？
你竟然胆敢说出那种在这之前任何人
从未见过，也完全不可能发生的事情：
一个人可以在同一时间出现在两个地方？

索西亚

是的，事情正像我说的那样。

安菲特律昂

　　　　　　　　愿尤皮特毁了你！

索西亚

我究竟怎样伤害了你，值得遭这么大的不幸？　　　　570

安菲特律昂

无耻之徒，你还敢问？你甚至现在还在嘲弄我。

索西亚

如果事情不是那样，那你这样骂我理所当然。
然而我没有说谎，事情确实正像我说的那样。

安菲特律昂

在我看来，这个人准是喝醉了。

索西亚

但愿我是这样。

安菲特律昂

事实正像你希望的那样。 575

索西亚

我喝醉了？

安菲特律昂

你是喝醉了。你在哪儿把自己灌醉？

索西亚

我一点儿酒也没有喝。

安菲特律昂

这个人真是一个
怎样的大无赖？

索西亚

我已经说过上十次，
我是说现在在家里，你听见了没有？ 577
仍是我这个索西亚，现在又在你面前。
我说得够清楚，够明白的了， 578
主人，现在你觉得 578a
我把这件事说得怎么样？

安菲特律昂

你，你…… 579
你从我这里滚开！

索西亚

那是为什么？ 580

安菲特律昂

因为你中了邪。

索西亚

你为什么这样说？
可是我觉得自己很强壮，

很健康,安菲特律昂。

安菲特律昂

今天我会 583
像你应得的那样好好照应你,
好让你不是健康,而是更可怜, 584a
只要我能安然无恙地回到家。 584b
快跟上,你这个说胡话 585a
嘲弄主人的家伙, 585b
对主人吩咐你的事情不好好完成,
现在却回来嘲弄主人,该死的东西!
你说的事情既不可能发生,也从来没有人听说过,
我今天要把你的那些谎言好好写在你的脊背上。

索西亚

安菲特律昂,一个善良的奴隶竟然会遭受
你说的那种不幸, 590
尽管他对主人说的是真话,然而真实
却受到暴力的压制。

安菲特律昂

浑蛋,这怎么可能——你给我好好想想,
你现在既在这里,又在家里?你说说看。

索西亚

我确实是既在这里,又在那里。这确实会使人们
感到惊异,而且我对此感到的惊异也并不亚于你。 595

安菲特律昂

这怎么可能?

索西亚

我已经说过,我感到的惊异也不亚于你。
愿神明保佑,我当时甚至也不相信我仍是原来的索西亚,
当那个索西亚向我证明,要我相信他是索西亚的时候。
他依次叙述了我们与敌人进行战斗时发生的
一切事情,当时他夺走了我的外貌和姓名。 600

即便是牛奶与牛奶,也不及他和我更相像。
刚才黎明前你派我从港口回家去——

安菲特律昂

怎么啦?

索西亚

在我到达那里之前,我早就站在门口。

安菲特律昂

恶棍,你还在胡扯什么?你神智清醒吗?

索西亚

我像你看见的那样。

安菲特律昂

这个人在离开我之后,显然碰上了不知是一种 605
怎样邪恶的魔掌。

索西亚

是的,我承认,我被拳头狠揍了一顿。

安菲特律昂

谁揍了你?

索西亚

我揍了我,就是现在在家的那个我。

安菲特律昂

你小心点!我问你什么,你回答什么。
首先你说说看,你说的那个索西亚是谁?

索西亚

是你的奴隶。

安菲特律昂

我有你这样一个奴隶就已经足够, 610
自我出生后,除了你,我没有另一个奴隶索西亚。

索西亚

安菲特律昂,我告诉你,我敢说,在你到家之后,
我会让你除了我,还会遇上你的奴隶,另一个索西亚,
达乌斯之子,我也是他的儿子,那个人的外貌、年龄

　　　　同我的完全一样。还能怎样？你的索西亚变成了两个。　　　615

安菲特律昂

　　你的话太让人惊异。你看见过我的妻子？

索西亚

　　我一直没有被允许进屋。

安菲特律昂

　　　　　　谁阻止你进屋？

索西亚

　　那个索西亚，我刚才说的那一个，他还揍了我一顿。

安菲特律昂

　　你说的那个索西亚是谁？

索西亚

　　　　　　我说了，是我。我得对你说多少遍？

安菲特律昂

　　你说什么？你刚才瞌睡了吧？

索西亚

　　　　　　　我一点也没有瞌睡。　　　620

安菲特律昂

　　（沉思）

　　要是你偶然在睡梦中看见了你说的那个索西亚——

索西亚

　　我从来没有在睡梦中完成过主人的任何委托。
　　我正清醒地看见，清醒地看见你，清醒地说话，
　　他刚才甚至也清醒地把清醒的我狠揍了一顿。

安菲特律昂

　　他是谁？

索西亚

　　　　　索西亚，我说了，是那个我。你还没明白？　　　625

安菲特律昂

　　混账东西，有谁能够听明白？你就这样瞎扯。

索西亚

　　　　　当你看见了那个索西亚，你也就会立即明白。

安菲特律昂

　　　　　现在你跟我过来。我首先要搞清楚你说的事情。
　　　　　[你看看，我吩咐从海船上搬来的东西
　　　　　　　　　　　　　　是否都搬了来。

索西亚

　　　　　我记得你的吩咐，也很用心，把它们都搬来了。　　　　　630
　　　　　我并没有把你作出的吩咐同酒一起喝掉。

安菲特律昂

　　　　　求神明庇佑，愿你说的事情不会出现。]

第二场

　　　　　[阿尔克墨涅由屋内上。

阿尔克墨涅

　　　　　在人的一生中，在生活里，与烦恼相比较，
　　　　　欢乐的事情多么少！不管谁的一生都这样，
　　　　　神明这样决定，让忧伤与欢乐相伴，跟随它。　　　　　635
　　　　　若遇上了什么好事，便会降临更大的不幸和灾难。
　　　　　我现在在家就有这样的体会，悟出了这样的道理：
　　　　　我稍许得到一些欢乐，当我有幸见到自己的丈夫；
　　　　　然而仅仅一夜，黎明前他又突然从我这里离去。
　　　　　我现在孤独一人，他离去了，他是我最爱的人。　　　　　640
　　　　　丈夫的离去给我的痛苦远远超过他的到来带给我的欢乐。
　　　　　不过有一点仍然使我高兴：他战胜了敌人，荣耀地归来，
　　　　　　　　这就是安慰。
　　　　　　　　　宁可他在外，只要能获得荣耀、
　　　　　安然无恙地归家来。我会忍受，再忍受　　　　　645
　　　　　他的离去，以坚定顽强的心灵，只要能让我得到
　　　　　　　这样的酬赏：我的丈夫被称为胜利者。
　　　　　　　　我认为，能这样就该满足。

勇敢是最高的奖赏，
勇敢超越一切：
自由、健康、生命、财富、双亲、祖国、儿女， 650
都由他保卫，由他维护；
英勇本身蕴涵一切，一切美好之物
归英勇者所有。

安菲特律昂

（旁白）

请神明作证，我相信，我的归来正合妻子的期待，
她很爱我，我也很爱她，特别是战争顺利地结束， 655
敌人被战胜。尽管人们认为谁也不可能战胜他们，
但有我的统率和占卜，第一次战斗就打败了他们。
我相信，我的归来完全符合她的愿望，为她所期待。

索西亚

什么？难道你认为我的归来为我的女友所不期待？①

阿尔克墨涅

（看见安菲特律昂和索西亚，旁白）

我的丈夫在这里。

安菲特律昂

（对索西亚）

你跟我来！

阿尔克墨涅

（旁白）

他刚才说需要返回去， 660
可他怎么又返回来？他是不是在故意考验我，
想试探我，看他的离去会不会使我感到痛苦？
请卡斯托尔作证，他会发现我非常希望他回来。

索西亚

（对安菲特律昂）

---

① 当时奴隶可以与女奴同居，但不允许正式结婚。

安菲特律昂，我们还是回船去吧！

安菲特律昂

为什么？

索西亚

因为我们回到家后，谁也不会给我们饭吃。 665

安菲特律昂

你现在怎么会这样想？

索西亚

因为我们回来得太迟了。

安菲特律昂

怎么太迟了？

索西亚

因为我看见阿尔克墨涅挺着大肚子站在屋前。

安菲特律昂

我离开时留下她，当时她已经有了身孕。

索西亚

啊呀，真不幸！

安菲特律昂

你怎么啦？

索西亚

我返回来正赶上该提水的时候，
现在是第十个月，我想你就是怀着这样算计。 670

安菲特律昂

你放心。

索西亚

我怎么能放心？我只要一拿上那提水桶，
请波卢克斯作证，请相信我的誓言，从那一天起，
只要我一开始，我甚至都会把水井的灵魂提上来。

安菲特律昂

你只在这里跟随着我，我会派别人去干
那件事情，你不用担心。

阿尔克墨涅

（旁白）

我想我现在应该朝他迎过去，这是我

更应该尽的责任。　　　　　　　　　675

（迎上前去）

安菲特律昂

（打趣地对阿尔克墨涅）

安菲特律昂欣悦地向可敬的妻子致敬，

丈夫认为在所有特拜妇女中数她最杰出，

而且特拜市民们也确实认为数她最高尚。

（真诚地）

你一向好吗？你盼望我归来？

索西亚

（旁白）

　　　　　　　　从未见过这样子，

她迎接热切期待中的他完全像在迎接一条狗。　　680

安菲特律昂

我看见你有孕在身，如此丰满，非常欣悦。

阿尔克墨涅

请卡斯托尔作证，你这样问候我，这样和我说话，

是不是在同我开玩笑？好像你刚才没有见过我，

就像你现在是第一次从敌人中间返回家来那样；

[你这样和我说话，就好像已经好久未曾见过我。]　　685

安菲特律昂

不，除了现在之外，我从没有在什么地方见过你。

阿尔克墨涅

你为什么否认？

安菲特律昂

　　　　　因为我习惯于说真话。

阿尔克墨涅

　　　　　　　　　虽然有人

惯于说真话，然而却不敢那样做。你们是不是
想考验我的心？你们为什么这么快又返回来？
是占卜不顺利，还是天气恶劣使你耽搁下来， 690
使你未能像你刚才所说，离开这里去军营？

安菲特律昂

刚才？刚才怎么啦？

阿尔克墨涅

　　　　　　你又在试探。就是刚才，不久前。

安菲特律昂

怎么可能像你说的那样，什么"刚才"、"不久前"？

阿尔克墨涅

你在想什么？好像我在嘲弄你，就像你嘲弄我一样。
你说现在是第一次回来，然而你却刚刚从这里离去。 695

安菲特律昂

（对索西亚）

她显然是在说梦话。

索西亚

　　　　请你稍许等待片刻，
等她一会儿从梦中醒过来。

安菲特律昂

　　　　　　她是不是在醒着做梦？

阿尔克墨涅

请神明作证，我很清醒，清醒地叙说着发生的事情。
就是刚才黎明前，我见过你和你的这个奴隶。

安菲特律昂

　　　　　　　　　在哪里？

阿尔克墨涅

在你居住的这座屋里。

安菲特律昂

　　　根本没有那回事！

索西亚

　　　　　　　　　　　　　　别说了， 700
　　会不会是我们睡觉时海船把我们送到这里来过？

安菲特律昂

　　甚至你也附和着她说话？

索西亚

　　　　　　　　　那你以为是怎么回事？
　　难道你不明白？如果你想同酒神的伴侣争论，
　　那你会使狂女变得更疯狂，常常会疯狂地打人；①
　　如果你能顺着她，只需要挨一次打。

安菲特律昂

　　　　　　　　　　　请神明作证， 705
　　应该责骂她一顿，我今天回来她都没有说一句
　　欢迎的话。

索西亚

　　　　　　　那么你是想刺激黄蜂？

安菲特律昂

　　（对索西亚）
　　　　　　　　　快住嘴！
　　（转向阿尔克墨涅）
　　阿尔克墨涅，我想问你一个问题。

阿尔克墨涅

　　　　　　　　　你想问什么就问吧。

安菲特律昂

　　你是不是陷入了愚蠢，或者是傲慢降临于你？

阿尔克墨涅

　　亲爱的丈夫，你怎么能想到向我问这样的问题？ 710

安菲特律昂

　　因为在这之前，每当我返回家，你总要问候我，
　　和我说话，像忠贞的妻子通常欢迎丈夫那样。

---

① 酒神的伴侣（Bacchae）是一些喝得醉醺醺的疯狂女子，疯狂地舞蹈着陪伴酒神游行。

我今天回来遇见你，你却突然变成另一个样子。

阿尔克墨涅

请神明作证，你昨天确实曾经回到这里，
我曾经欢迎你，问你是否一直别来无恙，　　　　　715
还把手伸给你，亲爱的丈夫，给你亲吻。

索西亚

你昨天欢迎他了？

阿尔克墨涅

甚至还有你，索西亚。

索西亚

安菲特律昂，我希望她能给你生个儿子，
但是看来她怀的不是孩子。

安菲特律昂

是什么？

索西亚

神经错乱。

阿尔克墨涅

我很正常，并且请求神明，会让我生个健康的儿子。　　720
而你却会遭受大灾殃，如果他

（指安菲特律昂）

能够尽到自己的职责：
预言家，你为你的这个预言会得到应有的回报。

索西亚

（旁白）

应该同时既给孕妇灾殃，又扔给她苹果，①
当她感觉自己不好受时，可以有好啃的东西。

安菲特律昂

你昨天在这里见过我？

阿尔克墨涅

---

① 拉丁文中"灾祸"（malum）和"苹果"（malum）是同音字，反讽上文中阿尔克墨涅诅咒索西亚会遭大灾殃（malum magnum）。

安菲特律昂

我说我见过你,即使要我说十遍。　　　　　725

安菲特律昂

可能是做梦吧。

阿尔克墨涅

不,我清醒地看见过清醒的你。

安菲特律昂

天哪!

索西亚

你怎么啦?

安菲特律昂

妻子发疯了。

索西亚

黑色的胆汁在刺激她。
没有任何其他东西能使人如此迅速地陷入疯狂。

安菲特律昂

妻子,你是什么时候感觉到自己第一次发作?

阿尔克墨涅

请卡斯托尔作证,我很正常,很健康。

安菲特律昂

那你为什么说　　　　　730
你昨天见过我?尽管我们只是昨天夜里才到达港口,
我们在那里吃了晚饭,在那里的船上休息了一整夜;
自从我率领军队从这里出发,去征讨特勒波伊人,
并战胜他们,我从没有抬起自己的脚进过这屋子。

阿尔克墨涅

不,你曾同我一起吃晚饭,还同我卧在一起。

安菲特律昂

什么?　　　　　735

阿尔克墨涅

我说的是事实。

安菲特律昂

　　　　　　天哪，不可能；其他事情，我可以不知道。
阿尔克墨涅
　　　　　　黎明之前，你离开这里返回军营。
安菲特律昂
　　　　　　　　　　　　你说什么？
索西亚
　　　　（对安菲特律昂）
　　　　她说的是真话，按她的记忆，因为她在给你叙述梦幻。
　　　　（对阿尔克墨涅）
　　　　夫人啊，不过在你惊醒之后，你今天应该用
　　　　咸面粉或者乳香向逢凶化吉的尤皮特作祈求。　　　　　　740
阿尔克墨涅
　　　　你给我滚开！
索西亚
　　　　　　　　那会为你禳灾，如果你这样做。
阿尔克墨涅
　　　　（对安菲特律昂）
　　　　他还在继续对我胡扯，而且不会受到惩罚？
安菲特律昂
　　　　（对索西亚）
　　　　你住嘴！
　　　　（对阿尔克墨涅）
　　　　　　你说说，我今天在黎明前从你这里离开过？
阿尔克墨涅
　　　　除了你们，还能有谁向我叙述在那里发生的战斗？
安菲特律昂
　　　　甚至连那些你也知道？
阿尔克墨涅
　　　　　　　　　　我曾听你说：你占领了一座　　　　　　745
　　　　巨大的城市，而且你还杀死了国王普特瑞拉。
安菲特律昂

　　　　我对你说过这些？

阿尔克墨涅
　　　　是你对我说了这些，索西亚也在。

安菲特律昂
　　（对索西亚）
　　你听见我今天说过这些？

索西亚
　　　　我在哪儿听见的？

安菲特律昂
　　你问她。

索西亚
　　　　我在场时你从没有说过这些，我敢肯定。

阿尔克墨涅
　　他不否认才怪呢。

安菲特律昂
　　　　索西亚，你看这里，看着我！　　　　　　750

索西亚
　　我看着。

安菲特律昂
　　　　我要你说真话，不许随声附和我！
　　你今天听见过我对她说过她述说的那些事情？

索西亚
　　　　天哪，难道你自己也丧失了理智，竟然这样问我？
　　我自己现在也是第一次同你一起在这里看见她。

安菲特律昂
　　夫人，怎么样？听见他说什么了？

阿尔克墨涅
　　　　　　听见了，听见他在说谎。　　　　　　755

安菲特律昂
　　你无论对他或对我，你的丈夫，都不信任？

阿尔克墨涅

　　　　　　　　　　　　是这样，
　　　　因为我更相信我自己，知道事情正是像我说的那样。

安菲特律昂

　　　　你说我昨天回来过？

阿尔克墨涅

　　　　　　　　你想否认你今天刚从这里离开过？

安菲特律昂

　　　　是的，我否认，而且说我现在是第一次回家，回到你这里。

阿尔克墨涅

　　　　那么你是不是连这也要否认：你今天曾把一只金杯　　　760
　　　　作为礼物送给我？你曾经说那是人家送给你的礼物。

安菲特律昂

　　　　请神明作证，我没有给过你金杯，也没有说要给你。
　　　　但我确实这样想过，现在也这样想，想把它送给你。
　　　　不过这是谁告诉你？

阿尔克墨涅

　　　　　　　　　我听见你自己说，并且是从你的手里
　　　　接过了那只金杯。

安菲特律昂

　　　　　　　　等一等，请你等一等。
　　　　（对索西亚）
　　　　　　　　　　　我太惊异了，索西亚，　　　765
　　　　她怎么会知道我在那里曾经想把金杯送给她，
　　　　除非你刚才见到她时，对她述说过这些事情。

索西亚

　　　　请神明作证，我没说过，也没有见过她，
　　　　　　　　除了现在同你一起。

安菲特律昂

　　　　这个人怎么啦？

阿尔克墨涅

　　　　要不要把金杯拿来？

安菲特律昂

　　　　　　　　把金杯拿来!

阿尔克墨涅

　　好吧。

　　（对随行侍奴）

　　　　　喂,特萨拉,你进屋去把金杯拿来,　　770
就是我丈夫今天送给我的那一只。

安菲特律昂

　　　　　　　索西亚,你过来!
如果那只金杯在她那里,那就没有什么比这
更奇怪的奇事。

索西亚

　　　　　　难道你也相信?可它现在就在
这匣子里,还钤着你的印记。

　　（举起匣子）

安菲特律昂

　　（察看匣子）

　　　　　　　印记完好无损?

索西亚

　　　　　　　　　你瞧!

安菲特律昂

　　是的,就像我钤上去时那样。

索西亚

　　　　　　　　你要不要吩咐人　　775
给她驱邪?

安菲特律昂

　　　　　请波卢克斯作证,需要这样做。
她现在确实被幽灵附身。

　　[特萨拉取金杯上。

阿尔克墨涅

　　（对安菲特律昂）

还需要说什么吗?
你瞧,这就是那只金杯。

安菲特律昂

把它给我!

阿尔克墨涅

你自己仔细看看吧,
刚才还极力否认,我这就当众揭露你。在那里有人
送你做礼物的是不是这只金杯?

安菲特律昂

啊,至高的尤皮特, 780
我看见什么了?这确实是那只金杯。索西亚,我完了。

索西亚

请波卢克斯作证,要不这个女人是个本事极大的巫婆,
要不那只杯子应该还在里面。

安菲特律昂

来,来,把那匣子打开。

索西亚

我为什么打开这匣子?铃印安然无损,事情很奇妙:
你生出了另一个安菲特律昂,我生出了另一个索西亚, 785
现在如果杯子也生出了杯子,那我们就都是双重的了。

安菲特律昂

必须把匣子打开查看。

索西亚

你看看,这是你的印记,
免得你以后归咎于我。

安菲特律昂

你赶快把匣子打开!
因为她说了那么多疯话,迫使我们这样做。

阿尔克墨涅

我能从哪里得到它?除非从你手里,
是你作为礼物送我。 790

安菲特律昂

我得在这里查看一下。

索西亚

（打开匣子）

啊，尤皮特，尤皮特啊！

安菲特律昂

你怎么啦？

索西亚

匣子里什么东西都没有。

安菲特律昂

我听见什么了？

索西亚

确实是这样。

安菲特律昂

你如果找不到它，我就拷打你。

阿尔克墨涅

它就在这里！

安菲特律昂

它是谁给你的？

阿尔克墨涅

就是问我的这个人。

索西亚

（对安菲特律昂）

你这是想捉弄我，因为你自己离开海船，
顺着另一条路预先跑来这里，取出金杯，
把金杯交给她，然后又偷偷地重新钤好印记。

安菲特律昂

（对索西亚）

我的天哪！难道你现在是不是也帮着她发疯？

（对阿尔克墨涅）

你说昨天我们来过这里？

795

阿尔克墨涅

> 我说了，你回到过这里，
> 你问候我，我也问候你，我甚至还给了你亲吻。   800

索西亚

> 实在令人讨厌，从吻开始说起。

安菲特律昂

> 请你继续说！

阿尔克墨涅

> 你沐浴了。

安菲特律昂

> 沐浴后呢？

阿尔克墨涅

> 你躺上卧榻。

索西亚

> 太好了！

> 现在你继续问。

安菲特律昂

（对索西亚）

> 你不要打断！

（对阿尔克墨涅）

> 请你继续说。

阿尔克墨涅

> 送来晚饭后，你和我一起用餐，然后我和你一起卧在榻上。

安菲特律昂

> 在同一张卧榻上？

阿尔克墨涅

> 在同一张卧榻上。

索西亚

> 啊呀，不喜欢聚餐。   805

安菲特律昂

（对索西亚）

你让她说事情!

（对阿尔克墨涅）

我们吃完晚饭以后干什么了?

阿尔克墨涅

你说你想睡觉。把餐桌收拾后，我们便去休息。

安菲特律昂

你睡在哪里?

阿尔克墨涅

和你一起睡在房间里的同一张床上。

安菲特律昂

啊，完了!

索西亚

你怎么啦?

安菲特律昂

她刚才的话要了我的命。

阿尔克墨涅

亲爱的，怎么啦?

安菲特律昂

不要这样称呼我!

索西亚

你怎么啦?

安菲特律昂

啊，天哪，   810
因为在我不在家的时候，她的贞操被人玷污。

阿尔克墨涅

天哪，亲爱的丈夫，我怎么听你说出这样的话?

安菲特律昂

丈夫?虚假之人，不要用虚假的名义称呼我。

索西亚

（旁白）

事情就怪了，如果他真的由男人变成了女人。①

阿尔克墨涅

我干什么了？你为什么对我说出这样的话？ 815

安菲特律昂

你自己在述说你的行为，反而问我你有什么过错？

阿尔克墨涅

我对你有什么过错？既然我是妻子，和你在一起？

安菲特律昂

难道你曾经和我在一起？有什么比这更大胆无耻？
好了，如果你不感到羞耻，起码也可要点报酬啊。

阿尔克墨涅

我的家族从来不知道你所指责的那种事情。 820
如果你想指责我不守贞洁，你不可能得逞。

安菲特律昂

啊，不朽的神明啊！索西亚，起码你认识我吧？

索西亚

差不多。

安菲特律昂

我昨天是不是在佩尔修斯港海船上吃的晚饭？

阿尔克墨涅

我也有证人，他们能为我说的话作证。

索西亚

对这件事情我不知道该说什么好，除非有 825
另一个人也是安菲特律昂，他可能在你
离开期间做了你的事情，尽了你的责任。
确实，有一个假索西亚已经足够令人诧异，
现在又有另一个安菲特律昂，更令人惊诧。

安菲特律昂

真不知道这个骗子是谁，欺骗了这个女人。 830

---

① 上文中"丈夫"的拉丁文是 vir，此字亦作"男人"。安菲特律昂生气地要阿尔克墨涅别称他为丈夫，索西亚俏皮地把不要称其为"丈夫"理解为不要称其为"男人"，故有此语。

阿尔克墨涅

　　我以最高的主神的名义起誓,也以我同样地
　　对其满怀敬畏和恐惧的神母尤诺的名义起誓,
　　除了唯一的你之外,从来没有哪个世人接触过
　　　　我的身体,从而把我玷污。

安菲特律昂

　　　　　　　但愿真能像你说的那样!

阿尔克墨涅

　　我说的是真话,不过是徒劳,因为你不相信我。　　　　835

安菲特律昂

　　你是女人,天生喜欢大胆地起誓。

阿尔克墨涅

　　　　　　　因为她没有过失,
　　自然无所畏惧,敢于维护自己,敢于大胆说话。

安菲特律昂

　　真的够大胆!

阿尔克墨涅

　　　　　像一个贞洁的女人。

安菲特律昂

　　　　　　　　你只是口头上贞洁。

阿尔克墨涅

　　我随身带来的嫁妆不是通常称之为的嫁妆,
　　它们是女性应有的贞操,羞怯,自我节制,　　　　　840
　　敬畏神明,热爱父母,和睦地对待亲人,
　　对你顺从,对善良之人慷慨,帮助诚实之人。

索西亚

　　(旁白)
　　天哪,如果所言真实,那她是一个最好的女人!

安菲特律昂

　　我确实被她感动了,以至于都不知道我是谁。

索西亚

　　　　　　你确实是安菲特律昂，当心不要毁了自己的名誉。　　　　　　845
　　　　　　自我们从外邦回来后，人们发生了这么大的变化。

安菲特律昂

　　　　　　夫人，对你的事情我必须彻底查清楚才能罢休。

阿尔克墨涅

　　　　　　请神明作证，我也希望你这样做。

安菲特律昂

　　　　　　　　　　　　　你说什么？请回答我，
　　　　　　要是我把你的亲属瑙克拉特斯从海船请来这里，
　　　　　　他曾经同我乘坐同一条船回来，如果他也否定　　　　　　850
　　　　　　你刚才说的那些事情，那时我又该如何处置你？
　　　　　　如果我以离婚作为对你的惩罚，你有什么话说？

阿尔克墨涅

　　　　　　如果我有过失，我没有什么话说。

安菲特律昂

　　　　　　　　　　　　　那我们说定了。
　　　　　　（对索西亚）
　　　　　　　　　　　　　　　　　　　索西亚，
　　　　　　（指着搬运行李的其他奴隶）
　　　　　　你把他们领进去。我去把瑙克拉特斯从海船上带过来。
　　　　　　〔索西亚让其他奴隶提着行李进屋，
　　　　　　　安菲特律昂下。

索西亚

　　　　　　（对阿尔克墨涅）
　　　　　　现在这里除了我们，没有其他人。你对我说实话，　　　　　　855
　　　　　　这座屋里有没有另一个与我完全相像的索西亚？

阿尔克墨涅

　　　　　　你从我这里滚开，一个与主人相称的奴隶！

索西亚

　　　　　　　　　　　　　　　　　　你这样吩咐，我走。
　　　　　　〔进屋，下。

阿尔克墨涅

请卡斯托尔作证,事情太令人惊异,我的丈夫竟然
为我虚构出了那些可鄙的行为。但是不管怎么样,
我从瑙克拉特斯那里会知道一切,他是我的亲属。   860
〔进屋,特萨拉随下。

第三幕

第一场

[尤皮特上。

尤皮特 我是安菲特律昂,他是奴隶索西亚,
只要需要,他便仍然是那个墨丘利;
我现在就住在这座房屋的上层,
如果需要,我便仍然是尤皮特。
我迅速赶来这里,立即变成了 865
安菲特律昂,也变换了服装。
现在我来到这里是为了你们,
以便结束这部已经开场的喜剧。
我前来也是为了帮助阿尔克墨涅,
安菲特律昂指责无辜的她行为不端。 870
如果我做的事情转嫁给了无辜的
阿尔克墨涅,那便是我的过错。
现在我重新变成安菲特律昂,
是要把已经给他们家造成的
这场巨大的混乱进一步搅混。 875
然后我再把事情公开披露,
及时给阿尔克墨涅以帮助,
让她无痛地分娩,那是她
同时为她的丈夫和我怀的胎。

　　　　我要求墨丘利紧紧地跟随我，　　　　　　　　　　880
　　　　随时听候吩咐。现在我去找她。

第二场

　　　　[阿尔克墨涅由屋内上。

阿尔克墨涅
　　　　我无法继续在屋里安坐。丈夫把这样的
　　　　耻辱、秽行和劣迹一起加到我的身上！
　　　　他不断地喊叫，把有的事情说成没有，
　　　　用没有的、我未曾做过的事情指责我，　　　　　885
　　　　胡乱地猜想我犯有这样那样的过失。
　　　　不，请神明作证，这样不行，我不能忍受
　　　　莫须有地指责我行为不端。要不我离开他，
　　　　要不让他向我道歉，并且郑重地发誓，
　　　　收回他对我这个无辜之人的各种指责。　　　　890

尤皮特
　　　　（旁白）
　　　　我能够做到这一点，使她实现愿望，
　　　　只要她能够接待我这个钟情之人；
　　　　我做过的事情伤害了安菲特律昂，
　　　　我的爱情给这个无辜者引起了麻烦，
　　　　现在让他的愤怒和对阿尔克墨涅的指责　　　　895
　　　　全都落到我的头上，尽管我并无恶意。

阿尔克墨涅
　　　　（看见变成安菲特律昂的尤皮特，旁白）
　　　　瞧，这就是那个指责不幸的我
　　　　生性放荡、行为不端的人。

尤皮特
　　　　　　　　　　贤妻，我想和你谈谈。
　　　　（见阿尔克墨涅转身回避）

你怎么转过身去？

阿尔克墨涅

　　　　　　　我就是这样的性格：
我一向不愿意看到对我心怀憎恶的人。　　　　　　　　　　900

尤皮特

啊，心怀憎恶的人？

阿尔克墨涅

　　　　　　　是的，我说的是真话，
除非你甚至也想指责我这话也是谎言。

尤皮特

啊呀呀，你过分生气了。

阿尔克墨涅

（见尤皮特伸过手来）

　　　　　　　请你把手拿开！
因为如果你神智清醒，或者有足够的理智，
你怎么也不会让自己不管是开玩笑或是认真地，　　　　　　905
同一个你认为并直接称其为放荡的女人说话，
或者交谈，除非你自己是一个最最愚蠢的蠢人。

尤皮特

尽管我说过，但你并不会因此便是那样的人，
我也不那么想，我现在回来就是来向你赔罪。
事实上，还从来没有什么东西能够让我　　　　　　　　　　910
比听见你对我生气更令我心里感到难受。
"你为什么那样说？"我这就向你解释。
请神明作证，我决不认为你是个放荡女人，
实际上我那是想考验考验你的心理状态，
看你有什么样的反应，会怎样地忍受。　　　　　　　　　　915
我刚才开玩笑地对你说了那些话确实是
为了取乐。或者你可以问问这位索西亚。

阿尔克墨涅

你怎么没有把我的亲属瑙克拉特斯带来？

你刚才还声称要把他带来作为证人，
证明你没有来过这里。

尤皮特

     既然我刚才说的话   920
是为了取乐，你就不要再认真地看待它们。

阿尔克墨涅

可是我知道一点，它们让我心里有多难受。

尤皮特

阿尔克墨涅，我以你的右手的名义请求你，
恳求你，请原谅我，宽恕我，请不要再生气。

阿尔克墨涅

我凭我的德行，已使你的那些话毫无意义。   925
既然我曾经极力避免那些不名誉的事情，
现在我也想让自己避开那些不名誉的话。
再见了，你拥有你的，把我的东西给我。
你不想给我几个伴随？

尤皮特

    你神智清醒吗？

阿尔克墨涅

       如果你不安排，
那我就这样离开。我会始终让贞操伴随我。   930
[离开，欲下。

尤皮特

（对正在离开的阿尔克墨涅）
你站住，我愿意按照你的要求起誓，
我庄严地承认你是我的忠实的妻子。
如果我这是发伪誓，至高的尤皮特啊，
那就请你永远不要宽恕安菲特律昂。

阿尔克墨涅

（停住脚步，转过身来）
啊呀，宁愿他是个仁慈之人！

尤皮特

     我相信会这样，　　　　　　　　935
因为我为你起的完全是真正的誓言。
现在你还生气吗？

阿尔克墨涅

    我不生气了。

尤皮特

     你做得对。
人的一生中常常会发生许多这样的事情：
他们得到过各种欢乐，重新又感到悲伤；
他们陷入了愤怒，继而重又恢复和好。　　　940
如果在他们之间有时确实发生过
这样的愤怒，并且重又出现和睦，
那他们的关系会胜过往日，成为双倍的朋友。

阿尔克墨涅

你应该事先提醒我，你可能说出那些话，
现在既然你请求我恕罪，我会宽容对待。　　945

尤皮特

请你吩咐人们为我准备干净的器皿。
我曾经在军队中许过愿，既然我现在
健康无恙地归来，我应该还了那些心愿。

阿尔克墨涅

我会按你的吩咐安排。

尤皮特

（对侍女们）

     你们把索西亚叫来，
让他去把曾在我们的海船上的那个舵手　　　950
布勒法罗请来，让他同我们一起吃饭。

（旁白）

此人现在还饿着肚子，我要拿他开心，
当我把安菲特律昂的脖子套住并拖出来时。

阿尔克墨涅

（旁白）

真奇怪，他单独一个人在嘀咕些什么？

恰好门被打开，索西亚走出屋子来了。　　　　　　　　　　955

第三场

[索西亚由屋内上。

索西亚

安菲特律昂，我来了。你有什么吩咐，我一定照办。

尤皮特

好，索西亚，你来得正是时候。

索西亚

　　　　　　　　　　你们已经和解了？

因为我看见你们很平静，我很高兴，很愉快。

在我看来，忠实的奴隶应该坚持这样的原则：

主人们怎样，他就怎样，随着主人变化自己的脸色。　　960

主人们忧伤，他也忧伤；主人们高兴，他也快乐。

不过请你告诉我，你们现在这是已经重新和好？

尤皮特

你在取笑？你知道我刚才说的那些话只是开玩笑。

索西亚

你说的那些话是开玩笑？我却以为既严肃，又认真。

尤皮特

我已经作了说明，实现了和平。

索西亚

　　　　　　　　　　这样太好了！　　　　　　　　965

尤皮特

我要进去献祭，还我曾经许过的愿。

索西亚

　　　　　　　　　　应该如此。

尤皮特

你快传我的话，请舵手布勒法罗从船上
来这里，我献完祭让他同我一起吃晚饭。

索西亚

当你以为我还在那里，我就已经返回来。

尤皮特

　　　　　　　　　　　　　　　快回来。

［索西亚下。

阿尔克墨涅

你还有什么要求？我这就进去准备需要的一切。　　970

尤皮特

你进去吧，尽可能把需要的一切东西准备齐全。

阿尔克墨涅

你想进来就进来，我会毫不迟延地准备好一切。

尤皮特

你说得非常好，真正像一个勤勉的妻子。

［阿尔克墨涅进屋，下。

这两个人，奴隶和女主人，都被我蒙骗，
他们以为我是安菲特律昂，他们都错了。　　　　975
现在你，神性的索西亚，赶快到这里来——
你会听见我说话，尽管你现在并不在这里。
当安菲特律昂回到这里的时候，你把他从
这座房屋前赶走，无论采用什么办法都可以。
我想让他被嘲弄一番，当我现在去　　　　　　　980
取悦这位暂时的妻子时。你要认真地
安排这些事情，努力按照我的愿望去做，
尤其是正当我在里面为我自己举行祭礼时。

［下。

第四场

[墨丘利上。

墨丘利

你们大家都赶快走开，离开这里，离开这条路，
但愿不会有人那么放肆，竟然想阻挡我的去路。　　　　　　　　985
请神明作证，难道我作为一位神明，竟然不及
喜剧中微不足道的奴隶常常有权驱赶人们让路？
奴隶通常报告或是海船安然无损，或是盛怒老人归来，
我则是听从尤皮特的召唤，现在根据他的命令来到这里。
由此你们更应该对我回避，给我让开道路。　　　　　　　　990
父亲召唤我，我得跟随他，我听从他的一切吩咐。
如同高尚的儿子应该听从父亲，我也这样听从他。
我像门客般讨好钟情者，鼓励、警卫、提醒他，受他欢喜。
如果有什么令父亲高兴，那也会令我高兴无比。
他爱上了，很明智，做得对，因为听从自己的心灵；　　　　995
人们也应该这样做，只要能保持一定的限度。
现在我的父亲想嘲弄安菲特律昂，观众们，
我要当着你们的面，好好地把他捉弄一番。
我给头上戴上花环，把自己装成喝醉酒的样子。
我现在登上屋顶，当他到来时，把他从这里赶走，　　　　　1000
我还要让他充分地喝个够，但是又不会喝醉。①
然后他的奴隶索西亚会立即受到惩罚：
他会指责索西亚干了我将要干的事情。
我又能怎么办？我必须听从父亲，努力为他效劳。
那就是安菲特律昂，他来了，他会在这里狠狠受嘲弄，　　　1005
　　只要能够使你们感到满足。
　　我现在进屋去，尽可能打扮一番，
　　然后登上屋顶，从那里阻挡他。

[进屋，下。

---

① 指下文用瓦罐向安菲特律昂头上泼水。

第四幕

第一场

〔安菲特律昂疲惫地上。

安菲特律昂

  我本想见到瑙克拉特斯,可是他不在船上,
  我在他家或是城里,都未找到有人见过他。   1010
  我跑遍了所有的街道、体育场、香料商店,
  还去过集市、肉铺、体育学校、城市广场,
  到过药店、理发店,到处询问,到处打听,
  累得精疲力竭,哪儿也没能找到瑙克拉特斯。
  我现在返回家来,继续就这件事盘问妻子,   1015
  那个玷污过她的身体的人究竟是谁。
  我今天宁可死去,也定要把这件事情
  彻底追查清楚。可是门关着,好啊!
  事情还真是一件接着一件。我过去敲门。
  (敲门)
  你们快开门!喂,谁在里面?谁来开门?   1020

第二场

〔墨丘利出现在屋顶上。

墨丘利

  谁在屋门前？

安菲特律昂

     是我。

墨丘利

     哪个"是我"？

安菲特律昂

     我已经说了。

墨丘利

          愿尤皮特
和所有的神明都对你生气。你这是想把门砸烂。

安菲特律昂

  你想怎么样？

墨丘利

     我想这么样？好让你永远可怜地活着。

安菲特律昂

  索西亚！

墨丘利

     是的，我是索西亚，除非你以为我忘了自己。
你想干什么？

安菲特律昂

     你这个无赖，你还敢询问我想干什么？   1025

墨丘利

     是的，我就这样问你。笨蛋，你差点撞坏了门栓。
     你是不是企图让官方来为我们修理这扇大门？
     蠢东西，你为什么看着我？你需要什么？你是谁？

安菲特律昂

     该挨鞭子的东西，竟然问我是谁？你这个柳树条的冥河！
     请神明作证，我要让你因刚才这些话而浑身挂满鞭痕。 1030

墨丘利

     你在青年时期应该是一个好挥霍之人。

安菲特律昂

　　　　你说什么?

墨丘利

　　　　　　　因为你老年时求我让你遭殃。

安菲特律昂

　　　　无耻的东西,你今天说的这些话会给你招来不幸。

墨丘利

　　　　　　　我在为你献祭。

安菲特律昂

　　　　　　　　　为什么?

墨丘利

　　　　　　　　　　　因为我要让你受到应有的惩罚。　　　1034

　　　　　……

古代抄本在这里中断,出现大段残缺,包括第三幕的后半部分和第四幕的大部分。古代作家对剧本的这部分作过一些零散援引,汇集如下。

Ⅰ　　　　**安菲特律昂**

　　不过,无赖,我会用十字架和严刑拷打来惩罚你。

Ⅱ　　　　**墨丘利**

　　主人安菲特律昂正忙着。

Ⅲ　　　　**墨丘利**

　　　　现在对于你来说是离开的好时机。

Ⅳ　　　　**墨丘利**

　　　　完全有权把骨灰罐砸碎。

Ⅴ　　　　**墨丘利**

　　　　你可以要求把一罐水灌进脑袋。

VI 墨丘利

你中邪了。波卢克斯啊,你真是个可怜人。你请医生吧。

VII 阿尔克墨涅

你对我发过誓,说你说的话是开玩笑。

VIII 阿尔克墨涅

请吩咐治病,趁病刚发作:
你肯定或是中了邪,或是发疯。

IX 阿尔克墨涅

如果事情不是这样,因此正如我认为,
我不反对,你可以控告我犯了过失。

X 安菲特律昂

是哪个女人在我外出期间出卖了自己的身体?

XI 安菲特律昂

如果我敲了门,你曾经威胁要干什么?

XII 安菲特律昂

你在那里一天挖六十多个坑。

XIII 安菲特律昂

我不想卑贱地请求。

XIV 布勒法罗

压抑心灵。

XV 尤皮特

我抓住了这个当场被捉住的窃贼。

XVI 安菲特律昂

不,特拜市民们,我抓住了在我家里破坏
我妻子贞操的家伙,一个淫荡之徒。

XVII 安菲特律昂

无耻的家伙,难道你在众目睽睽之下都不感到羞耻?

XVIII 安菲特律昂

隐秘地

XIX 安菲特律昂或尤皮特

你,就是不能确定我们两个人中谁才是真正的安菲特律昂。

残缺部分的剧情大概推断如下:

墨丘利最后用瓦罐把水浇到安菲特律昂的头上,把安菲特律昂从屋前赶走。墨丘利离开后,真的索西亚带领舵手布勒法罗回来。安菲特律昂以为来者即是刚才不让他进屋的那个索西亚,因而对他又打又骂。听见吵嚷声,阿尔克墨涅由屋里出来。安菲特律昂对阿尔克墨涅严词责问。阿尔克墨涅起初平静地回答安菲特律昂的问题,后来终于认为对方失去了理智。最后,尤皮特以安菲特律昂的形象从屋里出来,真假安菲特律昂互相指责对方犯了奸淫之罪,尤皮特用绳子套住安菲特律昂的脖子,拖着他走。安菲特律昂请求布勒法罗证明他的身份,但布勒法罗也难辨真假。

第四幕

第三场

布勒法罗

你们自己分辨自己吧!我得走了,我现在还有事情。　　　　1035
（旁白）
我还从来没有在什么地方见到过如此惊人的事情。

安菲特律昂

布勒法罗,请你做我的辩护人。帮助我,你不要走。

布勒法罗

　　　　　　　　　　　　　　　　　　　　　再见。
我都不知道应该为你们俩哪一个辩护,又怎么当辩护人?
〔下。

尤皮特

（旁白）
我现在进屋去。阿尔克墨涅正在分娩。
〔进屋,未被安菲特律昂发现。

安菲特律昂

　　　　　　　　　　　　啊,我完了!
我现在该怎么办?助手和朋友们都把我抛弃了。　　　　1040
不,不管你是谁,你都不可能不受惩罚地嘲弄我。
我现在直接去找国王,把发生的事情禀报他。

我以神明的名义起誓，我今天定要惩罚这个大恶魔①，
他彻底搅乱了我全家人的理智。

（环顾四周）

他在哪儿？天哪，他进屋了，肯定是去找我的妻子。　　1045
有哪个特拜人活着会比我更不幸？我现在怎么办？
所有的凡人都不认识我，都在随意地嘲弄我。

（稍停）

就这么办。我现在冲进屋，不管在那里看见谁，
不管是看见女奴、男奴、妻子或者看见那奸夫，
或是看见父亲、祖父，我都要把他们杀死在屋里。　　1050
无论是尤皮特或是其他所有的神明，都不可能阻止我，
不让我像现在决定的这样去做；我现在就冲进屋去。

（冲破门，立即倒下）

---

① "恶魔"的原文是"会巫术的特萨利亚人"（Thessalus ueneficus），希腊的特萨利亚素以流行巫术闻名。

第五幕

第一场

[布罗弥娅惊恐地由屋内上。

布罗弥娅
  我生命的希望和力量逝去了,埋葬在胸中,
  我心中的一切勇气失去了,一切都完了!
  我感到大海、陆地、天空都在袭迫我,
  要把我压垮,要把我杀害。　　　　　　　　　　1055
  啊,啊,我不知道该怎么办好。
  屋里发生了如此令人惊异的事情。天哪,我真可怜,
  我感觉晕眩,我口渴,我已被击垮,我已精疲力竭。
  我头痛,耳朵听不见,双眼模糊看不清,
  我看世上没有哪个女人比我更可怜、更不幸。　　　1060
  今天我的女主人发生了这样的事情:
      她开始分娩,请求神明帮助,
  出现巨响,爆裂,隆隆声,轰鸣声,突然一声惊雷!
  不管谁站在哪里,全都被这巨响惊倒。
       这时有个声音说话:
  "阿尔克墨涅,这是在帮助你,不要害怕,
  是仁慈的天神向你,向你的家庭显圣。　　　　　　1065
  你们起来吧,因害怕我的威力而倒地的人们!"
  我倒在地上,爬起来。觉得房屋在燃烧,光辉灿烂。

这时听见阿尔克墨涅呼喊我，事情令我心惊胆战。
女主人更令我担心，我跑过去，看她有什么吩咐。
这时我看见，她已经生下一对孪生儿子。 1070
我们谁也没有觉察，没有看见她何时分了娩。
（看见有人倒在地上）
这是怎么啦？这位老人是谁？为什么倒在
我们的屋门前？是不是尤皮特把他击倒？
波卢克斯啊，尤皮特啊，像死人一般。
不管他是谁，我去看看。啊，正是我的主人。 1075
（大声地）
安菲特律昂！

安菲特律昂

（软弱无力地）
　　　　我完了！

布罗弥娅

　　　　　　　你起来！

安菲特律昂

　　　　我完了！

布罗弥娅

　　　　　　　　你把手伸给我。
（拉住安菲特律昂的手）

安菲特律昂

　　　　　　　　　　谁在拉我？

布罗弥娅

你的女仆布罗弥娅。

安菲特律昂

　　　　　我浑身发颤，尤皮特狠狠打击我。
我现在就好像是从阿克戎①的领地回来。你为什么
来到这门外？

---

① 阿克戎是古希腊神话中阴间的冥河之一，常代指冥界。

布罗弥娅

我们这些人刚才在你居住的这屋里

也陷入了同样的惊恐。我看见了一件惊奇的事情，　　　　　1080

安菲特律昂，现在我的心仍未恢复平静。

安菲特律昂

你过来，

你认识我是你的主人安菲特律昂？

布罗弥娅

认识。

安菲特律昂

你再看看。

布罗弥娅

认识。

安菲特律昂

（半旁白地）

这是我的家中唯一一个具有健康理智的人。

布罗弥娅

不，大家都有理智。

安菲特律昂

我的妻子的丑恶行为

使我失去了理智。

布罗弥娅

不，我要让你改变自己的想法；　　　　　1085

安菲特律昂，我要让你知道，你的妻子虔诚贞洁。

关于这一点，我要简单地提供一些证据和事实。

首先，阿尔克墨涅已经为你生了一对孪生儿子。

安菲特律昂

你说生了一对孪生儿子？

布罗弥娅

是这样。

安菲特律昂

愿神明保佑我！

布罗弥娅

你让我继续说，
好让你知道众神明对你和你的妻子是多么仁慈。 1090

安菲特律昂

你就说吧。

布罗弥娅

在你的妻子开始分娩之后，
就在她像通常生育时腹部开始疼痛后，
她吁请不死的神明，请求神明帮助她，
她洗净双手，盖住脑袋。这时立即发出
巨大的轰鸣，我们原以为是你的房屋崩塌。 1095
整座房屋顿时如同用黄金建造的那样光辉灿烂。

安菲特律昂

求求你，快消除我的忧虑吧，我已经被嘲弄够。
那后来呢？

布罗弥娅

正在发生这些事情的时候，
我们谁也没有听见你的妻子呻吟哭喊，
她就这样完成了分娩。

安菲特律昂

你的话真使我高兴， 1100
不管她对我做了什么。

布罗弥娅

不要说这些，请听我继续说。
她分娩后，吩咐我们给婴儿沐浴。我们开始沐浴。
由我沐浴的那个婴儿是那么高大，那么有力量！
当时谁都没有办法能够用褴褛把他包裹起来。

安菲特律昂

你的话太令人惊异。如果你说的都是真实， 1105
我毫不怀疑，对我妻子的帮助显然来自上天。

布罗弥娅

我还要说一些更会令你认为是奇异的事情。
把他放进摇篮后,有两条头戴冠状物的巨蟒
从屋顶游进水池①里,把两个头高高抬起。

安菲特律昂

唉呀!

布罗弥娅

请不要害怕,两条巨蟒看了一下周围的人,   1110
在它们看见婴儿后,立即迅速向摇篮游去。
我把摇篮向前向后、这边那边地拖着推着,
既为孩子担心,也为自己害怕,巨蟒紧紧追袭。
其中我沐浴的那个婴儿看见那两条巨蟒,
立即从摇篮里跳起来,向巨蟒发起攻击,   1115
伸出双手,分别把那两条巨蟒紧紧抓住。

安菲特律昂

你的话太惊人,你说的事情太可怕,
你刚才说的话使我惊恐得浑身战栗。
后来呢?请你继续说。

布罗弥娅

那个孩子杀死了那两条巨蟒。
正当发生这些事情时,有人大声召唤你的妻子。   1120

安菲特律昂

那人是谁?

布罗弥娅

神明和凡人的最高主宰尤皮特。
他说是他偷偷分享了阿尔克墨涅的床榻,
那个战胜那两条巨蟒的孩子是他的儿子。
他说另一个是你的儿子。

安菲特律昂

---

① 这里的水池指罗马人屋内的水池。

啊，我不感到屈辱，
如果我是同尤皮特对半地分享了幸福。 1125
你进屋去，吩咐立即给我准备好器皿，
我要用丰富的祭品祈求至高的尤皮特怜悯。
（布罗弥娅进屋）
我现在去请预言家特瑞西阿斯①，征询他的意见，
看他认为该如何做，把这件事情详细地向他叙说。
（听见雷声）
这是为什么？如此强烈的轰鸣。
神明啊，请救助我们！ 1130

第二场

［尤皮特出现在空中。

尤皮特 振作精神，安菲特律昂。我是来帮助你和你的家庭，
你丝毫用不着害怕。也用不着去请预言家、占卜人，
我现在就把未来的和过去的事情一起告诉你，
会远比他们知道的更清楚，既然我是尤皮特。
首先，是我与阿尔克墨涅结合， 1135
使她怀上了身孕，生育了儿子。
在你出征之前，你也已使她怀了孕，
由此她一次分娩，生育了两个儿子。
其中一个儿子，即由我的种子孕育的那一个，
将会以自己的伟大功绩让你享受不朽的荣誉。 1140
你要与阿尔克墨涅恢复旧有的和好，
切不要对她进行不应有的责备，
发生的一切都是由于我的神威。
我现在返回上天。
［下。

---

① 特瑞西阿斯是特拜著名的预言家。

第三场

安菲特律昂 （恭顺地）
我将按照你的吩咐去做，也请你实践你的诺言。
我现在进去找妻子，不再去请老人特瑞西阿斯。 1145
（对观众）
观众们，现在请你们鼓掌，为了至高的尤皮特！
［下。

剧　终

赶 驴
ASINARIA

导　言

我们从剧本的"开场词"中得知，普劳图斯的这部喜剧是根据古希腊喜剧改编的，希腊喜剧的作者是得摩菲洛斯（Demophilus）。关于得摩菲洛斯其人，后人无从知晓。在古代传下来的材料中，只有很少地方提到他。一些研究者认为，这部剧本的古代抄本在这里可能有残损，希腊剧作家的名字原本应该是狄菲洛斯（Diphilus）。普劳图斯曾经不止一次地利用过狄菲洛斯的剧本，而且狄菲洛斯本人在希腊新喜剧中也是非常杰出的代表作家之一。不过也有研究者认为，普劳图斯可能利用的确实就是一位不怎么知名的希腊喜剧家的作品。此外，剧中得迈涅图斯想到当年其父曾经扮作水手，帮助他夺得女子，现在他自己作为父亲，也应该同样热心地帮助恋爱的儿子。人们注意到，米南德曾经写过以"水手"为标题的剧本，另外还有两位不太知名的希腊作家也以此为标题写过剧本。由此人们设想，这些剧本或其中的某一部剧本可能曾经对普劳图斯编写这部作品产生过影响。

关于这部喜剧演出的年代，曾经引起不少推测和争议。剧中老人得迈涅图斯称自己已经为恋爱的儿子准备好了必须给伴妓的钱，并且以自己挂着的手杖作比喻，称就像那根手杖一样确凿无疑（第123~124行）。"手杖"的拉丁文是scipio。Scipio作为专有名词，是古代罗马一个名门望族的姓氏。有的研究者认为，这时演员注视的可能不是他自己手中握着的手杖，而是在观众席上坐着的斯基皮奥（Scipio）。当时这位斯基皮奥应该是以市政官身份出席这部剧本的演出，因而同时也是那次演出的组织者，剧作者当然要强调关照他的利益。根据相关历史资料推断，这一年是公元前212年，因此这部剧本是在那一年演出的。

尽管上述推测颇具说服力，但也招来反对意见。应该说，把scipio与Scipio进行联想，这样的文字游戏确实很合普劳图斯的习惯。不过又不尽然，因为在古希腊罗马喜剧表演中，手杖是饰演老人形象的演员常用的表征性道具之一，因此这样的文字游戏不一定会引起观众的注意，更何况剧中演员当时需要以某种东西作为比喻，来证明他确实为恋爱中的儿子准备了需要的一笔钱，并且这时演员手中唯一握着的东西就是手杖，因而便自然而然地会用手杖来强调自己说的话。

不仅如此，即使像设想的那样，演员在这里指的是"斯基皮奥"，然而这也不足以肯定所指的即是公元前212年担任市政官的那位斯基皮奥。在古代罗马，斯基皮奥是一个具有巨大社会影响和威望的大家族，历任国家高级职务者甚多，因此当时不一定只是身为市政官的斯基皮奥坐在观众席上，甚至也有可能是该家族中的其他人来观看演出。著名的"非洲征服者"老斯基皮奥在公元前194年曾经为罗马元老院争得在雅典剧场观看演出的荣誉席位，普劳图斯也可能是以他作为戏剧表演的对象。若是这样，该剧的演出时间便得后推很多年。

有些研究者以剧本的内部结构特点来推测演出年代。与普劳图斯的其他剧本相比，这部剧本在结构方面的一个明显特点是剧作家很少利用独白，特别是在剧本的后半部分，因此可能属于普劳图斯戏剧活动的早期作品。一般觉得，这种推测的说服力并不大。

总的说来，由于关于这部喜剧的演出年代无直接历史材料佐证，虽然存在多种设想，但却难以确考。

这部剧本的拉丁文标题是Asinaria。asinaria是一个复合词，由asinus（驴）和后缀aria组成。作为本剧的希腊原剧的标题是"赶驴人"，因此把本剧剧名也译为"赶驴"。剧中有多个因素与"驴"有关。其中首先是卖驴情节。这一情节不仅给两个奴隶提供了戏谑的话题，而且与整个剧情发展和戏剧矛盾的解也密切相关。剧中人物"商人"倒也颇为机敏。不管奴隶利巴努斯和勒奥尼达怎样蒙骗他，他就是牢牢抓住装着买驴钱款的口袋不松手，满怀警觉地自称不会随便把钱交给不认识的陌生人。不过他在应付利巴努斯和勒奥尼达的纠缠时往往自以为是地作出一些先入为主的推断，这不仅给对方提供了随机应变的前提，也使他自己在不知不觉之中一步步地落入对方设计的圈套，显得很愚蠢可笑，似乎他也仅仅具有驴样的智慧。剧中"驴"的情节的最高潮是陷入爱情困境的少主人不得不忍受奴隶的捉弄和取笑，最后甚至不得不尊称奴隶为主人，弯下腰让奴隶跨上后背当驴赶，据说就像"当年儿童时那样"。

剧中人物的名字都有一定的寓意，寓意源自希腊原文。老人得迈涅图斯

(Demaenetus)一名的意思是"受人民称赞的",对于这样一个放荡之人,实际上是取其反意。青年阿尔古里普斯(Argyrippus)一名由"银钱"和"马"二字复合而成,意为"为了钱而把自己当马的",普劳图斯在这里把"马"改成"驴"。伴妓菲勒尼乌姆(Philaemium)一名也是一个复合词,由"亲爱的"和"称赞"复合而成,作为年轻女性的名字。妓馆老板克勒阿瑞塔(Cleareta)一名的意思是"以美德著称的",反讽意义可想而知。得迈涅图斯的妻子阿尔特马娜(Artemona)一名源自"桅杆",显然指她在家里掌管一切。阿尔古里普斯的竞争对手狄阿波卢斯(Diabolus)一名的意思是"好诽谤人的"。利巴努斯(Libanus)一名意为"柔软的","带香气的",源自叙利亚一座盛产鲜花的山名。"勒奥尼达"(Leonida)是一个包含"狮子"意思的响亮名字,有个斯巴达王就叫这个名字。联想到上述这些人物在剧中的形象和作用,自然会觉得很有意思。

剧作者在"开场词"中称,剧中充满幽默和笑料。剧本本身确实是这样的。这部剧本完全是一部家庭生活范围的喜剧。出现在观众面前的是一个由拥有巨额嫁妆的妻子专权的家庭,不过这并没有能给妻子带来幸福,反而使她受到丈夫的诅咒和厌恶,以至于使丈夫竟然毫无顾忌地当着奴隶的面发泄怨言,甚至希望她早死。嫁妆问题是希腊新喜剧的重要主题之一,为罗马剧作家所继承。丰厚的嫁妆和由此而来的妇女在家庭中的专权,成为败坏家庭关系的重要原因,这也是古罗马社会生活的现实。对这一主题,普劳图斯在以后的剧作中还会继续涉及。

剧中的得迈涅图斯在与奴隶利巴努斯关于父子关系的对话中把自己打扮成一个善良和关心儿子成长的父亲,希望能像当年他自己的父亲帮助他那样去帮助自己的儿子。他的这番议论似乎与喜剧中常见的另一主题,即什么是真正的良好教育方式和应该如何对待年轻人的欲望问题有关。不过普劳图斯笔下的这位似乎性格温和、思想开通的得迈涅图斯实际上是企图以自己的这种夸口式的高谈阔论来掩盖他自己的轻浮品性和低俗欲望。

剧中的"儿子"是一个缺乏意志的青年,陷入了爱情困境,不得不求助于机敏的奴隶提供劝告和搞到需要的钱款,这也是当时的喜剧中的常见主题。在这部剧本中,年轻人不仅离不开奴隶的帮助,从那里得到必要的钱,而且还甘忍委屈地让奴隶骑到自己的背上。虽然剧中的这一场景似乎只是两个奴隶的突发奇想,不过它仍然会被公元前2世纪的大部分拥有奴隶的罗马观众视为一种难以接受的放任。如果从另一方面来看,整部剧本是以希腊社会生活为背景,因此罗马保守的奴隶主阶级仍可以从中看到对令他们持深刻蔑视态度的希腊奴隶主和希腊民主制的讽刺。

　　剧中的两个奴隶利巴努斯和勒奥尼达尽管在奴隶主得迈涅图斯看来非常恶劣和狡猾，不过得迈涅图斯也不得不承认他们能认真完成委托的事情。这两个奴隶在剧中确实表现得不乏劣性，不择手段地搞笑取乐，不过他们在搞笑得到满足之后，还是像得迈涅图斯说的那样，切实履行对他们的委托，诚实地、怀有责任感地把得到的金钱交给请求他们帮助的人。这一点显然表现出了他们的根本品性。

　　古希腊罗马戏剧中的年轻人与奴隶的关系这种情节也被吸收进了后代欧洲戏剧，在后代欧洲的戏剧中与其相对应的是年轻的主人和仆人的关系。这类描写在后代欧洲许多剧作家的作品里都可以见到，甚至由此而产生的有关父子在爱情上竞争的情节在后代欧洲的剧作中也不鲜见。

剧情梗概

老人希望能花钱帮助热恋的儿子，
尽管他自己的生活受到妻子管束。
碰巧有人给绍瑞亚送来买驴钱款，
便吩咐奴隶勒奥尼达接受那款项。
银钱交给伴妓，儿子获得过夜权。
女人被别人夺走，情敌怒不可遏，
派门客去把事情报告老人的妻子。
妻子赶来，从妓院里带走了丈夫。

人　物

利巴努斯　得迈涅图斯的奴隶
得迈涅图斯　老人
阿尔古里普斯　青年，得迈涅图斯之子
克勒阿瑞塔　妓馆老板
勒奥尼达　得迈涅图斯的奴隶
商人
菲勒尼乌姆　伴妓，阿尔古里普斯的情人
狄阿波卢斯　青年，阿尔古里普斯的竞争者
门客
阿尔特马娜　老妇，得迈涅图斯的妻子

时　间

白天。

地　点

雅典。一条街道，通向得迈涅图斯和克勒阿瑞塔的屋前，两座房屋间有一条狭窄通道。

开场词

观众们，现在我想请求你们给予关照，
演出涉及我的利益，涉及你们的利益，
也涉及整个剧班、班主和承包人①的利益。
传宣人，现在请你要求观众们注意听剧。
（稍待，对传宣人）
请你现在也坐下来，用不着白费辛劳。　　　　　　　　　5
（对观众）
现在我向你们说明，我为什么来这里，
来干什么？首先让你们知道剧本标题，
然后再简要地介绍与剧情有关的事情。
我现在就开始说我想对你们说的内容。
这部剧本的希腊原标题为"赶驴人"，　　　　　　　　　10
得摩菲洛斯原作，马库斯改成蛮族语言，②
希望称其为"赶驴"，如果你们也同意。
本剧包含充分的幽默，笑料也很多，③
故事非常有趣。请你们对我善惠有加，
使马尔斯也能像往日那样助佑你们。④　　　　　　　　　15

---

① "承包人"（conductores）指组织戏剧演出的市政官。
② 得摩菲洛斯，古希腊阿提卡喜剧家，生平不详，仅见此处提及，显然不属于一流作家，不过从剧本看，也很有喜剧感。普劳图斯在这里自称外号马库斯（Maccus），并且仿效古代希腊人的口气，称拉丁语为"蛮族语言"（barbare）。
③ "幽默"和"笑料"的原文是 lepos 和 ludus，采用的是词首同辅音修辞手法。
④ 古罗马人经常与邻族进行战争，因而特别推崇作为战神的马尔斯。

第一幕

第一场

［得迈涅图斯由屋内上，利巴努斯随上。

利巴努斯

（严肃地）

既然你希望自己的那个独生儿子
能够健康无恙地活着，超过你的寿限，
那我就以你这老年人的名义请求你，
也以你妻子的名义，你对她很畏惧，
若是你今天胆敢对我说什么谎话， 20
那就让你的妻子活得比你更长久，
你自己则活活地染上瘟疫而死去。

得迈涅图斯

你就以诚信之神的名义向我询问，
那时我便不得不对你的提问作答。
［你就这样坚定地要求我，好使我 25
不得不对你的提问详细地作说明。］①
现在就请问吧，你究竟想知道什么？
我会让你知道你想知道的一切。

利巴努斯

请海格力斯作证，你要认真回答我的提问，

---

① 第25～26行的内容与上两行的内容相近似，因此一些研究者认为这两行是后来添加的。

当心不要对我有什么谎言。

得迈涅图斯
　　　　　　　　你究竟想问什么？　　　　　　　　　　30

利巴努斯
你是不是想把我带往研磨石头的地方？

得迈涅图斯
你这是怎么啦？世上哪里有这样的地方？

[**利巴努斯**
那是卑劣的人们研磨着大麦哭泣的地方。]

得迈涅图斯
请你说说那究竟是什么地方，我不明白。

利巴努斯
在用棒棍鞭打、铁链叮当响的岛屿，
那里死去的牛①向活着的人发起攻击。　　　　35

得迈涅图斯
波卢克斯作证，利巴努斯，我明白了你说的地方：
你说的可能是制作大麦粉的场所。

利巴努斯
　　　　　　　　　　不，不是的，
请海格力斯作证，我不是说它，也不想说它，
请看在海格力斯的面上，你把那个字吐掉吧。

得迈涅图斯
好吧，就按你的习惯。
　　（吐唾沫）

利巴努斯
　　　　　　　　很好，你再吐，完全吐出来。　　40

得迈涅图斯
　　（再吐）
是这样吗？

---
① "死去的牛"指用牛皮条编成的鞭子。

利巴努斯

不,海格力斯啊,请你从喉咙深处咳,

(得迈涅图斯使劲咳)

还要再使劲。

得迈涅图斯

使劲到什么程度?

利巴努斯

也许要一直咳到死。

得迈涅图斯

小心我让你遭殃!

利巴努斯

我想说的是你妻子死,不是说你。

得迈涅图斯

我要为你说的这句话奖赏你,你用不着害怕。

利巴努斯

愿神明让你一切如愿。

得迈涅图斯

现在你就注意听我说。 45

你知道我刚才为什么那样询问你?你刚才
究竟由于什么事情瞒着我而那样地胁迫我?
最后,或许你想知道我为什么对儿子生气,
像通常其他父亲那样?

利巴努斯

(旁白)

他又有什么新奇事情? 49~50

不知道发生了什么事,我真担心会如何结束。

得迈涅图斯

其实我早已经知道,我的儿子爱上了
一个伴妓,就是那位邻居菲勒尼乌姆。
利巴努斯,是不是像我说的那样?

利巴努斯

　　　　　　　　　　你说得对。
　　　　事情确实是这样。不过他病了，而且病得厉害。　　　　55

得迈涅图斯
　　他生了什么病？

利巴努斯
　　　　　　因为兑现不了允诺的赠与。

得迈涅图斯
　　难道你没有帮助我这个陷入恋爱的儿子？

利巴努斯
　　我帮了，还有我们另一个奴隶勒奥尼达。

得迈涅图斯
　　请神明作证，你们做得对，我感谢你们。
　　（向四周张望）
　　利巴努斯，你知道我妻子是怎样一个人吗？　　　　60

利巴努斯
　　你最知道她是个怎样的人，我们对她也深有体会。

得迈涅图斯
　　我承认，她是一个惹人讨厌、令人不愉快的人。

利巴努斯
　　你没这样说之前，我就相信你会是这样看待她。

得迈涅图斯
　　利巴努斯，当父母一切都顺从我的时候，
　　他们总是尽可能地满足我的各种要求，　　　　65
　　儿子对于父亲来说自然也便是朋友和亲人。
　　我也希望为他们所爱，努力让自己这样做；
　　现在我也希望我自己能像我的父亲那样，
　　父亲为了我把自己装扮成水手进行蒙骗，
　　从妓馆老板那里领走了与我相好的女子；　　　　70
　　那么大年纪进行愚弄并不使他感到羞愧，
　　反而却以自己的友好行为博得了儿子的好感。
　　我现在决定让自己仿效父亲，也这样做。

事情是这样，今天儿子阿尔古里普斯找我，
因为他正在恋爱，要我给他一笔钱， 75
我也很乐意满足自己儿子的这一要求。
［我希望尊重他的爱情，他也爱我这父亲，］
尽管他的母亲秉性既严厉，而且吝啬，
我却遵循为父的传统，不屑于那样做。
现在他对我可以说是报以应有的信任， 80
因此我也应该满足符合他本性的意愿；
既然他像恭顺的儿子对待父亲那样来找我，
那我也很愿意让他能有钱交给自己的女伴。

利巴努斯

依我看，你是在期望徒然渴望的东西。
你妻子曾有个名叫绍瑞亚的奴隶做陪嫁， 85
为的是让他在你的家里比你更拥有权力。

得迈涅图斯

我得到了钱，却把权力出售给了嫁妆。①
现在我只简单地告诉你，我想要你干什么。
我那个儿子现在正急需要二十谟纳②，
你就设法为他准备。

利巴努斯

    我从哪里弄来这笔钱？ 90

得迈涅图斯

那你就蒙骗我。

利巴努斯

    我看你这是在开玩笑：
你是想要我从裸身的人身上去剥衣服。
我蒙骗你？你就试试没有翅膀地飞吧。

---

① 指妻子丰厚的嫁妆由随嫁奴隶掌握，丈夫没有支配权。
② 谟纳（mina）是雅典货币单位。雅典货币体制是1塔兰同（talantum）合60谟纳，1谟纳合100德拉克马（drachmus），1德拉克马合6奥波洛斯（obulus）。一个普通劳动者一天的收入约几个奥波洛斯。

我得让你受蒙骗？尽管你手里一文不名，
　　除非你自己也去蒙骗妻子，否则别无办法。　　　　95

得迈涅图斯
　　你尽可以蒙骗我，蒙骗我妻子，或者蒙骗
　　奴隶绍瑞亚，你蒙骗谁都可以，我决不会
　　有任何妨碍，只要你今天能把事情办成功。

利巴努斯
　　你是怂恿我在空气里捞鱼，
　　[然而捕鱼必须下网到海里。]　　　　　　　　　100

得迈涅图斯
　　你可以让勒奥尼达做你的帮手，
　　你现在就随意设想，随意安排吧，
　　只要能做到今天让我儿子得到钱，
　　把钱交给女伴。

利巴努斯
　　　　　　你说什么，得迈涅图斯？

得迈涅图斯
　　你还有什么问题？

利巴努斯
　　　　　　若是我意外地中了圈套，　　　　　　　　105
　　敌人想杀死我，那时你会把我赎出来？

得迈涅图斯
　　我赎你。

利巴努斯
　　　　　　如果是这样，你就不用再担心什么。
　　你若没有其他吩咐，我去广场。

得迈涅图斯
　　　　　　去吧，祝你顺利。
　　不过，你听见了吗？

利巴努斯
　　　　　　还有什么事？

得迈涅图斯

若是我需要找你，
你在哪里？

利巴努斯

我在我的心灵想去的任何地方。 110

（半自白地）
那就是说，我现在对谁都不用害怕，
谁也不可能加害于我，既然你刚才
对我这么说，表明了你的全部用意。
当我行动时，甚至都不用介意你本人。
我这就去我想去的地方考虑行动方案。 115

得迈涅图斯

你听着，我将在钱庄主阿尔基布卢斯那里。

利巴努斯

你也在广场？

得迈涅图斯

如果有需要，我就在那里。

利巴努斯

我记住了。

〔去广场，下。

得迈涅图斯

世上没有哪个奴隶比他更恶劣，
比他更狡猾，比他更难以防备。
不过若是你有什么事情需要完成， 120
倒可以委托给他；他会宁可一死，
也不会让受委托的事情不得完成。
我已经为儿子准备好了那笔款项，
就像我看见这根手杖那样确凿无疑。
可我为什么还在这里犹豫不去广场？ 125
我这就前去，在钱庄主那里等待他。

〔离开，下。

第二场

[阿尔古里普斯由克勒阿瑞塔屋内上。

阿尔古里普斯
你怎么这样对待我？竟然把我赶出门外？
我应该受到最大的赏赐，可你却这样对待我。
你这是让有功之人倒霉，无功之人受禄；
你就等着倒霉吧，我现在直接从这里　　　　　　　　　　130
去三人法庭①控告你们，在那里登记上
你们的名字，让你和你的女儿受审判，
就指控你们引诱、败坏、伤害年轻人。
大海算不上是海，你们才是不可测的深渊；
我在海里得到的财富在这里耗费殆尽。②　　　　　　　　135
我明白了，一切都不受感激，都是徒劳，
不管是我的赠与，还有我所做的一切，
我会尽可能地让你们受到应有的报应。
请神明作证，我会让你像原先那样一贫如洗。　　　　　　140
在我未遇见你的女儿，未全心爱上她之前，
你卑贱地度日，破衣烂衫，缺吃少喝，
即使有一些吃穿，也得深深感谢众神明；
现在你们生活改善，就忘了得到谁的好处。
我要让你不得不忍饥挨饿，你就等着瞧。　　　　　　　　145
我为何要对你女儿生气？她没错，不该受责备，
她是服从你的命令和权力：你是母亲和主人。
我会报复你，让你对我付出应付的代价。
恶婆啊，你以为我不值得受到应有的对待，
在我生气时不该与我说说话，请求我宽恕？　　　　　　　150

---

① 古代罗马的三人法庭（tresviri）是刑事法庭，原剧中与其相对应的希腊司法机构是十一人法庭。
② 可能指他自己曾经出海经商，积累了一些收益。

（看见克勒阿瑞塔家的门被打开）

看哪，那个诱惑者出来了；我想总该在这里
像我希望的那样同我说话，既然不愿在屋里。

第三场

［克勒阿瑞塔由屋内上。

克勒阿瑞塔

（平静地）

若是有哪个购买者前来，即使他用腓力金币①，
也不可能把你刚才说的任何一句话买走。
你指责我们的那些话甚至比金银还珍贵，   155
你的心灵已被库皮得之箭②牢牢地钉在这里。
你就既用船桨，又用风帆，尽可能迅速逃跑吧：
你在海上航行得愈遥远，波浪愈会把你送回船坞。

阿尔古里普斯

（憎恶地）

请神明作证，我会免除你的这个船主的船舶税，③
从今以后我会像你对待我和我的钱袋那样对待你，   160
既然你不想应有地对待我，甚至还把我赶出屋门。

克勒阿瑞塔

那是因为你用舌头说出的话远远超过真正做的事情。

阿尔古里普斯

我独自一人使你不仅摆脱了孤独，而且摆脱了贫穷，
要是我独自一人把她领走，你对我也应该感激不尽。

克勒阿瑞塔

---

① "腓力金币"指铸有马其顿国王腓力头像的金币。1马其顿金币约合20雅典德拉克马。
② 库皮得（Cupido），旧译丘比特，又名阿摩尔（Amor），是古罗马神话传说中的小爱神，他的箭射中谁，谁就会陷入爱情。
③ 上行中的"船坞"和这行中的"船主"、"船舶税"的原文分别是portus、portitor和portorium，同样采用了词首同辅音修辞手法。

你就独自把她领走吧，只要你能永远独自

　　　　　　　　满足我们的要求，　　　　　　　　165

这一保证对于你来说是永远的法宝，若是你能

　　　　　　　　超过他人地馈赠。

阿尔古里普斯

馈赠有量度吗？因为你永远没有满足的时候；

你刚刚得到它，随即又会要求提供新的赠与。

克勒阿瑞塔

对于恋人能有什么量度？你什么时候满足过？

你刚刚放开她，又会立即要求我把她交给你。　　　170

阿尔古里普斯

我总是按照你与我的约定给予。

克勒阿瑞塔

　　　　　　　　我也是这样把姑娘交给你。

我的原则是回报与给予相当，一切都以金钱衡量。

阿尔古里普斯

你对我真狠毒。

克勒阿瑞塔

　　　　　　　你怎么这样指责我？我是在履责。

从没见哪里有雕塑或绘画，也不见有诗歌里描写，

要求妓馆老板善意地对待恋爱者，若是她想做诚实之人。　　175

阿尔古里普斯

（哀求地）

不管如何，你也应该宽待我，让我长久留在你这里。

克勒阿瑞塔

（冷淡地）

你不明白？若妓馆老板宽待恋人，那就是不宽待自己。

犹如鱼，恋人对于妓馆老板就像鱼，鱼总是需要新鲜；

新鲜的鱼鲜嫩，口味诱人，你可以把它随意烹调，

或是浇汁装盘，或是上火熏烤，任凭你随意翻转：　　　180

他会惊慌解囊，你可以从他丰富的储藏里任意索取；

他不在意给多少，会造成怎样的亏损；他只关心一点，
就是只要能博得女子喜欢，博得我和我的随侍①欢心，
博得我的家奴们，甚至我的侍女们高兴；新的恋爱者
甚至还会向我的宠物献殷勤，能见他到来而欣喜。 185
我说的是实情：每个人都应该精明于自己的行业。

阿尔古里普斯

我由自己遭受的损失而知道你所说的一切都是实情。

克勒阿瑞塔

请神明作证，如果你现在能给钱，你就会另样地说话；
现在由于你什么都没有，你就想用恶言恶语把她领走。

阿尔古里普斯

我不是那个意思。

克勒阿瑞塔

　　　　　　天哪，我也不会把她白交给你。 190
不过由于你的年龄和身份，你给过我们的好处
超过你所应得，因此我可以给予你这样的优待：
如果你能够给我两塔兰同现成的足量的白银，
我便可以无偿地给你这一夜作为对你的奖励。

阿尔古里普斯

若是我没有呢？

克勒阿瑞塔

（微笑）

　　　　　我相信你没有，那她就去找另一个人。 195

阿尔古里普斯

我以前给的呢？

克勒阿瑞塔

　　　　　已经花掉。若是它们仍在我这里，
我就会把姑娘交给你，决不会再向你要求什么。
白天的水和太阳，夜晚的月亮，我无须用钱购买，

---

① "随侍"的原文是pedisequa，通常指跟随女主人出门办事的女奴。

然而其他的东西，只要需要，我就得花希腊货币。
　　　当我们需要面包师的面包时，需要酒馆的酒酿时，　　　　　　200
　　　我们付钱，他们就给货物，我们也是这样的规则。
　　　我们的手从来都长着眼睛，只相信已见到的东西。
　　　常言道："悉听尊便。"你很清楚，不用我多说。

阿尔古里普斯

　　　你刚才轻蔑地向我发表了一篇别样的演说，
　　　依我看，提供了一种与先前完全不一样的说法，　　　　　　205
　　　那时我馈赠，你们谄媚，花言巧语地引诱我。
　　　当我找你们时，甚至你们的房屋也张开笑脸；
　　　你曾经对我说，你和她只爱我，我就是唯一；
　　　当时我馈赠，你们俩有如雏鸽贴紧我的嘴唇，
　　　你们的一切欲望都尽可能与我的愿望相符合，　　　　　　210
　　　我有什么吩咐，你们立即附和，我有什么愿望，
　　　你们立即照办；凡是我不希望、不想干的事情，
　　　你们便立即规避，从没有企图放肆地贸然从事。
　　　可现今，卑鄙的小人们，遇事从不考虑我的意愿。

克勒阿瑞塔

　　　难道你不明白？我们的行业与捕鸟人相似。　　　　　　　215
　　　捕鸟人安排打谷场，抛撒诱惑的谷物时，
　　　鸟类都已习惯：谁想获利，就须有所耗费。
　　　鸟类常来啄食：能捕捉一批，便补偿了耗费。
　　　我们这里也是：居屋是打谷场，我是捕鸟人，　　　　　　219，220
　　　伴妓是食物，卧榻是诱饵，恋人们就是鸟类；
　　　他们逐渐习惯于亲切的招呼、体贴的问候、
　　　亲热的接吻、甜言蜜语的交谈和优美动人的气氛。
　　　若是他抚触胸脯，那表示无须捕鸟人花费力气；
　　　若是亲近接吻，那意味着不用张网就能把他逮住。　　　　225
　　　你在我们的学校待了那么久，难道这些都已忘记？

阿尔古里普斯

　　　这是你的过错，你把一个未学成的门生中途赶走。

克勒阿瑞塔

若是你能找到钱,你就大胆地回来;现在,请你离开!

阿尔古里普斯

等一等,你听我说。你说吧,为她得给你多少,
让她这一年不接触其他人?

克勒阿瑞塔

你听着,得二十谟纳; 230
有个条件:若是有人先于你拿来钱,那你就再见。

阿尔古里普斯

不过,在你离开之前我还有话想说。

克勒阿瑞塔

你就随意说吧。

阿尔古里普斯

我还没有完全破产,还有一些钱:好进一步毁灭。
我能够把你要求的数目给你,只是我也有个条件,
那就是你必须做到让她这一年不间断地侍候我, 235
在这期间除了我,不得允许任何其他人接近她。

克勒阿瑞塔

若是你希望,我甚至还可以把家里的男奴们阉割。
最后,凡你希望我们要做到的方面,请你拿来契约,
不管你对我们有什么要求,我们都可以缔约为准;
对于你只有一条,把钱拿来,其他一切都好商量。 240
你要知道,妓馆老板居住的屋门有如纳税机关的门槛:
你拿钱来,屋门大开;若没有,屋门便不会开启。
[下,进屋,把门关上。

阿尔古里普斯

(忧愁地)

要是我找不到这二十谟纳银钱,那我就完了;
若是我不毁了这笔钱,无疑我自己就得毁灭。

(稍停,随即突发兴致)

我现在去广场,采用一切手段,尽可能进行尝试, 245

我尽可能请求,尽可能恳求,只要能遇见某个朋友,
不管他们值得请求还是不值得请求,我都要尝试,
如果从朋友那里筹不到这笔钱,那我就去借高利贷。
[去广场,下。

第二幕

第一场

[利巴努斯上。

利巴努斯

（焦急地）

请神明作证,利巴努斯,你醒来还是时候,
需要想出个什么阴谋诡计来,把钱弄到手。 250
你离开主人前来广场已经有很长一段时间,
[为的是能想出个什么计谋,好找到那笔钱。]
可你在那里一直睡觉,直到现在这个时候。
你要彻底抛弃漫不经心,排除委靡不振,
让你恢复到你惯常表现出来的那种天性。 255
救救少主人吧,切不可像其他奴隶那样懒散,
他们把心思全用在机敏地蒙骗自己的主人。
可我去哪里弄钱? 去欺骗谁? 把船只驶向何方?
不妨作个鸟卜:不管飞鸟指向何方,都示吉利。①
啄木鸟和乌鸦左边提示,右边是乌鸦和枭。② 260
好吧,决定了,请神明作证,听从你们的提议。
不过啄木鸟啄榆树,这是什么意思? 不可冒失大意。
请神明作证,根据我按树枝对这一鸟卜的理解,

---

① 利巴努斯在这里戏拟罗马军队指挥官或家庭主人,凡遇事即进行鸟卜。
② 按古希腊习俗,左为不吉;按古罗马习俗,有时左为吉利。

或者对于我，遍地树枝条，抑或对于管家绍瑞亚。
（向街道远处张望）
我看见勒奥尼达怎么气喘吁吁地从那边跑过来？ 265
我担心他那里出了什么事，对我的欺骗预示不吉。

第二场

[勒奥尼达急匆匆地跑上。

勒奥尼达
我现在去哪里寻找利巴努斯或主人的儿子，
好使他们立即变得比快乐女神本身还快乐？
我这就给他们送来了巨大的战利品和凯旋。
因为他们通常和我一起喝酒，和我一起玩乐， 270
因此我现在得到的战利品也应该同他们分享。

利巴努斯
（旁白）
若是他像通常那样行事，准是抢劫了一家屋子。
竟有人这样不当心自家的门户，真活该他倒霉。

勒奥尼达
只要能立即见到利巴努斯，我愿意为奴这一辈子。

利巴努斯
（旁白）
请神明作证，我永远不会为你获得自由而费精力。 275

勒奥尼达
我甚至还会不惜让后背忍受整整两百下拳头。

利巴努斯
（旁白）
他要慷慨捐献家产，把全部财产都驮到后背上。

勒奥尼达
若是面对这么一个好机会却让时间白白地溜走，

　　　　天哪，那时即使驾驭四匹白马的大车也唯以追上；①
　　　　那样就会让主人处于困境，却鼓舞敌人的志气。　　　　　　280
　　　　然而或是他同我一起努力抓住这一个好机会，
　　　　把这样一笔巨额财富，蕴涵着所有人的欢乐，
　　　　让他同我一起交给主人，包括儿子和父亲，
　　　　那时他们俩一辈子都会对我们俩人心怀感激，
　　　　被我们的善举所征服。

利巴努斯

　　（旁白）

　　　　　　　　　　不知道他说谁会被征服；　　　　　　　　　285
　　　　不，我担心他会让我们一起聪明反被聪明误。

勒奥尼达

　　　　若是我在哪里也找不到利巴努斯，那我就完了。

利巴努斯

　　　　此人在寻找同盟者，好让别人同他一起遭殃。
　　　　我不喜欢：一个人出汗、发颤，表明事情不妙。

勒奥尼达

　　　　可我为什么在这里光着急，不动步，只顾啰唆？　　　　290
　　　　我为何不让舌头沉默？它把这一天都耗在了说话上。

利巴努斯

　　（旁白）

　　　　天哪！这个人真可怜，竟然要闷死他的女保护人②。
　　　　如果他有什么不光彩的行为，他要让舌头代他倒霉。

勒奥尼达

　　　　我得抓紧时间，不要耽误了保护好这批战利品。

利巴努斯

　　　　他究竟获得了什么战利品？我过去打听打听。

----

① 在古代罗马，白马通常用于宗教典仪和凯旋仪式。
② "女保护人"的拉丁文是patronam，补格。patrona为阴性名词，意为"女保护人"、"女主人"，代指上行中的lingua（阴性名词，意为"舌头"，"语言"）。普劳图斯在剧中喜欢作这种引申，放肆地逗乐。

　　　　　（大声地）
　　　　　我以最高的声音向你致敬，使足了全部力气。　　　　　295

勒奥尼达
　　　　　挨鞭子的家伙，我也问候你。

利巴努斯
　　　　　　　　　你这个监牢守卫，在干什么？

勒奥尼达
　　　　　你这个以链条为伴的农夫！

利巴努斯
　　　　　　　　　　与树枝条玩耍的家伙！

勒奥尼达
　　　　　你以为你光着身子有多重？

利巴努斯
　　　　　　　　　　请神明作证，不知道。

勒奥尼达
　　　　　我知道你不知道，我给你称量过，我知道：　　　　　300
　　　　　你光着身子，把双脚倒挂在秤上，一百磅。

利巴努斯
　　　　　何以证明？

勒奥尼达
　　　　　　　　我这就告诉你我的证据和方法。
　　　　　当把你的双脚缚住的时候，你正好一百磅；
　　　　　若是用手铐铐住你的双手，把你缚到树干上，
　　　　　那就不折不扣———一个坏蛋，不中用的家伙。　　　　　305

利巴努斯
　　　　　去你的吧！

勒奥尼达
　　　　　　　　那是奴役之神让你继承的财富。①

利巴努斯

---

① 第295～306行是两个奴隶之间的互相嘲弄，与剧情发展无关，但可以突显人物性格。普劳图斯很喜欢安排这样的场面。

我想还是让我们停止无谓的口角争斗吧。
你究竟有什么事情？

勒奥尼达

我这就告诉你。

利巴努斯

那就大胆说。

勒奥尼达

你或许也愿意帮助主人那陷入恋爱的儿子，
现在意外地降临了一笔财富，但也包含灾殃， 310
刽子手们所有的节日都会拿我们去庆贺。
利巴努斯，现在需要运用我们的勇气和技艺。
我发明了一个小小的计谋，它将会使我们两人
在所有挨鞭打的人中间最为受之无愧。

利巴努斯

所以我也感到奇怪，我的后背早就跃然欣喜， 315
它显然也已经猜测到，挨鞭打的日子已临近。
你说说，是怎么回事？

勒奥尼达

巨大的收益，包含巨大的不幸。

利巴努斯

即使所有的人全都发誓要一起进行严刑拷打，
我认为我的后背也能够忍受，不会去找门扇。

勒奥尼达

既然你的心灵如此坚定，那我们就有希望得救。 320

利巴努斯

既然事情须用后背来解决，那我甚至愿意去盗国库；
那时我会否认，我会随机应变，最后我还会发伪誓。

勒奥尼达

是的，这就是勇敢，需要时能勇敢地忍受不幸；
谁能勇敢地忍受不幸，谁就会坚定地拥有幸运。

利巴努斯

  你快说需要干什么吧，我热切地渴望不幸降临。 325

勒奥尼达

  请不要着急询问是什么事情，好让我安静安静。
  你没有看见我都跑得气喘吁吁？

利巴努斯

        那好吧，我等着，
  要是你希望，甚至可以等到你断气。

勒奥尼达

  （稍停）

       主人在哪里？

利巴努斯

  老主人在广场，
  （指着克勒阿瑞塔的住屋）
     小主人在那里面。

勒奥尼达

       这对于我已足够。

利巴努斯

  这样说来，你是发了财？

勒奥尼达

      别再这样开玩笑。 330

利巴努斯

  好，不开玩笑。我的耳朵等着你带来好消息。

勒奥尼达

  你注意听，好同我一样知道事情。

利巴努斯

       我不说话。

勒奥尼达

       太好了！
  你还记得吗？我们的管家曾经卖给一位来自

佩拉的商人一批阿尔卡狄亚驴。①

利巴努斯

我记得，然后呢？ 335

勒奥尼达

那商人送来钱，要交给绍瑞亚，为那些驴。
一个年轻人刚刚来到这里，他拿来那笔钱。

利巴努斯

那人现在在哪里？

勒奥尼达

你想一见面就把他吞下？

利巴努斯

当然是。不过，难道你真的告诉了他那些驴
是老驴，瘸腿、蹄子直至股骨都已经被磨损？ 340

勒奥尼达

它们还曾经为你把榆树枝条从乡下拉来这里。

利巴努斯

我也记得它们把戴镣铐的你送往乡下。

勒奥尼达

你记性真不错！
事情是这样：我正坐在理发馆，他向我打听，
询问我认识不认识斯特拉同之子得迈涅图斯。
我立即告诉他我认识，并说我就是他的奴隶， 345
还给他指认了我们的住屋。

利巴努斯

那后来怎么样了？

勒奥尼达

他说他这是给管家绍瑞亚送来买驴的钱，
一共是二十谟纳，不过他不认识那个人，
但是他自己对得迈涅图斯本人倒很熟悉。

---

① 佩拉是马其顿城市；阿尔卡狄亚位于希腊伯罗奔尼撒半岛中部，多山，素以畜牧著称。

我见他这样说——

利巴努斯

怎么啦？

勒奥尼达

你认真听，就会知道。 350
我当时立即摆出一副庄重威严的样子，
声称我自己就是管家。他这样对我说：
"我不认识绍瑞亚，不知道他什么模样，
请你不要生气，你不妨直接带我去见主人
得迈涅图斯，我认识他，好把钱款交给他。" 355
我回答可以领他去见主人，就在家里等他；
他说要去浴堂，然后再回到这里来找我们。
现在你看能用个什么办法把他逮住？

利巴努斯

让我想想，
怎样才能从来人和绍瑞亚那里弄到这笔钱。
这件事要仔细准备，因为若是那人带着钱， 360
提前来到这里，那我们俩便都被排除在外。
我告诉你，今天是老人亲自把我派出家门，
还威胁今天我和你将会挨一顿榆树枝鞭打，
若是我们不能为阿尔古里普斯找到二十谟纳。
他还允许我们可以蒙骗管家，还有他的妻子， 365
声称他自己在这件事情上也会给我们帮助。
你现在去广场找他，告诉他我们准备怎么办，
就说你自己将由勒奥尼达变成管家绍瑞亚，
在那人前来交付买驴款之前。

勒奥尼达

我照你的吩咐办。

（准备离开）

利巴努斯

若是那人提前到来，我会在这里应付他。 370

勒奥尼达

（停住脚步）

你说什么？

利巴努斯

你想干什么？

勒奥尼达

我一由勒奥尼达变成管家，就会对着你的脸狠揍，到时候你可别生气。

利巴努斯

不过你最好还是放聪明些，小心不要碰我，免得今天你改变名字会给你带来不吉利。

勒奥尼达

你要能平静地忍受。

利巴努斯

你也一样，当我回敬你时。

375

勒奥尼达

我说这是事情进展需要。

利巴努斯

我说我这样做也是必须。

勒奥尼达

请你不要拒绝。

利巴努斯

我保证，我也会作出应有的回报。

勒奥尼达

（转身离开）

我现在就走，我知道你会忍受。

（向街道远处张望）

不过那是谁？是他，正是他，我得赶紧跑回去。你暂时在这里应付他，我这就去告诉老头子。

利巴努斯

（讥讽地）
　　　　　　你这是在尽职责，赶快逃跑吧！　　　　　　　380
［勒奥尼达下。

第三场

［商人带着一小随奴上。

商人

正如人们给我指出过，应该就是这座房屋，
据说得迈涅图斯就住在这里。
（对随奴）
　　　　　　孩子，你上前去敲门，
把总管绍瑞亚叫到这里来，如果他就在家里。
（小奴走向屋门）

利巴努斯

（跨步上前）
谁在那里砸我们家的门？喂，我说话你听见吗？

商人

谁也没有碰门，你神智清醒吗？

利巴努斯

　　　　　　　　　我以为在砸呢，　　　　　　　385
因为你走了过来。这扇门与我一同为奴，
不许你们敲打它，因为我们确实是好朋友。

商人

神明作证，不会有危险，只要枢纽不离开门，
要是你对所有询问的人都是以这种方式答话。

利巴努斯

这扇门有这样的习惯：它一看见有人过来，　　390
想要踢它，它就会立即大声喊叫看门人。
你为什么来这里？你有什么事？

商人

商人

  我来找得迈涅图斯。

利巴努斯

  若是他在家,我就告诉你了。

商人

  那么他的管家呢?

利巴努斯

  屋里也完全没有他。

商人

  他在哪里?

利巴努斯

  他说去找理发师。

商人

  我遇到过他。他一直没回来?

利巴努斯

  没有。你有什么事? 395

商人

  如果他在这里,他应该接受二十谟纳。

利巴努斯

  那是一笔什么钱?

商人

  他曾经卖给顾客一些驴。

利巴努斯

  我知道。你把钱拿来了?我想他很快会回来。

商人

  你们的绍瑞亚是什么模样?他来了,我好认识他。

利巴努斯

  脸面瘦削,头发微红,大腹便便,
  眼神凶狠,中等身材,额现忧愁。 400

商人

  (旁白)
  画家也不可能对他的容貌描绘得更真实。

利巴努斯

(向远处张望)

请神明作证,我看见他自己来了,晃着脑袋走了过来。

他正在生气,若是有人迎面走过去,准会挨一顿拳头。

商人

如果他满怀着埃阿科斯的后裔①的威胁和心灵走来,

如果他愤怒地动我一下,那他也会愤怒地挨一顿揍。　　　　　　405

第四场

[勒奥尼达上。

勒奥尼达

(怒气冲冲地)

这是怎么回事!谁也不认真对待我说的话?

我吩咐利巴努斯去理发馆,可谁也没有去。

神明作证,显然他不在乎后背和小腿放光彩。

商人

(旁白)

他太专横了。

利巴努斯

(恐惧地)

　　　　我糟了!

勒奥尼达

　　　　难道今天我吩咐利巴努斯　　　　　　410

获得自由了?难道他已经被解除了奴籍?

利巴努斯

(哆嗦着上前)

　　　　　　　　请息怒。

勒奥尼达

―――――――

① "埃阿科斯的后裔"指特洛亚战争期间希腊联军最主要的将领阿基琉斯。

请神明作证，你和我迎面相遇会让你遭大殃，
我说过要你去理发馆，你怎么没来？

利巴努斯

（指商人）

是他把我耽误了。

勒奥尼达

嘿，即使你现在说是至高的尤皮特耽误了你，
即使是他为你求情，你怎么也逃不过这场厄运。 415
该挨鞭子的东西，你竟敢蔑视我的权力？

利巴努斯

（对商人）

客人，我完了。

商人

看在神明的份上，绍瑞亚，请不要由于我而鞭打他。

勒奥尼达

（未予注意）

但愿我现在手里有根棍子。

商人

请息怒，请息怒。

勒奥尼达

（对利巴努斯）

我得好好磨磨你的腰肋，它们一向惯于挨鞭子。

（对商人）

你走开，让我收拾这个家伙，他经常惹我生气。 420
我对这个人即使是一件小事也从来不能只吩咐一次，
都得上百次地对他吩咐和唠叨，即便是如此，
任凭你喊叫、心烦，天哪，也没法把事情办妥。
无赖，我没吩咐你把这里的秽土从门旁边清走？
我是不是吩咐过你把那些立柱上的蛛网清除？ 425
我是不是吩咐过你要把这些门把手擦得亮闪闪？
什么都没干；我真需要像个瘸子，随时拿着棍子。

只因为我已经连续三天坐在广场上招揽生意，
期待有人前来借贷，而你们只知道待在家里，
安心睡觉；主人犹如住在畜栏里，而不是居住屋。 430
好吧，你就忍着点儿。
（揍利巴努斯）

利巴努斯

客人，请保护我。

商人

绍瑞亚，我请你，
为我放过他。

勒奥尼达

（对利巴努斯）
喂，有没有人来为运橄榄油付款？

利巴努斯

有人付了。

勒奥尼达

付给谁了？

利巴努斯

付给了斯提库斯，你的代理人。

勒奥尼达

好啊，都准备诱惑他了，我知道他是我的代理人，
在主人的那么多奴隶中，没有哪个比他更机灵。 435
不过还有我昨天卖给埃克塞兰普斯的那批酒呢，
他向斯提库斯付足款了吗？

利巴努斯

我想应该是付足了款，
因为我看见埃克塞兰普斯把钱庄主带了过来。

勒奥尼达

我也会这样做，先贷出去，一年以后再收回来；
现在就把账目算清：带来了钱庄主，写好票据。 440
德罗蒙把劳务工薪拿回来了？

利巴努斯

我想只是不足一半。

勒奥尼达

余下的呢?

利巴努斯

他说了,只要一给他,他就交回来;
人家没有全付,显然是所承担的活儿尚未干完。

勒奥尼达

我临时借给菲洛达摩斯的高脚杯还回来了吗?

利巴努斯

没有。

勒奥尼达

没还?要是你愿意,就给他,让朋友喜欢。 445

商人

(旁白)

天哪,糟了!此人会气势汹汹地把我赶走。

利巴努斯

(旁白,对勒奥尼达)

喂,够了。
你听见他说什么了吗?

勒奥尼达

听见了,这就完。

商人

终于不说话了。
(旁白)
我最好现在走上去,在他还没有重新开始喊叫之前。
(大声地对勒奥尼达)
你能很快就垂顾我吗?

勒奥尼达

(看着商人,非常兴奋地)
啊呀,太好了,你早就来了?

海格力斯作证,我刚才没有看见你,请不要生气, 450
满腔怒火使我视力模糊。

商人

这没什么好奇怪。

不过要是得迈涅图斯在家,我想见他。

勒奥尼达

他说不在家。

不过要是你愿意与我结算那笔钱,
我会证明你已经把款项彻底付清。

商人

最好还是当着主人得迈涅图斯的面交给你。 455

利巴努斯

(指着勒奥尼达)

主人了解他,他也了解主人。

商人

(坚定地)

还是当着主人的面交结。

利巴努斯

你就给他吧,我担保,我会作证,钱款已结清;
其实要是我们的老主人得知你对他不信任,
主人会生气:主人在所有的事情上都信任他。

勒奥尼达

我不在乎。既然他不愿意,就不要交。就这样吧。 460

利巴努斯

(旁白,对商人)

我说你就交给他吧。我真担心,他会以为
是我给你出的主意,要求你别相信他。你给他,
有什么好害怕的:这样不就把事情了结了?

商人

我相信会那样,只要钱还一直留在我手里。
我从外乡来,并不认识绍瑞亚。

利巴努斯

　　　　　　　　　　　　那你就去认识他吧。

商人

　　天哪,我不知道他是不是那人。若是,那当然很好。　　465
　　不过我只知道,我不能把这笔钱交给素不相识之人。

勒奥尼达

　　天哪,愿全体神明让你遭殃。
　　(对利巴努斯)
　　　　　　　　　　　　你不要再来恳求他。
　　竟然蛮横得企图带着我的二十谟纳到处去转悠。
　　谁也不会接钱,你带上它回家去,不要再讨嫌。

商人

　　(蔑视地)
　　别这样生气。身为奴隶,不应该如此傲慢。　　470

勒奥尼达

　　(对利巴努斯)
　　你狠狠地咒骂他,否则你自己就会遭殃。

利巴努斯

　　(大声地对商人)
　　你这个卑鄙的小人,没有看见他生气了?

勒奥尼达

　　　　　　　　　　　　继续骂。

利巴努斯

　　你这个无耻之徒!你就把钱交给他,免得他咒骂你。

商人

　　神明作证,你们想让自己倒霉。

勒奥尼达

　　(对利巴努斯)
　　　　　　　　　　好啊,你想让自己折断小腿?
　　如果你不把他气炸。

利巴努斯

（对商人，悲苦地）

       天哪，我完了：你这个无耻之徒。   475

你这个可怜的小人，你就不想帮帮我这个可怜人？

勒奥尼达

（对利巴努斯）

你又向这个败类求情？

商人

（愤慨地）

     怎么回事？你一个奴隶，

竟敢咒骂自由人？

勒奥尼达

（对利巴努斯）

    该挨棍子的东西。

商人

        天哪，你才确实

该挨棍子，只要我今天能够见到得迈涅图斯。   479

[我要控告你。

勒奥尼达

    不，我不去。

商人

     你为什么不去？你记住。

勒奥尼达

       我认得。   480

商人

  请神明作证，你们的后背会向我哀求。

勒奥尼达

        你见鬼去吧！

你这个恶棍，我们的后背会向你哀求？

商人

         就为惩罚你们

如此恶言恶语地咒骂我，今天还会把你们吊起来。]

勒奥尼达

　　该挨鞭子的恶棍,你说什么?你以为我们在躲避主人?　　485
　　你叫主人吧,你不是早就想找他,我们现在就去找他。
　　(朝广场方向走去)

商人

　　就是现在?不过你怎么也不可能从我这里拿走这笔钱,
　　除非得迈涅图斯吩咐交给你。

勒奥尼达

　　　　　　　　　　就这么办,你跟我走。
　　难道你可以恶语侮辱他人,别人却不能说你什么?
　　可我也像你一样,也是人。

商人

　　　　　　　　　事情是这样。

勒奥尼达

　　　　　　　　　你跟我走。　　490
　　(停住脚步)
　　我可以肯定地说,还从来没有人由于我自己
　　而控告过我,今天在雅典还没有这样的人,
　　人们都认为我同他一样可以信任。

商人

　　　　　　　　也许是这样。不过你今天
　　怎么也说服不了我,让我把钱托付给你这个不相识的人。
　　人与人之间是狼,而不是人,特别是当他们互相不认识。　　495

勒奥尼达

　　(赞赏地)
　　现在你对我很有礼貌,我知道你现在在纠正,
　　为你那许多无礼的行为;尽管我衣衫破旧,
　　然而我是个正派之人,拥有的财富无法胜计。

商人

　　也许是这样。

勒奥尼达

　　　　　　甚至来自罗得斯岛的佩里法涅斯，
一个富商，主人并不在场，就独自向我一人　　　　　　500
支付了一塔兰同，贷给我，丝毫没有出差错。

商人
　　　也许是这样。

勒奥尼达
　　　　　　甚至你若是向别人打听过我是谁，
我知道你肯定也会把钱交给我。

商人
　　　（冷淡地）
　　　　　　　　　　我不想否认。

〔三人一起去广场，下。

第三幕

第一场

[克勒阿瑞塔和菲勒尼乌姆由屋内上。

克勒阿瑞塔

难道我的那么多禁令都不能驯服你?
你是不是想要摆脱我做母亲的权力? 505

菲勒尼乌姆

母亲啊,难道对于我来说,虔诚和德行
仅在于按照你的方式,满足你对我的要求?

[**克勒阿瑞塔**

难道抵制我的要求对于你合适吗?

菲勒尼乌姆

你指什么?]

克勒阿瑞塔

难道蔑视母亲的命令就是在培养虔敬?

菲勒尼乌姆

我不责难端庄的妇女,也不喜欢违法之人。 510

克勒阿瑞塔

你真是个语言尖刻的伴妓。

菲勒尼乌姆

母亲,这就是我的职业:
舌头请求,身体寻求;心灵恳求,情势要求。

克勒阿瑞塔

　　本来我想训斥你,结果你却反过来指责我。

菲勒尼乌姆

　　请神明作证,我并不是指责你,也无权这样做,
　　我是抱怨我自己的命运,它阻挠我得到我的爱。　　　　515

克勒阿瑞塔

　　今天你能够给我一些说话的机会吗?

菲勒尼乌姆

　　我把我的以及你的说话机会全都交给你;
　　张口说话或闭嘴沉默全由你一槌敲定①。
　　甚至即使我放下桨板,去到桨手休息舱休息,
　　对所有家庭事务的操心也会仍然全由你担当。　　　　520

克勒阿瑞塔

　　你在说什么?我从未见过如此放肆的女人。
　　难道我没有反复禁止你招呼得迈涅图斯的儿子
　　阿尔古里普斯,或是诱惑、交谈、凝视他?
　　他给我们什么了?他盼咐捎给我们了什么?
　　你是不是以为娇言贵如金,妙语如赠礼?　　　　525
　　结果自己却陷入了爱情,追求他,邀他相会。
　　你嘲笑那些馈赠者,却投进愚蠢者的怀抱。
　　或者你是不是在等待,或许有人会向你保证,
　　只要他母亲一去世,就会立即让你变得富有?
　　请神明作证,我们和整个家庭会面临巨大的危险。　　　　530
　　当我们期待着他人死亡时,我们自己会饿死。
　　现在的情况是,如果他不送来二十谟纳钱币,
　　他就会被推出门外,不管他的泪水有多丰富。
　　今天是他向我推托自己没钱的最后一天期限。

菲勒尼乌姆

　　亲爱的母亲,若是你命令我挨饿,我愿意忍受。　　　　535

---

① "一槌敲定"的原文是porticulum,以划桨人首领用敲小槌来定节奏,指挥划桨人一齐划桨为喻。

克勒阿瑞塔

  我不禁止馈赠之人爱你,只要他们能感到你的爱。

菲勒尼乌姆

  母亲啊,若是我的心灵已经被占据,我该怎么办?

克勒阿瑞塔

  那你就看看我这些头发,若是你想为自己拿主意。

菲勒尼乌姆

  母亲啊,甚至一个为他人牧放羊群的牧人, 539,540
  只要能有一头自己的羊,他就会得到安慰。
  请你允许我真心去爱唯一的阿尔古里普斯。

克勒阿瑞塔

  你进屋去,请神明作证,世上没有人比你更没良心。

菲勒尼乌姆

  母亲,是这样,你教育了一个言听计从的女儿。
  〔菲勒尼乌姆进屋,克勒阿瑞塔随后,下。

第二场

  〔利巴努斯由广场回来,上。
   勒奥尼达背着钱袋紧随其后。

利巴努斯

  (兴高采烈地)
  我们理所当然应该好好称赞和感谢奸诈女神, 545
  我们凭自己的诈骗伎俩,凭自己的阴谋诡计,
  〔信赖自己肩胛骨的坚实和抵抗榆树枝的本领,〕
  蔑视可能面临的种种刑具①,十字架和足枷,
  蔑视镣铐、锁链、监牢、脖圈、绳索、颈枷, 549,550
  蔑视残忍透顶、对我们的后背熟悉无比的刽子手,
  〔他们经常使我们的肩胛骨上布满条条伤痕。〕②

---

① "刑具"的原文是lamminas,有的作stimulos,意为"折磨"。
② 原文此处缺一行。

　　　　　现在他们的这些作战兵团、战斗队列和卫队
　　　　　都由于我们英勇地战斗或是欺骗而仓皇逃窜。　　　　555
　　　　　这一胜利的获得是由于我的同僚①的勇敢精神
　　　　　和我的帮助，有谁能比我更勇敢地承受鞭打？

勒奥尼达
　　　　　神明作证，没有人能像我这样称赞你的美德，
　　　　　知道你无论是在家或是在战场做了哪些坏事。
　　　　　波卢克斯作证，你有许多功绩值得人们铭记：　　　560
　　　　　你欺骗了守信者，你对主人不忠实，
　　　　　你随心所欲地破坏认真发出的誓言；
　　　　　你经常挖墙洞，偷窃时被当场逮住；
　　　　　你经常不得不在审讯时为自己辩护，
　　　　　被吊在八个壮汉之间，都是鞭打能手。　　　　　　565

利巴努斯
　　　　　我承认，勒奥尼达，你说的都是事实，
　　　　　不过请神明作证，你也干过许多坏事，
　　　　　无法胜计：你故意对诚信者不诚信，
　　　　　你常常在行窃中被当场抓住，挨鞭打；
　　　　　[你经常背叛誓言，企图亲手亵渎圣坛；]　　　　　570
　　　　　你经常让主人遭损失，生烦恼，受侮辱；
　　　　　你对确实给过你的借贷会矢口否认；
　　　　　[你对女伴显得比对自己的朋友更忠实；]
　　　　　你经常顽强得让八个身强力壮的刽子手
　　　　　被富有弹性的枝条折磨得筋疲力竭。　　　　　　575
　　　　　我这样称赞同伴，感激你，怎么样？

勒奥尼达
　　　　　这些对于你我，对于我们的本性完全相称。

利巴努斯
　　　　　别说这些了，现在回答我的问题。

---

① "同僚"的原文是collega，此处利巴努斯以统率军队作战的罗马执政官喻指自己和勒奥尼达。

勒奥尼达

　　　　　　　　你想问什么？

利巴努斯

　　二十谟纳现在就在你的手里？

勒奥尼达

　　　　　　　　算你猜着了。
　天哪，老主人得迈涅图斯巧妙地帮了我们；　　　　　　580
　他多么恰到好处地表示，我就是绍瑞亚！
　我好不容易没有笑出声来，当他对客人大喊，
　只是因为他不在场，客人便不愿意信任我。
　他甚至还直接称呼我为管家绍瑞亚——

利巴努斯

　　等一等。

勒奥尼达

　　　　　　怎么啦？

利巴努斯

　　　　　　那不是菲勒尼乌姆出屋来？　　　　　　585
　阿尔古里普斯同她在一起。

勒奥尼达

　　　　　　　　住嘴，正是他。让我们听听。

利巴努斯

　他在哭，姑娘也在哭，拽着他的衣角。怎么回事？
　让我们默不作声地听一听。

勒奥尼达

　　　　　　　啊呀，天哪，我有个想法，
　真希望手里有根棍子。

利巴努斯

　　　　　　干什么？

勒奥尼达

　　　　　　　　好用来鞭打
　那些蠢驴，若是它们不巧开始在钱袋里叫唤。　　　　　　590

第三场

[阿尔古里普斯和菲勒尼乌姆
由克勒阿瑞塔屋门口上。

阿尔古里普斯

（悲伤地）

你为何拦住我?

菲勒尼乌姆

（含泪地）

因为我爱你,你要离开,我会失掉你。

阿尔古里普斯

（欲使自己离开）

你多保重。

菲勒尼乌姆

（抓住阿尔古里普斯）

只要你能留在这里,我就会更安好。

阿尔古里普斯

祝你健康!

菲勒尼乌姆

你就要离开我,会让我病倒,还祝我健康?

阿尔古里普斯

你的母亲告诉我这是最后一次相见,要我回家去。

菲勒尼乌姆

若是她让我失去你,那她是在为女儿安排痛苦的葬礼。

595

利巴努斯

（旁白,对勒奥尼达）

天哪,他在这里被赶出来了。

勒奥尼达

显然是这样。

阿尔古里普斯

　　　　　　　　　　你放开我。

菲勒尼乌姆

（转身欲走）

你要去哪里？为什么不留下？

阿尔古里普斯

　　　　　　　　你这么想，那我就留下来。

利巴努斯

你听见这家伙在说什么？对于夜间的事情多自在。
现在是白天，勤勉的梭伦①，此人曾给人民立法，
要求人们用那些法律约束自己，真是荒唐透顶！　　　　600
谁愿意听从那些法律，那就等于永远
别享受生活：不分白天黑夜地纵情狂饮。

勒奥尼达

请神明作证，即使让他走，他也不会离开一步，
尽管他现在很着急，因为受胁迫不得不离开她。

利巴努斯

你快停住，别再说什么，我要听他说话。　　　　　　605

阿尔古里普斯

（悲怆地）

多保重。

菲勒尼乌姆

　　　你着急去哪里？

阿尔古里普斯

　　　　　　　　你好好保重吧，冥间见。
只要一有可能，我就会立即结束自己的生命。

菲勒尼乌姆

（上前抓住阿尔古里普斯）

请问，我毫无过错，你为什么要让我去死？

阿尔古里普斯

---

① 梭伦（公元前630～前560年），雅典著名的立法者，希腊"七贤哲"之一。

我让你去死？即使我知道你真的已经死去，
我也会慷慨地把自己的生命作补充交给你。 610

菲勒尼乌姆

那你为什么要威胁我，说要结束自己的生命？
你若是像声称的那样行事，你以为我会怎么做？
我已经决定：不管你做什么，我也会同样去做。

阿尔古里普斯

你真是比香甜的蜜还甜。

菲勒尼乌姆

对于我来说，你就是生命。

拥抱我吧！

阿尔古里普斯

我很愿意这样。

菲勒尼乌姆

但愿我们能这样被送葬。 615

勒奥尼达

利巴努斯，陷入爱情的人真可怜。

利巴努斯

不，神明作证，
被吊起来的人更可怜。①

勒奥尼达

我知道，凭我自己的经验。

（稍停）

现在让我们围过去，分别站到两边，一起呼唤。

（二人分别上前站定，齐声地）

主人，你好！难道你拥抱的这个女人是烟气？

阿尔古里普斯

为什么这样说？

勒奥尼达

---

① 指奴隶被吊起来鞭打。

因为你双眼充满泪水，才这样询问。 620

阿尔古里普斯

（悲怆地）

你们已经失去了会成为你们未来的主人的那个人。

勒奥尼达

神明作证，我没有失去，因为我从来就

未曾有过这样的主人。

利巴努斯

菲勒尼乌姆，你好！

菲勒尼乌姆

愿神明们让你们也能如愿。

利巴努斯

我渴望你的夜晚和大酒杯，如果愿望能实现。

阿尔古里普斯

你也想挨鞭子？我揍你。

利巴努斯

我是为你，而不是为我祝愿。 625

阿尔古里普斯

那你有什么愿望？说吧。

利巴努斯

神明作证，

（指着勒奥尼达）

我想让他挨鞭子。

勒奥尼达

你这个卷发的无耻之徒，谁会相信你说的话？
你这个为了面包而宁愿挨揍的人竟然想揍人？

阿尔古里普斯

利巴努斯，你的命运远远优于我的命运，
我怎么也活不到今天晚上。

利巴努斯

为什么会这样？ 630

阿尔古里普斯

　　因为我爱她，她也爱我，可我无可相赠，
　　因此她母亲便把深情爱她的我赶出屋门。
　　现在是那个二十谟纳就要把我推向死亡，
　　青年狄阿波卢斯声称今天会送来这笔钱，
　　条件是整整一年时间地只把姑娘交给他。　　　　　635
　　你们看见没有，二十谟纳多么强有力量？
　　他花这笔钱可以得救，我没这笔钱就得死亡。

利巴努斯

　　他已经付款了？

阿尔古里普斯

　　　　还没有。

利巴努斯

　　　　那你放心吧，不用害怕。

勒奥尼达

　　利巴努斯，过来，我找你。

利巴努斯

　　　　如果你需要。

　　（利巴努斯走过去，二人交头接耳地悄声说话）

阿尔古里普斯

　　　　　　　　我请求你们，
　　你们如果拥抱着这样说话，会感到更加愉快。　　　640

利巴努斯

　　主人，这样并非会使所有的人都感到快乐：
　　你们互相热爱，拥抱着说话会感到快慰，
　　而我却完全不想拥抱这个人，他也厌恶我。
　　因此还是你自己去做你劝我们做的事情吧。

阿尔古里普斯

　　好吧，我很乐意这样做。只是请你们回避。　　　645

　　（拥抱菲勒尼乌姆）

勒奥尼达

（对利巴努斯）

你想不想捉弄一下小主人？

利巴努斯

完全值得这样做。

勒奥尼达

你想不想我让菲勒尼乌姆当着他的面拥抱你？

利巴努斯

天哪，太愿意了。

勒奥尼达

你过来。

（利巴努斯走过来，二人背对
阿尔古里普斯和菲勒尼乌姆）

阿尔古里普斯

什么结果？商量够了吧！

勒奥尼达

请你们仔细听清楚，要按照我说的话去做。
首先我们是你们的奴隶，这一点我们承认；
不过若是我们现在给你拿出二十谟纳现款，
你将如何称呼我们？

650

阿尔古里普斯

称你们为获释奴隶。

勒奥尼达

不称庇护人？

阿尔古里普斯

这样更合适。

勒奥尼达

二十谟纳现在就在这钱袋里。
你想要，我就给你。

阿尔古里普斯

愿神明们永远救助你。
你是保护人，人民的荣光，财富的宝库，

655

你是内在生命的拯救者，是爱情的统帅，
　　请把它拿过来，把你那钱袋挂到我的肩上。

勒奥尼达
　　你是主人，我不能这样做，还是由我来背着它。

阿尔古里普斯
　　你为什么不愿摆脱这苦活儿，把它加到我身上？

勒奥尼达
　　我背它，你作为主人，理应徒手走在我前面。　　　　　　660

阿尔古里普斯
　　（急切地）
　　就现在怎么样？

勒奥尼达
　　　　什么怎么样？

阿尔古里普斯
　　　　你把钱袋放到我的肩头。

勒奥尼达
　　你让她向我恳求吧，因为你将把这钱袋交给她。
　　你就让我把它放到她的肩上，它就这么倾斜着。

菲勒尼乌姆
　　给我吧，我的小眼球，玫瑰花，我的心灵，我的欲望。
　　勒奥尼达啊，请你把钱交给我，不要把我们恋人拆散。　　665

勒奥尼达
　　你就称呼我是你的小麻雀、小母鸡、小鹌鹑，
　　称呼我是你的小羊羔、小山羊或者是小牛犊。
　　请你抓住我的小耳朵，请准备好嘴唇碰嘴唇。

阿尔古里普斯
　　让她吻你这个挨鞭子的家伙？

勒奥尼达
　　　　　　怎么，你觉得不值得？
　　请神明作证，你今天不屈膝下跪，就别想把钱拿走。　　670

阿尔古里普斯

（向勒奥尼达屈膝）

贫困迫使忍受一切，我屈膝求你，你还不把钱给我？

菲勒尼乌姆

得啦，勒奥尼达，请你救救你那恋爱着的主人吧，
你就用善行向他求赎你自己，用钱买得他欢心！

（拥抱勒奥尼达）

勒奥尼达

你真是一个美人儿，真令人喜欢；若那笔钱是我的，
今天你就用不着求我把它给你。

（指着利巴努斯）

        你去向他请求吧。　　　　　675

利巴努斯，接住它。

（把钱袋递给利巴努斯）

阿尔古里普斯

    恶棍，你甚至想嘲弄我？

勒奥尼达

我本不会这样做，若不是你的膝盖还没有磨够。

（对利巴努斯）

现在轮到你来嘲弄他，并且拥抱这个姑娘。

利巴努斯

别说话，你就看我的。

阿尔古里普斯

（对菲勒尼乌姆）

    菲勒尼乌姆，我们去找他吧。　　　　　680

请神明作证，这个人很规矩，不像那个强盗。

利巴努斯

（旁白）

我得溜达溜达，现在轮到他们来央求我了。

阿尔古里普斯

利巴努斯，看在神明的份上，请你以行动来拯救主人，
把你那二十谟纳交给我。你看见我爱她，但却没有钱。

利巴努斯

　　　　看着办吧。我想那样做。傍晚时分再回来。　　　　　　685

　　　　现在你且吩咐姑娘到我这里来,向我恳求。

菲勒尼乌姆

　　　　你想要我温柔地,还是用接吻来请求你?

利巴努斯

　　　　既这样,又那样。

菲勒尼乌姆

　　　(温柔地)

　　　　　　好吧,我求求你,请你拯救我们两个人。

阿尔古里普斯

　　　　利巴努斯啊,我的主人,把你那钱袋交给我,

　　　　由获释奴隶,而不是主人背着它走路会更体面。　　　　690

菲勒尼乌姆

　　　　我的利巴努斯,小眼球、小耳朵啊,爱情的礼物和荣耀,

　　　　亲爱的,我愿意满足你的一切要求,请把那笔钱交给我们。

利巴努斯

　　　　你就称呼我为小雏鸭、小鸽子或者小狗崽、

　　　　小燕子、小穴鸟,甚至还有小小的小麻雀,

　　　　请把我变成一条爬行的蛇,长着两条舌头,　　　　　　695

　　　　请你把双臂围成圈,从四周把我的脖子搂住。

阿尔古里普斯

　　　　恶棍,你想让她拥抱你?

利巴努斯

　　　　　　你认为我不值得?

　　　　为了能使你不至于不应该地说我不值得,

　　　　那你今天就驮我,若是你希望得到这些钱。

阿尔古里普斯

　　　　我驮你?

利巴努斯

　　　　要不你怎么从我这里拿到这些钱?　　　　　　　　　　700

阿尔古里普斯

　　啊，天哪！好吧，如果确实需要主人驮奴隶，
那你就骑吧。

利巴努斯

　　　　　　　你们这些高傲之人常常这样被制伏。
现在你站好，就像当年儿时那样。明白我的话？
（阿尔古里普斯垂下腰，弓起后背）
就这样，太好了，没有哪匹马比你这匹更聪明。

阿尔古里普斯

　　你快骑上去。

利巴努斯

　　　　　　我这就骑上去。
（骑上阿尔古里普斯的后背，
　阿尔古里普斯缓慢地移步）
　　　　　　　　　　怎么回事？怎么走？　　　　　705
天哪，我今天得撤去诺言，既然你不快步奔跑。

阿尔古里普斯

　　我求求你，利巴努斯，这就够了。

利巴努斯

　　　　　　今天你不要作出这样的请求，
我还要用刺棍催促你如同四足动物那样爬坡，
然后把你交给磨盘，让你在那里奔跑受折磨。
你就这样站住，现在是下坡，既然你无力承受。　　　710
（从背上下来）

阿尔古里普斯

　　现在怎么样？既然已经随心所欲地嘲弄了我们，
能把钱给我们吗？

利巴努斯

　　　　　　若是你能给我摆上雕像和祭坛，
宰牛敬神般地祭献我：因为我对于你是拯救之神。

勒奥尼达

主人，你现在把他从你面前赶走，到我这里来，
把他要求设置的那祭坛摆到我面前，向我请求。 715

阿尔古里普斯

那我称呼你为什么神？

勒奥尼达

称我为适时降临的幸运之神。

阿尔古里普斯

那你比他要好。

利巴努斯

有什么比拯救之神还好吗？

阿尔古里普斯

虽然我称赞幸运之神，不过我并不责备拯救之神。

菲勒尼乌姆

两位神明确实都是良善之神。

阿尔古里普斯

我知道他们都行善。

勒奥尼达

现在你就祈求你希望得到的东西吧。

阿尔古里普斯

不管我祈求什么？

勒奥尼达

都会实现。 720

阿尔古里普斯

我祈求她一整年都属于我。

勒奥尼达

你的祈愿会实现。

阿尔古里普斯

你说什么？

勒奥尼达

我说一定会实现。

利巴努斯

　　　　　　　　　　　　现在你就来考验我吧。
　　　你就祈求你最希望得到的东西，你肯定会得到它。

阿尔古里普斯

　　　我最希望的不是别的，是我现在所缺乏的东西，
　　　请你把那二十谟纳给我，我好把它交给她母亲。　　　　725

利巴努斯

　　　会给你的，你放心吧，你会得到你所祈求的东西。

阿尔古里普斯

　　　不过拯救之神和幸运之神通常都会蒙骗人们。

勒奥尼达

　　　要知道，今天得到这样一笔金钱的头头是我。

利巴努斯

　　　那我是脚。

阿尔古里普斯

　　　　　　　　可是你们的谈话并没有出现头和脚。
　　　我不明白你们在说什么，你们为什么取笑我？　　　　　730

利巴努斯

　　　（旁白，对勒奥尼达）
　　　我觉得已经嘲弄够了。让我们说明事情真相吧。
　　　（对阿尔古里普斯）
　　　阿尔古里普斯，你注意听。你的父亲盼咐我们
　　　把这笔钱交给你。

阿尔古里普斯

　　　　　　　　　　你们把它拿来得正是时候。

利巴努斯

　　　这里面是二十谟纳，是用非正常手段得到它；
　　　他盼咐我们按一定的条件把它交给你。

阿尔古里普斯

　　　　　　　　　　　　什么条件？　　　　　　　　　　735

利巴努斯

　　　要求陪他度夜和一顿晚餐。

阿尔古里普斯

现在就请他来：
我们会满足他应有的愿望，因为他使我们
分开的爱情又结合起来。

勒奥尼达

阿尔古里普斯，你允许
你的父亲拥抱她吗？

阿尔古里普斯

（指着钱袋）
它让我很容易接受这一条件。
勒奥尼达，你快去，去请我的父亲到这里来。 740

勒奥尼达

他早就在屋里。

阿尔古里普斯

未见他从这里过去。

勒奥尼达

他是由一条胡同
穿过园子，从那边偷偷地溜了过来，为的是不让
任何家人看见：因为他害怕妻子知道这件事情，
若是你母亲知道了这笔银钱的事情——

阿尔古里普斯

好啦，
请说吉利话。

利巴努斯

你们快进屋去吧。

阿尔古里普斯

再见！

勒奥尼达

好好相爱！ 745

［阿尔古里普斯和菲勒尼乌姆进入克勒阿瑞塔的屋，
利巴努斯和勒奥尼达进入得迈涅图斯的住屋，分别下。

第四幕

第一场

［狄阿波卢斯和门客上。

狄阿波卢斯
　　　　请把你书写的合约，就是与姑娘
　　　　和老板娘之间的那份合约拿出来，
　　　　读读条款。在这件事情上你是行家。
门客
　　　　听到这些条款，老板娘会感到恐慌。
狄阿波卢斯
　　　　天哪，你就给我读吧。
门客
　　　　　　　　　　你听着？
狄阿波卢斯
　　　　　　　　　　　　　我听着！
门客
　　　　"格劳科斯之子狄阿波卢斯
　　　　支付给老板娘二十谟纳现款，
　　　　为使菲勒尼乌姆日夜陪伴他，
　　　　期限为一整年。"
狄阿波卢斯
　　　　　　　不得与其他任何人交往。

门客

  这样补充？

狄阿波卢斯

    这样补充，要写得清清楚楚。 755

门客

  "不允许任何其他人进入内室，
  无论称说是其朋友，或是保护人，
  或是宣称那人是自己女友的情人。
  房门对所有的人都紧闭，除你而外，
  在门扇上标明：已有客人受接待。 760
  要使她不会说有书信自外邦捎来，
  她的房间里不会出现任何信函，
  甚至任何写字蜡板；若是有什么
  不雅的图画，应该立即把它卖掉。
  若得到你的钱后四天内仍未处理， 765
  那时就由你决定，你可以把它烧毁。
  屋里不得储存蜡板，使她无法书写。
  她不得邀任何人聚饮，除非是你邀请；
  这时她也不得把目光投向任何宾客，
  若是她瞥谁一下，就立即把她弄瞎。 770
  她只能同你一起饮酒，同饮一个酒杯。
  让她从你手里接过酒杯，为你祝酒，
  就如你品尝一样，不多也不少。"

狄阿波卢斯

      我喜欢。

门客

  "不得有任何行为让你产生疑惑；
  不得把自己的腿压到任何人的腿上，
  站起身时无论是蹬上邻近的卧榻，
  或是下来，都不得向任何人伸手；
  不得露出指环，不得向任何人索要。

不得向任何人掷骰子，除非掷向你。
投掷时不得称'你'，要以姓名相称。 780
她可以向任何仁慈的女神发出祈求，
但不得祈求任何男神；若是她有需要，
就让她告诉你，你代她祈求神灵怜悯。
她不得向人打招呼，使眼色，点头允诺。
还有，每当夜间灯火熄灭后，她的肢体 785
不得在昏暗中做任何移动。"

狄阿波卢斯

这样太好了，
她应该这样做。

（稍停）

不过在我们自己的卧室里，
就去掉那一条吧，允许她在房间里走动。
我不希望给她提供口实，说禁止她活动。

门客

我知道，这是为了担心她狡辩。

狄阿波卢斯

就这样。

门客

我听你吩咐， 790
删掉它。

狄阿波卢斯

应该这样。

门客

请继续听。

狄阿波卢斯

念吧，我听着。

门客

"不允许说任何一句模棱两可的话，
不允许说阿提卡方言之外的任何语言。

若是偶然咳嗽，不可借咳嗽之机， 795
咳嗽得故意向某个人伸出舌头。
也不可似乎患上感冒，装作咳嗽。
在她咳嗽时你自己去替她擦嘴唇，
而不是让她公开地去同某人接吻。
至于她母亲老板娘，不让她饮酒， 800
不得责骂任何人，若是她这样做，
那就让她受更大的折磨：罚她二十天
把酒戒除。"

狄阿波卢斯

    写得很好，真是出色的条款。

门客

"若是她派遣女侍去向维纳斯或者
库皮得敬献花冠、花束或者是油膏， 805
得由你的奴隶监督：是敬献给维纳斯还是男神。
若是她偶然表示希望暂时保持洁净，
那她必须归还同样数目的不洁的夜晚。"
这些都不是琐事，不是为死亡者唱挽歌。

狄阿波卢斯

    这些条款非常好。现在跟我进屋去。

门客

        我跟着。

［狄阿波卢斯和门客进克勒阿瑞塔的屋。

第二场

［狄阿波卢斯和门客
  由克勒阿瑞塔的屋内重上。

狄阿波卢斯

  （愤怒地）
  你跟我走。我能忍受这样的对待？我会沉默？ 810

我宁可一死，也定要把这件事告诉他妻子。
你说什么？陪伴着情人以尽年轻人的职责，
要求妻子宽恕你，说你自己已经是老人？
从恋人手里抢夺女子，把钱扔给老板娘？
在家里鬼鬼祟祟地偷窃自己妻子的钱物？ 815
我宁可上吊，也不会对这件事默不作声。
请神明作证，我现在就去找她，我知道，
若是你的妻子不赶在你前面采取行动，
你就会无所顾忌地挥霍，只要能得到她。

门客

我也认为应该这样做，不过或许由我， 820
而不是由你来揭露这件事可能更合适。
免得她认为你是出于爱情怨恨才这样做，
而不是为了她。

狄阿波卢斯

     确实是这样，你说得很对。
那你就这样去做，给他制造混乱和不和，
你就说，他大白天同自己的儿子一起 825
与一个女子饮酒，想得到她。

门客

       不用你提示我，
我会像你考虑的那样去做。

狄阿波卢斯

       我在家等你。

〔二人分别下。

第五幕

第一场

〔阿尔古里普斯和得迈涅图斯由克勒阿瑞塔屋内上，
菲勒尼乌姆随上，蹬上餐榻。

〔阿尔古里普斯
　　父亲，让我们坐上餐榻吧。

得迈涅图斯
　　　　　　　　就按你的吩咐办，
听从你安排，就这样。
　　（得迈涅图斯坐上餐榻，
　　愉快地坐在菲勒尼乌姆旁边。）

阿尔古里普斯
　　　　　小奴们，再摆上一张餐桌。〕

得迈涅图斯
　　我的儿子，她和我同卧一张餐榻，你不感到难受？

阿尔古里普斯
　　父亲，儿子的孝敬之心驱除了眼前的伤痛。尽管我爱她，
但我能驾驭自己的心灵，不会为她与你同卧餐榻而痛苦。

得迈涅图斯
　　青年人应该具有敬畏之心，阿尔古里普斯。

阿尔古里普斯
　　　　　　　　　　　请神明作证，父亲，

得迈涅图斯

　　　　　　　　就这样,让我们开始饮宴吧,
美酒和交谈会使我们愉快,我不喜欢畏惧,更希望爱。　　835
亲爱的儿子,被你爱。

阿尔古里普斯

　　　　　　两种情感我都具有,儿子应该这样。

得迈涅图斯

若是我看见你高兴,我就会相信是这样。

阿尔古里普斯

　　　　　　　　　　你认为我不高兴?

得迈涅图斯

我以为,看见你这样愁眉苦脸,像是确定了出庭日期。

阿尔古里普斯

请不要这样说。

得迈涅图斯

　　　　　但愿你不是这样,那时我也不会这样说。　　839,840

阿尔古里普斯

喂,你看,我在笑。

得迈涅图斯

　　　　　　但愿与我为恶的人不会有这样的笑容。

阿尔古里普斯

父亲啊,我知道你为什么认为我现在对你心情不快,
由于她与你同卧一张餐榻。父亲啊,我对你说实话,
这事确实使我难受,但我不能贪你所好,尽管我爱她。
若是有哪个别的女子同你在一起,我会很容易地忍受。　　845

得迈涅图斯

我希望她和我在一起。

阿尔古里普斯

　　　　　也就是你有你的期盼,我有我的愿望。

得迈涅图斯

我只要求这一天,因为是我让你终于有可能同她
整年在一起,是我为恋爱的儿子提供了必要的钱。

阿尔古里普斯

正是你的这一做法使我喜爱你。

得迈涅图斯

那你为什么还不为我高兴? 849,850

第二场

[阿尔特马娜和门客从得迈涅图斯屋内上。

阿尔特马娜

(气愤地)

你说我丈夫在这里饮酒,同儿子一起,
并且把二十谟纳给了那个陪酒的女子,
而且儿子也知道父亲干了这种荒唐事情?

门客

阿尔特马娜,若是你发现我在这件事情上说谎,
那以后无论是神事或人事,你都可以不相信我。 855

阿尔特马娜

我真可怜,原以为自己的丈夫是世上最诚实的人,
他诚实,富有自制力,能约束自己,非常爱妻子。

门客

可是从现在起你应该知道,与其他人相比他最为渺小,
嗜酒,一文不值,毫无节制,对自己的妻子心怀憎恶。

阿尔特马娜

天哪,若他不是这样的人,他就不会干出现在这种事情。 860

门客

神明作证,在这之前我也一直认为他是一个诚实之人,
可是这件事表明了他的真实面目,同儿子一起饮酒,
还一起带着个年轻女子,一个年迈体弱的糟老头子。

阿尔特马娜

　　　　我的天哪，原来这就是他每天在外面晚餐的原因，
　　　　有时说去找阿尔基得摩斯、卡瑞阿斯、克瑞斯特拉图斯，　　　　865
　　　　有时说去找克里尼亚、赫瑞墨斯、克拉提努斯、
　　　　　　　　　　　　　　狄尼亚、得摩斯特涅斯：
　　　　原来他在伴妓那里教坏孩子，自己也沉溺于淫荡之事。

门客

　　　　你为什么还不吩咐女仆们逮住这家伙，把他拖回家？

阿尔特马娜

　　　　你别说了。天哪，我还真会怜悯他。

门客

　　　　　　　　　　　　　　我知道你会这样，
　　　　只要你还一直嫁给他，就会这样对待他。

阿尔特马娜

　　　　　　　　　　　　　　我真是这样。　　　　870
　　　　一个男人成天在元老院忙碌或者同门客打交道，
　　　　由于事务繁忙而劳累之后，便整夜地鼾声大作：
　　　　他白天在外忙于事务，只是夜间才回到家里；
　　　　他去帮助别人耕种田园，却荒废了自家的庄稼。
　　　　他使自己陷入了歧途，现在又教唆自己的儿子。　　　　875

门客

　　　　现在你就跟我走，我一定要让你当场捉住这家伙。

阿尔特马娜

　　　　我正想要这样去做，请神明作证。

门客

　　　　　　　　　　　　稍等一下。
　　　（轻轻地走到克勒阿瑞塔的门前，
　　　　向里面张望，随即又退回来）

阿尔特马娜

　　　　　　　　　　　　　　怎么回事？

门客

　　　　若你突然看见你的丈夫正坐在餐榻上，头戴花冠，

还搂着一个年轻女子,你能够立即就认出他来吗?

阿尔特马娜

请神明作证,我能认出他。

门客

(领着阿尔特马娜轻轻地来到门边)

你瞧那个人。

阿尔特马娜

我完了!

门客

请稍等, 880

让我们埋伏着,偷偷等待时机,看他们干什么。

阿尔古里普斯

(不满地)

父亲啊,你拥抱能有点分寸吗?

得迈涅图斯

我承认,儿子——

阿尔古里普斯

你承认什么?

得迈涅图斯

突然间我完全陷入了爱情。

门客

(对阿尔特马娜)

你听见他说什么了吗?

阿尔特马娜

全听见了。

得迈涅图斯

(对着菲勒尼乌姆)

我怎么没有从家里
把我妻子非常喜欢的那件披篷偷偷拿来送给你? 885
天哪,我无法继续忍受,哪怕妻子年内就死去。

门客

（对着阿尔特马娜）

你看他像是今天才第一次习惯于进这样的小酒馆吗？

阿尔特马娜

天哪，原来是他偷了我的披篷，我原以为是
我的女仆们偷了，把无辜的她们折磨了一顿。

阿尔古里普斯

父亲，现在吩咐上酒吧，我已经好久没有喝酒。 890

得迈涅图斯

（对侍奴）

小奴隶，给大家斟酒，从高位开始。

（对菲勒尼乌姆）

        你从脚边开始吻。

阿尔特马娜

啊呀，天哪，他怎么还在接吻，一个快进棺材的人。

得迈涅图斯

请神明作证，你的喘息远比我妻子的更令人愉快。

菲勒尼乌姆

你说说，你是不是厌恶你妻子的喘息声？

得迈涅图斯

        我宁可，
若是有必要，去喝沉船里的水，也不想去吻她。 895

阿尔特马娜

瞧他在说些什么？神明作证，你这样放肆地诋毁我，
定会让你自己遭大殃。好吧，你回到家就会知道，
你这样诬蔑一个有嫁妆的妻子会遭什么样的风险。

菲勒尼乌姆

你真可怜！

阿尔特马娜

（旁白）

  请神明作证，他活该如此。

阿尔古里普斯

父亲，你在说什么？
你不是爱我母亲吗？

得迈涅图斯

我爱她？现在她不在，我爱这个。 900

阿尔古里普斯

要是她在呢？

得迈涅图斯

我希望她早就死了。

门客

（对阿尔特马娜）

正如他申明的那样，他不爱你。

阿尔特马娜

（旁白）

请神明作证，他这么说话，不会得到任何好处：

今天等他回到家里，我就会用吻来狠狠地报复他。

阿尔古里普斯

（把骰子交给得迈涅图斯）

父亲，现在你掷骰子吧，然后我们跟着掷。

得迈涅图斯

很好。

（掷出骰子）

菲勒尼乌姆，我敬你，也敬妻子之死一杯。

（注视掷出的骰子）

哈哈，维纳斯[①]。 905

小奴们，鼓掌吧，为了这一掷给我的酒杯里加点蜜。

阿尔特马娜

（旁白，对门客）

我实在无法忍受了。

门客

---

① 掷骰子时，"维纳斯"是最好的点数。

（旁白，对阿尔特马娜）

      既然你没有学习过制毡手艺，
就没有什么好奇怪。现在最好是抓他的眼睛。
（阿尔特马娜气愤地冲进屋）

阿尔特马娜

 请神明作证，我会活着，而你今天的吁求却会为你
带来巨大的不幸。

门客

 （兴奋地）

      怎么还不快跑，去找丧事承办人？   910

阿尔古里普斯

 母亲，你好！

阿尔特马娜

    你的问候让我受不了。

门客

         得迈涅图斯死了，
现在我正该从这里撤退，挑起的战斗正在变激烈。
我这就去找狄阿波卢斯，告诉他已如愿实现委托，
提议他让我们乘此机会去用餐，任由他们去争吵。
明天早晨再带他来找这位老板娘，把那二十谟纳   915
交给她，以求这样能让他对姑娘分享一半份额。
我希望能这样说动阿尔古里普斯，使得他同意
与我家主人轮流分享夜晚；如果事情办不成功，
那我就将失去我的帝王：他由于爱情正满腔怒火。
［离开，下。

阿尔特马娜

 （对菲勒尼乌姆）

 你怎么在这里接待我的丈夫？

菲勒尼乌姆

        啊呀，天哪，   920
这个人太令人憎恶。

阿尔特马娜

（站到得迈涅图斯面前）

你起来，调情人，回家去。

得迈涅图斯

（恐惧地自白）

我完了。

阿尔特马娜

请神明作证，你确实是一个彻底完了的人。
你像个木头人儿地坐着，起来，调情人，回家去！

得迈涅图斯

真糟糕！

阿尔特马娜

你说得不错，你起来，调情人，回家去！

得迈涅图斯

请你稍许站开一些。

阿尔特马娜

你起来，调情人，回家去！ 925

得迈涅图斯

我求求你，妻子。

阿尔特马娜

现在想起了我是你的妻子？
可恶的东西，刚才你骂我时，就不是妻子？

得迈涅图斯

（半自白地）

我彻底完了。

阿尔特马娜

为什么会这样？妻子的喘息让你厌恶？

得迈涅图斯

不，散发出没药的香气。

阿尔特马娜

你偷了我的披篷，想把它送给伴妓？

菲勒尼乌姆

  神明作证，他确实说过，要从你家里把披篷偷来。　　930

得迈涅图斯

  （旁白，对菲勒尼乌姆）

  你能不说话吗？

阿尔古里普斯

  母亲啊，我曾经劝阻过他。

阿尔特马娜

        真是好儿子！

（对得迈涅图斯）

  父亲应该给孩子们做像你这个样子的道德榜样？

  你怎么丝毫不知廉耻？

得迈涅图斯

  天哪，只有这件事，让我对你感到羞惭。

阿尔特马娜

  妻子要把你这个头发灰白的大笨蛋从窑子里拖走。

得迈涅图斯

  能不能等一等？暂且首先用餐，菜肴已经准备就绪。　　935

阿尔特马娜

  神明作证，你今天会享用到你应得的午餐——倒大霉。

得迈涅图斯

  今天的午餐倒了大霉：妻子已经宣判，要带我回家去。

阿尔古里普斯

  父亲啊，我曾经对你说过，不要企图对母亲使诡计。

菲勒尼乌姆

  （俏皮地）

  亲爱的，不要忘记披篷。

得迈涅图斯

  （对妻子）

       你怎么不要求她走开？

阿尔特马娜

回家去!

菲勒尼乌姆

（俏皮地）

离开之前给我一个吻。

得迈涅图斯

你去遭殃吧! 940

[得迈涅图斯随阿尔特马娜下。

菲勒尼乌姆

（对阿尔古里普斯）

亲爱的，你现在进屋去，跟着我。

阿尔古里普斯

我跟着你。

[众人下。

结　束　语

这位老人企图背着妻子给自己寻找点儿快乐，
这没什么新鲜，也不奇怪，其他人也经常这样；
没有哪个人的天性如此冷酷，心灵如此坚定，
以至于即使遇有机会，也不让自己快乐快乐。 945
现在若是你们想为这位老人求情，以免受惩罚，
我们认为可以做到，只要你们能够热烈地鼓掌。

剧　　终

一坛金子
AULULARIA

导　言

公元前4世纪～前3世纪时，曾经有多个希腊剧作家写过与普劳图斯的这部剧本题材相类似的剧本，比普劳图斯稍早一些的罗马作家奈维乌斯（卒于公元前204或201年）也曾经写过类似题材的剧本，那些剧本都未能流传下来，普劳图斯的这部剧本是这类题材的剧本中唯一一部传世剧本。我们也不知道普劳图斯的这部剧本究竟是根据古希腊哪位作家的哪部作品改编的。有人猜测，普劳图斯利用的希腊剧本可能是米南德的作品。

普劳图斯的这部剧本的情节结构和结尾与许多希腊剧本很相似。在这部剧本里，首先登场的贫穷的欧克利奥偶然在自己家里灶底下发现了一坛金子。他担心事情被人知道后金子会被人偷走，于是仍然把金子重新埋藏起来，严密看守，心神紧张，惶惶不可终日。他有个女儿已经到了婚嫁年龄，但在当时的社会风俗下，由于贫穷无嫁妆而难以嫁人。即使这样，欧克利奥也没有想到把那些金子给女儿做嫁妆，以解决女儿的终身大事。他的邻居梅格多洛斯富有，思想开通，愿意娶欧克利奥这样没有嫁妆的女儿。梅格多洛斯主动向欧克利奥提亲。由于双方在条件方面没有矛盾，因而婚约顺利达成，准备举办婚礼。

已经采购了食品，请来了厨师和杂役，已在热烈地准备婚宴。然而事情却突然出现了波折，由于出现了希腊新喜剧中常见的强暴少女情节。原来在这之前，欧克利奥的女儿曾经遭受青年卢科尼德斯强暴，并且怀孕临产。卢科尼德斯向舅舅梅格多洛斯说明了情况，希望能娶欧克利奥的女儿。梅格多洛斯同意卢科尼德斯的请求，决定解除与欧克利奥的女儿的婚约。

欧克利奥担心藏在灶底下的金子被人偷去，但他在转藏金子的过程中被人窥见，最终把金子丢失了。现在又得知了女儿的不幸遭遇，很是懊恼和痛心。剧本本身在这里中断。不过根据这部剧本的少许残段和有关材料推断，按照当时的戏剧习惯，剧情应该是圆满结束，即奥克利奥最后找回了金子，同时把女儿嫁给了卢科尼德斯，把金子给女儿做嫁妆，以欢乐的婚礼场面结束全剧。

剧本的前半部分主要描述欧克利奥守财，后半部分则突出表现欧克利奥的吝啬性格，并且作了夸张而挖苦性的描写。有的研究者根据这部剧本的情节结构猜测，普劳图斯的这部剧本可能是由两部希腊剧本拼合而成的。

剧中称，那坛金子有四磅重。勿庸说在古代，即使以今天的标准来衡量，那也是一笔很可观的财富。剧本没有说明，欧克利奥的祖父何以能有这么一大笔财富。可以肯定的是，剧中未对那笔金子作任何不正当来源的暗示或说明，因此更为可能的是由于他祖父固有的吝啬性格而长期积得的，并且由于过分守财而把金子埋了起来，只把一小块土地传给了儿子。由此，他的儿子只能靠那一小块土地贫寒度日。欧克利奥的父亲去世时，又把那一小块土地传给了他。欧克利奥的性格与他的祖父完全一样，平日吝啬成性，剧中对这一点进行了夸张且带讽刺的描写。欧克利奥发现了那坛金子后完全没有考虑如何花费或派作其他什么用场，而是仍然把它埋藏起来，极力不让任何人知道，也一直以那一块祖传土地维系生计。以上情况表明，欧克利奥是一个世代祖传的贫穷农人，在当时商业和金融资本急速发展的情况下仍然继续保持着传统农人的特点，特别是贫穷农人的守财和吝啬习性。就这样，财富不但没有使他变富有，反而使他成为守财奴，给他造成了巨大的精神负担。

随着奴隶制经济的发展和商业资本的繁荣，罗马贫富差距越来越大，穷人越来越强烈地受到富人的压制。根据剧中的描写，欧克利奥是一个典型的穷人。剧中特别强调了欧克利奥作为一个穷人对富人的看法。他对自己的富有邻居梅格多洛斯与他接近存在严重的戒心，对梅格多洛斯的友好表示持怀疑态度。在他看来，富人对穷人献殷勤肯定不怀好心，另有企图，可能是已经知道他家里藏有金子。当梅格多洛斯向他提亲时，他实在难以理解，富人怎么会与穷人攀亲？因而认为对方肯定是在取笑他。在他看来，富人怎么也不可能与穷人平等相待，并且引用了一则显然在当时广为流传的牛和驴的寓言作说明。富人和穷人结交有如牛和驴结交，如果穷人上了当，最后只会落得两边都不讨好，既受穷人排斥，又受富人耻笑。欧克利奥的这种心理突出表现了贫富差别造成的社会阶层分化和思想意识冲突。在普劳图斯生活的时代，这些正是当时罗马社会的现实。

相比之下，欧克利奥的邻居梅格多洛斯是另一种类型的人物。梅格多洛斯家境富有，思想开明，由此突显出欧克利奥对富人的看法似乎是一种狭隘的阶层偏见。梅格多洛斯蔑视嫁妆丰厚的女子，不鄙视穷人，愿意娶穷人家的女子为妻。梅格多洛斯特别对嫁妆丰厚的妇女的生活和习性作了尖锐的抨击。《安菲特律昂》剧中强调最好的嫁妆是美德，剧作者在这部剧本里也表达了相同的观点。梅格多洛斯的独白列举了一系列为贵妇制作服饰的手工艺人都来向其丈夫讨钱的场面，这是剧作者精心构思的结果，是对当时贵妇们的奢侈生活的鲜明写照。剧中提出了平均财富的思想和达到这一理想境界的途径，那就是像梅格多洛斯提出的那样，富人娶穷人家的女子，这样不仅能解决贫富悬殊问题，还可以平均社会财富，促进社会和睦。这种观点既代表了当时较为开明的富有阶层企图调和社会矛盾的愿望，也能迎合一些受金钱资本压迫的社会民众要求变革的心理，因而很有代表性。

剧中梅格多洛斯在谴责贵妇的恶习时特别提到马车，这大概也不是偶然的。公元前215年，正值罗马与北非迦太基之间的布匿战争处于紧张进行之际，国家财政紧张，财源枯竭，元老院曾经特别立法限制奢侈，并且以提案者的名字命名该法律为"奥皮乌斯法"（*Lex Oppia*）。该法禁止妇女拥有罗马重量单位半盎司（1盎司约合27.3克）以上的黄金，不得穿多颜色的花衣服，不得在罗马城里和其他城市的一定范围内以马车代步，除非举行国家祭祀。到了公元前195年，当时第二次布匿战争已经结束，罗马从战争失败者那里得到大量的战争赔款，国库充盈，大大地发了一笔战争财。这时由两位平民保民官提出法案，要求取消奥皮乌斯法。

拥有否决权的保民官们起初对法案的意见不一致，许多政界要人也看法不一，从而产生了激烈的争论。当时罗马广场每天都聚集了一批批的人群，议论纷纷，甚至妇女也不顾当时的风俗和体面，走出家门，还有来自附近其他城市和乡村的妇女也加入进来，挤满了前往罗马广场的街道，热切请求认识或不认识的男人们同意取消这一法律，原因是当时国家繁荣，国库充实，人们一天天变得富裕，因此应该把先前从妇女们那里夺去的东西还给她们。时任执政官的著名的老卡托（Cato Priscus）持强烈的反对态度，代表了保守派观点，谴责妇女们聚集闹事的行为是放纵，败坏风俗，有丧风化，不成体统。后来由于原先持反对态度的保民官倒戈，法案终于获得通过。[①]从剧本中表达的观点来看，显然普劳图斯站在普通下层民众的立场，对取消那条法律也持反对态度，与保守派的传统观点相

---

① 参阅李维：《自建城以来》，第34卷第1~2章。

吻合。

  关于这部剧本的演出年代无从确考。由于剧中涉及上述"马车问题",有些研究者认为,该剧的演出可能与公元前195年取消奥皮乌斯法有关,因而可能演出于公元前195年之后。剧中还提到农业女神克瑞斯祭坛(第36行),该祭坛设立于公元前191年,因此可以进一步设想,剧本的演出显然可能不会早于公元前191年。

剧情梗概一

老人欧克利奥秉性贪财、多疑，
在家里发现了一个埋藏着的坛子，
里面装满金子。他把坛子重新埋好，
整天守护，心情紧张，神态失常。
卢科尼德斯玷污过这位老人的女儿。 5
梅格多洛斯听从姐姐的劝告，
向吝啬的欧克利奥的女儿求婚。
固执的老人应允，但担心金子安全，
便从家里取出来藏到别的地方。
那个卢科尼德斯的奴隶偷偷埋伏， 10
窥探老人的行踪。卢科尼德斯
爱欧克利奥的女儿，请求舅舅梅格多洛斯
把姑娘让给他。欧克利奥仍然中了圈套，
丢失了坛子，不过他重又意外地找到它，
高高兴兴地把女儿嫁给了卢科尼德斯。 15

剧情梗概二

欧克利奥发现了满满一坛子黄金，
费尽心机地藏匿，心中惶恐不安。
卢科尼德斯曾经玷污过他的女儿。
梅格多洛斯想娶他没有嫁妆的女儿，
请来厨师，采买了食物，安排婚宴。 5
欧克利奥担心金子，把金子藏到外面。
卢科尼德斯的奴隶窥探了整个过程，
偷走了金子。主人把这件事告诉了欧克利奥，
从欧克利奥那里得到了金子、妻子和孩子。[①]

[①] "剧情梗概一"和"剧情梗概二"并非普劳图斯本人的手笔，而是后人撰写的。关于它们的撰写人的生活时期，学者们猜测不一，一说属于公元前1世纪，一说在公元后。

人　物

拉尔　家神，开场词朗诵者
欧克利奥　老人
斯塔菲拉　欧克利奥的老女仆
欧诺弥雅　富有的妇人，梅格多洛斯的姐姐
梅格多洛斯　老人，欧克利奥的邻居
皮托狄库斯　梅格多洛斯的奴隶
康格里奥　厨师
安特拉克斯　厨师
斯特罗比卢斯　卢科尼德斯的奴隶
卢科尼德斯　青年，欧诺弥雅的儿子
菲德里雅　欧克利奥的女儿
弗里基娅　女伎
埃琉西乌姆　女伎

地　点

雅典，某街道，欧克利奥与梅格多洛斯毗邻而居。屋前有一座祭坛。一条小路从宅间穿过，通向守信女神庙。

时　间

上午。

开场词

[家神由欧克利奥屋内上场。

拉尔

免得大家诧异,我首先介绍我自己。
我就是拉尔,这户人家的守护神,
你们刚才也看见我从这屋里出来。
我就住在这里,多少年来一直充当
现今房主人的父亲和祖父的保护神。　　　　　5
他的祖父曾经瞒着家人,偷偷地
把一批金子托付给我:把金子埋在
家灶底下,恳切地请求我为他保管。
他这个人本性贪婪,直到临死,
也一直没有把这件事情告诉儿子,　　　　　10
宁愿让儿子生活于清贫之中,
也不想把这笔财富遗留给他;
他只给儿子留下一小块土地,
儿子靠那块地艰辛困难地度日。

把金子委托给我的那人去世后,　　　　　　15
我便开始注意观察,他的儿子
是否比他的父亲对我要虔敬一些。
可是他实际上越来越舍不得花钱,
向我敬献的礼物也越来越不周全。
我也就同样回报了他,他已经故去。　　　　20
他留下个儿子,现在就住在这屋里。
儿子的性格也同父亲和祖父一样。
这个人有个女儿,每天向我祭酒,
敬献乳香和其他礼品,还经常给我

戴上花环。为了感谢她对我的敬意，　　　　　　　　　25
我让她父亲欧克利奥找到了那批金子，
好让他想嫁女儿时不会感到太为难。
有个富家子弟曾经玷污过那姑娘。
那青年知道她，但她不知道对方，
她的父亲也不知道女儿被人玷污过。　　　　　　　　30
今天我要让他的一位上了年纪的^①邻居
向他的女儿求婚，我这样做是为了让
曾经玷污过她的那个青年比较容易娶到她。
这个将要通过求婚迎娶那姑娘的老人
不是别人，就是那个青年的舅父；　　　　　　　　　35
那青年是在克瑞斯节^②夜里玷污了她。
（指着欧克利奥的屋子）
听，这个老人又在屋里大声叫嚷。
他要把老女仆赶出屋，不让她知道秘密。
我想他是又要查看一下金子是否被人偷走。
〔下。

---

① "上了年纪的"的原文是 senex。按照当时的年龄概念，45～60岁的男性称为 senior，意为"成年人"，60岁以上的男性称为 senex，意为"老年人"，因此可以设想，此人起码也应该在45岁以上。
② 克瑞斯是古罗马神话传说中的农业女神，相当于古希腊神话传说中的得墨特尔。

第一幕

第一场

欧克利奥

(在屋内,大声地)

出去,我说了,你出去!天哪,你到外边去,   40
你这个长着好窥视的两只眼到处乱瞧的东西!

〔欧克利奥边推边打斯塔菲拉,由屋里出来。

斯塔菲拉

你为什么打我这苦命人?

欧克利奥

          为了让你真的命苦,
为了让你这个恶人度过应有的苦难人生。

斯塔菲拉

你为什么现在要把我从屋里赶出来?

欧克利奥

你这个该挨揍的东西,难道我还得向你解释?   45
你给我离开屋门,滚到那边去!

(斯塔菲拉蹒跚地走开)

                 瞧你那
慢吞吞的样子,你不知道会有什么后果?
神明在上,要是我手里有根棍子或鞭子,
我就会让你这个老乌龟立即加快脚步。

斯塔菲拉

（旁白）

啊，但愿神明们让我上吊吧！ 50

（对奥克利奥）

那样也比这样侍候你强得多。

欧克利奥

（旁白）

就让这个老混账自个儿这样嘟囔吧。

（对斯塔菲拉）

可恶的东西，我要挖出你的眼珠，
好让你再也没法偷看我在干什么。
你快走开，走，向前走，再向前， 55
就站在那里。你当心，只要你敢从那里
挪动一下脚趾头，哪怕只移动一下脚尖，
或者不经我允许，哪怕只回过头来瞧一眼，
我就会立即让你尝尝十字架的滋味。

（旁白）

我确实从来没有见过比这个婆子 60
更坏的女人，我对她实在不放心，
不要让她趁我不备用话来试探我，
不能让她看出我埋藏金子的地方；
这个恶婆娘连后脑勺上都长着眼睛。
现在我去看看金子是不是还在那 65
埋藏的地方，它真让我放心不下。

［进屋，下。

斯塔菲拉

天哪，我真不知道我家主人是怎么回事，
是碰上了什么不顺心的事，还是神志失常？
我真不知道他是怎么了。他常常就这样
一天十来回地把我可怜地从屋里赶出来。 70
啊，我不知道他这人究竟犯了什么毛病：

夜里他整宿整宿地不睡觉，白天则像个
跛足的鞋匠，整天整天地坐在家里不出门。
我也不知道如何才能把主人的女儿的耻辱
掩盖起来，因为她已经很快就要临产。 75
我真不知道该怎么办好！我看对于我来说，
除了用绳子紧紧勒住脖子，把自己拉长成
字母"I"，再也没有什么别的更好的出路！

第二场

[欧克利奥由屋内上。

欧克利奥

（自言自语）
我现在心情平静地从屋里走出来，
因为我刚才看见屋里一切都正常。 80
（对斯塔菲拉）
现在你进屋去吧，在屋里守着！

斯塔菲拉

      我为什么要进去？
要我在屋里守着？是有人要把房子抬走？
小偷们到我们这座屋里什么也不会找到，
因为屋里除了蜘蛛网，其他一无所有。

欧克利奥

真奇怪，尤皮特怎么没有因为你的缘故， 85
老妖婆，让我变成腓力王或者大流士！①
老妖婆，我就要你在家里好好守着蜘蛛网！
我穷，我承认，我忍受：是神明的恩赐。
你现在进屋去，关上门！我一会儿就回来。

---

① 腓力是多位马其顿国王的名字，大流士是波斯国王。在古代希腊和罗马时代，腓力和大
流士都是富有的代名词。

你当心，不要让任何外人进这穷屋里去。 90
可能有人会来找你借个火，你把火弄灭，
这样他就找不到什么借口可以来找你。
如果你不把火闷死，我就把你给闷死。
要是有人来向你要水，你就说水流走了。
一会儿借刀，一会儿借斧子，借杵臼， 95
邻居们经常前来讨借各种生活用具，
你就说小偷来过，把那些东西都偷走了。
简单一句话，我不在家时，我要求你
不要放任何人进屋去。我明确警告你，
即使好心的财神降临，也不得放他进去。 100

斯塔菲拉

请波卢克斯作证，我看财神才不想进你的屋，
因为他虽然就在近旁，却从没有来过我们家。

欧克利奥

你闭嘴！进屋去！

斯塔菲拉

我闭嘴，我进去。

欧克利奥

你关上门，
用两根门闩把门插上。我一会儿就回来。
[斯塔菲拉进屋。
我现在心里很烦乱，必须出去一趟。 105
天哪，我多么不想离开，可又有事情。
因为我们的库里亚①长官通知说，
今天要按照人头分配一点钱款，
如果我放弃不去领，我看人们
立即会怀疑我在家里藏着金子。 110
不管哪个穷人，要他不领这份钱款，

---

① 库里亚（curia）是古罗马居民传统的基层自治单位。

那完全不可能，尽管钱数很有限。
现在我竭力隐瞒事情，不让人知道，
可是我又觉得好像大家都已知道，
他们全都比以往更加殷勤地问候我。　　　　　115
他们走向我，停下脚步，与我拉手，
问候我怎么样，事情顺利不顺利。
现在我必须立即动身离开这里，
然后尽快地，越快越好地赶回来。
［下。

第二幕

第一场

〔欧诺弥雅和梅格多洛斯由对面屋内上。

欧诺弥雅

  好兄弟啊,我希望你能相信,   120
  我说这些话是真心为你着想,
  就像作为亲姐姐应该做的那样。
  虽然我承认,我们女人讨人嫌,
  因为凡是女人都爱多嘴多舌,
  正如俗话说,不管现在或是多少年来,   125
  人们从没发现有哪个女人是哑巴。
  可是兄弟啊,有一点你必须要想到,
  我是你的亲姐姐,你是我的亲兄弟;
  我们有事时应该互相想对方之所想,
  你我要互相为对方出主意,提建议;   130
  任何心里话都不相瞒,互相不用存戒心,
  我对你真心劝告,你对我开诚布公。
  现在我悄悄地把你叫到屋外来,
  是想在这里同你谈谈你成家的事情。

梅格多洛斯

  (热烈地)
  至善的女人啊,请快把手伸给我。   135

欧诺弥雅

　　（环顾四周）

　　她在哪里？你说谁是至善的女人？

梅格多洛斯

　　就是你呀。

欧诺弥雅

　　　　　　我？

梅格多洛斯

　　　　你要是不承认，就算了。

欧诺弥雅

　　你应该说真话。我的好兄弟，
　　完全不可能找到至善的女人，
　　女人一个比一个坏。

梅格多洛斯

　　　　　　我也是那么想，　　　　　　　　　　140
　　姐姐，同你的看法完全一样。

欧诺弥雅

　　现在你且听我说。

梅格多洛斯

　　　　　　我听着，
　　你想吩咐什么就请吩咐吧！

欧诺弥雅

　　我来找你，是想给你提个建议，
　　一个在我看来对你非常好的建议。　　　　　　145

梅格多洛斯

　　姐姐，你的心真好。

欧诺弥雅

　　　　　　我也希望是这样。

梅格多洛斯

　　姐姐，究竟是什么事情？

欧诺弥雅

　　　　　　　　这事会给你
带来无限的幸福，愿神明保佑你，
你应该生育儿女，我希望你能够
娶个女人。

梅格多洛斯

　　啊呀，真是要我的命！

欧诺弥雅

　　　　　　　怎么回事？　　　　　　　　　150

梅格多洛斯

　　因为你的这些话快要把我的脑袋给砸碎。
姐姐，你简直不是在说话，倒像是在扔石头。

欧诺弥雅

　　唉！你就按照姐姐说的办。

梅格多洛斯

　　　　　　　事情得合我的意。

欧诺弥雅

　　这对你是件好事。

梅格多洛斯

　　　　　　　我与其结婚，还不如死去。

（稍停）

好吧，若你让我娶的女人符合这样的条件：　　155
她明天过来，后天就被人们抬出去埋葬。
你能满足这样的条件？如果能，你就去安排。

欧诺弥雅

　　兄弟，我可以给你找个嫁妆丰厚的女人，
不过只是年纪稍大一点：一个中年女子。
兄弟，如果你要我给你说亲，我这就去办。　　160

梅格多洛斯

　　我可以问你一个问题？

欧诺弥雅

　　　　　　　当然可以，你就随意问。

梅格多洛斯

> 我已过了中年，现在又要娶个中年妇女做妻子，
> 若是我这个老头子同那个老婆子偶然生个孩子，
> 等待着这孩子的不就是"老小子"这样的名字？
> 姐姐，现在我就解除你的忧虑，免去你的负担。　　　　165
> 蒙上天保佑，祖先积德，现在我的家境相当富有。
> 像你们这些妇女常有的尊贵身份、傲慢态度、丰厚嫁妆、
> 任性吵嚷、强制命令、象牙马车、豪华长袍、珍贵装饰，
> 我一概不喜欢，这种女人的巨额耗费只会使男人成奴隶。

欧诺弥雅

> 那么请你告诉我，你打算娶谁？

梅格多洛斯

> 　　　　　　　　我这就告诉你。　　　　170
> 你知道欧克利奥吗？我们的邻居，一个穷老头儿。

欧诺弥雅

> 当然知道。他可是个非常不错的人。

梅格多洛斯

> 　　　　　　　　　　我想向
> 他的女儿求婚。亲爱的姐姐，请你不要反对。
> 我知道你会说什么：说她穷。我就是喜欢她穷。

欧诺弥雅

> 愿神明保佑。

梅格多洛斯

> 我也这样希望。

欧诺弥雅

> 需要我帮什么忙？

梅格多洛斯

> 　　　　　　　　再见！　　　　175

欧诺弥雅

> 再见，兄弟！
> 〔下。

梅格多洛斯

我去找欧克利奥,看他在不在家。

(向街道远处张望)

我看见他正在那儿。不知道他打哪儿回来。

第二场

[欧克利奥上。

欧克利奥

(自言自语)

当我离开家的时候,我就预感到会白跑一趟。
我当时真不想去,本库里亚的人谁也没有去,
甚至连负责分配银钱的那个长官也都没有去。　　　　　　180
我得赶快回去,我人在这里,心早就在家里。

梅格多洛斯

(迎上前)

我祝愿你,欧克利奥,祝你永远健康、幸运。

欧克利奥

愿神明保佑你,梅格多洛斯。

梅格多洛斯

你怎么样?身体还好?

欧克利奥

(旁白)

一个有钱人和颜悦色地问候穷人不会是无缘无故。
他大概已经知道我有金子,才这样热情地问候我。　　　　185

梅格多洛斯

你是说你很好吗?

欧克利奥

天哪,就是手头上钱很不够用。

梅格多洛斯

神明在上,只要你心里安宁,日子就算过得可以。

欧克利奥

（旁白）

啊，事情很清楚，老婆子一定向他泄露了秘密。
我要立刻回去割掉她的舌头，挖出她的眼睛！

梅格多洛斯

你一个人在自言自语说些什么？

欧克利奥

　　　　　　　　　　　我在埋怨自己太穷。　　　　　190
我有个女儿，岁数够大了，可没有嫁妆，还没出嫁，
我没法给她找到男人。

梅格多洛斯

　　　　　　　　　别犯愁，打起精神，欧克利奥。
她会嫁出去，我可以帮忙。你需要什么，就请吩咐。

欧克利奥

（旁白）

他说要帮我，其实是想捞好处：张大嘴巴想吞金子。
他是一只手拿着饼作诱饵，另一只手拿着石头！　　　195
我才不会相信那些向穷人大献殷勤的有钱人：
他们一面同你友好握手，内心里却想让你遭殃！
我很了解这种乌贼，他们碰到什么都会抓住不放。

梅格多洛斯

请允许我耽误你一点时间。只一小会儿，欧克利奥，
我有件事想同你商量，它对你我都有好处。

欧克利奥

（旁白）

　　　　　　　　　　　　　　　　不好，　　　　　200
我屋里的金子被人抓住了。我知道他现在是想
就这件事来同我做交易。我得赶回去查看查看。

（迅速转身离开）

梅格多洛斯

你到哪里去？

欧克利奥

　　　　　我一会儿就回来，现在得回去看看。

　　[进屋。

梅格多洛斯

　　波卢克斯作证，我想当我向他表示我有意
　　向他女儿求婚时，他会认为我是在嘲弄他。　　　　　205
　　现在确实没有哪个穷人穷得比他还要贫穷。
　　[欧克利奥由屋内重上。

欧克利奥

　　（旁白）
　　啊，神明保佑，东西还好，只要它没有丢失就好。
　　刚才我真的被吓坏，进屋之前紧张得都透不过气来。
　　（对梅格多洛斯）
　　梅格多洛斯，我回来了，你有什么事找我？

梅格多洛斯

　　　　　　　　　　　　　　　　谢谢你，
　　如果我向你提个问题，希望你不要不乐意回答我。　　210

欧克利奥

　　（警惕地）
　　不，不会的，只要你不提我不愿意回答的问题。

梅格多洛斯

　　请你告诉我，你认为我的家族出身如何？

欧克利奥

　　（勉强地）
　　　　　　　　　　　　　很好。

梅格多洛斯

　　我的声誉呢？

欧克利奥

　　　　也很好。

梅格多洛斯

　　　　我的行为呢？

欧克利奥
　　　　　　　　从没有做失体面的事情。

梅格多洛斯
　　你知道我的年龄吗？

欧克利奥
　　　　　　　　我知道你岁数已不小了，
　　（旁白）
　　钱也不少。

梅格多洛斯
　　神明作证，我一向认为你是个清白无瑕的市民，
　　现在我还是这样认为。

欧克利奥
　　（旁白）
　　　　　　　　看来他嗅到了金子的气味。
　　（对梅格多洛斯）
　　现在你有什么事找我？

梅格多洛斯
　　　　　　　　由于你我都很了解彼此的为人，
　　因此我想向你的女儿求婚，这个婚姻将会给我们俩
　　和你的女儿带来幸福。我请求你应允我的求亲。

欧克利奥
　　梅格多洛斯啊，你这样做可同你一向的行为不相称，
　　你和你的家庭不应该戏弄我这样一个贫穷无辜之人，
　　我可从没有过什么言词或行为值得让你这样对待我。

梅格多洛斯
　　请神明作证，我这并不是讥讽你，也不想戏弄你，
　　我决没有那个意思。

欧克利奥
　　　　　　　　那你为什么向我的女儿求婚？

梅格多洛斯
　　我这是为了让我和你以及你的家庭生活得更美满。

欧克利奥

　　梅格多洛斯,我是这样想:你是一个富有之人,
　　又有地位,而我却是个穷得没法再穷的穷光蛋。
　　要是我把女儿嫁给你,这不由得使我想起一个比喻:
　　你是一头壮牛,我是一头瘦驴,我要是和你结伙,
　　到时候我这头驴会承受不了同样的负担而倒在淤泥里;　　　　230
　　而你作为牛甚至都不会瞧我一眼,就像我从没有出生过。
　　我无法忍受你的侮辱,甚至还会被我那个等级的人耻笑。
　　要是我们发生争执,我从哪一方都不可能找到依靠,
　　驴子们会用锋利的牙齿咬我,牛会用尖锐的角顶我。
　　因此从驴这边跑到牛那边去,这样地处世非常危险。　　　　　235

梅格多洛斯

　　你若是同正派端庄之人结交,关系越是亲近,
　　便越有好处。你就同意这桩婚事吧,听我的,
　　把你的女儿嫁给我吧!

欧克利奥

　　　　　　　　　　可是我不能给她嫁妆。

梅格多洛斯

　　　　　　　　　　　　　　　用不着,
　　只要嫁给我的是个好女人,这就是很好的嫁妆。

欧克利奥

　　我对你说这句话,是要你不要以为我找到了什么财宝。　　　　240

梅格多洛斯

　　我知道,用不着你说。你就同意吧。

欧克利奥

　　　　　　　　　　　　　就这样。
　　(听见声响,旁白)
　　啊,尤皮特啊,难道我这是真的完了?

梅格多洛斯

　　你怎么啦?

欧克利奥

什么声响？好像有铁器的声音？

（欧克利奥慌忙跑进屋）

梅格多洛斯

这是我吩咐人在整理园子。

（发现欧克利奥不见了）

那个家伙呢？

（四下张望）

他走了？也不给我明确的回答，他显然是讨厌我， 245
他看到我想和他结交，表现得也如一般人那样。
就是说，如果一个有地位的人去找比他穷的人交友，
穷人总怕和富人接近，常常因畏惧而把事情弄糟。
一旦错过了良好的时机，便不可能再得到它。

［欧克利奥由屋内重上。

欧克利奥

（对屋内）

请神明作证，如果我不把你的舌头连根割掉， 250
你可以按照我的吩咐，把我交给人去阉割。

（走近梅格多洛斯）

梅格多洛斯

欧克利奥，我看你是认为我是个上了年纪的人，
是你奚落的合适对象，可你不应该这样对待我。

欧克利奥

梅格多洛斯，我不是那个意思，即使想做也不可能。

梅格多洛斯

那现在怎么样？你同意把女儿嫁给我？

欧克利奥

就按照 255
我刚才说的条件，她没有嫁妆。

梅格多洛斯

你同意了？

欧克利奥

梅格多洛斯

           我同意。

愿神明作证!

欧克利奥

      愿神明赐福。你得记住这一点:

我们已经说定,我嫁女儿不给你带去任何嫁妆。

梅格多洛斯

  我记住了。

欧克利奥

      我知道你们通常会怎样捉弄人:

商定的事情会说没商定,没有商定的东西

你们又说已商定,你们喜欢怎样就怎样。   260

梅格多洛斯

  我不想和你争论。为什么不就在今天

让我和你的女儿举行婚礼?

欧克利奥

         好,太好了。

梅格多洛斯

  那我走了,好去做准备。你还有事吗?

欧克利奥

          就这样。再见!

梅格多洛斯

  (对屋内)

喂,皮托狄库斯,快点跟我去市场。

  (皮托狄库斯由屋内上)

         动作快一点。

[二人同下。

欧克利奥

  他走了。永生的天神啊,金子的力量有多大! 265

[我看他一定是已经听说,我家里埋藏着金子,

想把它一口吞下去,才坚持一定要同我攀亲。]

（对屋内）

斯塔菲拉，你在哪儿？你大概已向邻居散布消息，
说我要给女儿嫁妆。喂，斯塔菲拉，我在叫你。

第三场

[斯塔菲拉由屋内上。

欧克利奥

斯塔菲拉，你听见了吗？赶快去把杯盏洗刷干净，
我已经许配了女儿，让她今天就同梅格多洛斯成亲。

斯塔菲拉

愿神明保佑！

（焦急万分）

卡斯托尔啊，这怎么行？事情太突然。

欧克利奥

你住嘴！进屋去！我从广场回来时，
你得把一切准备好。
你把门关上，我一会儿就回来。

[下。

斯塔菲拉

我该怎么办？
现在我们，就是我和主人的女儿已经末日临头。
姑娘的耻辱已经没法再掩盖，她已经快要临产。
事情一直隐瞒到今天，现在再也隐瞒不下去了。
我这就进去，在主人回来之前把吩咐的事情准备好。
唉，天哪，我真担心要喝一杯惩罚和忧愁的苦酒。

[进屋。

第四场

〔皮托狄库斯牵着羊，提着食物，
领着厨子康格里奥和安特拉克斯、
女伎弗里基娅和埃琉西乌姆等人上。

皮托狄库斯

  主人购买了食品，雇了厨子，   280
  还在市场上雇了这几个女伎；
  吩咐我在这里把东西分成两份。

安特拉克斯

  天哪！我告诉你：可别把我也分成两份。
  你让我保持完好，我会对你感激不尽。

康格里奥

  啊呀，好一个又漂亮、又贞洁的淫荡小子！   285
  若有人真想把你分成两半，我看你不会反对。

皮托狄库斯

  安特拉克斯，我说的是另一回事，
  同你想象的不相干。是我家主人
  今天要结婚。

安特拉克斯

    娶谁家的女儿？

皮托狄库斯

  娶我们的近邻欧克利奥的女儿。   290
  主人吩咐把东西分成两份：
  （指着欧克利奥的家）
       给他送去一份，
  另外还给他送去一个厨子、一个女伎。

安特拉克斯

  你是说给他送去一半，自己留一半？

皮托狄库斯

  正是这样。

安特拉克斯

怎么？那个老头子为女儿举办婚礼，自己连东西都不购买？　　　　295

皮托狄库斯

可不是。

安特拉克斯

这是怎么回事？

皮托狄库斯

你问是怎么回事吗？唉，甚至连石头都比那个老头子有油水。

安特拉克斯

真的吗？

皮托狄库斯

就像我刚才说的那样。你就想想他是怎样一个人吧：只要他们家烧火的烟一从椽子间漏出去，他就会立刻呼天叫地，　　300
声称他的家产没了，他自己也彻底完了。就连晚上睡觉时，他也要用皮袋把嘴巴套住。

安特拉克斯

他这是干什么？

皮托狄库斯

免得在他睡着时把气放跑了。

安特拉克斯

那他是不是也要把下边的屁眼塞住，免得他睡着时无意间让气跑了出去？　　305

皮托狄库斯

我想你就像我相信你的话一样相信我的话。

安特拉克斯

是的，我相信你的话。

皮托狄库斯

你知道还有什么吗？

　　　　他连洗澡也要心疼得痛哭水被倒掉。

安特拉克斯

　　　　你看我们能不能向这个老头子讨要
　　　　一塔兰同工钱，用来为我们赎身？　　　　　　　　　310

皮托狄库斯

　　　　即使你向他讨口饭吃，他甚至也不会给你。
　　　　不久前理发师给他剪指甲，他都把他那些
　　　　被剪下来的指甲片全都捡起来，带回了家。

安特拉克斯

　　　　啊，他真是个吝啬得不能再吝啬的人。

皮托狄库斯

　　　　你想想，他这个人有多吝啬，有多可怜！　　　　315
　　　　不久前一只鹞鹰从他家抓走了一块食物，
　　　　他就一面放声哭喊着，一面去找执法官。
　　　　他到了执法官那里，又是哭喊，又是号啕，
　　　　要求一定要替他把那只鹞鹰捉拿归案。
　　　　要是有时间，我还可以举上几百个例子。　　　　320
　　　　不过请告诉我，你们俩谁的手脚快一些？

安特拉克斯

　　　　我，我的手脚更灵巧。

皮托狄库斯

　　　　　　　　我是指当厨子，不是当小偷。

安特拉克斯

　　　　我正是指当厨子。

皮托狄库斯

　　　（对康格里奥）
　　　　　你有什么话说？

康格里奥

　　　　　　　　　　就像你看见的这样。

安特拉克斯

　　　　他不过是个临时厨工，通常要十来天才能碰上一次厨师活干干。

康格里奥

你这个只配用三个字母的家伙①，　　　　325
你还敢败坏我？你这个贼！

安特拉克斯

你才是贼，一个恶棍！

第五场

皮托狄库斯

（对安特拉克斯）
现在不要再说了，把这只肥一点的羊牵上，
送到我们家去。

安特拉克斯

好吧。

［安特拉克斯牵羊进屋。

皮托狄库斯

现在你，康格里奥，
把留下的这只羊牵上，送到那边的住屋。
（指着欧克利奥的家）
送到他们家去。
（对部分随从）
你们也跟他一起去！
其余的人跟我来。

康格里奥

喂！喂！你分配得　　　　330
太不公平，因为你留下了那只肥点的羊。

皮托狄库斯

现在我就把这个肥一点的女人留给你。

---

① "三个字母的家伙"指贼，拉丁文为fur。

弗里基娅，你跟他去。你，埃琉西乌姆，
到我们那儿去。

康格里奥

啊，刁滑的皮托狄库斯，
你干嘛把我分给那个最吝啬的老头子？   335
要是我需要什么，即使我把嗓子喊哑，
他也不会给我。

皮托狄库斯

你真是个忘恩负义的笨蛋！
我这完全是在照顾你，可你还不领我的情。

康格里奥

这怎么说？

皮托狄库斯

这还用问？首先在他屋里
你不会遇到任何混乱：若是需要东西，   340
你可以自己去取，用不着费劲去求人；
我们这里可是乱得厉害，到处是人，
各种杂物、金子、衣服，还有银器。
如果不见了什么，我知道你很能自制，
当然那只是在你找不到东西的时候，   345
人们会说：厨子拿走了，你们抓住他，
把他捆起来，狠狠地揍，投进地窖去。
你在那边决不会碰上任何类似的事情，
那边没有东西可偷。跟我走吧！

康格里奥

好，我跟着。

第六场

〔众人来到欧克利奥的屋前。

皮托狄库斯

（敲欧克利奥家的门）

喂，斯塔菲拉，快来开门。

斯塔菲拉

（在屋内）

谁在叫门? 350

皮托狄库斯

是皮托狄库斯。

斯塔菲拉

（开门）

你有什么事?

皮托狄库斯

你来把厨子、女伎和这些结婚筵席上用的食物拿去，梅格多洛斯盼咐我把他们给欧克利奥送来。

斯塔菲拉

（查看食品）

皮托狄库斯，他们是给克瑞斯女神办婚事?

皮托狄库斯

给谁办婚事?

斯塔菲拉

因为我没有看见你拿酒来。 355

皮托狄库斯

他自己从市场返回来时会带回来。

斯塔菲拉

我们这里一点儿木材也没有。

康格里奥

有椽子吗?

斯塔菲拉

那倒是有。

康格里奥

那就是木材，用不着你去外边找。

斯塔菲拉

什么？你们这些坏蛋！即使你是伺候火神，
难道你们为了能混上顿饭吃，得到点报酬，　　　　　　360
就要求我们把自己居住的房子给烧掉？

康格里奥

我没有那个意思。

皮托狄库斯

（对斯塔菲拉）

把他们带进去。

斯塔菲拉

你们跟我来。

〔康格里奥等一行人随斯塔菲拉进屋。

第七场

皮托狄库斯

（对进屋的康格里奥等人）

你们当心点。

（回到梅格多洛斯屋前）

我得去看看厨子们在干什么？
天哪，我今天得守着他们，需要特别留神。
我还不如这么办，让他们去地窖里准备午饭。　　　　　　365
等他们准备好，我们再用篮子把菜提上来。
可是要是他们在底下做了什么就吃什么呢？
那时候上面的人没饭吃，下边的人却吃个大饱。
嘿，我在这里废话连篇，好像闲得没事干，
然而那屋子里还挤着那么一大帮强盗。　　　　　　370
〔下。

第八场

[欧克利奥提着一小包东西上。

欧克利奥

今天我确实很想能振作精神，
把女儿的婚礼办得像个样子。
我到了市场上询问鱼的价钱，
价钱很贵，羊肉也贵，牛肉也贵；
里脊、海鱼、猪肉，样样都很贵。 375
我又没有钱，东西就显得更加贵。
当时我很恼火，眼看什么也买不成，
只好一甩手离开了那些肮脏的东西。
后来我一面走路，一面开始寻思：
如果一个人节日里不注意节约开销， 380
把钱都花光，平日就得忍饥挨饿。
我把这个想法同我的胃和心商量，
最后我的心灵作出了这样的决定：
嫁女儿要尽可能地少采购东西。
现在我就买了这点乳香和这个花环， 385
把它们放到灶台上，敬献我的家神，
祈求神明保佑我的女儿婚姻美满。

（望着屋门）

我怎么看见我家的屋门大开着？
里面还叮当作响？是不是有人来抢劫？

康格里奥

（在屋内）

向邻居借个大点的坛子来，要尽可能 390
大一点，这个太小了，装不下。

欧克利奥

啊，天哪，
这下可糟了！他们在抢金子，找坛子。

[如果我不赶快进屋去，我就彻底完了。]
阿波罗啊，我求求你，快来帮帮我，
请用飞箭射死这些抢劫财宝的强盗，①   395
既然你以前也曾经这样帮助过别人。
可我干嘛在这里迟疑，不赶紧往回跑？
[急忙跑进屋。

第九场

[安特拉克斯由梅格多洛斯屋内上。

安特拉克斯

（对屋内）

德罗蒙，快去把那些鱼收拾好。而你，
马克利奥，把鳗鱼、鳝鱼尽快刮干净。
我到这隔壁的邻居家去找康格里奥，   400
借个小锅来。你把公鸡毛去干净，
要给我去得比秃顶演员的脑袋还光溜。
可是，为什么邻居那边一片吵嚷声？
天哪，肯定是厨子们在干他们的活儿。
我得赶紧回去，免得这边也发生混乱。   405
[跑回屋。

---

① 阿波罗是太阳神，也是艺术之神和弓箭之神。

第三幕

第一场

[康格里奥等人从欧克利奥的屋内逃出来。

康格里奥

啊，市民们，乡亲们，居民们，邻里们，外乡客人们，
请给我让路，我好逃跑！请你们把整条街都给空出来！
我从没在酒神庙里给疯狂的酒神当过厨子，今天是第一次，
老头子竟然拿起棍棒如此没头没脑地疯狂揍我和我的同伙。
他像在演武场操练，揍得我浑身疼痛，都快要活不成。   410
  啊呀，啊呀，天哪，糟了，
  酒神庙门开了！他就在那里！   411a
  他跟出来了！我知道该怎么办，
  是他教会我的，他是我的老师。   412b
（离开，逃跑）
我还从来没有看见哪个人家使棍棒比他使的更漂亮，
他把我们打得遍体是伤，把我们从屋里一起赶出来。

第二场

[欧克利奥由屋内追出来。

欧克利奥

你回来！你往哪儿跑？站住！

康格里奥

　　　　　　　　　　笨蛋，你喊什么？　　　　　　　　415

欧克利奥

我要去三人法庭登记控告你。

康格里奥

　　　　　　　　　为什么控告我？

欧克利奥

因为你拿着厨刀。

康格里奥

　　　　　　　　　厨师应该拿厨刀。

欧克利奥

　　　　　　　　　　你为什么威胁我？

康格里奥

我觉得我刚才做了件错事：没有一刀捅了你。

欧克利奥

我从来没有见过世上有比你更坏的坏蛋，
我真想使尽力气，把你再狠狠地揍一顿。　　　　　　　　420

康格里奥

天哪，别嚷啦，情况明摆着，事情本身可以作证，
你用棍子把我浑身揍得比多水泡的海绵还要喧腾。
你这个穷要饭的，你凭什么这样揍我们？

欧克利奥

　　　　　　　　　　　　什么？
你还要问？是不是我还没有把你揍够？
（继续举棒欲打）

康格里奥

（后退）

　　　　　　　　　　好，好！
只要我这个脑袋还有知觉，我一定要让你遭殃。　　　　　　　　425

欧克利奥

我不知道你的脑袋以后会怎样，但现在你不傻。
你为什么趁我不在家的时候，不得到我的允许，
就偷偷进我的家？你倒说说，让我知道。

康格里奥

别胡扯，
我们来是为了准备婚宴。

欧克利奥

浑蛋，用得着你来操心？
不管我是吃生的吃熟的，你又不是我的保护人。　　　　430

康格里奥

现在我想知道，你让不让我们继续准备午饭？

欧克利奥

我也想知道，我家里的东西还能不能保住？

康格里奥

我只希望把我们带来的东西完好无缺地带走，
别担心我会拿你的东西。

欧克利奥

我知道，别教训我，我明白。

康格里奥

那你为什么不让我们在那里准备午饭？　　　　435
我们干了什么，说了什么，惹你不高兴？

欧克利奥

你甚至还问为什么？你这个无耻的家伙！
你把我的房屋的每个角落和房间都搜遍。
你要是待在灶边，那儿是你干活的地方，
你的脑袋就不会开花。你刚才是在找打。　　　　440
我明白告诉你：你如果没有得到我的允许，
便走向这门口，哪怕只向门口移动一小步，
我就要让你成为现今世上最最倒霉的人。
这样你该明白了我的意思。

［返身进屋。

康格里奥

（对欧克利奥）

　　　　　　　你到哪儿去？你回来！
求拉维尔娜①保佑，要是你不把碗碟还给我，　　　　445
我就要在你屋前吵闹，闹得你名声扫地。

（见欧克利奥关上门）

我现在该怎么办？唉，我真是到这里找倒霉。
我这次要吃亏，因为拿的工钱还不够请医生。

第三场

〔欧克利奥用外衣掩着金坛子由屋内出来。

欧克利奥

（自言自语）

啊，现在不管我去哪儿，它总得紧紧地跟着我，
我要把它带在身边，不让它再遭受那样的风险。　　　450

（对康格里奥等人）

现在你们全都进屋去吧，厨子，女伎，
如果愿意，还可以把所有奴隶都带进去，
你们就煮吧烧吧，快点准备，做多少都可以。

康格里奥

你说得倒轻巧，先拿棍子把我揍得头破血流。

欧克利奥

进去吧！找你们来是为了干活，不是来废话。　　　455

康格里奥

嘿，老头子，你打了我，我要跟你算账。
刚才把我雇来是为了做饭，不是来挨打。

欧克利奥

你想和我去法庭？别再烦人。进去，准备午饭！

---

① 拉维尔娜是小偷和骗子的保护神。

要不你就离开这里见鬼去。

康格里奥

你才见鬼去！

［康格里奥等人进屋。

第四场

欧克利奥

（注视着康格里奥等人进屋）

他终于从这里走开了。啊，永生的神明们， 460
一个穷人和富人打交道真需要很大的勇气。
就像梅格多洛斯想同我这个倒霉的人攀亲，
他装着为了我的名誉，派厨子到我这里来，
其实他派他们来是为了让他们抢我的东西。
此外还有屋里那只公鸡，它是老婆子 465
用私房钱买来，差一点儿没把我毁了。
那只公鸡用爪子在我埋藏金子的地方
到处乱扒。事情还用多说？我见了就冒火，
操起根棍子，把当场被拿获的贼公鸡打死。
肯定无疑，厨子准是答应过给公鸡一些报酬， 470
只要它能把东西刨出来。我终于斩断了魔爪。
还需要再说吗？与家养的公鸡恶斗了一场。

（向街道远处张望）

啊，那是我的邻居梅格多洛斯从市场回来。
我已经没法回避，只好在这里同他打个招呼。

第五场

［梅格多洛斯上。

梅格多洛斯

（未发现欧克利奥）

　　　　　我对许多朋友说了，我要办喜事，　　　　　　　　475
　　　　　他们都对欧克利奥的女儿赞不绝口，
　　　　　认为我这事办得明智，主意拿得好。
　　　　　我心里是这样想，要是其他有钱人
　　　　　也能像我这样做，把穷人的女儿
　　　　　娶回家，尽管她们没有任何嫁妆，　　　　　　　　480
　　　　　却会使人们变得更加团结和和睦，
　　　　　我们之间的仇恨也会比现在少很多，
　　　　　妇女们的行为也会变得比现在检点，
　　　　　我们的花销也会比现在减少很多。
　　　　　对大多数人来说，这是件大好事，　　　　　　　　485
　　　　　但是少数贪婪之人会有不同的意见，
　　　　　那些人的心灵贪得无厌，不知满足，
　　　　　法律管不住，皮匠的尺子无法度量。
　　　　　他们会说："让穷家女儿得到这样的权利，
　　　　　那些嫁妆丰厚的富家女人去找谁结婚？"　　　　　490
　　　　　她们乐意找谁就找谁，只是不要带嫁妆。
　　　　　如果她们能够表现出优良的风尚，
　　　　　用以代替那些随身带着的嫁妆，
　　　　　现在骡子的价钱比马贵，我想那时候
　　　　　骡子的价钱会比高卢骟马还要便宜。　　　　　　　495

欧克利奥

　　　　　（旁白）
　　　　　谢天谢地，听了他的话真使人高兴，
　　　　　他关于节俭的话说得让人赏心悦目。

梅格多洛斯

　　　　　那时她们便谁也不好再说："我随身
　　　　　带来的嫁妆比你原有的家财还要多，
　　　　　因此你应该让我穿紫袍，戴金首饰，　　　　　　　500
　　　　　给我配备侍女、骡子、骡夫、仆从，
　　　　　还有陪伴侍童、出行乘坐用的车乘。"

欧克利奥

（旁白）

他对贵妇们的习性知道得一清二楚，
我愿意推选他担任妇女风纪监督员。

梅格多洛斯

现在，不管你到谁家去，你会发现院子里 505
停放的骡车比你去乡下庄园时看到的还要多。
妇女们的这点花费与其他花费相比还算不了什么。
制毡工、裁缝、珠宝匠、毛线工，都来要钱；
还有织衣服花边的、制作妇女长袍礼服的，
红色染工、紫罗兰染工、黄色染工也来了； 510
专门制作皮手筒的、专门调制香料的也来了，
卖亚麻布的小商贩、各式各样的鞋匠也来了；
各种耐心久坐、专心制作妇女轻便鞋的鞋匠、
制作凉鞋的鞋匠、锦葵色织物的制作工们倚靠在门边；
一群擀毡工来了，一群善于改制衣服的来了。 515
制作手帕的在门边，制作腰带的一起在门旁。
你也许以为就这些人，把他们打发走就完事，
可是接着又来了数百人，毛皮商们还坐在门厅里，
此外还有织布工、边饰制作工、小匣制作工。
他们被带进来，付了钱，好不容易才打发走， 520
这时又有一群染番红花染色的工匠蜂拥而来，
或是别的各式各样的恶棍，都纷纷接踵而至。

欧克利奥

（旁白）

我很想上前招呼他，可是又不愿打断他
关于女人习气的叙述，还是让他继续说。

梅格多洛斯

等你已把家产全都花在这些人身上， 525
最后又来了一个军人向你索讨兵役捐。
这时你只好去找钱庄主结算钱款账目，

空着肚皮的军人坐在你家里等待你付款。
当你同钱庄主把往来账目结算清楚，
结果发现你自己还欠着钱庄主的钱，　　　　　　　530
这时你只好请求军官延展到第二天。
嫁妆丰厚的妇女还会给你带来许多
其他的不快和令人无法忍受的耗费。
没有嫁妆的女子完全处于丈夫的控制之下，
嫁妆丰厚的妇女则给丈夫带来不幸和灾难。　　　535
（发现欧克利奥）
瞧，我的亲戚就站在门前。欧克利奥，你好！

欧克利奥

我非常愉快地聆听了你刚才发表的高论。

第六场

梅格多洛斯

你都听到了？

欧克利奥

　　　　从头到尾，全都听到了。

梅格多洛斯

你在为女儿举行婚礼，如果你的衣着
能够整齐一些，我心里会感到更高兴。　　　　　540

欧克利奥

那些把资财花在衣着打扮和靠财富
享受荣耀的人应该记住自己的出身。

梅格多洛斯

（狡狯地瞥一眼自己的外袍）
　　　无论在我家或别的穷人家里，
都绝不会有什么超过人们预想的财富。

梅格多洛斯

不，你现有的已经足够，愿神明使你变得　　　　545

欧克利奥

（吃惊地，旁白）

"现在拥有的"，这话听起来实在不是味儿。

看来他对我家里有什么，知道得像我一样清楚。

老婆子一定传开了秘密。

梅格多洛斯

你独自在嘀咕些什么？

欧克利奥

我刚才在考虑应该怎样责备你。

梅格多洛斯

为什么？ 550

欧克利奥

你还问我为什么？你想让我遭灾，

让我屋子里每个角落都挤满了贼，

给我的屋子里派去了五百个厨子，

个个都是革律昂①的后代，每人六只手，

即使让目光敏锐的阿耳戈斯②去看守他们， 555

尽管尤诺当年曾经派他去看守伊奥，

也没法把他们看住。此外还有那个女伎，

即使酒像科林斯的皮瑞涅泉水一样涌流，

她独自一个人也能给我把它们全都喝干。

至于其他食物—— 560

梅格多洛斯

它们是够一个军团的人食用。

我还给你送去了一只羊。

欧克利奥

---

① 革律昂是传说中的三头巨怪，在一座海岛上牧牛，后来被赫拉克勒斯杀死。
② 阿耳戈斯是希腊神话中的百眼巨怪，目光犀利，夜里睡觉时也只是部分眼睛轮流休息。尤皮特诱惑了河神的女儿伊奥后，害怕妻子尤诺妒忌，便把伊奥变成牛。尤诺知道后，派阿耳戈斯日夜看守变成了牛的伊奥，使伊奥受尽了折磨。

　　　　　　　　　　我还从来没有见过
　　有什么其他的动物比那只羊更可怜。

梅格多洛斯

　　你倒给我说说看，它究竟怎么可怜？

欧克利奥

　　因为它如此消瘦，瘦得只剩下皮包骨头。
　　它虽然是个活物，却透明得在阳光底下　　　　　　565
　　都能看得见内脏，有如布匿人①的灯笼。

梅格多洛斯

　　（不高兴地）
　　我买它是为了宰了吃。

欧克利奥

　　　　　　　　　　你最好还是把它
　　牵出去埋了。我估计它大概已经断了气。

梅格多洛斯

　　欧克利奥，我想今天同你一起喝几盅。

欧克利奥

　　天哪！我可不能喝酒。

梅格多洛斯

　　　　　　　　　　我可以派人　　　　　　　　570
　　从我们家里给你抬一大坛陈年好酒来。

欧克利奥

　　谢天谢地，千万不要，我决定只喝白开水。

梅格多洛斯

　　尽管你决定只喝白开水，但是只要我活着，
　　今天我定要把你灌醉。

欧克利奥

　　（旁白）
　　　　　　　　　　我知道他要干什么。

──────────

① "布匿人"是古代罗马人对古代北非的腓尼基人的称呼。此处可能指玻璃灯笼，因为据说玻璃是布匿人（腓尼基人）发明的。

　　　　他是想用酒把我灌倒，好安排那条路子，　　　　　　575
　　　　好在那之后，让我的这些宝贝变换主人。
　　　　（瞧了瞧外衣下掩盖着的金坛子）
　　　　我要提防他，把金子藏到屋外别的地方去。
　　　　我要让他的酒和他的阴谋一起全部落空。

梅格多洛斯
　　　　要是你没别的事情，我要去沐浴，准备祭神。
　　　　〔下。

欧克利奥
　　　　天哪，坛子啊，你和在你里面　　　　　　　　　　580
　　　　藏着的金子面临着多少敌人啊！
　　　　现在我认为最好的办法是把你送走。
　　　　坛子啊，我送你去守信女神庙，
　　　　　　　　　把你藏在那里。
　　　　守信女神啊，你了解我，
　　　　　　　　　我也了解你，请你看守它，
　　　　我把它委托给你，请你不要让它改变主人。　　　585
　　　　守信女神啊，我信任你，我现在就前来找你。
　　　　〔携金坛子下。

第四幕

第一场

［斯特罗比卢斯上。

斯特罗比卢斯

（自言自语）

你要是个能干的奴隶，就得像我这样办事，
完成主人的命令毫不拖延，还要任劳任怨。
你要是作为奴隶想诚心诚意地为主人服务，
那就应该首先考虑主人，然后再考虑自己。 590
如果你想睡觉，睡着时也该想到自己是奴隶。
［如果你伺候的主人正在恋爱，像我现在的主人，
你若发现他正被爱情弄得神魂颠倒，我想这时
奴隶的职责不是激励他，而是要设法把他挽救。
就像人们给那些初学游泳的小孩送去浮水筏子， 595
使他少花点力气，游动和划水都能轻松一些。
我看对于恋爱中的主人，奴隶正是这样的筏子，
好把主人托住，使他不至于一步步沉入水里。］
你要摸透主人的想法，看出主人蹙额时的意思，
要迅速完成主人的吩咐，比四马大车还要快疾。 600
如果你的服务能够如此周到，你就永远不会
品尝皮鞭的滋味，也永远不会痛苦地磨光镣铐。
现在我的主人爱上了这个贫穷的欧克利奥的女儿，

他听说要把她嫁给居住在这里的梅格多洛斯。
　　因此他派我到这里来打听打听事情究竟怎么样。　　　　　605
　　我现在就坐在这座祭坛旁边，不会招人疑心，
　　从这里可以观察这边那边的人们究竟在干些什么。
　　[隐身到祭坛后面。

第二场

欧克利奥

（没有发现斯特罗比卢斯）
　　守信女神啊，请你不要告诉人我把金子存在你那里。
　　我不担心会有人找到它，因为我把它隐藏得很严实。
　　我的天哪，一个人就会发大财，如果有谁找到了那个　　　610
　　装满金子的坛子。守信女神啊，请你不要让人找到它。
　　我现在去沐浴，然后向神明献祭，免得当女婿
　　前来把我女儿娶回家去的时候，出现什么耽误。
　　守信女神啊，我再次恳求你替我保管好那坛金子，
　　我把金子托付给你了，它就藏在你的祭坛下面。　　　　　615
　　[进屋。

斯特罗比卢斯

（从祭坛后面跳出来）
　　永生的神明们，我刚才听见这老人说了些什么！
　　他说把满满一坛金子藏在这座守信女神的庙里。
　　女神啊，我希望你对他怀有好意不会超过对待我，
　　我看他就是我的主人所钟情的那个姑娘的父亲。
　　我这就进庙去搜索那坛金子，趁他现在正忙事情，　　　　620
　　看能不能找到金子。女神啊，但愿我能找到它，
　　我要为你斟上满满一大碗饱含虔诚的蜜酒。
　　我首先敬献你，事成后自己再开怀把它喝干。
　　[进庙。

第三场

〔欧克利奥由屋内上。

欧克利奥

刚才乌鸦不会无缘无故地在我左边叫，
它一面放声鸣叫，一面用爪子抓地，　　　　　　625
我的心随即乱跳，好像都要跳出来，
上舞台表演，我还是赶紧去瞧瞧！

〔进庙。

第四场

〔庙里传出吵嚷声，欧克利奥拉着斯特罗比卢斯上。

欧克利奥

滚出去，你这个刚从地底下爬出来的蛆虫，
你以前从没有露过面，现在一露面就该遭殃！
神明作证，你这个骗子，我要狠狠地揍你一顿。　　　　　　630

斯特罗比卢斯

老年人，你犯了什么病？我和你有什么相干？
你为什么推我？为什么拉我？为什么还打我？

欧克利奥

你这恶棍，你这个贼，三个字的贼，你还问？

斯特罗比卢斯

我偷你什么了？

欧克利奥

　　　　你还给我！

斯特罗比卢斯

　　　　　　　　你要我还你什么？

欧克利奥

　　　　　　　　　　　　这还用问？

斯特罗比卢斯

　　　　我没有拿你什么东西。

欧克利奥

　　　　　　　　你拿了,你把它给我。　　　　　635

　　你要干什么?

斯特罗比卢斯

　　　　我要干什么?

欧克利奥

　　　　　　　你甭想拿走。

斯特罗比卢斯

　　　　　　　　你想干什么?

欧克利奥

　　　　放下!

斯特罗比卢斯

　　　　啊,老头子,从后面 ?①我看你大概常干这种事。

欧克利奥

　　　　你把东西放下!不要胡扯,我现在不和你耍嘴皮子。

斯特罗比卢斯

　　　　要我放下什么?你告诉我那东西叫什么。
　　　　我确实什么也没有拿,也没有动。

欧克利奥

　　　　　　　　你把手伸出来!　　　　　　　　　640

斯特罗比卢斯

　　　　(伸出双手)
　　　　喏,伸给你,在这里。

欧克利奥

　　　　　　　我看见了。把第三只手也伸出来!

斯特罗比卢斯

　　　　(旁白)
　　　　我看这个老头子准是中了邪,疯狂得失去了理智。

---

① "放下"的拉丁文是pone,为动词第二人称单数命令式,与副词pone("从后面",源自 post ne)同音。

（对欧克利奥）

你这是不是太欺负人？

欧克利奥

是的，既然我还没有把你绞死。
如果你不承认，我非把你绞死不可。

斯特罗比卢斯

我向你承认什么？

欧克利奥

你从这里拿走了什么？

斯特罗比卢斯

（郑重地）

如果我拿了你什么，就让神明惩罚我！

645

（旁白）

我要是不想拿，也让老天爷惩罚我。

欧克利奥

你站好，抖抖你的披衫。

斯特罗比卢斯

好，照你说的办。

欧克利奥

你把它藏在了内衣里。

斯特罗比卢斯

（再次伸出双手）

你随便检查。

欧克利奥

（旁白）

嘿，这个无赖，装着若无其事的样子，好使我相信他没有拿。我知道这种鬼把戏。

（对斯特罗比卢斯）

你再把右手伸出来。

斯特罗比卢斯

好！

欧克利奥
　　现在再把左手伸出来。

斯特罗比卢斯
　　　　　　　　我把两只手都伸了出来。　　　　650

欧克利奥
　　现在检查完了。把东西交出来！

斯特罗比卢斯
　　　　　　　　你要我交什么？

欧克利奥
　　　　　　　　啊，你还在耍把戏？
　　你当然拿了。

斯特罗比卢斯
　　　　　　　　我拿了？我拿什么了？

欧克利奥
　　　　　　　　我不说，你是想让我说。
　　你拿了我什么东西，你就把什么东西还给我！

斯特罗比卢斯
　　　　　　　　你疯了！
　　你已经把我完全搜查遍，什么东西也没有搜出来。

欧克利奥
　　等一等，等一等！
　　（静听，觉得庙内似乎有动静）
　　　　　　　　谁在那里？谁和你一起在庙里待过？　　655
　　（旁白）
　　天哪！那个人正在里面找。
　　（稍停）
　　　　　　　　我要是放开他，他就跑了。
　　可我已经搜查过他，他什么也没有。
　　（对斯特罗比卢斯）
　　　　　　　　你走吧，随你去哪里！

斯特罗比卢斯

愿尤皮特和众神明惩罚你。

欧克利奥

（旁白）

他倒是很会感谢人！

（对斯特罗比卢斯）

现在我要进去，紧紧掐住你那个同伙的脖子。
你还不滚开！走还是不走？

斯特罗比卢斯

我走。

欧克利奥

不要再让我碰到你。　　　　　　　　　　　　660

〔进庙。

第五场

斯特罗比卢斯

我即便是遭受大殃，不得好死，
今天也要让这个老头子落入圈套。
我看他不会再把金子藏在这里，
他肯定会把金子拿走，换个地方。
门在响。老头子拿着金子出来了。　　　　　　665
我就这样悄悄地躲到屋门后面。

〔躲到梅格多洛斯屋旁。

第六场

〔欧克利奥携着金坛子由庙内出来。

欧克利奥

我曾经认为守信女神绝对可信可靠，
可是她只差那么一点点儿就坑了我。
若不是乌鸦及时提醒我，我就完了。

　　　　　我多么希望那只乌鸦能再飞回来啊，
　　　　　它给我送了信，我要说几句话感谢它， 670
　　　　　可要是我给它点什么吃的，我就要破费！
　　　　　现在我要另外找个埋藏金子的僻静地方。
　　　　　城外有山林之神的灵薮，那里荒无人迹，
　　　　　丛林阴森。我要到那里去找个地方。
　　　　　就这样，把金子托付给山林之神保管， 675
　　　　　肯定比把它托付给守信女神更为可靠。
　　　　　[下。

斯特罗比卢斯

　　　　　太好了，太好了，愿神明保佑我！
　　　　　我要首先赶到那里，爬上树观察，
　　　　　看看老头子把金子藏到什么地方。
　　　　　可是主人是让我在这里等他的呀！ 680
　　　　　不，只要能找到东西，宁可挨鞭子。
　　　　　[下。

第七场

　　　　　[卢科尼德斯、欧诺弥雅上。

卢科尼德斯

　　　　　妈妈，我已经对你说了，你同我自己一样，
　　　　　对我同欧克利奥女儿的事知道得一清二楚。
　　　　　现在我再次恳求你，妈妈呀，虽然我已经
　　　　　恳求过你：你去同舅舅商量商量，好妈妈！ 685

欧诺弥雅

　　　　　我知道，我也希望你的愿望能实现，
　　　　　我也相信我能够争得你舅舅的同意。
　　　　　事情完全正当，如果情况确实像你
　　　　　说的那样：你喝醉了，玷污了那女子。

卢科尼德斯

　　　　　我的好妈妈，我难道会对你说谎话？ 690

菲德里雅

（在屋内）

奶妈,我快完了!我求求你,我肚子疼!

尤诺·卢基娜①啊,赶快来帮助我吧!

卢科尼德斯

啊,妈妈,

事实比语言更清楚:她在呼喊,她要分娩。

欧诺弥雅

我的孩子,你同我一起进去找舅舅,

我好让他同意你向我恳求的事情。　　　　　　695

卢科尼德斯

走,妈妈,我跟着你。

（欧诺弥雅进屋）

（卢科尼德斯四面张望,自言自语）

真奇怪,我的奴隶

斯特罗比卢斯去了哪里?我曾经吩咐他

就在这儿等我。不过我现在心里这样想:

只要他是在为我忙碌,我就不该对他生气。

我现在进屋去,商量同我生命攸关的事情。　　700

〔进屋。

第八场

〔斯特罗比卢斯抱着金坛子上。

斯特罗比卢斯

啄木鸟居住在金山上,被认为很富有,

可我比它们更富有。我根本不想提到

其他的国王,他们都是一伙穷光蛋,

我就是腓力王。啊,多么愉快的一天!

---

① 尤诺·卢基娜(Iuno Lucina)即神后尤诺。尤诺是妇女的保护神,也助产,故称"卢基娜"(Lucina,"光明"之意)。后来,尤诺·卢基娜成为专司助产的女神。

我从这里离开，赶在他前面到了那里，　　　　　　　　705
爬上一棵大树，待在上面等了没多久，
看准了那老头子把金子藏在什么地方。
等他一离开，我就立即从树上滑下来，
把这个装满了金子的坛子挖了出来。
我还看见老头子又返了回去，他没看见我，　　　　　710
因为我悄悄地向路旁稍许地避开了他。

（向远处张望）

哎，他来了。我进去，把金子放到屋里。

［抱着金坛子进屋，下。

第九场

［欧克利奥急促地跑上。

欧克利奥

（气急败坏地来回奔跑）

啊，糟了，坏了，完了！我往哪里跑？我不往
　　　　哪里跑？抓住！抓住！抓住谁？他是谁？
我不知道，我什么也看不见，我两眼发黑！
　　　　我去哪儿？我在哪儿？或者我究竟是谁？
我心里对所有这些，现在全都辨别不清楚。

（对观众）

　　　　　　　我求求你们，请你们帮帮我的忙吧，　　　715
我请求你们，恳求你们，有劳尊驾，请你们
　　　　　　　告诉我，是谁拿走了金子！
怎么回事？你们为什么还笑？我认识你们
　　　　　所有的人，我知道这里许多人都是贼，
尽管他们衣着整齐，装扮得像个样子，
　　　　　　　坐在这里，好像个个都非常规矩。

（对一观众）

你在说什么？我完全相信你，因为从你的外表看，

　　　　　　　　　　　我相信你是个高尚的人。
　（静听）
　嘿，这里的人谁也没有拿？这真要我的命了。
　　　　　　　　　那你说说，是谁拿了？你不知道？　　　　720
　啊，我真倒霉，我可怜地完了，
　我可是彻底地完了，我遭到大殃了：
　今天这个日子给我带来了多少苦恼，
　带来了多少叹息，还有饥饿和贫困！
　我是世上最最可怜的人！
　生命对我还有什么意义？
　我把精心守护的那么多金子
　都给丢了，我对不起我自己，
　对不起我的心灵和我的天性。　　　　　　　　　725
　现在别人都在为我的不幸和损失
　幸灾乐祸，我真是忍受不了啊！
〔卢科尼德斯自梅格多洛斯屋内上。

卢科尼德斯

　这个人是谁呀？在我们家屋前号啕大哭，
　　　　　　　满腹牢骚，还这样怨声载道。
　（看出是欧克利奥）
　这不是欧克利奥？我看就是他。这下
　　　　　　　我彻底完了，准是事情已暴露，
　依我看，他准是已经发现他女儿
　　　　　　　生了孩子的事。现在我没了主意：
　是离开这里，还是留在这儿？是迎上前去，
　　　　　　还是逃跑？啊，我真不知道该如何办好！　　　　730

第十场

欧克利奥

　（听见有人说话）

谁在这里说话？

卢科尼德斯

　　　　　　不幸的我！

欧克利奥

　　　　　　　　不，我才是不幸的人，我完了，
我碰上了这样巨大的灾难和悲伤。

卢科尼德斯

　　　　　　　　你打起精神来吧！

欧克利奥

请你说说，我怎样才能打起精神？

卢科尼德斯

　　　　　　　　因为惹你苦恼的事
是我干的，我承认。

欧克利奥

　　　　　　什么？我听见你说了什么？

卢科尼德斯

事实就是这样。

欧克利奥

　　　　　年轻人啊，我有哪件事做得对不起你，　　　　735
使得你要这样干，要这样地对待我和我的孩子？

卢科尼德斯

是神鼓励我这样干，是神诱使我去找她①。

欧克利奥

　　　　　　　　　什么？②

卢科尼德斯

我承认我做了错事，我知道我应承担的罪责，
我这就是前来向你请罪，希望你能原谅我。

欧克利奥

你怎么敢干这种事情，动了不属于你的东西？　　　　740

---

① "她"指欧克利奥的女儿。
② 拉丁文中，"坛子"（aulo）一词是阴性名词，欧克利奥把卢科尼德斯说的"她"理解为金坛子。

卢科尼德斯

你看怎么办？事情发生了，发生了的事情无法挽回。
我看那是神明的意愿，因为如果没有神意，
$\qquad\qquad\qquad\qquad$事情就不会发生。

欧克利奥

我看神明是希望我把你铐起来弄死，这就是神意。

卢科尼德斯

请你不要这样说。

欧克利奥

$\qquad\qquad$你怎么未经我的许可就动我的东西？

卢科尼德斯

那是由于酒醉和爱情。

欧克利奥

$\qquad\qquad\qquad$你这个最放肆不过的家伙，$\qquad\qquad$745
你这个无耻之徒，你胆敢来这里这样对我说话！
如果人们可以像你这样为自己的罪过辩护，
那就让我们在大白天公开抢劫妇女佩戴的金子。
当我们被人抓住时，我们就说那是由于醉酒，
是由于爱情。如果借口醉酒和爱情就可以$\qquad\qquad$750
任意胡作非为，那么酒和爱情不就太不值钱。

卢科尼德斯

我知道自己错了，所以主动前来请求宽恕。

欧克利奥

我不喜欢有人做了错事后为自己的过错狡辩。
你知道它不属于你，那你就不应该去动她①。

卢科尼德斯

既然我已经冒失地触犯了她，那我只是希望$\qquad\qquad$755
她能属于我。

欧克利奥

---

① 参阅第737行注。

难道你还想没有我的同意，就占有她？

卢科尼德斯

你若不同意，我不强求。不过我想她是应该属于我。

我看你最终也会理解，欧克利奥啊，她应该属于我。

欧克利奥

瞧着吧，你要是不把她还给我，我要把你拖到法庭上，我要控告你。

卢科尼德斯

（疑惑）

你要我还你什么？

欧克利奥

把你偷的东西还给我！ 760

卢科尼德斯

我偷你东西了？在哪儿偷的？偷了什么？

欧克利奥

（嘲讽地）

神明会保佑你，让你说你不知道。

卢科尼德斯

除非你告诉我，你究竟想向我讨要什么？

欧克利奥

我告诉你，我向你讨要一坛金子，你刚才对我承认，说你拿了。

卢科尼德斯

天哪，我说的不是这个，我没有拿。

欧克利奥

你否认？

卢科尼德斯

是的，我绝对否认。我根本就不知道你的什么金子，什么金坛子。 765

欧克利奥

就是你从山林之神的灵薮取走的那坛金子，
你还给我，你去把它拿来。好吧，我跟你平分。
虽然对我来说你是个贼，但我并不憎恶你。

　　　　　　　　　　　　　　去把它拿来。

卢科尼德斯

你说我是贼？我看你是神志不清！欧克利奥啊，
我以为你知道了另外一件事情，一件同我有关的　　　770
重要事情，如果你有时间，我想和你好好谈谈。

欧克利奥

你说句真心话，你究竟偷了那些金子没有？

卢科尼德斯

　　　　　　　　　　　　　确实没有。

欧克利奥

你知道不知道是谁拿走了？

卢科尼德斯

　　　　　　　　我不知道。

欧克利奥

　　　　　　　　　　　　要是你知道
是谁把金子拿走了，你会告诉我？

卢科尼德斯

　　　　　　　　　　当然会。

欧克利奥

　　　　　　　　　　　　你不会
同那个拿了金子的人分赃或者包庇那个贼？

卢科尼德斯

　　　　　　　　　　　绝对不会。　　　775

欧克利奥

如果你说谎呢？

卢科尼德斯

　　　　那就让尤皮特爱怎么惩罚就怎么惩罚我。

欧克利奥

好，够了。现在你就说你想说的事情吧。

卢科尼德斯

假如你不认识我，
不知道我出身的家庭，那么梅格多洛斯是我的舅舅，
我的父亲叫安提马科斯，我的名字是卢科尼德斯，
我的母亲是欧诺弥雅。

欧克利奥

我知道你的家庭。我急于想知道 780
你现在要说些什么？

卢科尼德斯

你有个女儿。

欧克利奥

不错，她就在家里。

卢科尼德斯

我想，你是不是已经把她许配给了我的舅舅？

欧克利奥

是这样。

卢科尼德斯

他现在让我告诉你：他决定解除那个婚约。

欧克利奥

一切都已经准备好，酒席都安排了，怎么又放弃？
愿全体永生的男神和女神都一起把灾难降临于他， 785
正是由于他，我今天才丢失了那些金子，真倒霉！

卢科尼德斯

不要着急，说话要吉利。现在愿神明们能让事情顺利，
使你和你的女儿幸福如意。请你也这样祈求神明保佑。

欧克利奥

愿神明们保佑。

卢科尼德斯

愿神明们也赐福予我。现在你听我说。
若有人犯了过错，既不觉惭愧，也不想为自己赎罪， 790
这样的人最为卑鄙。欧克利奥，现在我请求你，

　　　　　既然我是在无意之中对你和你的女儿犯下了过失，
　　　　　那我请你宽恕我，把她嫁给我，法律要求这样做。
　　　　　我承认，我对你的女儿犯下了不应该犯的罪行，
　　　　　那是在地母节的狂欢之夜，由于酒和青春热情。　　　　　795

欧克利奥
　　　　　啊，天哪，我听到你在说些什么呀！

卢科尼德斯
　　　　　　　　　　　　　　　你何必伤心？
　　　　　既然我让你在为女儿举行婚礼时便做了外祖父。
　　　　　你女儿已经生下了孩子，你算算，现在是十个月。
　　　　　我的舅舅正是由于这个原因才决定解除确定的婚约。
　　　　　进去吧，看事情是否像我说的那样。

欧克利奥
　　　　　　　　　　　　　　啊，我彻底完了，　　　　　　800
　　　　　我真倒霉，不幸的事情一件接着一件地把我粘上。
　　　　　我现在进去，看事情是否真像他说的那样。
　　　　　〔进屋。

卢科尼德斯
　　　　　　　　　　　　　　　我跟着你。
　　　　　（稍停）
　　　　　事情看来好像差不多已经到了成功的彼岸。
　　　　　我不理解我的奴隶斯特罗比卢斯去了哪里，
　　　　　我不妨在这里稍等片刻，然后再去找欧克利奥。　　　805
　　　　　这样可以给他一点时间，好让他向他女儿的
　　　　　贴身老奶妈打听我的事，她知道事情的经过。
　　　　　（留在门旁）

第五幕

第一场

[斯特罗比卢斯由屋内上。

斯特罗比卢斯

永生的神明们,你们赐给了我多么巨大的幸福啊!
我有一坛金子,整整四磅①重,有谁能比我更富有?
现在雅典人中有谁受到过天神比给我更大的恩赐?

卢科尼德斯

(旁白)

我确实好像听见这附近有人说话的声音。

(静听声音来源)

斯特罗比卢斯

(发现了卢科尼德斯)

哎呀,
那不是我的主人?

卢科尼德斯

(发现了斯特罗比卢斯)

那不是我的奴隶?

斯特罗比卢斯

正是他!

卢科尼德斯

---

① "磅"的原文为libra,系罗马重量单位,约合327.5克。

不是别人！

斯特罗比卢斯

我去找他。

卢科尼德斯

我赶紧去找他。
我想他大概已经按照我的吩咐，去找过
老婆子，就是现在这个姑娘当年的老奶妈。　　　　　815

斯特罗比卢斯

（自言自语）
我告诉不告诉他我找到了那么一大笔财宝？
我可以用它来为自己赎身。我去和他说说。
（对卢科尼德斯）
我找到了——

卢科尼德斯

你找到了什么？

斯特罗比卢斯

那可不是孩子们
经常嚷嚷在豆子里找到的东西。

卢科尼德斯

你又犯了老毛病？又在开玩笑？

斯特罗比卢斯

主人，等一等。我告诉你，你听着。

卢科尼德斯

你说吧。　　　　　820

斯特罗比卢斯

主人，我今天找到了一笔巨额财富。

卢科尼德斯

在哪儿？

斯特罗比卢斯

我告诉你，满满一坛金子，整整四磅重。

卢科尼德斯

啊,你看你干的好事!

(旁白)

是他偷了欧克利奥的东西。

(对斯特罗比卢斯)

金子在哪里?

斯特罗比卢斯

在屋中的柜子里。我想为自己赎身。

卢科尼德斯

你这个坏透了的无赖,我会让你赎身? 825

斯特罗比卢斯

算了,主人,我知道你要干什么,我是巧妙地
考验了你一下。你是准备把我找到的东西抢走。
要是我真的找到了金子,你怎么办?

卢科尼德斯

你不要开玩笑。

去,把金子交出来!

斯特罗比卢斯

要我交出金子?

卢科尼德斯

我要你把金子交出来,还给人家。

斯特罗比卢斯

哪儿来的金子?

卢科尼德斯

你刚才说放在柜子里。

斯特罗比卢斯

我是像过去一样说着玩。 830

卢科尼德斯

你不是说过你有金子?[①]

[①] 此处原文有残损。

斯特罗比卢斯

是的，我这样说过。

卢科尼德斯

（揪住斯特罗比卢斯）

我要你尝尝苦头！

斯特罗比卢斯

即使你杀死我，

你也永远不可能从我这里拿……

自此原剧以下残缺，仅流传下来数行：

Ⅰ．为了这些番红花颜色的盛装，腰带和嫁妆

Ⅱ．你怎样诈骗了这个人？

Ⅲ．　　欧克利奥

我一天挖了十个坑。

Ⅳ．　　欧克利奥

以前我白天黑夜地

守着它，心里始终平静不了，现在我

可以安心睡觉了。

Ⅴ．让那个给我端来凉拌菜的奴隶再给加上一些作料。

根据这些残句和其他材料判断，剧本结尾的情节可能是这样：

斯特罗比卢斯把金子还给了欧克利奥，欧克利奥高高兴兴地把女儿嫁给了卢科尼德斯，并把金子给女儿做了嫁妆，全剧在欢乐的婚宴中告终。

巴克基斯姐妹

BACCHIDES

导　言

　　普劳图斯的这部喜剧的标题源自剧中两伴妓姐妹的名字，剧中描写的是机智的奴隶骗取老主人的钱，帮助少主人摆脱爱情困境的故事。剧中人物尼科布卢斯自称不光彩地"两次被欺骗"（ludus bis，第1090行）。剧中的小巴克基斯也讥笑他一天之内"两次被剃光"（bis detonsa，第1128行）。一般认为，普劳图斯的这部剧本据以改编的希腊原剧是米南德的《双重欺骗》。

　　米南德的原剧《双重欺骗》的具体演出年代不可考。剧本残篇见于埃及莎草纸抄本，抄本属于公元3世纪末至4世纪初。抄本为残本，残损非常严重，研究者起初只整理发表了其中的第11～30行和91～113行，后来又有人补充发表了第47～63行和89～90行。

　　根据传世残段来看，米南德原剧中的人物有雅典青年索斯特拉托斯及其父亲、摩斯科斯及其父亲，此外还有摩斯科斯的随从。这几个人物正好与普劳图斯剧中的人物姆涅西洛科斯及其父亲尼科布卢斯、皮斯托克勒鲁斯及其父亲菲洛克塞努斯相对应，普劳图斯剧本中的随从吕杜斯保留了原剧中相对应的名字和作用。普劳图斯剧中的奴隶赫律萨卢斯对应于米南德剧本残段中提到的奴隶叙罗斯。米南德的剧本残段中未提及伴妓的名字。

　　米南德的原剧第1～10行的失佚使人无法具体知道剧情背景；残段第11～30行中出现的人物是摩斯科斯的父亲和保傅，他们与刚从以弗所讨债回来的索斯特拉托斯相遇。摩斯科斯的父亲和保傅已经知道儿子与伴妓有染，因而请求索斯特拉托斯帮助劝说摩斯科斯改邪归正。这使索斯特拉托斯产生了误解，以为摩斯科斯是与他自己所爱的伴妓有往来，感到很气愤，认为自己信赖的朋友背信弃义，自己所爱的人喜新厌旧，于是决定离开那个伴妓。他本想用讨债得到的钱为相好赎身，这时决定把钱全部交给父亲。从接下来的人物对话中可以知道，他们原来为留住钱编造的理由是把钱暂时贷给了一个人，而且奴隶叙罗斯已经对索斯特拉托斯的父亲说过了编造出的这一谎言。索斯特拉托斯向父亲保证，一定会把那些钱交给他，父亲则希望能真正拿到那笔钱。以上是原剧前两幕的情节，占了约360多行。随后是歌队表演。此后索斯特拉托斯和父亲之间还有一段对话，然后父亲去广场办事，留下索斯特拉托斯处理这件事。

这时索斯特拉托斯思绪纷乱。尽管他感到气愤，但并没有对朋友完全失去信任，也没有完全失去对相好的感情。他思考着，觉得根源可能不在朋友，而在伴妓的本性。

摩斯科斯当时正在伴妓那里。他得知索斯特拉托斯已经回来，估计会来找他，于是便从伴妓屋里出来，正好与索斯特拉托斯迎面相遇。索斯特拉托斯气愤地指责摩斯科斯伤害了他，摩斯科斯听了摸不着头脑，不知道是什么意思。抄本在这里中断。

普劳图斯的剧本开始部分也失佚了，仅流传下来一些非常零散的残行和短语，因而使人们对剧情背景产生了许多迷惑。根据残存的诗行和短语，以及第一场保存下来的部分内容，剧本开始部分的情节大概可以作出如下推测。

剧本中的人物巴克基斯姐妹是两个年轻伴妓。她们姐妹俩不仅同名，而且相貌也完全相似，只是姐姐居住在雅典，妹妹流落到西亚近海的萨摩斯岛，偶然与雅典青年姆涅西洛科斯邂逅相爱。姆涅西洛科斯受富有的父亲尼科布卢斯派遣，前往西亚的以弗所，向那里的一个名叫阿尔基得弥得斯的朋友讨要一笔债款。姆涅西洛科斯可能是在旅途中滞留于萨摩斯岛，在那里与小巴克基斯相遇。从后面的场面中可以得知，小巴克基斯接受了军官克勒奥马科斯的包养，时限为一年。姆涅西洛科斯这次出行自离开雅典至返回来，延时近两年。小巴克基斯接受军官的包养可能发生在与姆涅西洛科斯相识之前，不过更可能是发生在姆涅西洛科斯离开萨摩斯岛之后，为了生计不得已而为之。

军官把小巴克基斯带到雅典，其中原因不得而知。姆涅西洛科斯得知小巴克基斯去了雅典后，便捎信给好友皮斯托克勒鲁斯，请求他代为寻找小巴克基斯，等待他回来。小巴克基斯到雅典后，找到了自己的同名姐姐，住在姐姐那里，希望能摆脱军官的羁绊。

在剧本传世文本的开始部分，巴克基斯姐妹看到青年皮斯托克勒鲁斯经常出现在她们的住屋附近，便设法与他接近，以求借以排除那个军官。

　　普劳图斯的传世抄本尽管残缺严重，但仍然具有重要的研究价值，使得人们在一定程度上可以对两部剧本进行直接比较，从中看出罗马作家对希腊作家的作品的改编手法。米南德的剧本残段中有一段索斯特拉托斯的独白，表达了他在认为朋友与他所爱的伴妓之间有染之后的内心冲突和矛盾：

　　　　这个人也真是完了，她竟然如此任性，
　　　　抓住了他。她先抓住了索斯特拉托斯，
　　　　可她又要拒绝我，这一点我很清楚。
　　　　行为真轻率——愿神明一个个都对她
　　　　发出诅咒，只是不要……宙斯作证。
　　　　一个邪恶女人，索斯特拉托斯，你离开她！
　　　　她会劝说你，奴隶……
　　　　我……让她徒然劝说吧，
　　　　她什么也不会得到。我把所有的财物
　　　　都交给父亲。她不会再对我花言巧语，
　　　　当她看到正如"后言"中所说，她是在对
　　　　死尸说话，白吐气。好吗，我现在
　　　　就去找父亲？不过我听见……

　　这段独白的内容相应于普劳图斯的剧本中的第500~520行。从中不难看出，普劳图斯的剧本与米南德的剧本之间的差别是很明显的。差别也表现在剧本的情节安排方面。

　　从剧本内容来说，普劳图斯显然是想通过这部剧本来展示伴妓风气在罗马的广泛流行和生活放荡对社会风俗的败坏，特别是对富有家庭造成的破坏性影响。

　　伴妓现象是长期战乱和生活贫困所造成的一种消极社会因素。剧本中严厉地谴责伴妓风气。皮斯托克勒鲁斯的随从（保傅）吕杜斯称巴克基斯姐妹的居处是地狱，称姐妹俩不是巴克基斯（Bacchdes），而是酒神狂女（Bacchae）（第368~372行）。她们不仅诱惑年轻人，甚至还引诱上了年纪的人上钩，以骗取他们的钱财，如同剃羊毛那样把他们的钱财骗光。在剧中，她们不仅引诱性格温和的菲洛克塞努斯，而且还引诱性格严厉的尼科布卢斯，使他最后也一起进了她们的居处，由伴妓陪同，与儿子一起饮酒作乐。伴妓们则在庆幸自己的胜利时说：

> 她们本是对儿子们设伏，他们自己却愉快地被俘获！
> （第1206行）

剧作家在剧本"后言"里由剧班演员出面解说：

> 我们也不会这样表演，若不是有时曾经见到，
> 在妓馆老板那里，父亲成为儿子的竞争对手。
> （第1208～1210行）

伴妓风气的流行是与罗马社会金钱作用和希腊化文化影响的增强相联系的。与这一问题紧密相联系的是在新的社会经济条件下罗马传统的父权制的存在意义和对年轻人的教育问题。在当时的罗马社会，随着商业经济的发展，这一问题变得越来越尖锐，特别是在富有的家庭里。这一问题在剧本里激起了争论。吕杜斯作为教师，是良好传统的维护者，以激动的心情描绘了先前对年轻人的严格教育（第420～434行）；老人菲洛克塞努斯以附和新潮流的自由派面貌出现，以自己年轻时期的生活和行为为儿子辩护（第410行），受到吕杜斯的驳斥。观点偏于保守的普劳图斯显然支持吕杜斯的观点，甚至还以罗马实际生活为例作为补充，展示了"良好的往年"的优越性（第438～448行）。但是，由菲洛克塞努斯出面，提出了相反的观点，认为年轻时期的这些行为是很自然的，若是年轻人行为不随意，倒是令人奇怪的；且认为年轻人的这些行为不会长久，很快就会平息下去（第408～410行，416～418行）。这里提出的是自由放纵的父权理论，是希腊化时期哲学提出的理论，米南德接受了这种理论，表现在他的喜剧里，从而也反映在普劳图斯的这部剧本中。普劳图斯对这种观点既不支持，也不断然反对。

剧中突出塑造了善于搞阴谋诡计的奴隶赫律萨卢斯的形象，非常生动地展示了他对富有的老人的恶毒嘲弄。他想如同剃取金羊毛一样骗取老人的钱财（第241～242行）。他要求观众用金子的重量来衡量他，给他塑立金像，还说自己建立了双重功绩，巧妙地嘲笑了自己的主人，对他进行了捉弄（第640～644行）。

剧中也出现了军人形象。虽然剧中军人的作用并不大，但很有代表性。就像通常一样，这是一个滑稽形象，通过他来嘲笑军队上层，他们以自己的军事冒险

使农民和手工业者破产，所以剧作者狠狠地嘲笑他们。

　　赫律萨卢斯在剧中嘲笑凯旋仪式。凯旋在古代罗马是一种特有的习俗，由元老院决定，作为对获得战争胜利归来的统帅及其军队的荣耀奖赏。在凯旋仪式上，获胜的将军享有很高的荣誉，乘坐战车，行进在凯旋队伍最前面。随后展示掠获的战利品，包括俘虏，最后是军队行列。兵士们在凯旋仪式上享有一定的自由，可以嘲弄自己的军队首领，还可以得到一顿丰盛的午餐，蜜酒是必不可少的饮料。凯旋之后，军队解甲回家，新的战争威胁来临时再重新招募入伍。第二次布匿战争结束（公元前201年）之后，罗马对外战争频发，凯旋次数也相对增多，因此正如剧中所说，这在以前是很罕见的荣誉，如今却很平常，很容易得到。当时每年往往要举行数次凯旋不等，特别是在公元前189年，便举行了四次。剧中对凯旋的蔑视令一些研究者推测，这部剧本可能写于公元前188年。

人　物

皮斯托克勒鲁斯　青年，菲洛克塞努斯之子
巴克基斯（姐）　雅典人，伴妓
巴克基斯（妹）　萨摩斯岛人，伴妓
吕杜斯　菲洛克塞努斯的家奴，随从
赫律萨卢斯　尼科布卢斯的奴隶
尼科布卢斯　雅典老人
姆涅西洛科斯　青年，尼科布卢斯之子
菲洛克塞努斯　雅典老人
门客　军官的随从
侍童　船长童侍（哑角）
阿尔塔摩　尼科布卢斯的奴隶监工（哑角）
克勒奥马科斯　军官

地　点

　　雅典，一街道。一座房屋，巴克基斯姐妹的居处；两侧另有两座房屋，分别为菲洛克塞努斯和尼科布卢斯的居所。

时　间

　　白天。

第一幕

第一场

本剧开始部分失佚,仅流传下一些非常零散的残行和短语,见下。

  Ⅰ 他们的心灵具有有益、适度、不卑躬屈节的天性
  Ⅱ 锁链、树枝、磨石:更为残忍的野蛮
  Ⅲ 你们用扫把打扫,努力清除
  Ⅳ   谁在召唤那个
    带着喷壶和水的最为卑劣的人?
  Ⅴ 如同牛奶与牛奶相似那样
  Ⅵ

巴克基斯 她与我同姓氏
  Ⅶ 雇佣兵为了金钱而出卖自己的性命
  Ⅷ 我知道,那个人的呼吸比公牛的肺
    具有的呼吸力还要强很多,当岩石
    熔化时,那里蕴藏着铁。
           你认为他是哪里人?
    我想他是普赖涅斯特人,那么好自夸。
  Ⅸ 我不认为城市的荣耀是虚假的。
  Ⅹ

侍童

你没有从其他任何人那里接受过年俸，

除非从他那里，或者为人掉脑袋。

XI　丈夫的蜗牛

XII　我的心肝儿，我的希望

我的蜂蜜、愉悦、食物、欢乐。

XIII　请允许我爱你

XIV　是库皮得还是阿摩尔同你一起逞凶？

XV　我听说乌利克塞①最为多灾多难，

曾经二十年远离祖居地漫游；

然而他作为青年确实远远超过了尤利西斯，

在城邦的围垣内就地游荡。

XVI　不管他给自己使用什么名字

XVII

皮斯托克勒鲁斯

她把我作为朋友和军队

XVIII　因为我相信，你能迷惑任何人的心。

XIX　如果你偶尔也有不端的娱乐情趣，

你会看到你必须付出应有的代价，

像你这种年纪不可能白白陪伴我。 30

XX　阿拉伯的

　　根据残存的上述残余诗和短语，以及第一场保存下来的部分，剧本开始部分的情节大概可以推测如下。

　　剧本主要人物巴克基斯姐妹是两个年轻伴妓。姐妹俩不仅同名，而且相貌也完全相似，只是姐姐居住在雅典，妹妹流落到萨摩斯岛。后者与雅典青年姆涅西洛科斯相爱。姆涅西洛科斯受富有的父亲尼科布卢斯派遣，前往西亚的以弗所，向那里的一个名叫阿尔基得弥得斯的朋友讨一笔债款。在这期间，小巴克基斯为了生计，接受军官克勒奥马科斯的供养，时限为一年。

　　军官把小巴克基斯带到雅典。姆涅西洛科斯知道后，捎信给朋友皮斯托克勒

---

① 乌利克塞是奥德修斯的拉丁名字。

鲁斯，请求他代为寻找小巴克基斯，等待他回来。小巴克基斯到雅典后到了自己的姐姐，决定摆脱军官的羁绊。

巴克基斯姐妹看到青年皮斯托克勒鲁斯经常出现在她们的住屋附近，便设法与他接近，企图借以排除那个军官。

[巴克基斯姐妹互相交谈着，
皮斯托克勒鲁斯站在一旁。

巴克基斯（姐）
　　如果可以，请你暂时不要说话，让我说。　　　　　　　　　　35

巴克基斯（妹）
　　　　　　　　　　好，你就说吧。

巴克基斯（姐）
　　若是记忆回避我，妹妹，那时你要帮助我回忆。

巴克基斯（妹）
　　请波卢克斯作证，我很担心自己会说不清楚。

巴克基斯（姐）
　　请波卢克斯作证，我也担心自己缺乏夜莺的歌声。
　　你跟我来。
　　（带领妹妹朝皮斯托克勒鲁斯方向走去）

皮斯托克勒鲁斯
　　（旁白）
　　这两个同名同相貌的嫡亲姐妹伴妓究竟想干什么？
　　（对巴克基斯姐妹，大声地）
　　你们商量出什么结果？

巴克基斯（姐妹）
　　　　　　　　　　有一些。

皮斯托克勒鲁斯
　　　　　　　　　　天哪，这可不是伴妓的作风。　　　　　　40

巴克基斯（姐）
　　没有什么人比女人更可怜。

皮斯托克勒鲁斯

那你认为应该是怎样的?

巴克基斯(姐)

我妹妹这样请求我,希望能为她找到一个人,
那个人能在她为军官服务期满后让她返回去。
亲爱的,请你帮她这个忙。

皮斯托克勒鲁斯

我能怎样帮助她?

巴克基斯(姐)

帮助她返回家。
在她侍候他期满后,让他不再把她作为侍奴留下;   45
若是她有钱与那个军官清账,她非常乐意这样做。

皮斯托克勒鲁斯

现在军官在哪里?

巴克基斯(姐)

我想他很快就会到来。你可以把这件事
安排在我们这里进行,我们将坐在这里等待他来这里。
你将同我们一起喝酒,在你喝酒时我会同样地亲吻你。

皮斯托克勒鲁斯

你们的献媚是真正的黏胶。

巴克基斯(姐)

为什么?

皮斯托克勒鲁斯

因为我知道你们,   50
你们俩想逮住一只野鸽。
(旁白)
糟了,胶竿正在触动我的翅膀。
(对巴克基斯)
女主人,我觉得做你说的这件事对我没有好处。

巴克基斯(姐)

亲爱的,为什么?

皮斯托克勒鲁斯

　　　　　　巴克基斯，我害怕酒神女①和你的疯狂。

巴克基斯（姐）

　　为什么？你害怕什么？是否担心我这里的
　　　　　　卧榻会诱使你变坏？

皮斯托克勒鲁斯

　　与害怕你的卧榻相比，我更害怕你的诱惑②，
　　　　　　　　　　你是一头小恶兽。　　　　　55
　　女主人，这种隐秘的地方对于我这样的年龄不合适。

巴克基斯（姐）

　　如果你想在我们这里干什么愚蠢的事情，我会阻止你。
　　不过我希望为了这件事，在军官到来时你能待在这里，
　　因为有你在这里，就谁也不可能对她
　　（指着妹妹巴克基斯）
　　　　　　　　　　　　　和我行为无礼：
　　你能够阻止他，你这样做同时也是在为朋友做好事，　　60
　　并且军官到来时，他见了肯定会以为我是你的女伴。
　　亲爱的，你为什么不说话？

皮斯托克勒鲁斯

　　　　　　　　你说的这些话很动人，
　　但实际上行动起来却很危险，因为它们都带着尖刺，
　　它们会折磨心灵，毁掉财富，败坏事业和声誉。

巴克基斯（妹）

　　（指着姐姐）
　　你害怕她什么？

---

① 酒神女是一群醉醺醺地疯狂舞蹈、陪伴酒神巴克科斯（Bacchus，一译巴科斯）漫游的女子，拉丁文是bacchae。人名"巴克基斯"的拉丁文是Bacchis，由此名自然会联想到酒神女和酒神女的疯狂。

② "卧榻"的拉丁文是lectus，源自动词legere（收集）。"诱惑"的拉丁文是illectus，源自动词illicere。

皮斯托克勒鲁斯

你问我害怕什么？我一个年轻人， 65
就这样使自己进入

（指着巴克基斯姐妹的住屋）

这种用挥霍让自己出汗的学校，
[在那里渴望以耗费替代掷铁饼，以耻辱替代赛跑。]

巴克基斯（姐）

（故作惊讶）

你说得非常动人。

皮斯托克勒鲁斯

在那里，我会抱着斑鸠①替代刀剑，
[在那里，人们把大酒杯放到我的手里，替代皮护带②，]
以酒杯③替代头盔，盔顶装饰被编制的花冠替代， 70
以骰子替代投枪，以柔软的披袍替代护身铠甲。
还会为我提供卧榻替代战马，伴妓卧侧旁替代盾牌。
请你们离开我，请走开！

巴克基斯（姐）

啊呀，你太粗野了。

皮斯托克勒鲁斯

是对我自己。

巴克基斯（姐）

你得受调教，
我这就来为你做这件事。

（开始抚爱皮斯托克勒鲁斯）

皮斯托克勒鲁斯

（勉强地顺从）

啊呀，要我这样做太难了。

---

① 斑鸠（furfur）是当时的伴妓喜欢玩耍的一种鸟。
② "皮护带"的拉丁文是cestus，指一种里面包含有铅或铁的皮制品，拳击手竞赛时把它紧在手上，借以加强攻击力量。
③ "酒杯"的拉丁文是scaphium，一种圆形大酒杯。

巴克基斯（姐）

  你就假装爱我。

皮斯托克勒鲁斯

      我是开玩笑地，还是认真地模仿你？   75

巴克基斯（姐）

  啊呀，我们最好能这样。我希望当军官到来的时候，
  你就拥抱我。

皮斯托克勒鲁斯

    为什么需要我这样做？

巴克基斯（姐）

        我希望让他看见你，
  我知道我该做什么。

皮斯托克勒鲁斯

    天哪，我知道我害怕什么。然后呢？

巴克基斯（姐）

          什么然后？

皮斯托克勒鲁斯

  然后在你这里是立即安排小吃，同时饮一点酒，
  还是就正式用餐，就像你们通常进行聚会那样， 80
  那时我卧在哪里？

巴克基斯（姐）

    我的心肝儿，在我旁边，亲热地斜倚在一起。
  我们旁边的这个位置，不管是谁到来，始终都得空着。
  当你想使自己舒适些时，你就对我说："我的小玫瑰啊，
  请让我快乐一些。"我就会立即把那个好位置让给你。

皮斯托克勒鲁斯

  （半自白地）

  这是条水流湍急的河流，不可贸然地从这里蹚过去。   85

巴克基斯（姐）

  （旁白）

  请卡斯托尔作证，你在这条河流边必然会受点损失。

（大声地）

把手伸给我，跟我走。

皮斯托克勒鲁斯

啊呀，不，不。

巴克基斯（姐）

你为什么要拒绝？

皮斯托克勒鲁斯

因为没有什么能比你说的更诱人：给年轻人提供夜晚、美女和美酒。

巴克基斯（姐）

好吧，就这样。请神明作证，我这样做完全是为了你。
让军官把她带走吧，既然你不愿意，那你就别靠近我。　　　　　90

皮斯托克勒鲁斯

（半旁白地）

难道我就这样不中用，竟然不能控制住自己的本性？

巴克基斯（姐）

你究竟害怕什么？

皮斯托克勒鲁斯

（稍停，热情地）

没什么，女主人，我把自己交给你：
我是你的，愿意为你效劳。

巴克基斯（姐）

你太可爱了。现在我要你这样做。
我今天想设一桌宴席，为我妹妹的到来接风洗尘。
为此我要求你把身上带着的所有的钱全都拿出来，　　　　　95
就由你为我们采购食物，采购的食品必须非常丰富。

皮斯托克勒鲁斯

（热切地）

我会去采购食物，因为既然是为了我，在为我自己办事，
如果让你为办理这件事而耗费，会让我觉得太过意不去。

巴克基斯（姐）

其实，我并不想让你耗费什么。

皮斯托克勒鲁斯

就让我去办吧。

巴克基斯（姐）

那好吧，既然你愿意。

亲爱的，请快些办。

皮斯托克勒鲁斯

我会在未停止对你的爱之前便赶回来。 100

［离开，下。

巴克基斯（妹）

亲爱的姐姐，你今天要好好地为我接风。

巴克基斯（姐）

请问，这是为什么？

巴克基斯（妹）

因为在我看来，今天你碰上了一个绝好的捕猎物机会。

巴克基斯（姐）

他当然是我的。妹妹，我将帮助你，

为你安排与姆涅西洛科斯的事情，

以便使你更愿意留在这里挣钱，而不是跟随军官离开。

巴克基斯（妹）

那太好了。

巴克基斯（姐）

我们就这么办。水该热了，让我们进屋，你该洗个澡。 105

因为你乘船直接来到这里，我看你还在打哆嗦。

巴克基斯（妹）

是这样，姐姐。

［不管谁刚到达这里，都会这样，现在让我们进去吧。］

巴克基斯（姐）

好吧，你现在就跟随我进屋去沐浴，消除旅途劳顿。

［二人同下。

第二场

[皮斯托克勒鲁斯采购食物回来,
　众奴隶提着食物筐随上;
　吕杜斯跟随在他们后面上。

吕杜斯

皮斯托克勒鲁斯,我已很长时间默默地跟随你,
内心一直不安,担心你怎么筹备如此豪华的饮宴。　　　110
因为蒙众神明恩惠,即使是那著名的吕库尔戈斯①,
在我看来,在这里也完全可能受引诱而堕落败坏。
(指着众奴隶提着的食物筐)
你刚才顺着这条路急匆匆地走来,你究竟要去哪里,
还带着这么多随从?

皮斯托克勒鲁斯

(指着巴克基斯的住屋)
　　　　去那里。

吕杜斯

　　　　为什么去那里?谁在那里居住?

皮斯托克勒鲁斯

(兴奋地)
阿摩尔、沃卢普塔斯、维纳斯、维努斯塔斯、育库斯、　　　115

---

① 吕库尔戈斯(Lycurgus,公元前9世纪),又译莱库古,斯巴达著名立法者,以严厉著称,从而成为严格风尚的代名词。

伽乌狄乌斯、卢杜斯、塞尔摩、斯瓦维萨维阿提奥。①

吕杜斯

他们都是些淫荡之神,你同他们有什么关系?

皮斯托克勒鲁斯

那些恶意诋毁心地善良之人的人是邪恶之人;
你对神明们的评论不正确,你这样做不公正。

吕杜斯

难道"斯瓦维萨维阿提奥"也是位什么神灵? 120

皮斯托克勒鲁斯

你从不认为它是神灵?吕杜斯啊,你真愚蠢!
我原以为你很聪明,聪明得远远超过泰勒斯②,
可实际上你比蛮族的波提基乌斯③还要愚昧无知,
都这么大一把年纪,还不知道这些神灵的名字。

吕杜斯

你这个样子我不喜欢。

皮斯托克勒鲁斯

    所以没有哪个人为你 125
准备它们,而是为我准备,因为我喜欢这样。

---

① 这里戏拟古罗马神话的造神特点,列举的神灵都是对一些普通名词的戏剧性神性化。"阿摩尔"的原文是 Amor,即通常所说的小爱神;amor 作为普通名词,意为"爱"、"爱情"。"沃卢普塔斯"的原文是 Voluptas;voluptas 作为普通名词,意为"愿望",特别是指"欲望"。"维纳斯"的原文是 Venus,即古罗马神话传说中著名的爱情女神;venus 作为普通名词,本意为"爱"、"爱情"、"美丽",因为是阴性名词,故而神性化为女神。"维努斯塔斯"的原文是 Venustas;venustas 作为普通名词,本意为"秀丽"、"妩媚"。"育库斯"的原文是 Iucus;iucus 作为普通名词,本意为"玩笑"、"俏皮话"。"伽乌狄乌斯"的原文是 Gaudius;gaudius 作为普通名词,本意为"高兴"、"喜悦"。"卢杜斯"的原文是 Ludus;ludus 作为普通名词,本意为"游戏"、"娱乐"。"塞尔摩"的原文是 Sermo;sermo 作为普通名词,本意为"谈话"、"交谈"。"斯瓦维萨维阿提奥"的原文是 Suavisaviatio,显然是剧作者故意造的一个复合词,意为"悦人的亲吻",也被拟人神性化。
② 泰勒斯(公元前624~前547年),古希腊著名自然哲学家,古希腊"七贤哲"之一。
③ "蛮族"指罗马人。波提基乌斯(Poticius)是古罗马一贵族姓氏,在古代曾主持海格力斯祭祀。公元前4世纪后期,祭祀改由国家奴隶主持,由该氏族负责培训。

吕杜斯

所以现在你甚至对我也来耍这些小聪明？
本来即使有十根舌头，也应该沉默不语。

皮斯托克勒鲁斯

并非所有的人，吕杜斯，都适合于吕杜斯①，
我现在更为关心一件事情，也就是让厨师   130
把采购来的这些东西认真地进行应有的烹调。

吕杜斯

你已经毁了你自己，也毁了我和我的教育，
我一直在认真指导你，但这些都已经是徒然。

皮斯托克勒鲁斯

你白费了辛劳，我也白费了自己的辛苦，
你的那些学问无论对我或对你都没有好处。   135

吕杜斯

啊，真是一颗无比冷酷的心。

皮斯托克勒鲁斯

       你令我感到讨厌。
别再说话了，吕杜斯，跟我走。

吕杜斯

（对观众）

       好啊，你们看，
他已经不称呼我为老师，而是称呼我为吕杜斯。

皮斯托克勒鲁斯

这样的场面令人觉得不相称，也很不合适：
有人买了这些东西，进屋与女伴同榻而卧，   140
亲密接吻，而且还有一些其他人一同饮宴，
而他的老师却突然出现于饮宴的人们中间。

---

① 拉丁文 ludus 意为"学校"，与人名吕杜斯（Ludus）同音。

吕杜斯

请问,你就是为了这件事而购买了这些东西?

皮斯托克勒鲁斯

心愿如此,但结果如何,却在神明的掌握之中。

吕杜斯

你已经找到了女伴?

皮斯托克勒鲁斯

等你看见了,你就会明白。 145

吕杜斯

不,你不能有女伴,我不允许,你跟我回家。

皮斯托克勒鲁斯

你放开我,吕杜斯,当心你要倒霉!

吕杜斯

什么?当心倒霉?

皮斯托克勒鲁斯

我已经长大,超过了受你这个教师管教的年龄。

吕杜斯

(悲伤地)

地狱啊,现在你在哪里?我愿意投到你里面去。
[我看到的东西要远比我希望看到的要多得多。] 150
终止生命要远比继续活在世上更为令人愉快。
难道学生竟然可以随意地威胁任何一个教师?
[我怎么也不想再劝阻这种性情狂妄的学生。
他精力充沛,开始折磨我这个乏力的老朽。]

皮斯托克勒鲁斯

这就是说,我将成为海格力斯,你成为利诺斯[①]。 155

吕杜斯

---

① 利诺斯(Linus)据说是阿波罗之子,古希腊传说中的著名歌手,大英雄海格力斯的老师,教导海格力斯弹奏竖琴。一次,利诺斯用竖琴责罚海格力斯,反被海格力斯打死。

　　　　　　天哪，我却担心我对于你会成为福尼克斯①，
　　　　　　将会向你父亲报告关于你已经死亡的消息。
皮斯托克勒鲁斯
　　　　　　故事已经说够了！
吕杜斯
　　　　　　　　　　　此人已经完全丧失廉耻感。
　　　　　　波卢克斯作证，你已经获得与你现在的年龄
　　　　　　不相称的收益，既然你已变得这样厚颜无耻。　　　　　　160
　　　　　　这个人完了。你想没想过你还有父亲，他现在
　　　　　　还活着？
皮斯托克勒鲁斯
　　　　　　　我是你的奴隶，还是你是我的奴隶？
吕杜斯
　　　　　　是一个更坏的老师教会了你这些，不是我。
　　　　　　你作为一个学生，在这些事情上远远比我
　　　　　　教导的那些方面更博学，我的辛劳被荒废。　　　　　　165
　　　　　　〔请波卢克斯作证，你这点年龄，便偷偷地
　　　　　　干出这类羞耻的事情，背着我和自己的父亲。〕
皮斯托克勒鲁斯
　　　　　　刚才，吕杜斯啊，我一直给你说话的自由，
　　　　　　已经够了。现在你就跟我进去，别再吭声。
　　　　　　〔皮斯托克勒鲁斯进入巴克基斯的住屋，
　　　　　　　吕杜斯犹豫地跟随着，同下。

---

① 福尼克斯（Phoenix）是海格力斯的另一个老师，活得超过了海格力斯。

第二幕

第一场

〔赫律萨卢斯上。

赫律萨卢斯

（欣喜地）

主人的故乡啊,你好,自两年前离开这里, 170
前往以弗所①,我现在又重新高兴地见到你。
我也问候你,邻居阿波罗啊,你的居所
就与我们的住屋毗邻,我真诚地请求你,
切勿让我碰见我们家的老主人尼科布卢斯,
在我见到姆涅西洛科斯的知心好友之前, 175
就是皮斯托克勒鲁斯。姆涅西洛科斯给他
捎来信函,托付他关照自己的女友巴克基斯。

第二场

〔皮斯托克勒鲁斯由巴克基斯的屋内上。

皮斯托克勒鲁斯

（对屋内的巴克基斯）

我真奇怪,你如此坚持地请求我返回来,
其实我尽管想离开,却怎么也难以离去:

---

① 以弗所是小亚细亚西海岸一座古城。

　　　　你就这样用爱情传唤[①]我，把我牢牢地锁住。　　　　　　　　　　180

赫律萨卢斯

（惊叹）

不死的天神啊，我看见了皮斯托克勒鲁斯！

（对皮斯托克勒鲁斯）

皮斯托克勒鲁斯，你好！

皮斯托克勒鲁斯

　　　　　　　　你好，赫律萨卢斯！

赫律萨卢斯

需要说的话很多，我只是扼要地对你说说。
我回来令你感到高兴吗？我相信会是这样。
你就允诺给我殷勤的接待和午餐吧，就像通常　　　　　　　　　　185
对待外邦来客那样；我会接受邀请如约而至。
我现在向你报告你朋友对你的坚定的问候。
你会问我他在哪里？他还活着。

皮斯托克勒鲁斯

　　　　　　　　他很好吗？

赫律萨卢斯

关于你提的这个问题，我本来还想询问你。

皮斯托克勒鲁斯

我怎么会知道？

赫律萨卢斯

　　　　　　　　没有人比你更清楚。

皮斯托克勒鲁斯

　　　　　　　　为什么会这样？　　　　　　　　　　　　　　　190

赫律萨卢斯

因为如果他爱的女友被找到，他肯定会很好；
若是没有找到，他便会很不好，甚至死去。
女友是恋爱者的灵气：女友离开，一切死亡；

[①]　"传唤"的拉丁文是vadatus，是一个拉丁法律术语，意为责成出庭受审。

女友存在，银钱耗尽，他本人便一文不值。
不过你怎么样？你已经完成了朋友的委托？　　　　　195

皮斯托克勒鲁斯

我对朋友通过信使转告给我的那个委托，
在朋友返回来之前能不努力地去完成？
要是那样，我宁可前往阿克戎的地域。

赫律萨卢斯

好啊，你找到了巴克基斯？

皮斯托克勒鲁斯

　　　　　　　　　是的，萨摩斯人。　　　　　199，200

赫律萨卢斯

你可要当心，免得有人会不经意地碰着她；
你也知道，萨摩斯陶器通常很容易被碰碎。①

皮斯托克勒鲁斯

就像你通常那样？

赫律萨卢斯

　　　　　　　请告诉我，她现在在哪里？

皮斯托克勒鲁斯

就在这里，你刚才看见我从那里面出来。

赫律萨卢斯

这样太好了，她竟然就作为近邻住在这里。　　　205
她还记得姆涅西洛科斯？

皮斯托克勒鲁斯

　　　　　　　　　瞧瞧你的问题，
那还用说？唯有他令她特别地牵挂。

赫律萨卢斯

　　　　　　　　　　　是这样！

皮斯托克勒鲁斯

难道你不相信她？她满怀深情地想念他。

---

① 萨摩斯岛位于小亚细亚西部近海，盛产陶器，质量不佳。

赫律萨卢斯

那太好了。

皮斯托克勒鲁斯

不仅如此,赫律萨卢斯,她还不
放过哪怕只是片刻的一点点时间来想念他。　　　　　210

赫律萨卢斯

请海格力斯作证,这样再好不过了。

皮斯托克勒鲁斯

不——

赫律萨卢斯

(厌烦地)

不,天哪,
我还是离开吧。

皮斯托克勒鲁斯

难道你不愿意听到主人的事情顺利?

赫律萨卢斯

不是那么回事,是演员使我厌恶,在折磨我的心。
即便是埃皮狄库斯,我非常喜欢,就像喜欢我自己,
然而若由佩利奥来表演,便没有那部戏剧更令我厌恶。①　　215
不过你觉得巴克基斯确实充满热情吗?

皮斯托克勒鲁斯

这还用问?
即使我不是遇上了维纳斯,我也要称她为尤诺。②

赫律萨卢斯

(半旁白地)

天哪,姆涅西洛科斯,我看现在事情变成为:
你爱的对象已有着落,需要的是找到钱给她。

(对皮斯托克勒鲁斯)

---

① 《埃皮狄库斯》是普劳图斯的喜剧之一,也是剧作家最喜欢的剧本之一。佩利奥是当时的一演员。

② 维纳斯是古罗马神话传说中的爱与美之神,尤诺是古罗马神话传说中的神后。

因为，若如你所说，显然需要钱。

皮斯托克勒鲁斯

而且是需要腓力金币。 220

赫律萨卢斯

并且，大概甚至很快就要。

皮斯托克勒鲁斯

不，甚至马上就需要。
因为军官很快就会到来。

赫律萨卢斯

军官提出什么要求？

皮斯托克勒鲁斯

为了使巴克基斯获释，军官要求交付赎金。

赫律萨卢斯

那就让他赶快来吧，那样我便用不着等他。
家里有的是钱：我不担心，用不着去哀求， 225
只要我的这颗心仍然有力量施展阴谋诡计。
你进屋去，我在这里想办法。

（催促皮斯托克勒鲁斯回屋）

你在屋里告诉
巴克基斯，姆涅西洛科斯很快会回来。

皮斯托克勒鲁斯

好吧。

［皮斯托克勒鲁斯进屋，下。

赫律萨卢斯

关于如何弄钱的事情，现在由我来承担。
我们从以弗所带回来两千两百块金币， 230
那是一位朋友欠我们家老主人的债款。
为此我今天需要策划出一种新的诡计，
好把这笔钱交给主人正在热恋的儿子。
不过我们家的屋门在响，

（静听）

究竟是谁出来了?

第三场

[尼科布卢斯由屋内上。

尼科布卢斯

  我现在前去皮赖欧斯港,看看有没有   235
  什么商船从以弗所驶来,抵达了港口。
  因为我心里很不安,我儿子前去那里,
  已经逗留了那么久,至今仍然没回来。

赫律萨卢斯

  (半旁白地)
  愿神明们保佑,我要好好蒙骗他一番。
  我不能睡大觉,赫律萨卢斯需要赫律索斯。①   240
  我现在就去找他,今天我要把他变成公羊,
  为了弗里克索斯,直至连皮带肉地剃取金羊毛。②
  (上前,大声地)
  奴隶赫律萨卢斯向尼科布卢斯致敬。

尼科布卢斯

  感谢神明,赫律萨卢斯,我的儿子呢?

赫律萨卢斯

  你为什么不首先回答我对你的问候?   245

尼科布卢斯

  你好。不过姆涅西洛科斯呢?

赫律萨卢斯

---

① "赫律萨卢斯需要赫律索斯"的拉丁文是opus est chryso Chrysalo,其中chryso(赫律索斯)是古希腊文"黄金"的拉丁字母转写,从而构成一个词语游戏。当时罗马社会上层普遍都懂古希腊语,普通民众也知道一些,因此这样的词语游戏对于观众的理解不会造成困难,而是显得很巧妙、有趣。

② 按照古希腊神话传说,弗里克索斯(Phrixus)是云女神之子,由云女神与凡人所生。他为了逃避后母的迫害,同妹妹一起,乘着一只满身长着金毛的羊逃跑,一直逃到黑海东岸,才停了下来,在那里杀羊祭神。

　　　　　　　　　　他活着，很好。

尼科布卢斯

　　　他回来了?

赫律萨卢斯

　　　　　　回来了。

尼科布卢斯

　　　　　　　　太好了，你的消息犹如甘露。

　　　他一直很健康?

赫律萨卢斯

　　　　　　　犹如准备好进行拳击或角斗。

尼科布卢斯

　　　我派他去以弗所要他办的事情怎么样?

　　　他向朋友阿尔基得弥得斯要到了那笔钱?　　　　　　　　250

赫律萨卢斯

　　　啊呀，尼科布卢斯，我不管在哪里和什么时候，

　　　我的心和脑袋都要炸开了，只要一想起那个人。

　　　你怎么称呼他? 是你的朋友，还是你的敌人①?

尼科布卢斯

　　　请海格力斯作证，到底怎么回事?

赫律萨卢斯

　　　　　　　　　天哪，我确实知道，

　　　武尔坎努斯、卢娜、索尔、狄埃斯这四位大神，②　　　　　255

　　　他们从来没有照耀过任何一个比他更无耻的人。

尼科布卢斯

　　　阿尔基得弥得斯到底怎么了?

赫律萨卢斯

---

① "朋友"的拉丁文是 hospes，"敌人"的拉丁文是 hostis，语音相近。
② "武尔坎努斯"（一译武尔坎）的拉丁文是 Volcanus（Vulcanus），vulcanus 本意为火焰，引伸成为古罗马神话中的火神；"卢娜"的拉丁文是 Luna，luna 本意为月亮，引申成为古罗马神话中的月神；"索尔"的拉丁文是 Sol，sol 本意为太阳、日光；"狄埃斯"的拉丁文是 Dies，本意为"白天"。

你还提阿尔基得弥得斯？

尼科布卢斯

他干什么了？

赫律萨卢斯

他干什么了？你不问他没有干什么？
一开始他对你的儿子矢口否认有那件事，
不承认他曾拖欠你哪怕是任何一个小钱①。 260
这时姆涅西洛科斯立即为自己邀请证人，
就是邀请我们的那位老朋友佩拉贡老人；
老人到来后，你儿子随即当场展示标记，
就是你交给儿子需要时备用的那个标记。

尼科布卢斯

给他展示标记后怎样了？

赫律萨卢斯

他立即大声喊叫起来， 265
说那个标记是伪造的，原来的标记不是那样。
他的话给你那无辜的儿子造成了多大的侮辱！
他还声称你的儿子用许多其他文件蒙骗过他。

尼科布卢斯

你们最后拿到了钱吗？我要你告诉我这一点。

赫律萨卢斯

在这之后，裁判官任命了案件审理法官②。 270
最后他被判有罪，不得不交还那笔债款，
一共是一千两百腓力金币。

尼科布卢斯

他是欠那么多。

---

① "小钱"的原文是triobulus，指一种小银币，约合3奥波洛斯。关于雅典货币体系，参阅《赶驴》第89行注。

② "法官"的拉丁文是recuperator。这里涉及古罗马的一个司法惯例。当案件涉及罗马市民与外邦人之间的财产赔付纠纷时，司法裁判官会指定设立特有的法庭，由三至五名法官组成，这样的法官称为recuperator，产生于动词recuperare，意为"收复"。

赫律萨卢斯
  请你听我继续说,他还计划了怎样的争斗。

尼科布卢斯
  还有什么事情?

赫律萨卢斯
     嘿!
(旁白)
    它就要成为老鹰的猎物了。

尼科布卢斯
  我受了蒙骗,把款子贷给了朋友奥托吕科斯①。   275

赫律萨卢斯
  不,你继续听我说。

尼科布卢斯
    我没有认清贪婪朋友的本性。

赫律萨卢斯
  我们拿到了那笔钱,登上了一条轮船,
  渴望能赶快回家。正当我坐在甲板上,
  环顾四周地观察,我发现有一条快船,
  窄长形的坚固船体,很适宜于为非作歹。   280

尼科布卢斯
  天哪,我完了!那条快船直插我的腰。

赫律萨卢斯
  那条快船载着海盗和你的那位朋友。

尼科布卢斯
  我怎么这样愚蠢,竟然把钱款贷给了他?
  尽管他的阿尔基得弥得斯这一名字本身便在
  大声地说,不管我贷给他什么都会被夺走!②   285

赫律萨卢斯

---

① 奥托吕科斯(Autolycus)是奥德修斯的外祖父,以狡猾和发伪誓著称。参阅荷马史诗《奥德赛》,第19卷第395行。
② "阿尔基得弥得斯"一名的拉丁文是Archidemides,包含着"夺取"(demere)的意思。

那条快船一直暗暗地监视着我们的轮船。
我开始小心地留意观察他们准备干什么。
就在这时，我们的轮船从码头解缆起航。
我们离开码头，桨手们奋力地划动桨板，
飞鸟和狂风都不及他们迅疾。我预感到 290
他们想要干什么，于是立即停止了航行。
他们见我们的船停止了航行，便把我们
阻留在港口。

尼科布卢斯

请波卢克斯作证，一伙坏蛋！
你们后来怎么办？

赫律萨卢斯

这时我们重新返回码头。

尼科布卢斯

你们做得很明智。后来那些人干了什么？ 295

赫律萨卢斯

傍晚到来，那些人纷纷离船登上了陆地。

尼科布卢斯

请海格力斯作证，他们那是想抢夺金子。

赫律萨卢斯

这蒙骗不了我，被我看出，我也很惊讶。
由于我们看到他们还在暗中窥视着金子，
于是我们迅速地作了一个决定：第二天， 300
我们当着他们的面，公开而不作掩饰地，
把所有金币都运走，为的是让他们看见。

尼科布卢斯

天哪，做得妙！他们怎么样？

赫律萨卢斯

他们很失望，
他们看见我们带着金币立即离开了港口，
便不得不把船只拖上岸，不断摇晃脑袋。 305

我们把所有金币存放到特奥提摩斯那里，
此人在那个地方是以弗所的狄安娜的祭司。

尼科布卢斯

你说的是哪个特奥提摩斯？

赫律萨卢斯

就是墨伽洛波洛斯之子，
他现在在以弗所非常受以弗所人的尊敬。

尼科布卢斯

海格力斯作证，这对于我并不那么重要， 310
要是他也想打那些金子的主意来蒙骗我。

赫律萨卢斯

我们把那些金子藏在狄安娜的庙宇里，
平时人们也把公共财物藏到那里。①

尼科布卢斯

你们害了我。
更正确的做法应该是让它们由个人收藏。
不过你们有没有从那里带一些金子回来？ 315

赫律萨卢斯

不，不清楚。我不知道他带回来了多少。

尼科布卢斯

什么？你不知道？

赫律萨卢斯

因为姆涅西洛科斯是在
夜里偷偷前去特奥提摩斯那里，他没有
委托我，也没有委托轮船上其他任何人，
因此我不知道他带了多少，可能不是很多。 320

尼科布卢斯

那么有一半吗？

---

① 狄安娜是古罗马神话传说中的狩猎女神，与古希腊神话传说中的阿尔特弥斯相对应。在古代，以弗所的狄安娜（阿尔特弥斯）神庙非常有名。当时的人们习惯把钱财藏在神庙里，认为那里比较安全。在人们看来，偷窃神庙不是一般的偷窃，而是亵渎神灵。

赫律萨卢斯

　　　　　　　请波卢克斯作证,我不知道,
　　我确实不清楚。

尼科布卢斯

　　　　　　　那有没有带回来三分之一?

赫律萨卢斯

　　请海格力斯作证,我不这么想,我也不知道。
　　既然我不知道那些金币,我便确实不知道。①
　　现在你应该出发,乘船循海路前去那里,　　　　　325
　　把那些金子从特奥提摩斯那里取回家来。
　　喂,你注意听。

尼科布卢斯

　　　　　　　什么?

赫律萨卢斯

　　　　　　　你记住,请你带上
　　你儿子的印记戒指。

尼科布卢斯

　　　　　　　怎么还需要带印记戒指?

赫律萨卢斯

　　因为这样同特奥提摩斯约定:谁拿来戒指,
　　他就把金子交给谁。

尼科布卢斯

　　　　　　　我会记住,你提醒得很对。　　　　330
　　不过这位特奥提摩斯很富有吗?

赫律萨卢斯

　　　　　　　你还问这个?
　　他的便鞋的后跟上甚至都可能钉着金底掌!②

---

① 赫律萨卢斯的这句话显然在戏拟古希腊著名哲学家苏格拉底的名言:"我只知道我什么也不知道。"
② 用金子钉鞋底被视为极度的奢侈,是为了显示极度富有,见于亚历山大的军队和后来东方希腊化王国的军队。

尼科布卢斯

　　他为什么这样狂妄自负？

赫律萨卢斯

　　　　　　　他就是这么样富有，
　　以至于不知道该拿金子干什么。

尼科布卢斯

　　　　　　　我想他会给我。
　　不过你们交给特奥提摩斯金子时有谁在场？　　　　335

赫律萨卢斯

　　民众都在场：几乎没有哪个以弗所人不知道。

尼科布卢斯

　　至少你说的这件事，我的儿子做得很聪明，
　　既然他把那些金子托付给一个富人来保管。
　　不管什么时候，人们随时都可以向他索取。

赫律萨卢斯

　　事情确实是这样，任何时候都不会耽误你，　　　　340
　　不管你哪一天前去那里，你都会得到它们。

尼科布卢斯

　　我曾经以为，我自己已经告别了航海生活，
　　已经是这么大年纪的老人，不会再去航行；
　　现在不管我愿意不愿意，对于我不是那样：
　　朋友阿尔基得弥得斯这样为我安排了战争。　　　　345
　　好吧，现在我的儿子姆涅西洛科斯在哪里？

赫律萨卢斯

　　他去了广场，以便祭拜神明，问候朋友。

尼科布卢斯

　　我现在就从这里去找他，好尽快见到他。
　　[转身去广场，下。

赫律萨卢斯

　　他现在已经被谎言满满装载，而且超过寻常。
　　这件织物已经上好了经线，我觉得还不错：　　　　350

为了使主人陷入了恋爱的儿子金钱储备充足，
我已经做到了让他需要多少，就可以取多少；
他想交给父亲多少，就可以把多少交给父亲。
老人将会前往以弗所索要提到的那笔金子，
我们便可以在这里舒舒服服地过上一段日子，　　　　　355
只要老人能把我和姆涅西洛科斯留在这里，
不需要随行。我在这里会制造多大的混乱！
不过，如果老头子知道了这一情况，明白了
自己徒然去白跑一趟，可我们已把金子花掉，
那时又将如何？我又会面临怎样的遭遇？　　　　　　360
请海格力斯作证，我相信他一回来就会
让我改名，由赫律萨卢斯成为赫律基萨卢斯。①
海格力斯啊，我会逃跑，只要这样做更有利。
若是我被抓回来，那时我将难逃严酷的惩罚：
既然乡下不缺少树枝条，我的后背又正现成。　　　　365
我现在就去找主人的儿子，向他说明这一阴谋，
为了得到金子，还要告诉他，他的女友已经被找到。
〔下。

---

① "赫律萨卢斯"的拉丁文是Chrysalus，在普劳图斯时期发音为Chrisalus。赫律萨卢斯由此联想到名词crux（给奴隶用刑的十字架）和动词salire（跃起），组合成为Crucisalus（赫律基萨卢斯），含义为"登上十字架（受惩罚）的人"，这种惩罚通常是用树枝条抽打。

第三幕

第一场

吕杜斯

(在巴克基斯屋内,愤怒地)

喂,请你们赶快开门,打开这扇奥尔库斯①大门。

(急匆匆地由屋内上)

我现在完全相信,不可能有任何其他人来这里,
除非他对自己成为有用之人已经完全失去信心。　　　　370
巴克基斯姐妹不是巴克基斯,而是一伙巴克赫。②
这两个姐妹必须离我远一些,她们嗜好喝人的血。
她们的居处布置得豪华而富丽,为了制造毁灭。
我只是在那里瞥了一眼,便立即抬腿跑了出来。
难道我得对这些保守秘密?皮斯托克勒鲁斯,　　　　375
我要对你的父亲掩盖你的可耻行为、挥霍和作乐?
[你以这些行为使你的父亲、使我、使你自己、
使你所有的朋友全都蒙受耻辱、污损和毁灭。]
你这样做无论对我或是对你自己都不感到羞愧?
你以自己的不名誉行为使你的父亲和我一起,　　　　380
使与你有关的朋友们都得为你承担起这些耻辱。

---

① 奥尔库斯是古罗马神话传说中的死神。
② "巴克基斯姐妹"的原文是Bacchides,剧作家按其读音联想为bacchae,即陪伴酒神的狂女。参阅本剧第53行注。

［现在赶在你干坏事之前，我决定去告诉你父亲。］
我将让自己摆脱这一罪责，向老人公开真相，
让他把你从里面拉出来，离开这处不洁的聚餐。
［下。

第二场

［姆涅西洛科斯上，众奴隶提着行李随上。

姆涅西洛科斯

  我曾经反复地自我思考，现在终于这样认定：   385
  世上没有什么比名副其实地堪称为朋友的人
  更可贵，除了众神明；我经历了这样的体验。
  我从这里前去以弗所，已是约两年前的事情，
  从以弗所向这里的朋友皮斯托克勒鲁斯发信函，
  委托他在这里为我寻找女友巴克基斯。我知道，   390
  他已经找到了她，我的奴隶赫律萨卢斯告诉我。
  他还针对我的父亲巧妙安排计谋，得到了金子，
  为恋爱中的我准备了充足的金钱。
  （向远处张望）
      ［不过我看见他来了。］
  请神明作证，我认为不知感激的人不值一提；
  宁可放过为恶之人，也不要忘记受到的恩惠；   395
  宁可被称为挥霍之人，也不做忘恩负义之徒；
  好人会称赞前者，后者甚至会受到恶徒指责。
  由此我更应该事事用心关注，处处小心谨慎。
  姆涅西洛科斯啊，现在就有榜样，就有竞赛，
  你是否具有应有的人品，是善是恶，何种类型，   400
  公正不公正，邪恶还是宽厚，温和还是暴戾？
  你要当心，不要让奴隶在热心效力方面超过你。
  我提醒你，你的人品无法掩饰。
  （继续张望）
      我看见朋友的父亲

和老师走来了。我就在这里听听他们想干什么。

（退到一旁）

第三场

[吕杜斯和菲洛克塞努斯上。

吕杜斯

（激动地）

现在我想看看，你胸中富有感情的心是否也激动。 405

你跟我来！

菲洛克塞努斯

你要我跟你去哪里？你要带我去哪里？

吕杜斯

　　　　　　　　　　　前去找那个

败坏了你那个唯一的儿子，使你的儿子堕落的女人。

菲洛克塞努斯

啊呀，吕杜斯，谁能愤怒时显温和，谁就更有智慧。

这并没有什么好奇怪，像他这样的年龄会做出一些

那样的事情，而不是不做。我年轻时候就那样做过。 410

吕杜斯

啊呀呀，我真不幸，正是你的这种纵容把他败坏了。

要是他曾经远离你，我本可以使他保持良好的本性，

可是现在由于你和你的自信，使得皮斯托克勒鲁斯

走上了斜道。

姆涅西洛科斯

（旁白）

　　　　不死的众神明啊，他提到了我朋友的名字。

吕杜斯怎能这样评说他的主人皮斯托克勒鲁斯？ 415

菲洛克塞努斯

吕杜斯，一个人仅是暂时渴望顺从自己的本性；

等他达到一定的年龄，他便会对自己感到厌恶。

因此你放心，只需注意不要让他超过一定的限度。

吕杜斯

我只要活着，现在和将来都不会让他被败坏。
你竟说出这样的理由来为败坏了的儿子辩护， 420
在你年轻的时候，你受到的可是这样的教育？
不，不可能，甚至当你已经到了二十岁左右，
你都不可能拔腿就走出屋门，远离教师一步。
若是在太阳升起前你还没有前去帕勒斯特拉①，
那时你就得遭受学校校长的并非一般的责罚。 425
你碰上这样的遭遇，它还会带来更多的不幸：
它不仅使学生，也会使老师的名誉蒙受耻辱。
那里只用跑步、角力、投枪、掷铁饼、拳击、
跳跃来锻炼自己，不靠伴妓，也不用亲吻。
他们在那里度过青春，而不在什么隐秘之处。 430
当他从体育竞技场和帕勒斯特拉回到家里，
便得系上细腰带，坐到教师旁边的椅子上，
握着书卷：阅读时哪怕只是读错一个字母，
那时他的皮肤便会比保姆的披袍还要斑斓。

姆涅西洛科斯

（旁白）
朋友因为我而遭受这些责备，真使我心痛。 435
他完全是由于我才无辜地遭到这样的指责。

菲洛克塞努斯

吕杜斯啊，现在是另样的风俗。

吕杜斯

这我知道，
从前年轻人在他们尚未结束听从教师的
指导之前，便由人民推荐去追求荣誉。②

---

① 帕勒斯特拉（palaestra）是古代希腊的少年体育学校。
② 古罗马早期，担任官职无年龄限制，后来才有一定的年龄规定，而古代希腊在这方面规定得比较严格。

可现在甚至尚未满七岁,只要你一碰他,   440
孩子便会立即举起木板砸破教师的脑袋。
孩子跑去向父亲哭诉,父亲这样教导说:
"我的孩子,你可以回击欺侮,保护自己。"
再把教师叫过去:"喂,不中用的老家伙,
你不可以这样教育孩子,他是在表现性格。"   445
[教师走开,犹如油灯,受到孩子的蔑视。]
教师走了,庭审结束。要是教师一开始
便遭学生毒打,他还怎能发挥应有的权力?

姆涅西洛科斯

(旁白)
这一指责很严厉。根据教师刚才说的话,
皮斯托克勒鲁斯可能用拳头揍了吕杜斯。   450

吕杜斯

(向姆涅西洛科斯方向遥望)
我看见那是谁站在屋门前?
(认真辨认)
                菲洛克塞努斯,
仁慈的神明啊,我看见了我多么想看见的人!

菲洛克塞努斯

那是谁?

吕杜斯

      那是姆涅西洛科斯,你儿子的朋友。
他不仅具有另样的本性,也从不在
(指着巴克基斯的住屋)
                妓院躺卧。
尼科布卢斯真幸运,为自己教育出这样的儿子。   455

菲洛克塞努斯

你好,姆涅西洛科斯,很高兴你健康归来。

姆涅西洛科斯

愿神明保佑你,菲洛克塞努斯。

吕杜斯
         他对于为父者是个好范例：
他航行前往海外，精心照料家业，护卫家庭，
遵循和顺从传统的风俗习惯和做父亲的权威。
从小就与皮斯托克勒鲁斯为友，还都是孩子；   460
论两人的年纪一个比另一个年长不超过三天，
然而论智慧一个却比另一个年长超过三十年。

菲洛克塞努斯
（不满地）
你当心不要伤害他，可不要冤枉了他。

吕杜斯
           别再说了，
你真愚蠢，对责备他的恶行竟然感到难以忍受。
〔我宁可让他接受我的处罚，而不是管理家产。   465

菲洛克塞努斯
为什么？

吕杜斯
   如果让他接受处罚，那他早就不会那样干。〕

姆涅西洛科斯
你为什么指责我的朋友，吕杜斯，他也是你的学生？

吕杜斯
你的朋友完了。

姆涅西洛科斯
   愿神明拯救他！

吕杜斯
         事情正像我说的那样。
是我亲眼看见他毁了自己，而不是凭耳闻指责他。

姆涅西洛科斯
到底发生了什么事情？

吕杜斯
他不体面地沉溺于伴妓。

姆涅西洛科斯

你别说了！ 470

吕杜斯

还是个非常热烈的女子：碰到谁就会把谁粘住。

姆涅西洛科斯

那女子住在哪里？

吕杜斯

（指着巴克基斯的住屋）

就住在这里。

姆涅西洛科斯

她是哪里人？

吕杜斯

来自萨摩斯。

姆涅西洛科斯

叫什么名字？

吕杜斯

巴克基斯。

姆涅西洛科斯

你错了，吕杜斯，我完全知道
是怎么回事。你错怪了无辜的皮斯托克勒鲁斯。
因为他只是在友好地、善意地、尽心尽力地完成 475
朋友的委托。他自己并没有爱上她，请你不要相信。

吕杜斯

难道需要如此尽心尽力地完成朋友委托的事情，
以至于他自己被那个女子搂在怀里，互相亲吻？
难道没有其他什么办法完成委托，除非一再地
把手伸向对方的胸怀，一刻不离开嘴对嘴接吻？ 480
我看见他做的一些其他事情，都令人羞于启齿：
他还曾经把手从衣服下面伸向巴克基斯的身体，
就当着我的面，丝毫不感到羞耻。还用再多说？
我的学生，你的朋友，他的儿子，已经完了；

我现在说他完了，是指这个人已经失去羞耻感。 485
[还需要说什么呢？如果我期望能稍许等待一下，
正如我所想，也许我能看到他的本性会变好一些，
变得让我看到与他的身份更相称，像我和他那样。]

姆涅西洛科斯

（旁白）
朋友啊，你害了我！我要不要同这样一个女人
断绝关系？我更愿意让自己因遭受不幸而死去。 490
你已充分明白你有了怎样的朋友，你能相信谁？

吕杜斯

（对菲洛克塞努斯）
难道你没有看到，他为你的儿子，也是他的朋友，
被败坏而感到多么痛心，以至于忧伤得折磨自己？

菲洛克塞努斯

姆涅西洛科斯，我请求你矫正他的心灵和品性，
为你自己保护朋友，也为我保护儿子。

姆涅西洛科斯

　　　　　　　　　　我也希望能这样。 495

吕杜斯

这样也许更合适，如果你把我和他一起留下来。

菲洛克塞努斯

就这么办！

吕杜斯

　　　　　姆涅西洛科斯，你要好好地谴责他一番。
他以自己的耻辱行为使你、我和他的朋友蒙羞。

菲洛克塞努斯

我把这一重担放到你的肩上。
（转身）
　　　　　　　吕杜斯，现在你跟我走。

吕杜斯

（沮丧地）

　　　　　　　　　　　　我跟着你。
[二人进入菲洛克塞努斯的屋，下。

第四场

姆涅西洛科斯

（心情激动地）
我现在很难断定，他们两人中究竟是谁对我　　　　　500
更不友善？是我的这位朋友，还是巴克基斯？
她喜欢上了他？那就让他得到她吧。这很好！
请海格力斯作证，愿她的行为给她带来不幸；
然而人们不管什么时候都不要再相信我的誓言，
我若不是极其热烈地、完全真诚地——
（苦涩地）
　　　　　　　　　　　　爱着她。　　　　　　505
可是我不能让她说找到了一个可以嘲弄的对象。
不过我现在就回去——从父亲那里暗自取点钱，
把钱交给她。我可以用各种办法对她进行报复，
我决定这样逼迫她，直至我的父亲——一贫如洗。
不过我真这么想，真准备像我想象的那样去做？　510
我爱她，请海格力斯作证，我想这一点我知道。
我更愿意随便什么时候，能够给她一些钱，
哪怕只是一些零碎小钱，轻如羽毛的小钱，
我宁愿让自己贫穷，贫穷得比穷人还要穷。
波卢克斯作证，她只要活着，永远不会嘲笑我。　515
然而我还是决定把所有的钱都交给父亲。
这样我就会一无所有，让她向我献媚吧，
那时她的献媚不会给她带来任何好处，
就如同要她在坟墓前对死去的人诉说。
我已坚决地决定，我要把金子交给父亲。　　　　520
我要请求父亲，请他不要由于我的原因

而惩罚赫律萨卢斯，不要为了金子对他生气，
赫律萨卢斯是为了我才安排计谋来蒙骗他。
因此我也应该为他考虑，他是为了我
才对我父亲编造了那些假话。
（对随行的奴隶）
       你们跟我走！   525
[领众奴隶进入尼科布卢斯的住屋，下。

第五场

[皮斯托克勒鲁斯由巴克基斯的屋内上。

皮斯托克勒鲁斯

（回身对屋内）
巴克基斯，我把你对我的委托置于其他事情之上：
我现在去找姆涅西洛科斯，把他一起给你带过来。
因为这使我心里感到奇怪，既然信使向我报告过，
他会在哪里耽误了？我去那里，
（指着尼科布卢斯的住屋）
       看他是不是在家。

第六场

[姆涅西洛科斯由尼科布卢斯的屋内上。

姆涅西洛科斯

我把金子全部交给了父亲。现在我想去   530
见那位蔑视我的人，在我一无所有之后。
我好不容易才使得父亲宽恕赫律萨卢斯，
最后终于求得他不要对赫律萨卢斯生气。

皮斯托克勒鲁斯

（走向尼科布卢斯的住屋）
这个人是我的朋友？

姆涅西洛科斯

  我看见的人是我的敌人?

皮斯托克勒鲁斯

 （惊喜地）

 确实是他。

姆涅西洛科斯

 （愤怒地）

  正是他!

皮斯托克勒鲁斯

  我现在就抬脚向他走去。 535

 （走向姆涅西洛科斯）

 你好，姆涅西洛科斯!

姆涅西洛科斯

 （勉强地）

  你好。

皮斯托克勒鲁斯

 （热情地）

  祝贺你平安归来，

 让我们去用餐吧!

姆涅西洛科斯

  我不想去用餐，它会激发胆汁。

皮斯托克勒鲁斯

 （惊奇地）

 难道你回来后感到不舒服?

姆涅西洛科斯

  而且是很不舒服。

皮斯托克勒鲁斯

 由于什么?

姆涅西洛科斯

  由于我一直把其视为朋友的那个人。

皮斯托克勒鲁斯

　　　　许多人都像你说的那样生活，你原以为他们　　　　　　540
　　　　是朋友，但实际上你会发现他们是奸诈之徒，
　　　　他们说起来动听，却不干实事，也不讲信义。
　　　　没有哪一个人不对你事业上的顺利感到妒
　　　　忌；
　　　　但没有人嫉妒自己，人们总是让自己无所事事。

姆涅西洛科斯

　　　　请波卢克斯作证，你对他们的习性了解得很透彻。　　545
　　　　不过还有一点：由于自身的邪恶本性他们会发现，
　　　　他们没有任何朋友，他们把所有的人都当做敌人。
　　　　当他们使自己遭损时，却愚蠢地以为在欺骗他人。
　　　　就像有一个人，我把他作为朋友，犹如我自己，
　　　　然而他却尽自己的一切所能，竭尽全力地使我　　　　　550
　　　　遭受一切可能的损害，从而骗取了我拥有的一切。

皮斯托克勒鲁斯

　　　　你说的那个人肯定是个无耻之徒。

姆涅西洛科斯

　　　　　　　　　　　　　我也这样认为。

皮斯托克勒鲁斯

　　　　（气愤地）
　　　　我以海格力斯的名义请你告诉我，他是何人？

姆涅西洛科斯

　　　　　　　　　　　　　他与你很友好。
　　　　如若不是这样，我便会请求能同你一起尽可能地
　　　　让他遭受不幸。

皮斯托克勒鲁斯

　　　　　　　　请你告诉我，他究竟是谁？如果我不　　　　555
　　　　想方设法使他遭受不幸，你就说我是个最无能之辈。

姆涅西洛科斯

　　　　那是个无用之人，然而海格力斯啊，却与你为友。

皮斯托克勒鲁斯

　　　　这样你更要说出他是谁，因为与这种人为友毫无价值。

姆涅西洛科斯

我感觉到，我再也不可能不对你说出他的名字。
皮斯托克勒鲁斯啊，你可彻底毁了我这个朋友。　　　　560

皮斯托克勒鲁斯

（惊讶地）

你这话什么意思？

姆涅西洛科斯

什么意思？我是不是从以弗所为了女友
给你捎来信，委托你为我寻找她？

皮斯托克勒鲁斯

我承认有这件事，并且已找到。

姆涅西洛科斯

什么？雅典有许多其他伴妓，你可以与她们往来，
你觉得都不合适，除非与这一个，我托你寻找她，
你却开始爱上了她，从而做出了有损于我的事情？　　　　565

皮斯托克勒鲁斯

你神智清醒吗？

姆涅西洛科斯

我从你的老师那里知道了整个事情，
你不要否认，你毁了我。

皮斯托克勒鲁斯

（生气地）

你是想用这些辱骂惹我烦恼吗？

姆涅西洛科斯

什么？你喜欢巴克基斯吗？

皮斯托克勒鲁斯

（有所恍悟地）

好啦，这屋里有两个巴克基斯。

姆涅西洛科斯

（惊讶地）

什么？有两个？

皮斯托克勒鲁斯

　　　　　　　　而且还是姐妹俩。
姆涅西洛科斯
　　　　　　　　　　　你是在故意说胡话。
皮斯托克勒鲁斯
　　最后再说一句，如果你还继续对我心存疑虑，　　　　570
　　我就把你驮上肩，驮进屋里去。
姆涅西洛科斯
　　　　　　　　　不，我跟着走，请你等一等。
皮斯托克勒鲁斯
　　不，我不等你，你不能无端地怀疑我。
姆涅西洛科斯
　　　　　　　　　　　　好，我跟着你。
〔二人一同进屋，下。

第四幕

第一场

[门客携克勒奥马科斯的侍童上。

门客
    我是一个无能而又厚颜无耻之人的门客，
    主人是个军官，从萨摩斯随身带来个女子，
    现在他命令我前来找那个女子，询问她   575
    是退还已付的定金，还是随他一起离去。
（察看面前的房屋，对侍童）
    孩子，你很长时间一直陪她在这里居住，
    是这里哪座房屋，你去敲门，立即去敲！
（侍童上前敲巴克基斯住屋的门）
    该上吊的东西，滚到这里来，要像顽童那样敲！
    你吃起饭来一次就能吃下三尺①长的面包，   580
    却不知道如何敲门。
（亲自上前猛烈地敲门）
              喂，喂，屋里有人吗？
    喂，有谁在屋里？有谁过来打开这扇门？
    有谁从屋里出来？

---

① "尺"的原文是pes（pedes），指罗马尺，约合29.57公分。

第二场

[皮斯托克勒鲁斯从屋里出来,站在门边。

皮斯托克勒鲁斯

（气愤地）

你这是怎么啦?怎么这样敲门?
究竟什么样的沉重灾难在驱赶你,让你
这样疯狂地使劲考验别人家的大门结不结实?　　　　585
你都快要把大门砸碎。你这是想干什么?

门客

年轻人,你好!

皮斯托克勒鲁斯

你好,不过你究竟想找谁?

门客

我找巴克基斯。

皮斯托克勒鲁斯

找哪个巴克基斯?

门客

我只知道找巴克基斯。
简单地说,是军官克勒奥马科斯派我来找她,
要她拿定主意,或是归还那两百块腓力金币,　　　　590
或是今天就同他一起从这里出发去埃拉提亚①。

皮斯托克勒鲁斯

她不去,她不想去那里。你走吧,回去报告。
她爱着另一个人,不是他。你离开这座屋子。

门客

你用不着这么生气。

皮斯托克勒鲁斯

你知道我有多么生气吗?

---

① 埃拉提亚位于希腊中部福基斯境内的山区,距离雅典相当远。

海格力斯作证，你那张脸离遭殃已经不远，　　　　　　　　　595
我的拳头很想把你那些牙齿彻底砸个粉碎。

门客

（旁白，苦笑）
我理解这个家伙说的话，我得多加小心，
免得这些胡桃夹子真从我嘴里被砸出来。
（大声地）
出于对你的恐惧，我会把这些话向他转告。

皮斯托克勒鲁斯

（向前）
你说什么？

门客

　　　　　我会把这些话向他转告。
（转身想走）

皮斯托克勒鲁斯

　　　　　　　　　你告诉我，　　　　　　　　　600
你是何许人？

门客

　　　　　我就是那个军官的遮身披布。

皮斯托克勒鲁斯

用你这块丑陋的披布遮身之人该是个无赖。

门客

他会鼓足气来这里。

皮斯托克勒鲁斯

　　　　　但愿他会把自己鼓爆！

门客

你还有什么事情吗？

皮斯托克勒鲁斯

　　　　　你从这里滚开吧，快滚！

门客

再见，你这个碎牙机。

（快步离开）

皮斯托克勒鲁斯

再见，你这块披布！　　　　　　　　605
现在这件事情到了这样的地步，以至于
我不知道关于朋友的女友，我该向他提供
什么主意。他愤怒地把钱都交给了父亲，
从而没有任何钱可以拿来还给那个军官。
（静听）
我听见屋门在响，我暂且退到这边来。　　　610
（退到一旁）
是姆涅西洛科斯忧伤地从屋里走出来。

第三场

[姆涅西洛科斯由巴克基斯的屋内上。

姆涅西洛科斯

我脾气急躁，任性而好激动，轻率而鲁莽，
没有分寸和自制力，缺乏正义观和荣誉感，
性情多疑而无主见，不为人爱，举止粗鲁，
天生的一个性格乖戾之人。简单地说一句，　　　615
　　凡是我希望别人具有的我都具有。
　　可信吗？没有哪个人比我更无能，
　　更不受神明眷顾；没有人比我
　　　　更不值得交往，不受人爱。
　　我拥有的应该是敌人，而不是朋友，
帮助我的更应该是邪恶之徒，而不是高尚之人。
　　所有那些用来谴责邪恶之徒的责骂，　　　620
　　没有哪个人比我更适合于承受它们。
我把所有本来都在我手边的钱都心甘情愿地
交给了父亲，我那能不是个无用而可怜之人？
我葬送了自己，葬送了赫律萨卢斯的效劳！

皮斯托克勒鲁斯

（旁白）

我应该去安慰他，我向他走过去。

（大声地）

你怎么样， 625

姆涅西洛科斯？

姆涅西洛科斯

我完了。

皮斯托克勒鲁斯

神明会帮助你。

姆涅西洛科斯

真的，我完了。

皮斯托克勒鲁斯

别说了，你还有理智吗？

姆涅西洛科斯

我不想说。

皮斯托克勒鲁斯

你疯了。

姆涅西洛科斯

我完了。

现在我心里感到非常痛苦，强烈而苦涩。

竟然相信你会背叛我？我不该对你生气。

皮斯托克勒鲁斯

嘿，你放宽心！

姆涅西洛科斯

我怎么能放宽心？我宁可死去， 630

而不是活着。

皮斯托克勒鲁斯

刚才那军官的门客来这里讨钱，

我狠狠地咒骂了他一顿，就在这条街的道口。

我把他驱逐走了。

姆涅西洛科斯

　　　　　　　　　　这对我有什么好处？军官自己会前来，
那时我该怎么办？我什么都没有，他肯定会把她带走。

皮斯托克勒鲁斯

　　如果我有钱，我就不会这样对你说。

姆涅西洛科斯

　　　　　　　　我知道你的性格，你会给我。　　　　　635
若不是你也在恋爱，我本不会这样相信你；不过由于
你自己也在恋爱，你自己的事情已经足够你忙碌，
你自己都没有钱，我还怎能希望你帮助我？不可能。

皮斯托克勒鲁斯

　　别说了，或许有哪位神明会垂顾我们。

姆涅西洛科斯

　　（失望地）

　　　　　　　　　　　于事无补。再见！

皮斯托克勒鲁斯

　　（向远处张望）

　　请等一等。

姆涅西洛科斯

　　什么事？

皮斯托克勒鲁斯

　　（指着远处）

　　　　　　　看，我看见你的希望来了。别说话！
〔二人退到一旁。

第四场

〔赫律萨卢斯兴高采烈地上。

赫律萨卢斯

　　我这个人应该用金子来衡量，应该用黄金为我塑像；　　640
因为今天我取得了双倍的胜利，夺得了双重的战利品。

我今天巧妙地嘲弄了我的老主人，蒙骗了他。
　　他是个狡猾的老人，我用狡猾的计谋
　　　　把他制伏，使他相信了一切。
现在我就去找老头子的儿子，正在恋爱的少主人，　　　　645
　　同他喝几杯，我喜欢同他一起吃喝。
　　　我弄到了大批的金子，
　　就放在家里，用不着到外面去寻找。
我不喜欢那些帕尔墨诺，或是叙鲁斯之流，①
　　他们只能从主人那里弄到两三谟纳。　　　　650
一个需要他人帮助出主意的奴隶是不中用的奴隶，
　　要是他不具备一个全能的心灵，
　　若不是到处都能有所作为，都能显示心智。
　　　没有哪个人是能干之人，
　　除非他既能行善，也会作恶。　　　　655
　邪恶之徒对邪恶之徒，窃贼遇窃贼，
　　　　能偷盗一切，
　　　一个变化多端的能干之人，
心灵一定聪慧：对于好人是好人，对于恶人是恶人；　　659~660
　　一切视情况而定，必须拥有这样的心灵。
　　　（稍停，思索）
　　不过我想知道，他从中究竟把多少钱
　　留给了自己，把多少钱交给了父亲？
　　他若是能干，他可以把父亲变成海格力斯：
　　　　把一成给父亲，给自己留下九成。②　　　　665
　　　（看见姆涅西洛科斯和皮斯托克勒鲁斯）
　　不过我最想见到的那个人就站在我对面。
　　　（上前，对姆涅西洛科斯）
　　难道你，主人，你把那些钱都给花掉了，
　　才这样垂头丧气地看着地面？

---

① 帕尔墨诺和叙鲁斯是古希腊喜剧中常见的机敏奴隶的形象，为古罗马喜剧所继承。
② 古罗马人通常把赚得的钱的十分之一敬献给海格力斯。

（稍等）

我怎么看见你们都这样愁眉苦脸，忧心忡忡？
我不喜欢这样，没有必要。

（稍等）

　　　　　　　　你们怎么不回答我？　　　　　　　670

姆涅西洛科斯

赫律萨卢斯，我完了。

赫律萨卢斯

　　　　　是不是你拿到的钱太少？

姆涅西洛科斯

活见鬼，什么太少？不，比太少还要少很多。

赫律萨卢斯

笨蛋，你怎么啦？我给你提供了这么好的机会，
全凭我的勇敢，好让你想拿多少钱就能拿多少，

（做手势）

只要你这么伸出两个手指尖儿，就能拿到它们。　　675
难道你不知道这样的机会对于一个人是多难得？

姆涅西洛科斯

我错了。

赫律萨卢斯

　　　是的，你是错了，你伸进手时不够张开。

姆涅西洛科斯

天哪，你若知道了真相，你会更严厉地责备我。
我完了！

赫律萨卢斯

　　　从你刚才的话我已经预感到更大的不幸。

姆涅西洛科斯

我完蛋了！

赫律萨卢斯

　　　为什么？

姆涅西洛科斯

>   我把钱一个不留地全交给了父亲。   680

赫律萨卢斯
>   你交了？

姆涅西洛科斯
>   交了。

赫律萨卢斯
>   全都交了？

姆涅西洛科斯
>   是的，全都交了。

赫律萨卢斯
>   那我们完了。
> 你怎么会想出这样的主意，干出了这样的蠢事？

姆涅西洛科斯
> 我当时怀疑巴克基斯和他，
> （指着皮斯托克勒鲁斯）
>   赫律萨卢斯，有什么
> 对不起我的事情，因此在愤怒中把所有的金币
> 都交给了我父亲。

赫律萨卢斯
>   你交金币时对你父亲说了什么？   685

姆涅西洛科斯
> 我是立即从朋友阿尔基得弥得斯那里得到它们。

赫律萨卢斯
> 你今天说这样的话，是想让赫律萨卢斯受酷刑；
> 老头子只要看见我，就会把我抓住送给刽子手。

姆涅西洛科斯
> 我请求过他。

赫律萨卢斯
>   你是不是请求他做我刚才说的事情？

姆涅西洛科斯
> 不，是请求他不要伤害你，不要为此对你生气。   690

（稍停，奉承地）

我好不容易才说动他。赫律萨卢斯，现在你得考虑。

赫律萨卢斯

你想让我考虑什么？

姆涅西洛科斯

你再想出个法子去蒙骗老头子。
你就准备、筹划、构思、设想吧，都随你的意，
只要今天能机敏地蒙骗灵巧的老头子，搞到钱。

赫律萨卢斯

我看很难做到。

姆涅西洛科斯

你只要去做，就能很容易地做到。　　　　695

赫律萨卢斯

瞧你说的，容易吗？今天他当场捉住了我说谎。
你即使要他对我什么都不相信，他可能
连这也不会相信。

姆涅西洛科斯

不会，你若是听见他关于你对我说了些什么的话。

赫律萨卢斯

他说什么了？

姆涅西洛科斯

如果你说那个太阳确实是太阳，
那他会认定那是月亮，尽管现在是大白天。　　　　700

赫律萨卢斯

我今天定要好好蒙骗他一番，免得他这样白说。

姆涅西洛科斯

你要我们现在干什么？

赫律萨卢斯

你们除了爱，没有别的事情。
你们需要多少钱，尽管向我要，我会给你们。
我叫赫律萨卢斯，就要用事实来证明其含义。

现在你告诉我，姆涅西洛科斯，究竟需要多少钱？ 705

姆涅西洛科斯

为了巴克基斯而交给军官，就需要两百金币。

赫律萨卢斯

我会给你。

姆涅西洛科斯

我们还需要其他一些开销。

赫律萨卢斯

好，现在让我们
一步一步地进行：完成一件，再开始另一件。
为得到两百金币我首先把投石器瞄准老头子；
如果这一击能够把城堡和各种防御设施摧毁， 710
那我就立即直接从城门进入古老而悠久的城市。
若我拿下了它，你们就用箩筐来给女友提金子，
像希望的那样。

皮斯托克勒鲁斯

赫律萨卢斯，我们的命运寄托于你。

赫律萨卢斯

皮斯托克勒鲁斯，现在你进屋去找巴克基斯拿——

皮斯托克勒鲁斯

拿什么？

赫律萨卢斯

拿来笔杆、蜂蜡、写字板、麻线。①

皮斯托克勒鲁斯

马上就拿来。 715

[进屋，下。

姆涅西洛科斯

现在还需要做什么？请告诉我。

赫律萨卢斯

---

① 古代希腊和罗马人都以涂蜡的薄板为书写对象，以削尖的细杆做书写工具。

準備午餐了吗？
你们两个，还有你的女友第三个，同你一起？

姆涅西洛科斯

是这样。

赫律萨卢斯

皮斯托克勒鲁斯没有女友吗？

姆涅西洛科斯

不，他也有。
他爱上了另一个，我爱这个，有两个巴克基斯。

赫律萨卢斯

（惊异地）

你说什么？

姆涅西洛科斯

（做出手势）

我们将是这个数。

赫律萨卢斯

那你们的卧榻　　　　　　720
摆在哪里？

姆涅西洛科斯

你问这个干什么？

赫律萨卢斯

事情这样要求，你说吧！
你不知道我将会干什么，在构思怎样的计谋。

姆涅西洛科斯

（诡秘地）

伸过手来，紧紧跟着我前往屋门前。
（领着赫律萨卢斯到巴克基斯的屋门前，
　敲门，屋门打开）

你朝里面看！

赫律萨卢斯

（向屋内张望）

啊呀，太好啦，太像我原先最为向往的地方。

（皮斯托克勒鲁斯由屋内返回）

皮斯托克勒鲁斯

（对赫律萨卢斯，故作尊重地）

东西都按你的吩咐备齐。你智慧地命令智慧之人，　　725
命令会全部得到执行。

赫律萨卢斯

你拿来了些什么东西？

皮斯托克勒鲁斯

你刚才吩咐准备的所有东西，我都拿来了。

（展示各种书写用品）

赫律萨卢斯

（对姆涅西洛科斯）

你快拿起笔杆，再拿起书写板。

姆涅西洛科斯

（顺从地拿起笔杆和书写板）

然后呢？

赫律萨卢斯

我吩咐什么，你就写什么。我现在让你自己写，
是为了让你父亲一拿起来阅读，就能认出笔迹。　　730
现在你写吧！

姆涅西洛科斯

要我写什么？

赫律萨卢斯

以你的语气向父亲问候。

（姆涅西洛科斯开始书写）

皮斯托克勒鲁斯

为什么不直接写生病和死亡，那样要更合适？

赫律萨卢斯

（对着皮斯托克勒鲁斯）

你别打岔！

姆涅西洛科斯

　　　　　　　　已经把你的吩咐写进了蜡板。

赫律萨卢斯

　　　　　　　　　　　　　　　你读读看。

姆涅西洛科斯

　　（放声读）

　　"姆涅西洛科斯问候自己的父亲。",

赫律萨卢斯

　　　　　　　　　　　　快这样补充:
　　"父亲,赫律萨卢斯一直对我不断地啰唆, 　　　　　　735
　　因为我把金币交给了你,我没有欺骗你。"

皮斯托克勒鲁斯

　　停一停,好让他写。

赫律萨卢斯

　　　　　　　　恋爱着的人的手应该很快。

皮斯托克勒鲁斯

　　请海格力斯作证,手快在挥霍,而不是书写。

姆涅西洛科斯

　　你说吧,写好了。

赫律萨卢斯

　　　　　　　　"现在,亲爱的父亲,你可要
　　提防他,他在搞阴谋,想从你那里把钱拿走, 　　　　　740
　　还声称他肯定会得手。"你就这样准确地书写。

姆涅西洛科斯

　　（书写完）

　　你继续说!

赫律萨卢斯

　　　　　　　　"他还保证,会把那些钱交给我,
　　让我把钱交给伴妓,父亲,用于吃喝、聚餐。
　　父亲,注意他今天会欺骗你,你要特别留神。"

姆涅西洛科斯

（书写完）

请继续说。

赫律萨卢斯

你还得继续写。

姆涅西洛科斯

你就说吧，写什么？ 745

赫律萨卢斯

"不过，父亲，请你记住你答应过我的话，
请你不要鞭打他，而是把他捆住关在家里。"
（对皮斯托克勒鲁斯）
快拿来蜂蜡和麻线！
（对姆涅西洛科斯）
快把信封上，盖上印记！

姆涅西洛科斯

请问，刚才写了这么多，究竟需要做什么？
是为了让他不相信你，把你捆住关在家里？ 750

赫律萨卢斯

因为我需要这样。你照顾好自己，不要怜悯我。
是我需要安排这场计谋，我愿意让自己受危险。

姆涅西洛科斯

你说得对。

赫律萨卢斯

快把写字板给我。

姆涅西洛科斯

（递过来写字板）
给你。

赫律萨卢斯

现在你们注意听。
姆涅西洛科斯和你，皮斯托克勒鲁斯，请你们
各自带上女友，登上卧榻，现在事情需要这样， 755
而且你们还要在摆放着卧榻的地方开始吃喝。

皮斯托克勒鲁斯

还有什么事情?

赫律萨卢斯

就只有这件事。你们登上卧榻后,
要一直留在卧榻上,直到我给你们发出信号。

皮斯托克勒鲁斯

啊,杰出的统帅!

赫律萨卢斯

那时你们应该已经吃喝第二盅。

姆涅西洛科斯

我们快进屋去!

〔皮斯托克勒鲁斯和姆涅西洛科斯进屋,下。

第五场

赫律萨卢斯

(对屋内)

你们要尽好职责,我会尽好我的职责。 760
(犹豫地)
我现在正在从事一件非常费脑筋的重要事情,
我真担心,我今天能不能够把这件事情办成。
(稍停)
不过我现在需要的是一个粗暴而严厉的老人;
因为当他看见我时,如若他显得心境很平静,
那就不适合我正在构思的这场新的阴谋诡计。 765
只要我活着,我今天就要狠狠地捉弄他一番。
我要像研磨豆子那样,把他好好研磨成碎末。
我向屋门再走近一些,那样当他一走出屋来,
我就能立即碰见他,好把写字板随手交给他。
〔退到尼科布卢斯的屋门旁。

第六场

[尼科布卢斯由屋内上。

尼科布卢斯

那件事情涉及到我那么一大笔财富， 770
今天差点就让赫律萨卢斯混了过去。

赫律萨卢斯

（旁白，轻声地）

我有救了，老头子正在生气。现在正是我
向他走过去的时候。

（走向前）

尼科布卢斯

（旁白）

是谁在这附近说话？

（看见赫律萨卢斯）

是他，我看正是赫律萨卢斯。

赫律萨卢斯

（旁白）

我向他迎过去。

尼科布卢斯

你好，忠心的奴隶。事情怎么样？我还需要
前往以弗所，向特奥提摩斯讨要那笔金子吗？ 775

（注视着赫律萨卢斯）

你怎么不说话？

（凶狠地）

我以所有的神明的名义起誓，
我爱我的儿子，我很想满足他的一切愿望，
但我更想让你那两侧的腰肋好好挨顿鞭子， 779~780
让你戴上沉重的镣铐，在磨盘边度过一生。
我已从姆涅西洛科斯那里知道了你的勾当。

赫律萨卢斯

（装作气愤地）

他指控我了？那太好了。我是个卑鄙小人，
我是个坏蛋，是个无赖。不过请你看清事实，
我不会多说一句话。

尼科布卢斯

　　　　　　　　好啊，你这个恶棍！　　　　　　　　785
你还威胁我？

赫律萨卢斯

　　　　　　你会知道他是怎样一个人。
刚才他吩咐我把这些写字板转交给你，
他要求一切都按照他在上面写的去做。

尼科布卢斯

拿过来！

赫律萨卢斯

　　　　　　请辨认印记。

尼科布卢斯

　　　　　　认出了。他现在在哪里？

赫律萨卢斯

　　　　　　　　　　不知道，
我什么都不应该知道，我把一切都忘了。　　　790
我知道我是奴隶，即使知道也要不知道。
（旁白）
现在这只鸫鸟正想从捕鸟器里啄食蠕虫，
今天他会被牢牢套住，你就这样拉绳扣。

尼科布卢斯

（读信）
你稍微等一等，赫律萨卢斯，我这就回来。
〔匆匆离开，进屋。

赫律萨卢斯

（得意地）
他想这样蒙骗我，好像我不知道他想干什么。　　795

他进去是为了召唤奴隶，让他们来把我捆住。
现在轮船正被追捕，这条平底船正顺利驶去。

（静听）

不过我不要再说话，因为我听见屋门被打开！

第七场

[尼科布卢斯带领阿尔塔摩等
众奴隶由屋内重上。

尼科布卢斯

（声色严厉地）

阿尔塔摩，你立即上前把他的手捆住！

（阿尔塔摩走向赫律萨卢斯）

赫律萨卢斯

我干什么了？

尼科布卢斯

（对阿尔塔摩）

　　　　他再嘟囔，你就用拳头揍他！　　　　　　　　　　800

（对赫律萨卢斯）

这些写字板里写着什么？

赫律萨卢斯

　　　　　　　　你为什么要询问我？
我从他那里得到它们，钤着印记，交给你。

尼科布卢斯

好啊，你这个无赖，你是不是大言不惭地
责怪我儿子，由于他把那些钱如数给了我，
而且你还声称，你将能够用诡计把那些钱　　　　　　　　805
从我这里弄回去？

赫律萨卢斯

　　　　我说这些话了？

尼科布卢斯

是这样！

赫律萨卢斯

是谁说我曾说过你刚才说的这些话？

尼科布卢斯

你闭嘴！
没有任何人这样说，
（指着写字板）
是这些写字板揭露了你，
它们是你拿来的。它们还吩咐把你捆起来。

赫律萨卢斯

啊呀，你的儿子把我变成了贝勒罗丰①： 810
让我送来写字板，是为了捆我。
（威胁地）
好，捆吧！

尼科布卢斯

（嘲讽地）
我之所以这样做，是因为你教唆我的儿子
像希腊人那样同你一起挥霍，一起鬼混。

赫律萨卢斯

啊，你真愚蠢，不知道自己现在正被出售，
而且就站在那块石头上，等待宣告人宣布。② 815

尼科布卢斯

（迷惑地）
你说说看，谁在出售我？

赫律萨卢斯

（讥讽地）
凡是神明喜欢的人，
年轻时就会死去，尽管他强壮、直觉、有思维。

---

① 贝勒罗丰是古希腊神话传说中的人物。一次他受命去送信，信中写的却是要收信人把他杀死。参阅荷马史诗《伊利亚特》第6卷第152～197行。
② 赫律萨卢斯在这里以罗马出售奴隶的习俗相比拟，把主人比作奴隶。

要是有哪位神明喜欢他,
（指着尼科布卢斯）
那他早在十年前,
甚至早在二十年前,就应该已经死去:
可他还在大地漫游令人憎恶,没有智慧, 820
也没有感觉,成为各种各样腐朽的真菌。

尼科布卢斯

（气愤地）
你认为我在大地上漫游令人憎恶？
（对阿尔塔摩等众奴隶）
你们把他
拖进屋去,并且牢牢地把他捆到柱子上。
（对赫律萨卢斯）
让你永远不可能从我这里拿走钱。

赫律萨卢斯

（诡秘地）
你会给他。

尼科布卢斯

我会给他？

赫律萨卢斯

你甚至还会自愿地请求我拿走钱, 825
当你终于得知,我的那位控告者陷入了
多么巨大的危险,正面临着怎样的死亡。
那时你还会慷慨地给予赫律萨卢斯自由,
而我却会拒绝接受。

尼科布卢斯

你这个无赖,你说说看,
我的儿子姆涅西洛科斯面临着怎样的危险？ 830

赫律萨卢斯

你跟我来,你就会知道。
（朝巴克基斯的住屋走去,

尼科布卢斯跟在后面）

尼科布卢斯

你要带我去什么地方？

赫律萨卢斯

仅有三步①之遥。

尼科布卢斯

十步也可以。

赫律萨卢斯

（面对阿尔塔摩，指着巴克基斯的住屋）

你现在上前去，
把那扇屋门稍许打开，要轻轻地，不出声。
（阿尔塔摩上前轻轻地推开门）
就这样，够了。
（对尼科布卢斯）

现在你过去。看看里面是否在饮宴？

尼科布卢斯

（上前窥视）

看见里面的皮斯托克勒鲁斯和巴克基斯。   835

赫律萨卢斯

看见另一张卧榻上是谁吗？

尼科布卢斯

（再次上前窥视）

天哪，我完了！

赫律萨卢斯

你认出是谁了吗？

尼科布卢斯

认出了。

赫律萨卢斯

现在请你告诉我，

---

① "步"的原文是passus，本意为通常的"步"，同时也是罗马长度单位，约合1.48公尺。

你觉得那个女子的容貌漂亮吗?

尼科布卢斯

相当不错。

赫律萨卢斯

她怎么样?你觉得她是伴妓吗?

尼科布卢斯

怎么不是?

赫律萨卢斯

你错了!

尼科布卢斯

那请你告诉我,她是谁?

赫律萨卢斯

你自己会知道。 840

(神秘地)

你今天从我这里怎么也不可能弄清楚。

第七场

〔克勒奥马科斯上。

克勒奥马科斯

(怒气冲冲地)

尼科布卢斯之子姆涅西洛科斯竟然强行把

我的女人扣留在这里,这是一种什么行为?

尼科布卢斯

(对赫律萨卢斯)

那人是谁?

赫律萨卢斯

(旁白)

军官来到这里,对于我来说正是时候。

克勒奥马科斯

人们就别把我视为军官,而是一个女人, 845

若是我没有能力保护我自己和我的女人。
那就让贝洛娜和马尔斯①永远不要相信我，
若是我找到他，却不让他变成无命之物，
或者不让他失去对自己生命的继承权。

尼科布卢斯

（焦急地）

赫律萨卢斯，这个威胁我儿子性命的人是谁？　　　　　　850

赫律萨卢斯

（冷静地）

这人就是同你儿子卧在一起的那个女人的丈夫。

尼科布卢斯

什么，她的丈夫？

赫律萨卢斯

是的，是她的丈夫。

尼科布卢斯

她已经结婚？

赫律萨卢斯

过不了多久你就会知道。

尼科布卢斯

天哪，我彻底完了！

赫律萨卢斯

现在怎么样？你还认为赫律萨卢斯是无赖吗？
现在你就把我捆起来吧，按照你儿子的吩咐。　　　　　　855
我对你说过，你会知道你儿子是个什么样的人。

尼科布卢斯

我现在该怎么办？

赫律萨卢斯

那你就赶快吩咐人把我放了；
要是你不把我放了，军官就会当场把他捉住。

---

① 马尔斯是罗马战神，贝洛娜是女战神。

克勒奥马科斯

今天我还能希望做什么事情比这更令人愉快?

除非我把卧在那里的他同她一起捉住都杀死。 860

赫律萨卢斯

你听见他说什么了吗?还不吩咐人把我放了?

尼科布卢斯

(对众奴隶)

喂,你们把他放了!

(众奴隶上前给赫律萨卢斯松绑)

我完了,我真害怕,怕极了!①

克勒奥马科斯

像她这样一个女人,当众出卖自己的身体,

我可不能让她说,她找到了可以嘲弄的人。

赫律萨卢斯

你可以去同他商量,只要价钱不是太高。 865

尼科布卢斯

还是请你同他去谈吧,按照你的意思办,

只要他不会把他当场捉住,并且杀死他。

克勒奥马科斯

现在除非退还给我两百块腓力金币,

否则我就立即让他们两个灵魂出窍。

尼科布卢斯

请你尽可能地平息他的怨气,我求求你, 870

你想怎么平息都可以。

赫律萨卢斯

好吧,我尽可能去做。

(上前,对克勒奥马科斯)

你吵嚷什么?

克勒奥马科斯

---

① 古希腊罗马时代,法律和风俗处理通奸罪都很严厉,通奸犯可以被当场打死。

你的主人呢?

赫律萨卢斯

（大声地）

哪里都没有。不知道!
你不就是想讨回那两百块金币吗?
只是请你不要在这里喊叫乱嚷嚷!

克勒奥马科斯

（放低声调）

那是我愿意。

赫律萨卢斯

你是不是想让我痛骂你一顿? 875

克勒奥马科斯

全由你看着办。

尼科布卢斯

犹如一个无耻之徒在献媚。

赫律萨卢斯

（指着尼科布卢斯）

这是姆涅西洛科斯的父亲,你跟着他,他会答应
付给你。你向他要钱吧,肯定一句话便彻底了结。

尼科布卢斯

（对赫律萨卢斯）

事情怎么样?

赫律萨卢斯

我和他约定两百腓力金币。

尼科布卢斯

（兴奋地）

啊呀,天哪,
你拯救了我,你是我的救星。立刻就说"给"? 880

赫律萨卢斯

（对克勒奥马科斯）

你向他索要吧!

（对尼科布卢斯）

你答应他吧!

尼科布卢斯

（热切地，对克勒奥马科斯）

我答应,你要求吧!

克勒奥马科斯

一共是整整两百块纯正的腓力金币，
你给我吗?

赫律萨卢斯

（对尼科布卢斯）

你就说"给"。你回答吧!

尼科布卢斯

我给。

赫律萨卢斯

（对克勒奥马科斯）

无耻之徒，现在怎么样? 还欠你什么不成?
你怎么还惹他厌烦? 你对他还以死相威胁?   885
现在由我，还有他，将一起对你进行惩罚。
如果你带着佩剑，那我们屋里也有投枪:
只要你胆敢激怒我，我就用它来收拾你，
让你大声尖叫，那叫声比老鼠尖叫还悲惨。
请海格力斯作证，我早就感觉到，也看出了，   890
那个女人使你不安，因为同他的儿子在一起。

克勒奥马科斯

对，是这样。

赫律萨卢斯

愿神明们助佑我：尤皮特、尤诺、克瑞斯、
弥涅尔瓦、拉托娜、斯佩斯、奥皮斯、维尔图斯、维纳斯、
卡斯托尔、波卢克斯、马尔斯、墨丘利、海格力斯、

苏马努斯、索尔、萨图尔努斯以及所有其他众神明，① 895
他没有同她一起卧在榻上，也没有同她亲密漫步，
没有同她接吻，也没有干人们通常说的那种事情。

尼科布卢斯

（旁白）

真是谢天谢地，现在他在用谎言拯救我！

克勒奥马科斯

那么姆涅西洛科斯现在在哪里？

赫律萨卢斯

父亲让他去了乡下。
而那女人则前往城堡庙宇，去侍奉弥涅尔瓦，② 900
现在庙门开着，你去吧，看她在不在那里。

克勒奥马科斯

那我现在就去广场。

赫律萨卢斯

或者你就去上十字架吧。

克勒奥马科斯

今天我能够得到这笔钱？

赫律萨卢斯

你去吧，就在那里上吊！
别以为他会恳求你，你这个一文不值的东西。

［克勒奥马科斯离开，下。

这个家伙离开了。

（对尼科布卢斯）

请允许我，主人。为了你我恳求你， 905
以众多不死的神明的名义，让我进屋去找你的儿子。

---

① 赫律萨卢斯在这里再次戏拟地列举了一系列神的名字，其中除了一些传统的神灵外，有不少都是把普通名词拟人神性化。例如：斯佩斯（Spes）本意为"希望"，维尔图斯（Virtus）本意为"德行"，苏马努斯（Summanus）本意为"高空的电光"。此外，奥皮斯（Opis）是山林之神，萨图尔努斯（Saturnus）是罗马本土古老的农业神。

② "城堡庙宇"指雅典卫城上的雅典娜女神庙，弥涅尔瓦（Minerva）是古罗马神话传说中与雅典娜相对应的神灵。

尼科布卢斯

> 你进屋去干什么?

赫律萨卢斯

> 　　　　　好将你的儿子狠狠训斥一顿,
> 既然他采用这种手法,干出了这么多好事情。

尼科布卢斯

> 好,赫律萨卢斯,我请求你,恳求你这样去做,
> 并且还要请你不要吝啬词语。

赫律萨卢斯

> 　　　　　　　还用得着你提醒我?　　　　910
> 你觉得够吗?若是你今天从我这里听到的咒骂
> 比克利尼亚从得墨特里奥斯那里听到的还要多。①
> [进入巴克基斯的住屋,下。

尼科布卢斯

> (看着赫律萨卢斯离去)
> 这个奴隶就好像一只化脓的眼睛,
> 要是没有它,你不会希望拥有它;
> 要是有了它,你不可避免要接触它。　　　　915
> 今天若不是他正好幸运地碰巧在这里,
> 军官便会把姆涅西洛科斯和妻子一起抓住,
> 并且还会把他当做通奸的奸夫杀死。
> 现在如同用腓力金币赎买了儿子,
> 我答应把它们付给军官,但我不会　　　　920
> 冒失地付给他,得等我首先见到儿子。
> 神明作证,我从不会贸然相信赫律萨卢斯,
> 我还得再重新阅读一下那些写字板。
> (阅读写字板,仔细查看)
> 写字板钤着印记,我应该相信它们。
> [进屋,下。

---

① 克利尼亚(Clinia)和得墨特里奥斯(Demotrius)具体所指不可考。

第九场

[赫律萨卢斯由巴克基斯的屋内上。

赫律萨卢斯

（傲慢自负地）

阿特柔斯的两个儿子①以建立了巨大的功绩闻名于世，   925
摧毁了普里阿摩斯的祖城、神手建造的佩尔伽摩姆，②
依靠一支庞大的军队、众多的骑兵、善于战斗的步兵，
此外还有上千条战船，自开始战争起，耗时十年之久③。
这些若与我将要战胜我的主人相比，完全是一桩小事，
我既没有船队，也没有庞大的军队和如此众多的兵士。   930
[我成功地为主人恋爱中的儿子从他父亲那里搞到金子，]
现在在老头子返回来之前，不妨让我为城邦哭祭一番。
啊，特洛亚！啊，祖邦！啊，佩尔伽摩姆！啊，普里阿摩斯，
殒命的老人，你可怜地、不幸地耗费了四百块腓力金币。
而我所带来的这些写字板，它们被钤上印记，严密加封，   935
其实它们不是写字板，而是木马，由阿开奥斯人④留下来，
[皮斯托克勒鲁斯是埃皮奥斯⑤，是他给的信；姆涅西洛科斯
是留下的西农⑥，他不是躺在阿基琉斯的坟上，而是在卧榻上，
由巴克基斯陪伴。从前的西农随身带着火，为了发出信号，
夺走了他自己；我是乌利克塞，都是按我的计谋行事。]   940

---

① "阿特柔斯的两个儿子"指阿伽门农和墨涅拉奥斯。阿伽门农是古希腊迈锡尼城邦的首领，希腊远征特洛亚联军的统帅。墨涅拉奥斯是古希腊斯巴达城邦的首领，海伦的丈夫。海伦被特洛亚王子帕里斯劫走后，他曾经与阿伽门农一起，远征特洛亚。
② 普里阿摩斯是特洛亚国王，佩尔伽摩姆（Pergamum，一译帕伽马）是特洛亚城堡，有时代指特洛亚。
③ 赫律萨卢斯在这里戏拟庄重的悲剧风格，以特洛亚战争来比喻自己的智谋和顺利。
④ 阿开奥斯人是古代希腊人的一支，荷马史诗中代指整个希腊人。
⑤ 埃皮奥斯是传说中巨型特洛亚木马的制造者。
⑥ 西农是希腊人从特洛亚城下撤退时留下的奸细，传统的说法是他藏身在阿基琉斯的坟上。他来到特洛亚人中间后，诡称自己被希腊人抛弃，劝说犹豫不决的特洛亚人把木马运进城里，从而使希腊人的阴谋得以实现，一举攻下围困了十年的城市。

现在在我这里是笔写的书信，在木马里隐藏的是兵士，
全副武装，精神饱满。到目前为止，事情一直进展顺利。
而且这匹木马不是进攻城堡，而是进攻藏钱的柜子；
这匹木马今天的任务是歼灭、摧毁、骗取老头子的金币。
对于我们的这位愚蠢老人，我当然称呼他为伊利昂①；   945
兵士是墨涅拉奥斯，我是阿伽门农，或者是
      拉埃尔特斯之子乌利克塞；
姆涅西洛科斯是亚历山大②，他将败坏父亲的产业；
他带走了海伦，正是由于这个原因我才围攻伊利昂。
据我耳闻，乌利克塞也像我一样胆大妄为而遭遇不测：
我因使阴谋而被逮住，他被发现时穷困得差点丧命；   950
他探察伊利昂的命运时遭遇险情，我今天也有类似的遭遇。③
我被捆住了，计谋使我松了绑，他也是靠计谋救了自己。
我听说曾经有三则预言，注定伊利昂必定遭受覆灭：
一是雕像从城堡消失；另一则是特洛亚灭亡；
还有第三则，如若著名的弗律基亚城门被拆毁。④   955
我们的这座伊利昂也遭遇到与其相似的三种预言。
首先我一开始便对我们的老头子编造了谎言，
关于朋友、金子和船只，从城堡偷走了雕像。
当时还留下两则预言，因此我也没有拿下城市。
我把写字板交给了老头子，也就摧毁了特洛亚，   960
当他以为刚才姆涅西洛科斯同军官的妻子在一起。
[后来我勉强得到解脱：与那一危险情景相类似，
据说乌利克塞被海伦认出，被交给了赫库柏⑤，
不过当时他以奉承解脱了自己，说动她释放了他。

---

① 伊利昂是特洛亚的别称。
② "亚历山大"指特洛亚王子帕里斯，亚历山大是他的别名。
③ 参阅荷马史诗《奥德赛》第4卷第41～51行。
④ "雕像"指特洛亚城堡上的雅典娜雕像，被希腊人偷走；"特洛亚灭亡"的预兆指特洛亚最小的王子特洛伊洛斯（Troilus）被阿基琉斯杀死；"著名的弗律基亚城门"指特洛亚的斯开埃城门。
⑤ 赫库柏（赫卡柏）是特洛亚王后。

我也一样，设圈套使自己摆脱了危险，蒙骗老头子。]　　　　　965
　　后来同好吹嘘的军官较量，他不靠武器，而是以夸海口
　　夺取城市，进攻和打垮敌人；然后我开始与老头子战斗：
　　我仅用一个谎言便战胜了他，仅用一次冲锋便立即
　　夺得了战利品。他现在将把两百块金币交给军官，
　　　　　　　　　他曾经允诺他会交付这笔钱。　　　　　　970
　　现在还需要另一个两百块，作为夺得伊利昂之后的花销，
　　为了筹备掺和蜂蜜的酒，以便供兵士们庆祝凯旋。①
　　[不过这位普里阿摩斯大大地超过军官：他不只是拥有五十个②，
　　而是四百个儿子，而且都是货真价实，不含任何一点杂污。
　　我今天要把他们全部杀死，而且只需要两次打击。　　　　975
　　现在如果有人想购买我们的这位普里阿摩斯，我会把
　　这个老人作为最便宜的奴隶出售，只要一夺取城市。]
　　（看见尼科布卢斯从屋里出来）
　　不过我看见尼科布卢斯站在屋门口，我这就走过去同他说话。

尼科布卢斯

　　（环顾四周）

　　我听见附近是谁的声音？

赫律萨卢斯

　　（上前）

　　　　　　　啊，是尼科布卢斯。

尼科布卢斯

　　（热切地）

　　　　　　　　　　　事情怎么样？
　　我委托给你的事情已办成？

赫律萨卢斯

　　　　　　　这你还用问？请你走过来。

尼科布卢斯

---

① "凯旋"是罗马庆祝出征的军队胜利归来的传统奖赏性仪式，士兵会获得将领的金钱奖励和食物，其中包括蜜酒。蜜酒是罗马人喜爱的饮料。
② 传说特洛亚国王有五十个儿子。

> 好，我走过来。 　　980

赫律萨卢斯
> 我真是个杰出的演说家，我把他责备得双眼直流泪。
> 凡是我当时能想到的各种责骂话都骂过。

尼科布卢斯
> 他说什么了？

赫律萨卢斯
> 他一句话都没有说，只是流着泪默默地认真听我说。
> 他默默地写了这封信，按了印记，然后就交给了我。
> 他让我把它交给你，我担心内容是不是与前封信一样。　　985
> （把写字板交给尼科布卢斯）
> 你辨认一下印记。
> （尼科布卢斯查看蜡封）
> 是不是他的？

尼科布卢斯
> 我认出来了，让我们读一下。

赫律萨卢斯
> 你读吧！

> （旁白）
> 现在最高门槛已被掀掉了，毁灭即将降临于伊利昂，
> 木马在兴奋地骚动。

尼科布卢斯
> 赫律萨卢斯，你站过来，我读信。

赫律萨卢斯
> 我为什么需要站到你那里？

尼科布卢斯
> 你就按照我的要求做，
> 好让你知道信里写了些什么。

赫律萨卢斯
> 完全没有必要，我不想知道。

尼科布卢斯

　　　　　你站过来!

赫律萨卢斯

　　　　　有什么必要?

尼科布卢斯

　　（生气地）

　　　　　　　　别说话! 990
　　按我的吩咐做。

赫律萨卢斯

　　（勉强地）

　　　　　　　　好吧,我就站过来。 990A

尼科布卢斯

　　（打开写字板）
　　好啊,这么小的字母。

赫律萨卢斯

　　　　　　　是的,对于视力不好的人。
　　然而对于视力好的人,它们足够地大。

尼科布卢斯

　　　　　　　　　你注意听。

赫律萨卢斯

　　我说了,我不想听。

尼科布卢斯

　　　　　　我要你听。

赫律萨卢斯

　　　　　　有什么必要?

尼科布卢斯

　　你要知道,你得按照我的吩咐去做。

赫律萨卢斯

　　应该这样,既然我是你的奴隶,我就得听你的吩咐。 995

尼科布卢斯

　　那现在就听听吧!

赫律萨卢斯

>既然你愿意,那就读吧,我为你竖起耳朵。

尼科布卢斯

>(看写字板)
>他倒真没有吝啬蜂蜡,还有写字笔。
>　　　　　　　　不过不管写了些什么,我已经决定诵读。
>"父亲,请你交给赫律萨卢斯两百腓力金币,
>　　　　　如果你希望我能安然无恙,能继续活着。"
>请海格力斯作证,真见鬼!

赫律萨卢斯

>　　　　　　　　我想说一句。

尼科布卢斯

>　　　　　　　　　说什么?

赫律萨卢斯

>他一开始都没有写问候语?

尼科布卢斯

>(看写字板)
>　　　　　　哪儿都没有看见。　　　　　　　　1000

赫律萨卢斯

>如果你有理智,就不要给他;不过若是给他,
>就让他给自己另找一个递送人,要是他聪明,
>因为我不想给他送去,即使是你吩咐这样做。
>我已经受够了怀疑,尽管我竭力避免犯过失。

尼科布卢斯

>你继续听我读,看看信中还写了些什么。　　　　1005

赫律萨卢斯

>打从第一句话起便是一封厚颜无耻的信。

尼科布卢斯

>(继续读信)
>"父亲,我实在没有脸面前来见你,
>我听说你已经知道了我的可耻行为,
>就是我曾经同军官的妻子一起饮宴。"

　　　　　　天哪，这没有什么可笑的；其实我用那　　　　　　　　　1010
　　　　　　两百金币把他的生命从耻辱中赎了出来。
赫律萨卢斯
　　　　　　这些我都对他说过，没有什么新鲜东西。
尼科布卢斯
　　　　　　"我承认我做了蠢事，父亲啊，我请求你，
　　　　　　请你不要抛弃我，不要让我继续愚蠢下去。
　　　　　　我有一颗贪婪的心灵，一双不驯服的眼睛，　　　　　　1015
　　　　　　它们说服我做了现在令我感到羞愧的事情。"
　　　　　　你应该更多地小心提防，而不是感到羞愧。
赫律萨卢斯
　　　　　　我早就对他说过你刚才所说的这些话。
尼科布卢斯
　　　　　　"父亲啊，请你认为，赫律萨卢斯用了
　　　　　　那么多责骂的词语已经足够地指责了我，
　　　　　　他是希望以他自己的那些原则让我变好，　　　　　　1020
　　　　　　因此你应该认真地对他表示真诚的感激。"
赫律萨卢斯
　　　　　　他在信中这样写了？
尼科布卢斯
　　　　　　（指着写字板）
　　　　　　　　　　　　那你自己看吧，就会知道。
赫律萨卢斯
　　　　　　（一本正经地）
　　　　　　他应该诚恳地向所有的人请求，获得指导。
尼科布卢斯
　　　　　　"现在，父亲啊，但愿我能够冒昧地　　　　　　　　1025
　　　　　　请求你，我请你再给我两百块腓力金币。"
赫律萨卢斯
　　　　　　天哪，你若明智，一个都不给。
尼科布卢斯

让我继续读。
"我已经用程式誓词郑重地发了誓，
要在今天傍晚之前交给那个女人金币，
在她离开之前。父亲啊，请你关心我， 1030
不让我发伪誓，尽可能让我从此离开她，
为了她我耗费了那么多钱财，自己变坏。
或者你为这两百块金币的家财感到痛惜，
只要我活着，我将会以六百块归还你。
再见，请保重。"赫律萨卢斯，你怎么认为？ 1035

赫律萨卢斯

我今天不会在这方面给你出任何主意。
我不会让自己搅和进去，免得万一有
什么失误，让你说那是按照我的主意。
（稍停）
不过在我看来，如果我处在你的位置，
我宁可给钱，而不能眼看着他被毁掉。 1040
现在有两种情形，你看该作何种选择：
或是失去那笔钱，或是让恋爱者失信。
我既不命令你，也不阻止你，更不劝说。

尼科布卢斯

我为他感到惋惜！

赫律萨卢斯

他是你的儿子，这不奇怪。
即使遭受更大的损失，你也会乐意承受， 1045
而不要让这些不名誉的事情传扬出去。

尼科布卢斯

天哪，我确实更是希望他能留在以弗所，
只要能健康无恙，而不是这样返回家来。
（稍停）
我能怎么办？必须损失，那就尽快给付。
我这就进屋去拿来两个两百块腓力金币， 1050

包括刚才允诺军官的两百和他说的两百。
你在这里等着，赫律萨卢斯，我很快回来。
［离开，进屋，下。

赫律萨卢斯

（得意地）

特洛亚已荒芜，首领们正在摧毁佩尔伽摩姆，
我早就知道，我定会让佩尔伽摩姆遭到毁灭。
神明作证，若是有人说我会遭受严酷的惩罚， 1055
我绝对不会冒失地采用抵押方式同他打赌；
我促成了如此巨大的混乱。

（静听）

　　　　　　　　不过我听见门在响：
战利品从特洛亚运出来了，我暂且不说话。

（尼科布卢斯携金币由屋内重上）

尼科布卢斯

赫律萨卢斯，你拿上这些金币送给我的儿子。
我现在从这里前去广场，好与那个军官清账。 1060

赫律萨卢斯

我不想接这些金币，你还是找其他人送去吧。
我不希望把这件事委托给我。

尼科布卢斯

　　　　　　　你拿着，不要生气。

赫律萨卢斯

我肯定不能接。

尼科布卢斯

　　　　　　我请求你。

赫律萨卢斯

　　　　　　　我告诉你这是怎么回事。

尼科布卢斯

（着急地）

请不要拖延！

赫律萨卢斯

    我再说一句，请不要把钱交给我。

（稍停）

  或者你派个人，让他跟着我。

尼科布卢斯

    啊呀，你还在生气？   1065

赫律萨卢斯

  好吧，如果需要。

尼科布卢斯

  （递给赫律萨卢斯钱袋）

    你去办这件事，我一会儿就回来。

（离开，去广场）

赫律萨卢斯

  （瞧着尼科布卢斯离去）

  一切安排妥当：让你成为最可怜的老人。
  这一情况表明，所有计划都在顺利进行，
  结局会很好：欢呼着行进，带着战利品。
  我们安然无恙，城市已经被计谋攻陷，   1070
  整个军队完好无损，带领着返回家园。
  不过，观众们，请你们不要感到奇怪：
  怎么不举行凯旋，凯旋太容易，不需要。
  不过军队肯定会得到掺和着蜂蜜的蜜酒。

  （转身对巴克基斯的住屋）

  现在我要把所有战利品给财政官送去。   1075

  ［进巴克基斯的屋，下。

第十场

  ［菲洛克塞努斯由屋内上。

菲洛克塞努斯

  我的心里愈是担忧我的儿子在这躁动的年龄

　　　　　　会造成怎样的混乱，
　　　　　他会在无意之中接受了怎样的生活方式，
　　　　　　极力追求怎样的风俗，
　　我愈是担心，愈是害怕，他不要被败坏，
　　　　　　甚至会彻底毁了自己。
　　　　我知道自己在这样的年龄时也做过
　　　　　　那些事情，风俗淳朴；
　　我并不喜欢现在的风俗，就像我普遍看到
　　　　　　父亲们那样对待自己的儿子，　　　　　　　　1080
　　〔我娶过妻子，有过情人，也饮酒，送过礼，
　　　　　　做过馈赠，只是不经常。〕
　　我要求自己宽待儿子，为的是使他能够
　　　　　　顺应自己的心灵生活；
　　　　我认为应该这样做，但不能让他过分
　　　　　　屈从于娱乐欲望。
　　　　现在我来看姆涅西洛科斯，
　　　　　我的嘱托，他的努力是否
　　　　促进了德行，产生了效果。　　　　　　　　　　1085
　　　　我知道他只要有合适的机会：
　　　　　他具有那样的天性。
　　　　（走向巴克基斯的住屋）

第五幕

第一场

[尼科布卢斯从广场方向回来，上。

尼科布卢斯

（愤怒地）

不管在哪里，哪里现在有，或者以前
　　曾经有过，或以后会有
竟然如此愚蠢，如此荒唐、呆愚、蠢笨、迟钝、
　　糊涂、头脑简单之人？
唯有我一人远远在众人之上，
愚蠢，对社会风俗一无所知。
我完了，我羞愧：我已这把年纪，
没看见我不光彩地两次被欺骗？
我愈想愈生气，愈是怒火中烧，
我的儿子制造了怎样的混乱！
我被损害，我被彻底连根拔起，
我遭受了一切可能的痛苦折磨。
所有的不幸都一起降临于我，
所有的灾难都一起让我忍受。
赫律萨卢斯今天把我扯得粉碎，
赫律萨卢斯把我完全抢劫一空：
这个无赖把我的金子抢个精光，

机巧地把不灵巧的我随意蒙骗。 1095
军官这样告诉我：那是个伴妓，
人们却都把她说成是他的妻子，
他还告诉了我以前所有的事情。
他把那女子为自己雇佣了一年，
我给的钱是他所付款的剩余部分，
可我却糊里糊涂地如数付给了他，
现在这件事剧烈地刺痛着我的心，
也正是这件事强烈地折磨着我，
我这么大年纪竟受到如此的嘲弄，
[请波卢克斯作证，竟然如此遭戏耍，]
头发已灰白，胡须也已经灰白， 1100
竟然被擦了鼻涕，蒙走了金子！
啊，真可悲！我那个胡桃核般一文不值的奴隶
　　竟然胆敢对我这样做！
若是在其他什么地方吃了大亏，我会容易忍受，
　　我会觉得是较小的亏损！

菲洛克塞努斯

（旁白）
我觉得在这附近，肯定有人在说话。
（看见尼科布卢斯）
　　　　　　　　　我看见那是谁？
那个人不就是姆涅西洛科斯的父亲。
（向尼科布卢斯走去）

尼科布卢斯

啊呀，我看见与我共同遭受不幸和灾难的人。 1105
菲洛克塞努斯，你好！

菲洛克塞努斯

你好，你从哪里来？

尼科布卢斯

从让人成为可怜而不幸的人的地方来。

菲洛克塞努斯

　　神明作证，我应该在那个地方，既然那是
　　　　　　让人成为可怜而不幸的地方。

尼科布卢斯

　　这就是说，我们遭到了同样的命运，
　　　　　　正如我们有同样的年岁那样。

菲洛克塞努斯

　　是这样。不过你怎么啦？

尼科布卢斯

　　　　　　我的遭遇同你的一样。

菲洛克塞努斯

　　难道你也是由于儿子的事情而感到烦恼？　　　　1110

尼科布卢斯

　　正是这样。

菲洛克塞努斯

　　　　　我害的也是这样的心病。

尼科布卢斯

　　我这里是那个无比杰出的家伙赫律萨卢斯，
　　他败坏了我的儿子、我以及我的全部财产。

菲洛克塞努斯

　　你说说，儿子给你造成了什么不快？

尼科布卢斯

　　　　　　　　我告诉你，
　　他同你的儿子一起败坏：他们两都有了情人。　　1115

菲洛克塞努斯

　　你怎么知道的？

尼科布卢斯

　　　　　　我视眼看见。

菲洛克塞努斯

　　啊呀，我彻底完了！

尼科布卢斯

我们怎么还犹豫不去敲门，把他们叫出来？

菲洛克塞努斯

　　立即去。

　　（二人上前敲巴克基斯住屋的门）

尼科布卢斯

　　喂，巴克基斯，你赶快派人来开门，
如果你们不希望门扇和门框被斧头砍开。

第二场

巴克基斯（姐）

　　（在屋内）

　　谁在那里吵嚷着叫我的名字，拍打门扇？　　　　　1120

尼科布卢斯

　　我和

　　（指着菲洛克塞努斯）

　　这一位。

巴克基斯（姐）

　　　　　二位，你们来这里有什么事情？

　　（对妹妹）

　　是谁把这两头绵羊赶到这里来了？

尼科布卢斯

　　（对菲洛克塞努斯）

　　　　　那两个坏东西称我们是绵羊①。

巴克基斯（姐）

　　天哪，两个人还油光满面，看来并不肮脏。

巴克基斯（妹）

　　这两只绵羊肯定已经被彻底剃光。

菲洛克塞努斯

---

① 在拉丁文中，"绵羊"（ovis）又意愚笨，蠢汉。

（对尼科布卢斯）

　　　　　　　　她们显然　　　　　　　1125

在嘲笑我们。

尼科布卢斯

　　　　让她们按自己的想象猜测吧。

巴克基斯（姐）

如果一年剃他三次，你觉得怎么样？

巴克基斯（妹）

不，其中有一个今天已经两次被剃光。

巴克基斯（姐）

他们两人都已经很老了。

巴克基斯（妹）

　　　　不过我看他们还善良。

巴克基斯（姐）

你看见没有？他们正在斜着眼睛往里瞧。　　1130

巴克基斯（妹）

卡斯托尔作证，我看他们完全没有恶意。

菲洛克塞努斯

（对尼科布卢斯）

我们既然来到这里，就应该受到招待。

巴克基斯（姐）

把他们赶进屋里来。

巴克基斯（妹）

　　　　我不知道我们为什么要这样做，
他们没有奶，也没有一点毛，就让他们站在那里。
他们已经表明自己是怎样的人，他们所有的果实，　　1135
都已经掉落。你看见没有？他们分开在单独走动。
我想肯定是由于年纪关系，还都默默地一声不吭：
他们都不咩叫，尽管他们已经离开了其他的畜类。
别看他们显得很愚蠢，不过好像并不邪恶。
姐姐，让我们回屋去吧！

尼科布卢斯

　　　　　　　　请你们留下，这两头绵羊想见你们。　　　　　1140

巴克基斯（妹）

　　　　真奇怪，两头绵羊用人类的语言招呼我们。

尼科布卢斯

　　　　两头绵羊想尽应尽的义务，好让你们烦恼。

巴克基斯（姐）

　　　　若是你欠我们，那我原谅你：你保留着吧，

　　　　　　　　我永远不会向你索要。

　　　　不过究竟是什么原因促使你们威胁我们，

　　　　　　　　要让我们感到烦恼？

菲洛克塞努斯

　　　　因为据说我们的两只小羊羔被关在你们这里。　　　1145

尼科布卢斯

　　　　除了这两只羊羔，在你们这里还偷偷地

　　　　　　　　藏着一条咬人的狗①：

　　　　如果你们不愿意把他们放出屋来，交给我们，

　　　　那我们就会变成凶猛的公绵羊，扑向你们。

巴克基斯（姐）

　　　　（悄悄地，对妹妹）

　　　　妹妹，我想和你悄悄地说几句话。

巴克基斯（妹）

　　　　　　　　好，你说吧！

　　　　（悄悄地离开）

尼科布卢斯

　　　　　　　　她们去哪里了？

巴克基斯（姐）

　　　　你把站得远一点的那个老头子，

　　　　（指着菲洛克塞努斯）

---

① 指赫律萨卢斯。

　　　　　　　　让他愉快地变温和； 　　　　　　　　1150

（指着尼科布卢斯）

我去对付这个发怒的家伙，让我们

　　　　　　　　把他们引诱到这里来。

巴克基斯（妹）

我会尽可能按照你的吩咐去做，

　　　　　　　　尽管我厌恶拥抱死人。

巴克基斯（姐）

你看着办吧。①

巴克基斯（妹）

别说了，你去干你的事情，我不会改变我说过的话。

尼科布卢斯

（对菲洛克塞努斯）

她们两个人在那里交头接耳、互相商量着什么事情？

菲洛克塞努斯

（不自在地）

老朋友，你说什么了？

尼科布卢斯

　　　　　　　　你这是怎么啦？ 　　　　　　　　1155

菲洛克塞努斯

有件事情我不好意思告诉你。

尼科布卢斯

　　　　　　　　有什么事情不好意思说？

菲洛克塞努斯

不过你是我的朋友，我想可以相信你。

（稍停）

　　　　　　　　我真是一文不值。

尼科布卢斯

这我早就知道。不过你现在为什么

---

① 此处原文，显然有残损。

　　　　　　　　　　　　一文不值？不妨说说。

菲洛克塞努斯

　　（不好意思地）

　　我被黏胶牢牢地粘住了；

　　　　　　　　我的心被刺穿了。

尼科布卢斯

　　　　　　　　　　天哪，远为正确地说是伤了腰胯。

　　你究竟是怎么回事？尽管我

　　　　　　　　清楚地知道是怎么回事，　　　　　1160

　　但是我还是想听你自己说。

菲洛克塞努斯

　　（指着妹妹巴克基斯）

　　　　　　你看见她了吗？

尼科布卢斯

　　　　　　　　　　我看见。

菲洛克塞努斯

　　（赞许地）

　　　　　　　　　　一个不错的女人。

尼科布卢斯

　　（气愤地）

　　天哪，她很坏，可你是一文不值！

菲洛克塞努斯

　　　　　　不要多说话，我喜欢她。

尼科布卢斯

　　　　　　　　　　你喜欢她？

菲洛克塞努斯

　　　　　　　　　　　　是的。①

尼科布卢斯

　　你这个老东西，这么大年纪，还想做她的情人？

---

① "是的"原文为古希腊文。

菲洛克塞努斯

         怎么不能?

尼科布卢斯

  因为这样可耻。

菲洛克塞努斯

  (激动地)

    你怎么那么多话?我不会再对儿子生气,

  你也不应该对你的儿子生气;如果他们

      彼此相爱,那他们做得很聪明。   1165

巴克基斯(姐)

  (对妹妹)

    现在你跟我来!

  (两人走上前)

尼科布卢斯

    喂,你们两个是

    真正的无耻引诱者,诱惑者,

  (对姐姐)

    现在怎么样?终于该把儿子

    和奴隶还给我们了吧?是否

    想让我更厉害地对付你?

菲洛克塞努斯

        你走开吧,走吧!

  你简直不是人,竟然如此令人不愉快地称呼

  (指着巴克基斯姐妹)

       如此令人愉快的女人。

巴克基斯(姐)

  (对尼科布卢斯)

    你这个世上最杰出的老人,我请你允许我请求你, 1170

    请你不要继续再这样执拗,宽恕你儿子的过失吧!

尼科布卢斯

  (尽可能显得严厉地)

如果你不离开，尽管你生得容貌美丽，
我也一定要让你遭大殃。

巴克基斯（姐）

（尽可能显得温和地）

我会尽可能地忍受。
我不担心你会做出什么事情
让我感到痛苦。

尼科布卢斯

（旁白）

如此善于献媚！
天哪，我真担心。

巴克基斯（妹）

（爱抚着菲洛克塞努斯）

这个人比较平静。

巴克基斯（姐）

（对尼科布卢斯）

你过来，跟我进屋去，在那里
你想怎样责备儿子就怎样责备。　　　　　　1175

尼科布卢斯

无耻的东西，你离我远一些！

巴克基斯（姐）

亲爱的，请允许我请求你。

（试着把尼科布卢斯拉进住屋）

尼科布卢斯

你想请求什么？

巴克基斯（妹）

（对菲洛克塞努斯）

我当然请求这个。

菲洛克塞努斯

（走近妹妹巴克基斯）

不，我请求你，请把我领进去。

巴克基斯（妹）

你真惹人喜欢。

菲洛克塞努斯

你知道该怎样把我领进去吗?

巴克基斯（妹）

让你同我在一起。

菲洛克塞努斯

你把我想说的话全都说了。

尼科布卢斯

（对菲洛克塞努斯）

我曾经见过不少无耻之人，可是
没有一个比你更无耻。

菲洛克塞努斯

（高兴地）

我确实是这样。　　　　　　　　1180

巴克基斯（姐）

（对尼科布卢斯）

你就跟我进去吧，在那里你可以愉快地
享受食物、美酒、油膏。

尼科布卢斯

够了，你们的餐饮已经让我足够了，
没有什么使我感到后悔，我很满意：
我儿子和赫律萨卢斯从我这里
骗走了整整四百块脾力金币。
即使再让我拿出这么多的钱，
只要我有可能惩罚那个家伙。

巴克基斯（姐）

如果归还你一半数的金币怎么样，
那时你会同我一起从这里进屋去?　　　1185
请你宽恕他们的过错吧。

菲洛克塞努斯

　　　　　　　　　　他会同意。

尼科布卢斯

　　　不，我不同意，我不愿意，我不允许。
　　　我更希望能够惩罚他们两个。

菲洛克塞努斯

　　　（旁白，对尼科布卢斯）
　　　瞧你怎么这样没有头脑？凡神明赐予的好处，
　　　　　　　　不要由于你自己的过错而失去。
　　　现在要归还你一半的金币，你就接受吧，
　　　　　　　　喝酒吧，还与伴妓同榻而卧。

尼科布卢斯

　　　我是不是要在把我的儿子毁了的地方饮酒？

菲洛克塞努斯

　　　　　　　　　　　　你就喝吧。　　　　　　1190

尼科布卢斯

　　　（让步）
　　　好吧，就这样，尽管我将蒙受羞辱，
　　　　　　　　不过我将让自己这么想：
　　　难道我将看着她同儿子同榻而卧？

巴克基斯（姐）

　　　　　　不，请波卢克斯作证，我将与你同榻，
　　　我会喜欢你，我会拥抱你。

尼科布卢斯

　　　（旁白）
　　　我的脑袋有点发晕，我完了，我勉强还能坚持住。

巴克基斯（姐）

　　　亲爱的，难道你没有这样想一想：
　　　只要我活着，我就让自己活得美好；
　　　神明作证，这样的生活不会很长久，　　　　　　1195
　　　如果你错过了今天这样的好机会，
　　　你死后就永远不会再出现。

尼科布卢斯

    我该怎么办?

菲洛克塞努斯

   你该怎么办?还这样问问题?

尼科布卢斯

    我既愿意,又害怕。

巴克基斯(姐)

      你怕什么?

尼科布卢斯

  我会在儿子和奴隶面前把威信丧失殆尽。

巴克基斯(姐)

  我的甜蜜,亲爱的,尽管发生了这些事情,
  但他是你的儿子:你想如果你不给他钱,
     他能从哪里弄到?
  你就宽恕他吧!

尼科布卢斯

  (半自白地)
  多么能缠人!如此顽强地坚持。
  她所请求的是不是我已经决定?   1200
  (对巴克基斯)
  你和你的用心使我的名誉遭到了更大的败坏。

巴克基斯(姐)

   认为是由于你自己,而不是由于我。
  这就是说,你拿定主意了?

尼科布卢斯

    我既然把话说出来,就不会改变。

巴克基斯(姐)

  白天在过去,请你们进屋去吧!
  儿子们也在那里期待你们进去。

尼科布卢斯

    在等待我们死去。

巴克基斯（妹）

　　时间已近傍晚，让我们进去吧！

尼科布卢斯

　　你们就随意引领吧，有如引领受审判的人①那样。　　1205

巴克基斯（姐）

　　（对观众）

　　他们本来是对儿子们设伏，自己却愉快地被俘获！

〔众人进屋，下。

结　束　语

演员齐诵

若不是这些老人早从年轻时期起便卑微鄙陋，
今天他们就不会使自己的白发如此遭受耻辱；
我们也不会这样表演，若不是有时曾经见到，
在妓馆老板那里，父亲成为儿子的竞争对手。　　1210
观众们，祝你们健康，也请你们热烈地鼓掌！

剧　　终

---

① "受审判的人"的拉丁文是addictus。这是一个罗马司法术语。

俘　虜
CAPTIVI

导　言

　　人们无法确定这部剧本的希腊原本，许多设想只是一种推测。其中特别值得一提的是，有的研究者经过比较研究认为，剧中表达的一些希腊哲学思想可见于菲勒蒙的喜剧残段，因此《俘虏》一剧的原本可能是菲勒蒙的作品。

　　同样，这部剧本的演出时间也难以确断。一些研究者把它的演出时间推测在公元前194年～前192年之间，这样可以把这部剧本理解为在公元前194年取消"奥皮乌斯法"[①]之后对以老卡托为首的罗马保守派的一种让步，因为保守派蔑视古希腊社会风尚，认为它对罗马社会，特别是对罗马青年产生了极其有害的影响。

　　对剧本的演出年代也存在另一种推测。剧中提到了希腊的埃托利亚。罗马与埃托利亚的关系非常曲折复杂。公元前211年，时值第二次布匿战争期间，罗马人与埃托利亚人建立了同盟关系，以共同对付马其顿国王腓力五世在巴尔干半岛的扩张。罗马后来很快便忙于抵抗迦太基军队在意大利半岛发起的新的进攻，无力直接帮助埃托利亚人抵抗马其顿的进犯，使埃托利亚人对罗马感到失望，结果埃托利亚人被腓力打败。此后，埃托利亚人反过来与腓力结盟，一起同罗马人进行战争，埃托利亚人在那场战争中以失败告终。到公元前3世纪末，迦太基失败已成定局，罗马开始谋划新的策略，再次与埃托利亚人结成联盟，反对马其顿。由此，一些研究者倾向于认为这部剧演出于这个期间，即在公元前201年～前200年左右。

　　这部剧本的开始和结尾都着重指出了它与当时的其他喜剧的不同。"开场词"强调剧中没有诱惑人的场面，没有那种令人难以启齿的词语，也没有狡猾的

[①] 关于"奥皮乌斯法"，参阅《一坛金子》导言。

妓馆老板，没有狡诈的伴妓，没有吹牛的军人。剧本结束时又再一次回到这个问题，称这是一部"符合良好道德风尚"的剧本，可以"使高尚者变得更高尚"。尽管这部剧本对于喜好热闹的罗马观众来说超乎寻常的严肃，但是它仍然会在观众的心里激起明显的市民感和社会责任感。

剧中描写了赎买俘虏的故事。在古代希腊罗马时代，凡是在战争中被俘虏的人，包括被攻陷城市的居民，便失去自由，成为胜利者的战利品而被瓜分。胜利者或是利用这些俘虏获得巨额赎金，或是把他们变卖为奴，获得巨大的收益。希腊著名传记作家普卢塔克在为雅典著名政治家客蒙作传时讲了这样一个故事。

希腊军队打败波斯军队后获得大批战利品，由客蒙主持分配。客蒙让俘虏站到一边，把掳得的财物堆放到另一边。参战同盟者们认为这种分配不公平，这时客蒙提议他们可以首先任意挑选其中的一份，剩下来的归雅典人。同盟者选择了那些财物，包括许多贵重的波斯珍宝、饰物、服装等，剩下的那些不惯于劳动的裸身俘虏便归雅典人。然后在他们班师返回的途中，那些俘虏的亲友们纷纷前来为他们的亲人赎身，结果客蒙得到巨额赎金，除了可以满足舰队四个月的给养外，还为国库留下了大批财富。① 由此可见，在当时无论对于个人或是对于国家，俘虏赎金都是一种重要的财富来源。

罗马一直连绵不断地进行各种战争，特别是与迦太基进行的战争激烈而残酷，剧中描写的为被俘的亲人赎身在当时是常见的事情。战争的情势变幻莫测，当观众们观看这部剧本时，他们必然会想到自己参战的亲人的命运。剧中描写的被俘者的悲苦必然会激起观众的同情，引起观众的共鸣。

剧中特别表现了两个俘虏之间的友谊和对誓言的忠诚。被俘奴隶主动提出与同时被俘的主人互换身份，以使主人获释。主人也深感奴隶的恩惠，信守诺言，按照约定的条件，如期返回来，不仅带回来赫吉奥被俘的儿子，还带回来早年赫吉奥的逃跑奴隶，从而使得赫吉奥认出了自己早先被拐走的另一个儿子。

古代罗马人重视信守诺言。罗马著名演说家西塞罗在谈到一个人应该履行自己承担的义务时认为："甚至有些个人为情势所迫，对敌人作出了某种承诺，那也应该忠诚于自己的诺言。"接着他列举了两个古罗马人的例子加以说明。一个是关于瑞古卢斯的故事。马·阿提利乌斯·瑞古卢斯（Marcus Attilius Regulus）于公元前256年任执政官，公元前255年在北非被布匿人俘虏。他作为

---

① 参阅普鲁塔克：《客蒙传》第9节。

俘虏，在迦太基遭受了5年的折磨，直至公元前250年罗马在战争中占了上风，迦太基方面才把他释放，派他回罗马谈判交换俘虏的事情，要求他发誓会返回去。瑞古卢斯回到罗马后，在元老院会议上表示不同意遣返俘虏。尽管他的亲属和朋友想把他留下，而且他自己也知道，当迦太基人得知他在罗马并没有维护迦太基方面的利益，而是极力说服罗马人不要对迦太基让步时，将会是怎样的命运等待他，不过他认为执行允诺的义务高于个人安危，因此决定宁可仍然返回去接受惩处，而不是违背自己许下的诺言。他返回迦太基后，被布匿人残酷处死。

第二个是关于康奈战役后赎买俘虏的事情。在公元前216年的康奈战役中，迦太基统帅汉尼拔大败罗马军队，使罗马军队约有1万人被俘。汉尼拔派遣十个罗马俘虏代表返回罗马谈判赎俘问题，让他们立下誓言，如果他们不能使被俘的罗马人赎回，他们自己得返回去。罗马元老院拒绝了汉尼拔的赎俘要求，因此代表们按照誓言应承担的义务返了回去，其中包括那个发誓后实行了欺骗的人。那个人在受迦太基派遣离开军营后不久声称自己好像忘记了什么东西，又返了回去。当他再从军营出来后，便认为自己已经从先前的誓言的义务下解脱，因此回到罗马后不想再回去。元老院知道后，派人把他押送回迦太基军营。另一种说法是，那十个人以核查被俘人员为借口，认为自己已经从誓言的义务下解脱，就都留了下来。然而监察官仍然认为他们发了伪誓，剥夺了他们的许多权利，把他们降为下层市民。后来他们中有些人忍受不了心灵折磨，自杀而死，有些人则一直躲在家里，不敢在公共场所露面。①

尽管史家们对这两个事件的叙述不免有所润色，但由于这两个故事中包含的高尚的义务观，从而使它们一直被传为佳话。这些事件令人感动，无论是戏剧观众或普劳图斯本人都不可能忘记它们。他们在剧中看到的应该是符合当时大部分人对真正的人应有的责任感的看法的形象，剧中人物所表现出的友谊和诚信对于很看重信守诺言的罗马观众来说是非常难能可贵的，必定会博得罗马观众的赞赏。观众们应该会同意剧作者的看法，即这部剧本"能使高尚者变得更高尚"。

剧中门客埃尔伽西卢斯的形象曾经引起研究者们的不少争论。剧作家为埃尔伽西卢斯在剧中安排了三段较长的独白。第一段是第一幕的开场，埃尔伽西卢斯哀叹作为门客讨饭吃的艰难，自我解嘲；赫吉奥忙于赎儿子的事而无暇答理他。第二段是第三幕的开场，埃尔伽西卢斯仍然未能找到饭吃而返回来，决定去港口，为他首

---

① 参阅西塞罗：《论义务》，第1卷第13章；李维：《自建城以来》，第22卷第58~61章。

先得知赫吉奥的儿子返回打下伏笔。第三段是第四幕的开场，让埃尔伽西卢斯赶回来报告赫吉奥的儿子安全返回的消息。不难看出，剧作者很重视这一角色。不过剧作者交给这一角色的戏剧任务仅限于让他向"父亲"报告盼望已久的好消息，从而可以得到一顿美餐。其实这一任务甚至无须通过一个专门的角色来完成，这一点对于普劳图斯来说并不是难题。因此，普劳图斯安排这一角色显然还另有意图。一般认为，剧作家意在借助他的机敏而包含笑料的客串式的独白和对话，在一定程度上减轻剧情的沉重感，制造一点活跃气氛，来驱赶观众心里的忧郁。

不过不管怎么说，埃尔伽西卢斯这一角色似乎还是令人觉得，他对于剧情发展本身来说仍然是一个附加的东西，他的独白只是外在地纳入了戏剧范围，对剧中的人物关系没有任何影响。由此有些研究者提出，这一角色可能是通过"揉合法"（contaminatia），取自另外的剧本。也有研究者认为，由于埃尔伽西卢斯的独白中涉及一些具有罗马特色的风习，因此这一角色可能完全是普劳图斯独自创造的，并非来自希腊剧本。不过也有人认为，普劳图斯经常在剧本中给一些无疑是希腊原本的段落里插入一些对罗马生活和风俗的暗示或细节，以使自己的剧本与观众的观赏兴趣和想象之间产生更紧密的联系。由此认为，埃尔伽西卢斯这一角色不一定是普劳图斯独立创造的。

在阿里斯托芬的喜剧里，这样滑稽可笑的角色通常可以在"插曲"之后见到，用自己充满装疯卖傻的笑料来陪伴其他人物的表演。在各种民间戏剧表演中，也可以经常见到这样的角色。这样看来，便不应该把这一角色视为普劳图斯的独创，而是源自喜剧的固有因素。

有的研究者还认为剧中的时间概念有失误。菲洛克拉特斯在剧中自出发回去（第450行），至重新在观众面前出现（第928行）期间，安排好了许多复杂的事情，可能需要数天时间。剧作者显然已经考虑到这一点。剧中赫吉昂原计划把换被俘的儿子的事情待停战以后再办（第341~342行），但菲洛克拉特斯与廷达鲁斯策划好计谋后想随即实施，着急回去（第368行）。于是赫吉昂也动了心，催促他们尽快办（第398行）。剧中还特别强调，菲洛克拉特斯回来时乘坐的是"公家快船"（第874行）。这些交待显然符合当时把许多复杂的事件压缩地放在短暂的戏剧时间范围的要求。其实这种虚构戏剧时间的做法在后代戏剧里也是一种惯用手法，因此不妨可以把它看做是普劳图斯对虚拟戏剧时间概念的一种尝试。

剧中还有一些问题也曾经引起过争论，不一一赘述。

剧情梗概

赫吉奥之子在与埃利斯①人作战中被俘,
他还有个儿子四岁时被逃跑的家奴拐走。
于是父亲开始购买被俘的埃利斯人,
殷切地期望能够赎回那个被俘的儿子,
然而其中竟然买回了他先前丢失的儿子。
这个儿子与主人交换了服装和名字,
为了让主人获释,自己甘愿忍受惩罚。
主人带回他被俘的儿子和逃跑的家奴,
经过讯问,赫吉奥认出了另一个儿子。②

---

① 埃利斯位于希腊伯罗奔尼撒半岛西北部。
② 此剧情梗概是古代学者为本剧所撰,并不是原作者的手笔。

人　物

埃尔伽西卢斯　门客

赫吉奥　老人

洛拉里乌斯　赫吉奥的奴隶

菲洛克拉特斯　青年，埃利斯俘虏

廷达鲁斯　菲洛克拉特斯的家奴，战斗中和主人一起被俘

阿里斯托丰特斯　青年，埃利斯俘虏

小奴隶

菲洛波勒穆斯　青年，赫吉奥的儿子

斯塔拉格穆斯　赫吉奥的奴隶

科拉孚斯　赫吉奥的奴隶

看守、奴隶数人

地　点

希腊埃托利亚[①]一城市，赫吉奥的住屋前。

时　间

上午。

---

① 埃托利亚位于希腊西部，与位于伯罗奔尼撒半岛的埃利斯隔海相望。

开场词

朗诵者

  （手指站在赫吉奥屋前的
   廷达鲁斯和菲洛克拉特斯。
    他们戴着镣铐，旁边有奴隶看守。）
 你们现在看到，这里站着两个俘虏，
 旁边站着看守。俘虏站着，不是坐着，
 这一点你们可以作证，我说的是实话。
  （指赫吉奥的住屋）
 住在这里的老人名叫赫吉奥，
  （指廷达鲁斯）
       是他的父亲。
 至于他是怎样成了他父亲的奴隶，   5
 我这就向大家介绍，请大家注意听。
 原来这位老人曾经生有两个儿子，
 其中一个四岁时被一个家奴拐走，
 那个家奴逃跑时带着他前往埃利斯，
 卖给了
  （指菲洛克拉特斯）
   他的父亲。你们听明白了？很好！   10
  （听见后排有人叫嚷）
 哎呀①，后面那位说他没有听明白。
  （对观众）
       让他往前坐！
  （见观众没有动，继续对后排的观众）

---

① 感叹词"哎呀"的原文是借用海格力斯之名作出的惊呼。

喂，如果你没有地方坐，那你不妨
（指剧院出口）
　　　　　　　　　去那里溜达，
我看既然你是存心想让演员当乞丐！
别误会，我不会为了你而喊破嗓子。
（对观众）
你们诸位在坐的论家产都属殷实人家，　　　　　　　　15
为了不使我负债，敬请你们把话听完。
我刚才说到，他父亲的那个家奴
从他家逃跑时拐走了小主人卖了。
是他的
（指菲洛克拉特斯）
　　　　　　父亲买下了，就交给他使唤，
因为当时他与那孩子的年龄差不多。　　　　　　　　20
（指廷达鲁斯）
现在他在家里给父亲当奴隶，父亲却不知道。
啊，众神戏弄我们凡人完全犹如玩儿皮球！
你们现在已经明白他是怎样丢失了一个儿子。
在埃托利亚人与埃利斯人开战之后，如同在
战斗中经常发生的那样，他的另一个儿子被俘。　　　25
在那边，医生墨纳尔胡斯在埃利斯买下了他。
在这里，这位父亲则开始购买起埃利斯俘虏，
希望能够从中找到一个可用来交换被俘的儿子，
没想到现在在他家的这个俘虏也是他的亲生儿子。
只因为昨天他听说俘虏了一个埃利斯骑兵，　　　　　30
那个埃利斯骑兵家境富有，出身高贵，
他便不惜一切钱财，只因为痛惜儿子，
唯愿能够容易地让被俘的儿子返回来，
就从战利品中向市政官买下了这两个俘虏。
然而他们两人却策划了一个阴谋，　　　　　　　　　35
这个奴隶

（指廷达鲁斯）

　　　　想这样能使他的主人获释回去。
为此他们互相交换了衣服，更换了姓名。
那一个
（指菲洛克拉特斯）

　　　叫菲洛克拉特斯，这一个
（指廷达鲁斯）

　　　　　　　叫廷达鲁斯，
他们就要互相饰演：
　　　　　那个饰演这个，这个饰演那个。
（指廷达鲁斯）

他现在就要非常机警地进行这场阴谋， 40
好让自己的主人获得自由，然而令他
意想不到的是，他同时也将援救自己的兄长，
使他获得自由，返回祖国，回到父亲身边。
正如在许多情况下经常发生的那样：一个人的
无意之举带来的好处往往远胜过他有意的善行。 45
他们确实是无意地为了进行这场欺骗，
这样进行准备，这样计划阴谋，
并且这样作了安排，都出于个人自愿。
（指廷达鲁斯）

他将留下来给自己的父亲当奴隶，可他
并不知道他是在给自己的生身父亲当奴隶。 50
我一想到这里便不禁感慨：人生多么可怜啊！
这就是我们将要表演的剧情，对你们来说是戏。
不仅如此，此外我还想稍微给你们作一些提示，
它们无疑会有助于你们更好地理解这部剧本。
此剧并非按惯常手法编写，与其他剧本迥异： 55
剧中没有那些粗俗的诗句，令人难以启齿，
没有不守信义的妓馆老板，没有心地邪恶的伴妓，
没有吹牛夸口的军人。你们也不要因为我刚才

说到埃托利亚人和埃利斯人在进行战争而惊颤，
战斗是在剧场之外，在很远的地方进行。　　　　　　　　60
大家也都知道，我们身着喜剧服饰，
从而不可能要求我们突然改演悲剧。
若有谁想看战斗场面，就请他挑起争执：
如果他有幸碰到一个强手，我敢担保，
他会经历一场如此不令他称心的战斗，　　　　　　　　65
以至于从此会不再想观看任何战斗场面。
（转身）
我该离开了。诸位平日的公正法官，
战时的杰出战士，祝你们称心如意！
［朗诵者及俘虏、看守下。

第一幕

第一场

[埃尔伽西卢斯上。

埃尔伽西卢斯

（样子显得饥饿而可怜）

年轻人送给我一个诨名，称我是"斯科尔托"①，

因为通常我赴他们的宴会总是不邀而至。   70

我知道嘲笑我的人认为这个名字不雅观，

我却要说取得好。宴会上浪荡哥儿们掷骰子，

他们一面抛掷，一面呼喊着姘头的名字。

这是吁请还是不吁请？当然是吁请！

天哪，对于我们门客来说更应该是这样，   75

既然从没有哪个人正式招呼、邀请我们赴宴。②

我们门客同老鼠一样，吃的是别人的饭食。

假期到来，人们纷纷前往乡间消夏，

---

① "斯科尔托"的原文是Scorto，源自 scortum，意为"皮革"，借指行为放荡的男女，尤指娼妓。

② 把不邀而至地赴宴的门客称做"斯科尔托"，包含着一个机敏的文字游戏。浪荡子们掷骰子玩时，常常得意忘形地呼唤姘头（scortum）的名字，吁请（invocare）她们助佑取胜。拉丁文"不速之客"（invocatus）与"被呼唤的"、"受邀请的"（invocatus）同形同音。利用这两个字的同形同音，"不速之客"便成了"被呼唤的"，并由此引申为"姘头"、"娼妇"。反过来，埃尔伽西卢斯觉得自己既然被称为"斯科尔托"，那他赴宴便是受邀请的，而不是不邀而至，借以自我解嘲。

我们的牙齿也只得跟着空闲休假。
又如同蜗牛，暑热天藏身于窝壳， 80
没有雨露时就靠自身的汁液生活，
门客也是一样，假期里缩身于窝居，
可怜地靠自身的浆汁勉强维持生命，
直到他们赖以饱餐的人从乡间返回。
这期间我们门客苦熬得像瘦瘠的猎犬， 85
但社会事务恢复后，我们门客便也像
墨洛西斯①猎狗般令人烦腻、嫌恶地吃喝。
不过在这里，若是有哪位身为门客，
却不堪忍受挨嘴巴或用脑袋碰瓦罐，
那他便只好到特里格弥纳城门②外 90
去掮口袋。我不是不可能面临这种危险，
我现在正担心这样的命运会降临于我。
要知道，我的庇护人已经被敌人俘虏，
因为埃托利亚人正在与埃利斯人作战。
此地是埃托利亚，他在埃利斯那边被俘，
他名叫菲洛波勒穆斯，就是住在这屋里的 95
老人赫吉奥的儿子，这座屋子现在
使我伤心，我一看见它便泪水盈眶。
现在老人为了儿子，干起了不光彩的、
一种与他的本性完全背道而驰的职业：
他开始购买俘虏，希望能够从中找到 100
一个人，可以用来交换自己的儿子。
我多么希望他的愿望能够实现啊！
他要是换不回儿子，我就没地方有饭吃。

---

① 墨洛西斯是希腊伯奔尼撒半岛埃皮罗斯一城市。
② 特里格弥纳城门（Porta Trigemina）位于罗马阿维提努姆山冈北麓，台伯河边，可能是由于古时有三座拱门而得名。在雅典，当门客忍受不了主人在人格和肉体上对他们的凌辱时，常常跑到雅典西南方的皮赖欧斯港（Piraeeus portus 又译比雷埃斯港）去干活，自谋生路。与寄生的门客相比，那自然要辛苦得多。在这里，普劳图斯把皮赖欧斯港改成罗马的特里格弥纳城门。

我对其他人不抱希望，他们只关心自己。
唯有这个年轻人仍然保持着传统品性，　　　　　　　　　　105
我从来没有用什么感恩去讨他的欢心。
他的父亲也具有与他一样的品性。
我现在就是去找他。
（走向赫吉奥的住屋）
　　　　　　　不过屋门开着，
我以前总是酒足饭饱地从这扇门走出来。
（退到一旁）

第二场

［赫吉奥、洛拉里乌斯由屋内上。

赫吉奥

（未发现埃尔伽西卢斯，对洛拉里乌斯）
你注意听着，我昨天在市政官那里，　　　　　　　　　　110
从战利品中挑选买来的那两个战俘，
你给他们戴上你现在提着的普通锁链，
把他们现在正戴着的重镣铐换下来。
允许他们来回走动，屋里屋外都可以，
不过你必须特别留神地看守他们。　　　　　　　　　　115
不加看守的俘虏就像未养乖的鸟，
他们只要一看到出现合适的机会，
便会逃跑，从此你别想再捉住他们。

洛拉里乌斯

当然，我们都希望成为自由人，
而不想当奴隶。

赫吉奥

　　　　看来你并不是这样。①　　　　　　　　　　　120

---

① 指未看见他平日积攒钱，以准备为自己赎身；参见下文。

洛拉里乌斯

如果我付不了赎身钱,你会让——
                让我付诸脚力吗?

赫吉奥

你如果想付给我那个,我也会
            立即有东西付给你。

洛拉里乌斯

但愿我能够是犹如你所说的那种未养乖的鸟。

赫吉奥

看着办!你若想那样做,我就让你进鸟笼。
闲话说够了!记住我的吩咐,赶快进屋去! 125
我现在去找我的兄弟,看我买的其他俘虏,
他们昨天夜里在那边有没有闹出什么乱子。
我不一会儿就会立即从那边返回来。
〔洛拉里乌斯进屋。

埃尔伽西卢斯

(旁白)

啊,真令人痛心!这位老人只因为
儿子遭厄运,竟然干起了狱吏的行当! 130

(轻声地)

不过只要他那被拘押在远方的儿子能回来,
他即使会成为刽子手,我也很乐意。

赫吉奥

(察看)

谁在这里说话?

埃尔伽西卢斯

(上前)

        我,正分担着你的忧愁,
忧愁正使他很快地消瘦、衰老、枯槁。
我现在可怜地消瘦得只剩下皮和骨头,
在家里不管吃什么东西,总是食而无味。 135

赫吉奥
  （旁白）
  不过我在外面无论吃什么东西，
  只要尝上一口，就会感到特别舒畅。

赫吉奥
  你好，埃尔伽西卢斯！

埃尔伽西卢斯
      愿神明们保佑你，赫吉奥！
  （擦眼泪）

赫吉奥
  请不要哭！

埃尔伽西卢斯
    我能不为他哭泣吗？我能不为
  这样一个好青年而伤心落泪吗？

赫吉奥
        我一向知道，   140
  你是我儿子的忠实朋友，他对于你也一样。

埃尔伽西卢斯
  我们这些凡人，只是在我们拥有的东西
  失掉之后，我们才领悟到它们的价值。
  我只是在你的儿子被敌人俘虏之后，
  才真正领会到他的好处，我真的想念他。 145

赫吉奥
  你是一个外人，都为他的不幸感到如此痛苦，
  我是他的父亲，只有这一个儿子，又该如何啊？

埃尔伽西卢斯
  我是外人？对他来说，我是外人？哎呀，赫吉奥，
  请你不要这样说，心里也不要这样想！他是你
  唯一的儿子，对我来说也是唯一的，且更有过之。 150
  （继续哭泣）

赫吉奥
  我赞赏你，你视朋友的不幸为自己的不幸。

（拍拍埃尔伽西卢斯的肩头）
年轻人，现在你可以振作起精神！

埃尔伽西卢斯

哎呀呀！

（使劲地揉肚子）
我这里正难受，我的吃饭大军溃败了。

赫吉奥

（嘲笑地）
难道你还没有找到一个人来统率
如你所说这支溃散了的吃饭大军？ 155

埃尔伽西卢斯

你会相信吗？自从你的菲洛波勒穆斯身陷囹圄之后，
不管是谁，只要碰上这一崇高的任务，全都避而远之。

赫吉奥

请波卢克斯作证，人们回避领受这一任务，
没有什么好奇怪，因为你需要很多很多的兵，
各种不同军种的兵：你需要皮斯托瑞西斯兵， 160
而皮斯托瑞西斯兵又分为好多种类，
你需要布匿西斯兵，普拉肯提努斯兵；
你还需要图尔得塔努斯兵，菲克杜伦西斯兵；①
此外，你也很需要各种海上值勤水兵。

埃尔伽西卢斯

如同隐居的杰出天才常常不被人们发现， 165
现在这样一位将才还混在普通民众之中。

---

① 赫吉奥模仿埃尔伽西卢斯的口吻，以食物寓指兵士，把这些食品的名字稍加变形，与罗马人征讨的一些城市或部族的名字相谐音，这样观众听起来既耳熟，又可笑。"皮斯托瑞西斯"（Pistorenses）由"面包工"（pistor）一词而来，与罗马北方埃特鲁里亚的皮斯托里亚（Pistoria）谐音；"布匿西斯"（Paniceus）指面包、麦饼之类（panes），与罗马人的宿敌布匿人（Punici）谐音；"普拉肯提努斯"（Placentinus）指馅饼（placenta），与高卢的普拉肯提亚（Placentia）谐音；"图尔得塔努斯"（Turdetanus）指鹌鸟（turdus），可能与西班牙南部地区Turdetani人谐音。"菲克杜伦西斯"（Ficedulenses）可能指柳莺（ficetula或ficedllum），也可能指无花果（ficus）。

赫吉奥
　　好啦，你振作起精神吧！我想也许就在这几天，
　　我便可能会让我那个被俘的儿子返回家来。
　　你看，
　　（指屋里）
　　　　　这屋里有个被俘的埃利斯青年，
　　他出身非常高贵，家境也很富有，　　　　　　　　　　170
　　我想用他会把我那个儿子换回来。

埃尔伽西卢斯
　　愿神明保佑！不过你现在是不是
　　应邀要去哪里赴宴？

赫吉奥
　　　　　　据我所知，没有人邀请我。
　　不过你问这个干什么？

埃尔伽西卢斯
　　　　　　　因为今天是我的生日，
　　因此我希望你邀请——你自己去家里吃饭。　　　　　175

赫吉奥
　　说得妙！不过有个条件：如果饭菜简陋，
　　到时候你可不要嫌弃。

埃尔伽西卢斯
　　　　　　只是不要太简陋就可以，
　　因为我平常在家里经常用简陋的饭菜招待自己。
　　得了，就像买卖成交那样：
　　（稍停，正正经经地）
　　　　　　　若没有别的人请我去吃
　　更丰盛的午饭，叫我和我的朋友们感到更为称心，　　180
　　那我就按我的条件与你像拍卖田产那样，敲定了。

赫吉奥
　　你拍卖给我的不是田产，是填不满的肚子。
　　不过你如果想来，到时候就来吧。

埃尔伽西卢斯

         哦,我现在就有空。

赫吉奥

  不,你再去逮野兔吧,你现在逮着的只是只刺猬。
  要知道,我家的饭菜就像在石头路上滚过的一样。   185

埃尔伽西卢斯

  你这话吓不住我!赫吉奥,请不要存有这种念头,
  到时候我会首先在牙齿上钉上马蹄铁,再前来。

赫吉奥

  我家的饭菜确实很难下咽。

埃尔伽西卢斯

        难道你们吃的是荆棘?

赫吉奥

  午餐全是地上长的。

埃尔伽西卢斯

        猪这种东西也是地上长的。

赫吉奥

  主要是各种蔬菜。

埃尔伽西卢斯

       你回去这样关照病人吧。   190
  (准备离开)
  你还有什么话想说?

赫吉奥

       那你到时候来吧。

埃尔伽西卢斯

       这事用不着你提醒。
  〔下。

赫吉奥

  (看着埃尔伽西卢斯离去的背影)
  我现在首先得进屋去,在里面清一下账,
  好知道在钱庄主那里我还存有多少钱,
  然后正如刚才所说,赶紧去我兄弟那里。
  〔进屋。

第二幕

第一场

[洛拉里乌斯和其他看守奴隶带着廷达鲁斯
　和菲洛克拉特斯由赫吉奥屋内上；
　廷达鲁斯和菲洛克拉特斯戴着锁链。

洛拉里乌斯

　　既然不朽的天神想要这个样子，让你们吃点苦头，　　　　195
　　那你们就耐心地忍着吧：如果你们能够这样对待，
　　苦痛就会容易忍受些。我想你们在家都是自由人，
　　现在你们既然被囚为奴，那就要顺应这一新的处境，
　　服从主人的命令，脾气放温和。即使主人做出什么
　　不应该的事情，你们也要视为理所当然地接受。

菲洛克拉特斯
廷达鲁斯

　　（齐声地）

　　　　　　　　　　　　　　　　　啊，啊！　　　　　　200

洛拉里乌斯

　　你们用不着这样悲叹，也用不着这样眼泪汪汪，
　　一个人在不幸之中能振奋精神，对他会有帮助。

廷达鲁斯

　　因为我们戴着锁链，耻辱啊！

洛拉里乌斯

然而，要主人
取下你们的锁链，同意放了你们，到时候
他却会后悔，因为他是花了钱把你们买来。   205

廷达鲁斯

他怕我们什么？要是他放了我们，
我们知道自己应该承担什么义务。

洛拉里乌斯

你们想逃跑，我知道你们在打什么主意。

菲洛克拉特斯

我们想逃跑？往哪里逃？

洛拉里乌斯

逃回祖国去。

菲洛克拉特斯

嘿，你不该这样揣度我们，
把我们视为逃奴。

洛拉里乌斯

不，只要一有机会，我不会阻挠你们。   210

廷达鲁斯

（庄严地）
请你们允许我们提个请求。

洛拉里乌斯

你们有什么请求？

廷达鲁斯

请允许在没有你和你的这些助手监视的情况下，
让我们自己单独说几句话。

洛拉里乌斯

这可以。
（对着看守奴隶们）
你们走开点儿！
我们都到这边来！
（对廷达鲁斯）

不过你们说话要简短。

廷达鲁斯

噢，是的，我也是这样想。

（对菲洛克拉特斯）

现在你过来！   215

洛拉里乌斯

（对看守奴隶们）

你们离他们再远一点！

廷达鲁斯

你们答应了
我们的请求，我们俩非常感激你们，
我们能这样做，承蒙你们照顾我们。

菲洛克拉特斯

（对廷达鲁斯）

如果你也觉得有必要，那就让我们再走过来一点，
离他们再远一点，使他们不可能听到我们的谈话，   220
使得我们正在策划的这一计谋不会被泄露出去。

（二人走得离看守奴隶们更远一些）

要是行事不机敏，预定的计谋就成不了计谋，
而事情一旦败露，还会带来更为严重的后果。
现在尽管你扮成是我的主人，我扮成是你的奴隶，
然而我们还得多加注意，多加小心，要始终保持   225
清醒的头脑，尽可能地避开监视我们的人们，
必须谨慎地、机敏地、认真小心地行动。
我们已经开始着手一件非常重要的事情，
容不得半点疏忽。

廷达鲁斯

我不会使你失望。

菲洛克拉特斯

但愿如此！

廷达鲁斯

　　　　　现在你看到，我为了保全你那宝贵的生命，
　　　　　甚至不惜以我自己的宝贵生命为代价。　　　　　230

菲洛克拉特斯

　　　　　我知道。

廷达鲁斯

　　　　　　但愿在你得到你所希望的东西后，你仍然能
　　　　　做到"我知道"，因为差不多绝大多数的人都是这样：
　　　　　当他们渴望得到他们向往的某种东西时，他们表现得
　　　　　像是个高尚之人，然而当他们的希望一旦实现时，
　　　　　他们便由高尚之人一下子变成为最卑鄙无耻的小人。　235
　　　　　不过我觉得，你现在是我希望看到的那种人。
　　　　　[我如同是在对自己的父亲一样对你说这些话。]

菲洛克拉特斯

　　　　　天哪，我如果可以这样称呼你，我应该称你为父亲：
　　　　　除了我的生身父亲，你现在是我最亲近的人，亲如父亲。

廷达鲁斯

　　　　　我知道。

菲洛克拉特斯

　　　　　　正因为是这样，因此我想再一次提醒你记住：　　　240
　　　　　我现在不是你的主人，而是你的奴隶。请你注意：
　　　　　既然那些不死的天神们向我们显示出他们的意志，
　　　　　让我由你的主人变成与你一起受同一主人奴役的奴隶，
　　　　　以前我总是根据我的权力发号施令，现在我却要请求你，
　　　　　以变幻无常的命运的名义，以我父亲仁慈对待你的名义，　245
　　　　　以敌人强使我们陷入的共同受奴役的命运的名义请求你，
　　　　　请你不要再不合适地像先前给我当奴隶时那样尊敬我，
　　　　　而是要记住，在这之前你是什么人，现在又成了什么人。

廷达鲁斯

　　　　　我知道，现在我成了你，你成了我。

菲洛克拉特斯

　　　　　　　　　　　　　唉，你如果能够

牢记这一点,那么我们的这一计谋也许有成功的希望。　　　　　250

第二场

[赫吉奥由屋内上。

赫吉奥

（回身对着屋内）

等我把希望知道的情况盘问清楚,我就立即回屋来。

（对洛拉里乌斯等人）

刚才我吩咐你带到这屋门口外边的那两个人在哪里?

菲洛克拉特斯

（上前）

请波卢克斯作证,我看你是为了防备我们被人发现,
便这样用锁链和看守在我们的周围筑起了一道围墙。

赫吉奥

一个人即使认真防备自己受骗,也往往是防不胜防,　　　255
甚至在他自以为已经严加防备时,也常常会中圈套。
难道我没有合法的权力对你们严加看管?要知道,
我花了那么大价钱把你们买来,而且付的是现钱。

菲洛克拉特斯

请波卢克斯作证,我们不能因为你看管我们而指责你;
若我们看到机会合适而逃跑,你同样也不要责备我们。　　260

赫吉奥

如同你们在这里,我的儿子在你们那边也在受人看管。

菲洛克拉特斯

他被俘了?

赫吉奥

是的。

菲洛克拉特斯

这样说来,世上不只是我们不勇敢。

赫吉奥

你走过来一些！
（领着菲洛克拉特斯离开廷达鲁斯远一些）
我有些情况想单独问问你，
我希望你不要对我说假话。

菲洛克拉特斯
不会的，只要我知道；
要是我不知道，我就只好回答你说不知道。 265

廷达鲁斯
（高兴地，旁白）
现在老头子有如坐在理发馆里，主人已经拿起了剪子。
他怎么也没有想到给自己穿件罩衫，以防把衣服弄脏。
不过他是简单地给他梳理梳理，还是要把他完全剃光，
现在还说不准。他如果在行，我想他会把他剃个精光。

赫吉奥
你是怎么考虑？是想当奴隶，还是想做自由人？你告诉我。 270

菲洛克拉特斯
什么距离欢乐最接近，距离苦难最遥远，什么就是
我所希望，尽管奴隶处境并没有怎么使我感到难受，
我在这里受到的待遇，就像我是你们家的儿子一样。

廷达鲁斯
（旁白）
好！即使要价只一塔兰同，我也不会去买米利都的泰勒斯①，
因为在这样的睿智者面前，他只是一个可怜的饶舌家。 275
主人关于他自己的奴隶处境的话说得多么巧妙啊！

赫吉奥
那个菲洛克拉特斯出身于什么家族？

菲洛克拉特斯
出身于波吕普卢西乌斯家族，
在当地那是一个既富有，又非常受人尊敬的家族。

---

① 米利都是小亚细亚西部古城，米利都的泰勒斯（约公元前624～前547年）是古希腊哲学家，古希腊人尊其为著名的"七哲"之一。

赫吉奥

　　他本人怎么样？也很受人尊敬吗？

菲洛克拉特斯

　　　　　　那还用说，绝大多数人都敬重他。

赫吉奥

　　按照你刚才说的话，他在埃利斯是个受人尊敬的人。

　　〔那么他的家产呢？很肥吗？

菲洛克拉特斯

　　　　　　老头子都把它们熬成油了。〕　　　　　280

赫吉奥

　　什么？他的父亲还活着？

菲洛克拉特斯

　　　　　　我们离开时是把他活着留下，

　　现在他是不是还继续活着，奥尔库斯①自然该知道。

廷达鲁斯

　　（旁白）

　　事情很顺利！他不仅假话连篇，还故弄玄虚。

赫吉奥

　　他叫什么名字？

菲洛克拉特斯

　　　　　　他的名字叫金银财宝库斯。

赫吉奥

　　看来，显然是因为他钱财太多才取了这么个名字。

菲洛克拉特斯

　　不，波卢克斯作证，是因为他既贪婪，又守财。

　　〔要知道，他真正的名字叫特奥多罗墨德斯。〕

赫吉奥

　　你说什么？他父亲是不是很吝啬？

---

① 奥尔库斯古罗马神话传说中的死神。

菲洛克拉特斯

　　　　　　　　　　　是的，简直吝啬到极点，
举个例子你就会更清楚。他给自己的守护神献祭时，　　　　290
祭礼上使用的杯盘全都是萨摩斯产品，①好像神明
会把祭具拿走。由此你可以想见他会如何信任别人。

赫吉奥

好，好，你跟我来！
（旁白）
　　　　　　　　　　　我想再问问他一些情况。
（朝廷达鲁斯走去，指着菲洛克拉特斯）
菲洛克拉特斯，他刚才做了能干之人应该做的事情。
我从他那里已经知道了你的出身，他对我供认不讳。　　　295
你如果对有关情况也能如实招供，那会对你有好处，
虽然我从他那里已经知道。

廷达鲁斯

　　　　　　　　　　　他算是尽了自己的义务，
向你供认实情，尽管我本来很想对你，赫吉奥，
隐瞒我的高贵身份，隐瞒我的家世和财富。
现在既然我不仅丧失了祖国，也丧失了自由，　　　　　　300
我认为他惧怕你胜过惧怕我，那是理所当然。
敌人的威力把我降到与他相等的地位。我记得，
他本来都不敢用言语顶撞我，现在就让他用行动加害我吧！
不过你看见没有？命运是怎样随意地支配和摆布我们！
我原是个自由人，现在成了奴隶，由顶峰跌到最底层；　　305
我原习惯于对别人发号施令，现在却得听命于他人。
当然如果我能得到一个与我在家做主人时类似的主人，
那我就可以用不着担心会受到不合情理或残酷的对待。
赫吉奥，我想提醒你一点，也许你听起来可能不顺耳。

---

① 参阅《巴克基斯姐妹》第202行注。

赫吉奥
　　你就大胆地说吧!
廷达鲁斯
　　　　　　我和你的儿子一样,以前也是自由人; 310
　　我和他的遭遇也一样,敌人的手夺去了我们的自由,
　　他现在在我们那里当奴隶,我现在在你这里当奴隶。
　　肯定存在神灵,对我们的所作所为神都听得到,看得见,
　　你在这里怎样对待我,神也会吩咐那里的人同样对待他。
　　善行会得到应有的善报,恶行也会遭到应有的恶报。 315
　　就像你想念你的儿子一样,我的父亲也同样在想念我。

赫吉奥
　　你说的这些我都知道。不过你招不招认
　　　　　　他向我供认的情况?

廷达鲁斯
　　我承认我父亲家里拥有非常巨额的财产,
　　我出身也高贵。不过我请求你,赫吉奥,
　　不要因为我家的财富而使你的心灵变得更贪婪, 320
　　以至于尽管我是独子,父亲甚至宁可让我
　　在这里给你为奴求吃穿,而不想让我回家去行乞,
　　过那种尽管在人们看来也是很不体面的日子。

赫吉奥
　　〔仰仗神明恩泽和祖辈功德,我已经很富有。〕
　　我认为,并非任何一种获利对人都有益处: 325
　　我知道,获利已经使许多人变得鄙陋不堪,
　　使得有时遭受损失,甚至比获利更为有益。
　　我讨厌金钱,它常使许多人产生种种邪念。
　　现在你注意听我说,以求真正知道我的打算。
　　我的儿子在埃利斯被俘后在你们那里当奴隶, 330
　　你如果能把他还给我,我就不要任何赎金地
　　释放你们两人,但你不可能用别的办法离去。

廷达鲁斯

你的建议很公平，很合理，你是一个非常高尚之人。
不过他在那边当奴隶是为私人，还是为公共所有？

赫吉奥

是医生墨纳尔胡斯的私人奴隶。

廷达鲁斯

（旁白）

天哪！他恰好是主人的门客。 335

（对赫吉奥）

事情对你来说实在太容易，犹如雨水顺檐而下流淌。

赫吉奥

你要设法为他赎身！

廷达鲁斯

我设法去办。不过，赫吉奥，我有个请求。

赫吉奥

什么请求？只要于事情有利，我都照办。

廷达鲁斯

你仔细听，就会知道。
在你的儿子回到这里之前，我并不要求你释放我，
不过我请求你给他

（指着菲洛克拉特斯）

开个价，我想派他去见父亲， 340
以安排赎你儿子的事宜。

赫吉奥

不，不，还是稍等些时日。
等停战以后，我会派别的人去那边见你的父亲，
他会按照你的吩咐，像你希望的那样去完成使命。

廷达鲁斯

不能派一个陌生人去他那里，那样会白费力气。

（指菲洛克拉特斯）

你就派他去，他到了那里，会把一切都安排妥当。 345
无论你派别的什么人去，都不可能比他更忠实可靠，

而且没有哪个奴隶会比他更能使老人家感到放心，
更感到并非冒失地在今天把自己的儿子托付给他。
你不用担心，我自己甘冒风险用来考验他的忠实，
我信赖他的品性，他也知道我待他一向满怀善意。 350

赫吉奥

那我就凭你的信义给他开价，既然你这样希望。

廷达鲁斯

是这样，
并且我希望这件事能尽快付诸实施，而且愈快愈好。

赫吉奥

要是他不返回到这里，那时你得付我二十谟纳，
你有什么异议？

廷达鲁斯

没有，我完全同意。

赫吉奥

（对洛拉里乌斯等人）

你们现在放了他，
把那个也放了。

廷达鲁斯

愿全体神明保佑你诸事顺遂！ 355
你给了我这么大的荣誉，为我取下了锁链。
（活动活动身子，旁白）
现在就好受多了，既然颈项上没有了脖圈。

赫吉奥

这就像常言道：好事为好人，好人受感激。
现在你既然想派他去，那就通知他，告诉他，
你要他对你父亲说些什么。我叫他过来？

廷达鲁斯

你叫吧！ 360

第三场

赫吉奥

（走近菲洛克拉特斯）
你现在的新主人希望你能为你以前的主人办件事，
这件事情对我和我的儿子，对你们自己都有好处，
他本人希望你去办，并且要求你能忠实地去履行。
事情是这样：我和他已经商定，把你作价二十谟纳，
而他则答应说，他想派你从这里前往他父亲那里，　　　　　365
让他的父亲在那边赎出我那个被俘虏的儿子，
这样我和他之间便好以各自的儿子相互作交换。

菲洛克拉特斯

我的天性生来就是可以朝着两个方向转动，
朝着你和他；你们可以像转动车轮那样转动我：
让我转向这边或是转向那边，全凭你们吩咐。　　　　　　370

赫吉奥

你凭借这种天性会给你带来极大的好处，
既然你能像所要求的那样忍受奴隶处境，
你现在就跟我来！
（领着菲洛克拉特斯朝着廷达鲁斯走去）
　　　　　看，这就交给你奴隶。

廷达鲁斯

　　　　　　　　　　我很感激你，
既然你为我创造了条件，提供了这样的可能
使我能够派遣他以使者的身份去面见双亲，　　　　　　　375
好让他去那里详详细细地向他们报告一切：
我在这里的情况，我希望他们为我做什么。
（对菲洛克拉特斯）
廷达鲁斯，现在我和他之间是这样商定：
我派你去埃利斯见父亲，已经说好了价钱，
如果你不返回到这里来，我将为你付给他

　　　　　　　二十谟纳。　　　　　　　　　　　　　　　　380

菲洛克拉特斯
　　　　　　　我认为你们作了一个正确的决定，
　　　　　　　因为父亲正在盼望我或别的什么人能从这里
　　　　　　　回去向他报告情况。

廷达鲁斯
　　　　　　　　　　因此现在请你认真注意听，
　　　　　　　我希望你回到祖国见到父亲后对他禀告些什么。

菲洛克拉特斯
　　　　　　　菲洛克拉特斯，我会一如既往地努力去完成，　　　385
　　　　　　　尽最大可能地使事情完全有利于你的谋划，
　　　　　　　我会全心全意、全力以赴地去努力，去争取。

廷达鲁斯
　　　　　　　这是你应该做的。现在我要你认真听我说：
　　　　　　　首先请问候所有的人：父亲、母亲、亲属
　　　　　　　和其他凡是你能见到的所有心肠善良的人，　　　390
　　　　　　　我在这里很平安，在给一个非常好的主人
　　　　　　　当奴隶，他一直很敬重我，现在也是这样。

菲洛克拉特斯
　　　　　　　这些你用不着吩咐我，我都会牢牢地记得。

廷达鲁斯
　　　　　　　若不是还有看守看着，我都可以认为自己是
　　　　　　　自由人。请告诉父亲，我在这里和他就他的儿子　　395
　　　　　　　作了怎样的协议。

菲洛克拉特斯
　　　　　　　我记得，你提醒我这些是在白耽误。

廷达鲁斯
　　　　　　　你让父亲赎出他的儿子，带回来交换我们两人。

菲洛克拉特斯
　　　　　　　我记得。

赫吉奥

菲洛克拉特斯

　　他迫切希望见到自己儿子的心情不会亚于你。

赫吉奥

　　我的儿子使我——每个儿子都使父亲感到亲切。　　　400

菲洛克拉特斯

　　还有什么事情需要禀告父亲？

廷达鲁斯

　　（茫然地）

　　　　　　　　　　你就说我在这里很平安，
　　并且你——你，廷达鲁斯，你要大胆地告诉父亲，
　　说我们习性相投，你没对我犯过错，我也没违拗过你，
　　在如此巨大的不幸之中对待主人仍然非常好；
　　你无论在行动上，还是在内心里都没有抛弃我，　　405
　　尽管面对这样的艰难困苦。父亲知道了这些后，
　　廷达鲁斯啊，他知道了你忠心对待他的儿子和他本人，
　　他绝不会如此吝啬，以至于不想释放你以表示感激。
　　我如果能从这里返回去，我会让他更加愿意这样做，
　　因为是你凭自己的努力、决心、勇气和智慧，　　410
　　使我有可能重新返回到父母亲的身边——
　　你在他面前供出了我的出身，供出了我的家世，
　　就这样凭借你的智慧，替你的主人解除了锁链。

菲洛克拉特斯

　　我是像你刚才说的那样做了，我很高兴你都记在心里。
　　你也应该受到我同样的称赞。不过我如果现在也来　　415
　　述说你，菲洛克拉特斯，为我做的那许多好事，
　　我想那一直要说到夜幕降临。你就像我的奴隶，
　　始终一直忠心地为我效劳。

赫吉奥

　　　　　　　　　　啊，愿神明保佑你们，

　　（旁白）

多么高尚的心灵啊！他们使我感动得热泪盈眶。
他们俩至诚地互助互爱。一个受到夸奖的奴隶 420
是怎样由衷地称赞他的主人！

廷达鲁斯

神明作证，他虽然这样
高度称赞我，可他自己应受的称赞更要超过百倍。

赫吉奥

（对菲洛克拉特斯）

好，由于你以前尽心效劳，现在时机来到，让你好好地
尽自己的责任，如果你能忠实地为他完成这件差事。

菲洛克拉特斯

不只是这一次，我希望能有更多的机会经受考验。 425
愿至高无上的尤皮特为我作证，赫吉奥，你会看到，
我不会背叛菲洛克拉特斯。

赫吉奥

你真是一个诚实之人！

菲洛克拉特斯

以后不管有什么事情，我会像对待自己一样对待他。

廷达鲁斯

我希望你刚才说的话能在行动上和实践中得到兑现。
我刚才还没有把想说的话都说完，请你继续注意听， 430
也请你注意，不要因为我将要说的话而对我生气。
不过我还是要请你想一想，你是凭我的信誉作价，
从这里放回去，现在我的生命在这里为你作抵押，
请你不要一离开我的视线，就立即把我完全忘记，
忘记了我是为了你而被你留在这里受囚当奴隶； 435
也请你不要认为自己已经是自由人，当我仍然被
留下作抵押，当你还没能送他的儿子回来交换我。
记住你是作价二十谟纳后，才被从这里放了回去。
你要做知己的知己，千万不要拿信义当儿戏：
我知道，凡是父亲应尽的义务他都会一一尽到， 440

而你要永远把我当做朋友，还结识了这个
（指着赫吉奥）

　　　　　　　　　　　　　　　新朋友。
我以我的右手，
（伸过右手握住菲洛克拉特斯的右手）

　　　　　　　就是现在握着你的手的这只手，
请求你，请你忠实于我，就像我忠实于你那样。
你行动吧！现在你是我的主人，保护人，父亲。
我的希望和期待全都寄托在你身上。

菲洛克拉特斯

　　　　　　　　　　　你嘱咐得很好，　　　　　　　445
如果我将完成你的这些嘱托，你会满意？

廷达鲁斯

　　　　　　　　　　　　　会满意。

菲洛克拉特斯

我回来的时候
（对赫吉奥）

　　　　　　会让你，
（对廷达鲁斯）

　　　　　　　　　也会让你感到满意。
你还有什么话要说？

廷达鲁斯

　　　　　　　　　愿你能尽快返回来！

菲洛克拉特斯

　　　　　　　　　　　　　当然。

赫吉奥

　　　（对菲洛克拉特斯）
你跟我来！我到钱庄那里取点钱给你做路资，
同时还要到市政官那里要张证件。

廷达鲁斯

　　　　　　　　　什么证件？　　　　　　　　450

赫吉奥

他须随身带着那证件去军营,好允许他取道回家。

(对廷达鲁斯)

你现在进屋去!

廷达鲁斯

祝你一路平安!

菲洛克拉特斯

再见!

[廷达鲁斯进入赫吉奥的屋子。

赫吉奥

(旁白)

天哪!我向市政官
买来这两个奴隶,终于使我的事情得到了如意安排。
但愿神明们保佑我,能让我的儿子摆脱为奴受苦!
关于要不要购买他们,我当时还曾经犹豫了好久。　　　　455

(对看守奴隶)

喂,奴隶们,你们在家要好好看着他,切不可
不加看守地让他乱跑。我一会儿就会返回家来。

[洛拉里乌斯和看守奴隶们带廷达鲁斯进屋。

　我得马上去兄弟那里看我买的其他奴隶情况如何,
同时问问,也许他们中间会有人认识这个年轻人。

(对菲洛克拉特斯)

你跟我来,好打发你上路。我想首先办了这件事。　　460

[赫吉奥带领菲洛克拉特斯下。

第三幕

第一场

［埃尔伽西卢斯沮丧地上。

埃尔伽西卢斯
　　一个需要到处找饭吃,最后好容易才找到的人的确可怜,
　　一个费尽心机去寻找,最后什么也没有找到的人更可怜,
　　一个急迫想吃点东西,可什么吃的也没有的人最是可怜。
　　天哪! 如果可能,我真想把今天这个日子的眼珠抠出来,
　　因为凡是活在世上的人今天都这样凶狠地对待我!　　　　465
　　我从没有哪一天比今天更饥饿,比今天更想吃东西,
　　比今天更加倒霉,无论我走到哪里,都是那样不顺心,
　　以至于看来今天我的喉咙和胃将不得不过一个戒斋节。
　　门客这行当真是个该狠狠诅咒的行业,现在的年轻人
　　把那些善于逗乐,但一贫如洗的人从自己身边赶走。　　　　470
　　他们把惯于坐板凳、挨拳头的拉科尼亚人拒之门外,①
　　因为这些人惯于挨鞭打,但一没有吃的,二没有钱花,
　　他们寻找那些在酒足饭饱之后乐意请他们去吃饭的人。
　　现在年轻人自己去采购食物,这在以前是门客的事情;

---

① 拉科尼亚位于古代希腊伯罗奔尼撒半岛东南部地区,斯巴达是其中心城市,这里用其代指斯巴达。斯巴达人素以尚武、简朴著称,他们注重对年轻人的体格锻炼,让他们不像古希腊罗马人通常在卧榻上用餐,而是坐在板凳上吃饭。埃尔伽西卢斯在这里把门客比作斯巴达人,是因为门客主要仰仗主人的施舍为生,主人吃饭的时候,门客通常坐在旁边的板凳上,边谈论说笑,边吃东西。

这些人现在自己光着脑袋,由广场直接去找妓馆老板, 475
犹如在社区法庭,犯人光着脑袋被宣布犯有罪行那样;
他们对可供逗乐的人们不屑一顾,只知道喜欢自己。
我刚才从这里离开之后,在广场上遇到一伙年轻人。
"你们好!我们去哪里用早餐?"我问。没人答理。
"谁说'这里'?谁答话了?"全都像哑巴一样不言语, 480
也不取笑我。"我们去哪里用午餐?"他们还是摇头。
我从以往的许多笑话中捡了一句最精彩的逗他们快乐,
我往日靠那些笑话通常可以得到一个月的丰盛筵席,
但这次谁也没有发笑。我立即明白了,他们串通一气。
他们当时甚至谁也不想哪怕稍许模仿一下发了怒的狗, 485
即使不想纵笑,那起码也得让自己呲呲牙、咧咧嘴。
于是我便离开了他们,在我看到自己这样遭冷落之后。
我去找另一伙人,再去找第三伙,第四伙,全都一样。
他们是合谋这样做,就像维拉布鲁姆广场①上的油商。
现在我从那里来到这里,因为我看到在那里受到了冷遇。 490
别的门客在广场上也都是这样徒劳地转来转去。
我现在已经决定要按照蛮族②法律去争取我的权利:
对凡是参加密谋,剥夺我们的食物和生命的人,
我都要控告,要求巨额罚金,足够我美餐十天,
且必须合我的口味,即使物价很贵。我就这么办。 495
现在我再去港口,在那里我有可能会吃上午餐;
如果这也落空,那我再回到这里吃顿简陋的午饭。
[下。

第二场

[赫吉奥领着阿里斯托丰特斯上。

---

① 维拉布鲁姆广场位于阿温廷努姆山冈和卡皮托利乌姆山冈之间,是古罗马重要的商业活动中心之一。
② "蛮族"指罗马人。

赫吉奥

有什么比办成一件事情，办得有利于公共利益，
就像我昨天所做的那样，能更令人高兴？
我昨天买下了那些俘虏，刚才不管谁见了我， 500
他们只要一碰到我，都要迎上来向我问候。
一路上，一会儿这个拉住我，一会儿那个拽住我，
使我疲惫至极，好不容易才摆脱了那些问候。
我终于到了市政官那里，勉强喘了一口气：
我向市政官申请通行证，他立即给了我， 505
我把它交给了廷达鲁斯，他已经上路回家。
我这样办完事情，便立即转身离开那里。
我直接去找兄弟，我买的其他俘虏都在那里。
我问他们有谁认识埃利斯的菲洛克拉特斯，
（指身旁的阿里斯托丰特斯）
这一位回答说，菲洛克拉特斯是他的同乡。 510
我告诉他菲洛克拉特斯现在在我家里，
他立即苦苦哀求我，要我准许他们相见；
我吩咐去掉了他的锁链。
（对阿里斯托丰特斯）
　　　　　现在你跟我来，
你曾经请求我让你见他，现在就去见他吧！
［赫吉奥领着阿里斯托丰特斯进屋。

第三场

［廷达鲁斯匆匆由屋内跑上。

廷达鲁斯

此时此刻，我与其活着，还不如早就死去： 515
希望，力量，救助，它们全都撇下我跑了。
今天这一天让我这样倒霉：我的生命已经
失去任何获救的希望，死亡已经不可避免，

怎么也无法消除我心头无比的恐惧。
我已经无法掩盖我用谎言设下的骗局, 520
[无法掩盖我做的虚假编造和伪装,]
我的冒失不会被饶恕,恶行无法开脱,
鲁莽找不到安全港,欺骗找不到避难所。
隐瞒的事情被公开,施展的诡计被揭穿,
整个计谋暴露了,我现在已经无计可施, 525
我陷入了绝境,将要为主人和我自己领受死亡。
是刚才进屋的那个阿里斯托丰特斯害了我:
他认识我,他是菲洛克拉特斯的同乡、挚友。
如果我不赶紧想出个什么新的计策来,
即使拯救之神愿意,现在也拯救不了我。 530
真见鬼!我要想个什么主意?想个什么办法?
我真无能,干了件大蠢事,现在被难住!

第四场

[赫吉奥、阿里斯托丰特斯上,
　数奴隶随上。

赫吉奥

刚才那家伙从屋里跑了出来,跑到哪里去了?

廷达鲁斯

（旁白）

我现在真的完了!廷达鲁斯啊,敌人正朝你走来!
我说什么好?我怎么编造?我否认什么承认什么? 535
现在整个事情都乱了。我对自己的事情还能抱什么希望?
阿里斯托丰特斯啊,神明怎么没有在你离开祖国之前
就让你死去?现在你把我安排好的事情给彻底搅乱。
如果我不想出一个什么新奇的计策来,就一切都完了。

赫吉奥

（对阿里斯托丰特斯）

你跟我来!

（指着廷达鲁斯）

他在这里，你过去同他说话吧!

[阿里斯托丰特斯向廷达鲁斯走过去。

廷达鲁斯

（旁白）

世上还有谁比我更命苦!

（不理睬阿里斯托丰特斯）

阿里斯托丰特斯

你这是怎么回事？
廷达鲁斯，我说你为什么总是避开我的眼睛， 540
像对待陌生人那样，就好像从来不认识我？
我现在和你一样也成了奴隶，尽管在家是自由人，
而你在埃利斯一直是奴隶，从小就是奴隶。

赫吉奥

请神明作证，他避开你的眼睛或者甚至讨厌你， 545
这不奇怪，因为你叫他廷达鲁斯，而不是菲洛克拉特斯。

廷达鲁斯

（拉过赫吉奥）

赫吉奥，在埃利斯，人们都知道他有癫狂病，
他如果胡扯些什么，你可别把它们听进耳朵。
你知道吗，他在家时曾经举着投枪追赶
他的父母亲! 他有病，那病须用唾沫驱赶。 550
你离他远一些!

赫吉奥

（对奴隶）

把他从我身边赶走!

阿里斯托丰特斯

无赖，你在说什么？
说我是疯子，说我举着投枪追赶过我的父母亲，
说我患有那种病，要对我吐唾沫才能驱病？

赫吉奥

你不用怕,许多人都害过你现在害的这种病,

对他们来说,吐唾沫是挽救,那样有好处。 555

阿里斯托丰特斯

你说什么?你相信他?

赫吉奥

我相信他什么?

阿里斯托丰特斯

你不是说我神志失常?

廷达鲁斯

你看见没有?他看人时眼神多么凶狠!你最好离开他,

赫吉奥,我已经对你说过,他有那种病,你可要当心!

赫吉奥

(离开阿里斯托丰特斯远一些)

当他称呼你是廷达鲁斯时,我就看出来了,他神志不清。

廷达鲁斯

他有时甚至连自己的名字都说不上来,不知道自己是谁。 560

赫吉奥

不过,他还是知道你是他的同乡。

廷达鲁斯

你可不要把它当真!

他还会把阿尔克迈昂、奥瑞斯特斯和吕库尔戈斯,①

也都说成是我的同乡。就像说他自己是我的同乡一样。

阿里斯托丰特斯

---

① 据古希腊罗马神话传说,这三个人物都曾因渎神或犯下违背天理的罪行而发疯。阿尔克迈昂是阿尔戈斯王安菲阿拉奥斯之子。安菲阿拉奥斯预知攻打忒拜城将会兵败将亡,因而躲起来不想参加,其妻埃里费勒受人贿赂,说出了他隐匿的地方,迫使他不得不参战,结果阵亡。阿尔克迈昂遵照父亲的遗嘱,为父报仇,打死了母亲,自己则在复仇女神的追袭下陷入了疯狂。奥瑞斯特斯是阿伽门农和克吕泰墨涅斯特拉的儿子,他也因替父报仇而弑母的罪行被报复女神追袭,陷入疯狂。吕库尔戈斯是色雷斯的埃多涅斯人的国王,有一次酒神经过他的国土时,他狂暴地攻击酒神,逼得酒神不得不狼狈地跳河逃跑。后来酒神为了报复,使他发了疯,用斧子砍死了自己的亲生儿子。

无赖，
你竟敢诬蔑我？难道我不认识你？

赫吉奥

是这样，请波卢克斯作证，
你不认识他，既然你把菲洛克拉特斯称做廷达鲁斯。 565
你看见的人你不认识，你看不见的人，你却叫他的名字。

阿里斯托丰特斯

不，是他把自己说成不在这里的人，矢口否认他实际上是谁。

廷达鲁斯

（有意暗示）
我现在发现你原来比菲洛克拉特斯还要更爱讲真话。

阿里斯托丰特斯

请神明作证，我看实际上是我发现你想用货真价实的
谎话来欺骗人。来，请你走过来，看着我！

廷达鲁斯

（泰然自若地注视着阿里斯托丰特斯）

怎么样？

阿里斯托丰特斯

你说， 570
你不承认自己是廷达鲁斯？

廷达鲁斯

我说了，我不是。

阿里斯托丰特斯

你说你是
菲洛克拉特斯？

廷达鲁斯

是的，我说过我是。

阿里斯托丰特斯

（对着赫吉奥）

你相信他？

赫吉奥

　　　　　　　　　　　　我相信他胜过
相信你和我自己，因为你说他是谁的那个人今天已经
从这里出发去埃利斯见他的父亲。

阿里斯托丰特斯

　　　　　　　他是奴隶，哪来的父亲？①

廷达鲁斯

　　　　　　　　　　你现在
也是奴隶，虽然你以前是自由人；我相信我也会　　　　575
成为自由人，如果我能够做到让
（指着赫吉奥）
　　　　　　　他的儿子恢复自由。

阿里斯托丰特斯

你这个无赖，你说什么？你说你生来就是"自由人"？

廷达鲁斯

我不是说我是"利柏尔"②，而是说是"菲洛克拉特斯"。

阿里斯托丰特斯

你胡扯些什么？
（对着赫吉奥）
　　　　　　赫吉奥，他是个无赖，他正在嘲弄你。
他自己是个奴隶，除了他本人，他从未有过奴隶。　　　　580

廷达鲁斯

（傲视地）
因为你本人在国内是个穷光蛋，都没有自己的住屋，
现在你是想让大家都像你一样。你这样做并不奇怪：
对富人不怀好意，憎恶富人，这是穷人的共同特点。

阿里斯托丰特斯

赫吉奥，你要当心，不要这样盲目地相信他。

---

① 当时奴隶主不允许奴隶正式结婚。
② 上行中的"自由人"的拉丁文是liber，这行中的利柏尔（Liber）是古罗马神话中的酒神，两个字同音。

在我看来，他显然已经设下了什么圈套对付你。 585
他说要替你赎回儿子，我总觉得有点儿不对劲。

廷达鲁斯

我知道你不希望这样。不过我仍要这样做，愿神明助佑我。
我要把他的儿子还给他，他则放我回到埃利斯见我的父亲。
为此，我已派廷达鲁斯离开这里去见父亲。

阿里斯托丰特斯

你才是廷达鲁斯。
在埃利斯，除了你之外，再没有第二个奴隶叫这个名字。 590

廷达鲁斯

你还要继续骂我是奴隶？这是敌人的强力逼迫造成的。

阿里斯托丰特斯

（愤怒地）
我已经控制不住自己。

廷达鲁斯

（对赫吉奥）
你听见他说什么了？你怎么还不跑开？
他会从那里用石头砸我们，如果你现在不立即派人
把他绑起来。

阿里斯托丰特斯

啊，啊！

廷达鲁斯

他的眼睛在冒火花，他正在发病。赫吉奥，
难道你还没有看见他浑身都已布满黄褐色的斑点？ 595
黑色的狂暴正在折磨他。

阿里斯托丰特斯

波卢克斯作证，要是这位老人有理智，
你才会在刽子手手里受黑色沥青折磨，让你的脑袋闪光亮。

廷达鲁斯

他已经开始说胡话了，邪恶正在折磨这个人。赫吉奥，
请海格力斯作证，若你派人把他绑起来，那就更加聪明。

阿里斯托丰特斯

真可惜，我手里没有拿块石头！要不我非把这个 600
家伙的脑浆砸出来，他说的这些话，都快把我气疯。

廷达鲁斯

赫吉奥，你听见他说要找块石头了吗？

阿里斯托丰特斯

（尽力克制自己）

我想和你单独说几句话，
赫吉奥。

赫吉奥

（畏惧地）

你想说什么？就站在那儿说，我听着。

廷达鲁斯

这样好，波卢克斯作证！你如果靠近他，他会咬掉
你的鼻子。

阿里斯托丰特斯

赫吉奥，请你别相信我是个神志失常的人， 605
以前从没那样过，现在也没患那家伙诬陷我的那种病。
你要是害怕我，你就吩咐人把我绑起来，不过我希望
你同时也把那个家伙绑起来。

廷达鲁斯

不，不能那样，赫吉奥。
你就像他自己所希望的那样，把他绑起来。

阿里斯托丰特斯

你住嘴！假冒的
菲洛克拉特斯，我今天定要让你显出真廷达鲁斯的原形。 610

（见廷达鲁斯从赫吉奥背后向自己做暗示）
你为什么对我摇头？

廷达鲁斯

我对你摇头？

阿里斯托丰特斯

(对赫吉奥)

你站得离他远一点,看他还想干什么?

赫吉奥

(对廷达鲁斯)

你说呢,要是我向这个神志失常的人走近些?

廷达鲁斯

你在开玩笑!

他会嘲弄你,叽里呱啦地对你说一些驴唇不对马嘴的话。

若不是缺少装束,你看见他,定会以为真的看见了埃阿斯①。　　　615

赫吉奥

这倒没有什么,我就走过去试试看。

(朝阿里斯托丰特斯走过去)

廷达鲁斯

(旁白)

我现在彻底完了!

现在我有如夹在祭坛和刀锋之间的牺牲,真没了办法。

赫吉奥

阿里斯托丰特斯,你想对我说什么就说吧,我听着。

阿里斯托丰特斯

你将从我这里听到真话,尽管你现在以为是谎言,赫吉奥。

首先我想在你面前为自己辩护几句:我的神志并没有失常,　　　620

也没有患什么病,除非把我现在变成为奴隶也算是一种病。

(严肃地)

现在,但愿天上人间的主神能助佑我返回祖国,至于他,

若他是菲洛克拉特斯,那我也是菲洛克拉特斯。

赫吉奥

那你说说看,他究竟是谁?

---

① 这里的埃阿斯通称大埃阿斯。他是希腊萨拉弥斯人,特洛亚战争中希腊联军的将领之一,是仅次于阿基琉斯的英雄。他在阿基琉斯死后为争夺阿基琉斯遗留下的盔甲与奥德修斯发生了争执,阿伽门农根据雅典娜的指示,将盔甲判给了奥德修斯,埃阿斯觉得自己受了侮辱,气得发了疯。

阿里斯托丰特斯

　　　　　　　　　　　　我一开始就对你说过他是谁。

　　倘若你发现不是那样,那你把我留下,让我永远失去　　　625
　　双亲和自由,我可以保证,我对你绝不会有任何怨言。

赫吉奥

　　(对廷达鲁斯)

　　喂,你还有什么好说?

廷达鲁斯

　　　　　　　　我说我是你的奴隶,你是我的主人。

赫吉奥

　　　　　　　　　　　　　　　　我不问你这个。

　　你以前是自由人吗?

廷达鲁斯

　　　　　　　　　　曾经是。

阿里斯托丰特斯

　　　　　　　　　　　　　不,不是的,他在胡扯。

廷达鲁斯

　　你怎么知道?怎么竟敢这样一口咬定?难道我妈生我时,
　　你是接生婆不成?

阿里斯托丰特斯

　　　　　　　　　　我小时候见过你,那时候你也很小。　　630

廷达鲁斯

　　我长大了,看见你也长大了。你看,这就是给你的回答。
　　你如果做事公道,就不要管我的事情。我管你的事情了?

赫吉奥

　　他是不是曾经有个名叫金银财宝库斯的父亲?

阿里斯托丰特斯

　　不,没有,在今天之前我从没有听说过这样的名字。
　　菲洛克拉特斯的父亲叫特奥多墨德斯。

廷达鲁斯

　　(旁白)

　　　　　　　　　　　　　　　我彻底完了！　　　　　　635
　　　我的心啊，你怎么不安静点？你去死吧，去上吊吧！
　　　你在这儿没命地乱跳，我却吓得几乎连站都站不住。

赫吉奥

　　　（对阿里斯托丰特斯）
　　　我想事情是不是像你说的那样：他在埃利斯原来是奴隶，
　　　他不是菲洛克拉特斯？

阿里斯托丰特斯

　　　　　　　　　　　正是这样，不可能得出别的结论。
　　　不过菲洛克拉特斯现在在哪里？

赫吉奥

　　　　　　　　　　　在他最想去，而我最憎恨的地方。　　640
　　　不过，你当心不要说假话！

阿里斯托丰特斯

　　　　　　　　　　　我说的是实话，这你会看到。

赫吉奥

　　　真是这样？

阿里斯托丰特斯

　　　　　　　　你不可能发现什么比我说的话更可靠，更真实。
　　　从很小的时候起，菲洛克拉特斯就一直是我的好朋友。

赫吉奥

　　　这样说来，我是被他狠狠地嘲笑，被他狠狠地耍弄了？
　　　这个无赖施展阴谋诡计，正像他希望的那样把我骗了。　　645
　　　不过你的同乡菲洛克拉特斯是怎样的外貌？

阿里斯托丰特斯

　　　　　　　　　　　　我告诉你：
　　　他脸形瘦削，鼻梁偏高，皮肤白皙，眼睛乌黑，
　　　面色微褐，头发卷曲。

赫吉奥

　　　　　　　　　　你说的相貌与他本人相符合。

廷达鲁斯

（旁白）

赫拉克勒斯啊，我今天登台简直是倒霉透顶！

我惋惜那些棍棒，它们今天就要毁在我身上！　　　　650

赫吉奥

现在我知道我受骗了。

廷达鲁斯

（旁白）

　　　　　　锁链啊，你们还迟疑什么？

快来吧，快来锁住我的脚，让我给你们当守卫！

赫吉奥

这两个可恶的俘虏今天把我耍弄够了没有？

那个把自己扮成奴隶，这个把自己扮成主人。

我把核儿扔掉了，却把果皮留下来作抵押。　　　　655

他们今天可把我这个傻瓜简直是欺骗苦了，

（对着廷达鲁斯，凶狠地）

这个别想再嘲弄我。

（对屋内）

　　　　　　科拉孚斯，科尔达利乌斯，科拉克斯，

你们出来！带上鞭子！

第五场

〔科拉孚斯等人兴高采烈地

　挥动皮鞭，由屋内上。

科拉孚斯

　　　　　　主人，你不会是让我们去捆柴吧？

赫吉奥

（指着廷达鲁斯）

你们给这个该挨鞭子的家伙带上最重的镣铐！

廷达鲁斯

这是怎么回事？我怎么得罪你了？

赫吉奥

　　　　　　　　　　　　　　好啊，你还问！　　　　　　660
你这个罪恶的播种者与培育者，也是罪恶的收获者！

廷达鲁斯

你怎么没有说我还是给罪恶松土的人呢？
因为通常农人在锄草之前首先得松松土。

赫吉奥

瞧他站在我面前的样子多么自信啊！

廷达鲁斯

一个奴隶清白无辜，理应自信，　　　　　　　　　　665
特别是当他在自己的主人面前。

赫吉奥

（对科拉孚斯等人）
你们要把这个家伙的双手好好地铐牢。

廷达鲁斯

我是属于你的，你甚至可以命令他们把我的手砍掉。
不过这究竟是怎么回事？你为什么对我这样生气？

赫吉奥

因为你今天用无耻的欺骗、　　　　　　　　　　　　670
虚伪的谎言毁了我的计划，
破坏了我费尽心机的努力，
搅乱了我的整个打算和安排；
用诡计让我放走了菲洛克拉特斯。
我相信了他是奴隶，你是自由人。　　　　　　　　　675
你两个人就这样完全一唱一和，
甚至互相交换了姓名。

廷达鲁斯

　　　　　　　　　是这样，我承认，
事情完全像你说的那样，他靠欺骗手段
从这里逃跑了，那是我劝说、我的策划。

请问你现在就是因为这件事生我的气吗？ 680

赫吉奥

然而你这样做将会使你狠狠地受苦。

廷达鲁斯

（坦然地）

只要不是由于干了什么别的坏事，就算让我死都没关系。
如果我死在这里，唯望他不要像他承诺的那样返回来。
然而虽然我死了，但这件事将会为我留下永远的记忆：
我让自己的主人得以摆脱奴隶的处境和敌人的羁押返回， 685
获得了自由，回到自己的祖国，回到自己父亲的身边；
　　我宁可让自己冒生命危险，
　　只要自己的主人能够得救。

赫吉奥

好吧，你可以去阿克戎享受这个荣誉！

廷达鲁斯

如果一个人高尚地去死，他不会完全地死去。 690

赫吉奥

既然我要严厉地惩罚你，让你因为欺诈
而可怜地死去，至于你是完全地死去了，
还是只是一般地死去，那就任人去评说罢！
只要你死了，即使仍被说成活着，那也无关紧要。

廷达鲁斯

好吧，你如果一定要这样做，那你也逃不过惩罚， 695
只要等我的主人回到这里。我相信他会返回来。

阿里斯托丰特斯

（旁白）

啊，不朽的天神们！现在我明白了，现在我明白
究竟是怎么回事了。我的好伙伴菲洛克拉特斯已经
获得了自由，回到祖国和他父亲身边。事情多好啊，
我对任何人都不可能表示出比对他更良好的祝愿。 700
但是现在的情况使我感到痛心，我伤害了这个人，

他是因为我，因为我刚才的话，才这样被戴上镣铐。

赫吉奥

（对廷达鲁斯）

我不是警告过你，要你今天不要在我面前说假话？

廷达鲁斯

你警告过。

赫吉奥

那你为什么仍然还敢欺骗我？

廷达鲁斯

因为我想帮助他，当时诚实对他有害， 705
然而现在欺骗带来了好处。

赫吉奥

但是对你却有害！

廷达鲁斯

好得很！
既然我救了主人，我为他的得救而高兴，
因为我先前的主人曾经委托我守护他。
难道你认为这样做不好？

赫吉奥

不好，非常不好！

廷达鲁斯

可我的看法与你相反，我要说，做得对。 710
不妨请你想一想，要是你有哪个奴隶
也肯为你的儿子这样做，你会如何感激他？
你会不会很乐意地立即解除他的奴籍？
你会不会认为他是你最为称心的奴隶？
你说说看！

赫吉奥

我想是这样。

廷达鲁斯

那你为什么生我的气？ 715

赫吉奥

因为你对他的忠心远远胜过忠于我。

廷达鲁斯

什么？我刚被俘，刚成为你的奴隶，
你就要求我只经过一天一夜的时间
便改变态度，要我对你比对那个
从小和我一起长大的主人更忠心？ 720

赫吉奥

那你去向他索求感激吧！
（对科拉孚斯等人）
　　　　　　　　　　把他带走，
给他戴上更为沉重而结实的镣铐。
（对廷达鲁斯）
然后你从这里将直接去采石场。
在那里，别人每天凿八块石头，
如果你凿不出一倍半，那你就会 725
美名四扬："一个挨六百鞭子的家伙。"

阿里斯托丰特斯

我以天神和人类的名义请求你，赫吉奥，
请你不要伤害这个人。

赫吉奥

　　　　　　　　不，他会受到照顾。
夜里他将戴着镣铐蹲囚牢，有人看守他；
白天，他将从地下不停地往外挖石头。 730
我要长久地折磨他，不会一天就放了他。

阿里斯托丰特斯

就这样不可改变？

赫吉奥

　　　　　　　像死亡不可避免一样。
（对科拉孚斯等人）
你们把他带到希波吕图斯的作坊去，

　　　　　吩咐给这个家伙打造一件大镣戴上。
　　　　　然后把他带出城，送到我的释奴　　　　　　　　735
　　　　　科尔达卢斯管理的采石场那里去，
　　　　　就说我希望这样照顾他：要让他觉得
　　　　　自己的遭遇比那些遭遇最坏的人还要糟。

廷达鲁斯
　　　　　既然你如此意决，我何必还要请求保护？
　　　　　我的生命面临的危险也包含着对你的威胁。　　　　740
　　　　　一个人死了之后，便不会再有什么恐惧。
　　　　　不过即使我命中注定能一直活到高龄，
　　　　　但眼下我还得暂时忍受你对我的处罚。
　　　　　祝你健康安乐，虽然对你应是别样的祝福。
　　　　　阿里斯托丰特斯，我也要让你得到祝福，　　　　745
　　　　　受之无愧！是你让我遭这种不幸。

赫吉奥
　　　　　（对科拉孚斯等人）
　　　　　　　　　　　　把他带走！

廷达鲁斯
　　　　　不过我有一个要求：如果菲洛克拉特斯
　　　　　返回到这里来，我请求允许我见他一面。

赫吉奥
　　　　　（对科拉孚斯等人）
　　　　　你们如果再不把他拉走，我就叫你们完蛋！
　　　　　（科拉孚斯等人架起廷达鲁斯）

廷达鲁斯
　　　　　啊，天哪，这是暴力，你们对我又推又拉。　　　750
　　　　　［科拉孚斯等人架着廷达鲁斯下。

赫吉奥
　　　　　现在他被送往囚牢，完全是罪有应得。
　　　　　我要给留在那里的其他俘虏立个榜样，
　　　　　使他们谁也不敢再对我干这样的事情。

若不是他向我揭露真相，使阴谋败露，
他们耍弄欺骗的把戏还会一直把我蒙住。　　　　　755
今后他们不可能再耍什么阴谋来蒙骗我。
今后我肯定对任何人都不会轻易信任。
上当一次，已经足够。真是不幸啊！
我本希望自己能让儿子摆脱奴籍的命运，
现在希望落了空。我丢失了一个儿子，
他四岁孩提时便被我的一个奴隶拐走，　　　　　　760
一直没有找到那个奴隶，儿子也没找到。
大儿子现在又被俘虏。这是何种罪孽啊！
好像我是为了失去孩子才生育了他们。

（对阿里斯托丰特斯）

你跟我来！现在我仍然要把你送回去。
既然没有人怜悯我，我也不会怜悯任何人。　　　　765

阿里斯托丰特斯

（幽默地）

我原以为是个好兆头，可以解除囹圄。
现在我明白了，我还得重新戴上镣铐。

［赫吉奥领着阿里斯托丰特斯下。

第四幕

第一场

[埃尔伽西卢斯兴高采烈地上。

埃尔伽西卢斯

　　至高的尤皮特啊,你庇佑着我,使我精力倍增;
　　你赐给了我无比的财富,赐给了我无比的丰饶,
　　赐给了我荣誉、利益,还有欢笑、喜悦和快慰, 770
　　赐给了我吃不完的筵席、饮不完的欢乐和美酒!
　　我已经决定,从今以后不再向任何人央求哀告,
　　不仅如此,我还可以帮助朋友,或者打击对手。
　　今天让我多么走运,给我提供了多么好的机遇!
　　我没有做任何耗费,便得到了一笔巨额的财富。 775
　　现在我去找住在这里的老人赫吉奥,给他送去
　　他求神赐予的好处,而且可能还要超过他的期望。
　　我现在就这么办,像喜剧中的奴隶通常那个样子。
　　我把披衫搭上肩,让他首先从我这里听到这消息。
　　我希望我给他带去这消息,他将永远招待我吃饭。 780

第二场

[赫吉奥从兄弟那里返回来。

赫吉奥

（自言自语）

我心里愈是想起今天碰到的这件事情，
我那心灵里愈加感到无比强烈的懊恼。
他们今天把我骗了一顿，骗得我好苦！
可我呢，却一点儿也没有能觉察出来。
这件事如果传扬出去，我会成为全城的笑料。 785
我只要出现在广场上，人们就会议论纷纷：
"瞧瞧，这就是那个受人欺骗的聪明老头儿。"

（向远处张望）

哎，我看见远处好像是埃尔伽西卢斯？
是他，还把披衫搭在肩上。他有什么事？

埃尔伽西卢斯

（匆忙地）

不要再耽搁，埃尔伽西卢斯，赶快采取行动！ 790
我现在声明，要求你们谁也不要挡我的去路，
不管是哪个人，只要他认为还没活得够长久。
如果有人来挡路，他就会脑袋着地。

赫吉奥

（旁白）

     这家伙想格斗！

埃尔伽西卢斯

决定就这么办。从此大家要各走各的路，
谁也不要闯到这条街上来为自己办事情。 795
我的拳头有如攻城机，胳膊有如弩射炮，
肩膀有如撞槌，膝盖一顶，就会让人倒地，
不管谁碰上我，我就把他的牙齿全部砸烂。

赫吉奥

（旁白）

他说这些话是什么意思？我真感到奇怪。

埃尔伽西卢斯

让他永远住这一天和这个地方，永远记住我。 800

[谁挡我的去路，谁就是在挡他自己的生命之路。]

赫吉奥

（旁白）

这家伙如此狂妄地威胁人，他究竟想干什么？

埃尔伽西卢斯

我明确宣告，以免有人因为自己的过错而遭殃。
你们都好好地待在家里，远远地避开我的威力。

赫吉奥

（旁白）

天哪，真是怪事！他这股神气不会是从胃里冒出来！　　805
要真是这样，那个让他吃饱肚子耍威风的人真可悲！

埃尔伽西卢斯

那些从事畜牧的磨坊主，他们用磨剩下的
麸皮喂猪，猪粪臭得谁也没法从磨坊边经过，
如果我发现他们谁家的母猪跑到外面来了，
我这就即刻用拳头把它们的主人捻成碎麸。　　810

赫吉奥

（旁白）

这家伙好像在发布拥有绝对权威的帝王敕令！
他显然是吃饱了饭，那神气是由胃里冒出来。

埃尔伽西卢斯

那些渔夫，他们把散发腥臭的鱼卖给人们，
用疲惫无力的四腿劣马驮着，鱼腥味熏得
在商亭行走的人不得不赶紧跑向广场躲避。　　815
我要把那些臭鱼篓狠狠地甩到他们的脸上，
好让他们知道那臭味使别人的鼻子多难受。
而那些屠夫，他们夺走母羊的儿女，
宰杀后以双倍的高价做成羔羊肉出售，
还把未阉割的老公羊冒充成上等羊。　　820
我如果在街上碰上这种公羊，我就让羊
和羊主人一起成为世上最可悲的生命物。

赫吉奥

（旁白）

哎哟哟，真了不得！他现在在发布市政命令，
我想埃托利亚人是否委任他做了市场监督官！

埃尔伽西卢斯

我现在不是门客，是比国王还有权威的王中王， 825
我刚才在港口为我的肚子找到了那么多的食物。
可我为什么还不赶紧去让赫吉奥老人高兴呢？
现在世上没有哪个人可以生活得比他更如意。

赫吉奥

（旁白）

是什么事情使他那样高兴，甚至还要慷慨地让我分享？

埃尔伽西卢斯

（拍打赫吉奥的屋门）

喂，你们在哪里？里面有人吗？谁来给我打开门？ 830

赫吉奥

（旁白）

噢，这家伙是为了吃午饭来找我。

埃尔伽西卢斯

　　　　　　　　快给我把这扇门打开，
可不要等我把它们拍成碎片，让它们遭受灭顶之灾。

赫吉奥

（旁白）

我去问问他。

（大声地）

　　　埃尔伽西卢斯！

埃尔伽西卢斯

（停止敲门）

　　　　　　谁在叫埃尔伽西卢斯？

赫吉奥

你回过头来看看！

埃尔伽西卢斯

你这样命令我,命运之神是决不会让你满足!
不过他究竟是谁?

赫吉奥

你回过头来看看,我是赫吉奥。

埃尔伽西卢斯

哎呀呀! 835
你是大地上我最想见到的人,现在你恰好就在这里。

赫吉奥

你大概在港口找到什么人有饭吃,才这样目中无人!

埃尔伽西卢斯

(兴奋地)
你伸过手来!

赫吉奥

伸手?

埃尔伽西卢斯

我说的是伸手。快伸过来!

赫吉奥

(伸手给埃尔伽西卢斯)
你抓住吧。

埃尔伽西卢斯

(用力地握着赫吉奥的手)
你就高兴吧!

赫吉奥

我高兴什么?

埃尔伽西卢斯

我既然这样对你说,那你就高兴吧!

赫吉奥

请波卢克斯作证,现在是忧伤,而不是高兴在左右我。 840

埃尔伽西卢斯

我可以马上把你身上所有的忧伤驱除得一干二净。

你就大胆地高兴吧！

赫吉奥

好吧，尽管我不知道有什么可高兴。

埃尔伽西卢斯

好，现在你吩咐——

赫吉奥

我吩咐什么？

埃尔伽西卢斯

吩咐人点起一把大火！

赫吉奥

点起一把大火？

埃尔伽西卢斯

是点起一把大火。

赫吉奥

什么？你这个贪婪的家伙，难道你要我为了你把房子都烧掉？

埃尔伽西卢斯

请你不要动气！ 845
你吩咐不吩咐人快把锅架上，快去洗刷碗碟，
快去把腊肉和其他的佳肴炖在烧旺的炉火上？
你吩咐不吩咐人快去买鱼？

赫吉奥

他是在大白天说梦话。

埃尔伽西卢斯

你吩咐不吩咐人快去买猪肉，买羊肉，买雏鸡？

赫吉奥

你真是个美食家，只要能弄到这些。

埃尔伽西卢斯

你派不派人去买火腿， 850
买咸鱼、鳗鱼、青鱼、红鱼、金枪鱼，还要买干酪？

赫吉奥

你尽可以列举这些美味的名字,但是,埃尔伽西卢斯,
你在我这里不会吃到它们。

埃尔伽西卢斯

你以为我列举它们是为了我自己?

赫吉奥

你今天在我这里不会一点儿吃的也没有,但不会很多。
请你不要误解,因此你就以平日的胃口到我这里来吧! 855

埃尔伽西卢斯

好吧,我要让你虽然我竭力阻止,你自己却非去买不可。

赫吉奥

你让我?

埃尔伽西卢斯

是让你。

赫吉奥

这样说来,你是我的主人?

埃尔伽西卢斯

不,是好朋友。
你希望我让你成为幸福之人?

赫吉奥

当然希望成为幸福之人,而不是可怜的人。

埃尔伽西卢斯

你伸过手来!

赫吉奥

(伸过手去)
给你!

埃尔伽西卢斯

全体神明都在保佑你。

赫吉奥

我不觉得。

埃尔伽西卢斯

我看你现在是身在福中不知福! 860

快吩咐人给你准备洁净的水壶,
牵来肥嫩的小羊羔!

赫吉奥

干什么?

埃尔伽西卢斯

给神献祭。

赫吉奥

给哪位神?

埃尔伽西卢斯

当然是给我,我现在对于你就是至高的尤皮特,
而且还是救助神,幸运神,光明神,快乐神,欢乐神。
因此你要满足这位神灵的心愿,要让他好好饱餐一顿。 865

赫吉奥

我明白了,你正饿得慌。

埃尔伽西卢斯

是的,是我正饿得慌,不是你。

赫吉奥

就根据你的要求,忍受你这一次。

埃尔伽西卢斯

我知道,你从小就挨惯了。①

赫吉奥

愿尤皮特和众神明让你遭殃!

埃尔伽西卢斯

请神明作证,你应该感激
我给你带来的消息。我从海港给你带来了这样好的消息,
一会儿你定会让我满意。

赫吉奥

你走吧,愚蠢的东西,你来迟了。 870

埃尔伽西卢斯

---

① 埃尔伽西卢斯对赫吉奥开玩笑,暗指男色。

要是我以前来迟了，你倒是可以这样说。
可是现在你就接受我给你带来的喜悦吧！
我刚才在港口看见你的儿子菲洛波勒穆斯回来了，
他安然无恙，乘坐的是公家快船，同他一起来的
还有那个埃利斯青年，此外还有斯塔拉格穆斯， 875
就是你家的逃跑奴隶，拐走了你的四岁小儿子。

赫吉奥

你见鬼去吧！你在嘲弄我。

埃尔伽西卢斯

愿饱餐之神保佑我，
愿他永远以这一诱人的名字宠爱我。赫吉奥，
我看见他了。

赫吉奥

看见了我的儿子？

埃尔伽西卢斯

看见了你的儿子，我的庇护神。

赫吉奥

那个埃利斯青年也和他在一起？

埃尔伽西卢斯

请阿波罗作证。①

赫吉奥

还有那个 880
曾经拐走了我的小儿子的奴隶斯塔拉格穆斯？

埃尔伽西卢斯

请科拉作证。②

赫吉奥

他们已经——

埃尔伽西卢斯

---

① "请阿波罗作证"原文为古希腊文。
② "请科拉作证"原文为古希腊文。科拉是古希腊神话传说中冥后佩尔塞福涅的别称。

　　　　　　　请普赖涅斯特作证①。

赫吉奥

　　　　　　　　　　已经到了？

埃尔伽西卢斯

　　　　　　　　　　　　　请西格尼亚作证。②

赫吉奥

　　　真的？

埃尔伽西卢斯

　　　　　　　请弗鲁西诺作证。③

赫吉奥

　　　你当心别扯谎！

埃尔伽西卢斯

　　　　　　　　　请阿拉特里乌姆作证。④

赫吉奥

　　　你怎么请蛮族城市为你作证？

埃尔伽西卢斯

　　　　　　　　　　　那是因为它们有如
　　你家的饭菜，像你认为的那样粗陋。

赫吉奥

　　　　　　　　　　　见你的鬼去吧！　　　　885

埃尔伽西卢斯

　　　你才见鬼去！你对我丝毫不信任，尽管我说的都是真话。
　　不过你那个斯塔拉格穆斯从这里逃走的时候是什么种族？

赫吉奥

　　　是西西里人。

埃尔伽西卢斯

---

① "请普赖涅斯特作证"原文为古希腊文。普赖涅斯特是拉丁地区一古城。
② "请西格尼亚作证"原文为古希腊文。西格尼亚是拉丁地区一古城。
③ "请弗鲁西诺作证"原文为古希腊文。弗鲁西诺是拉丁地区一古城。
④ "请阿拉特里乌姆作证"原文为古希腊文。阿拉特里乌姆（Alatrium）可能也是拉丁地区一古城。

> 现在他已不是西西里人，而是波伊人，还带着一个波伊女人。①我想她准是嫁给了他，好给他生孩子。

赫吉奥

> 你说，你是凭着良心对我说这些话？

埃尔伽西卢斯

> 是的，是凭良心说。　　　890

赫吉奥

> 不朽的神明啊！如果你说的是真话，那我就是再次降生！

埃尔伽西卢斯

> 你说什么？是不是即使我起誓，你对我说的话还会怀疑？那好吧，赫吉奥，如果你觉得即使信誓都不足为凭的话，那你自己去港口看看！

赫吉奥

> 好吧。你先进屋去照应需要照应的事情。你要什么，取什么，拿什么，全凭尊便。我派你做总管。　　　895

埃尔伽西卢斯

> 神明作证，我如果不能出色地履行职责，你就用棍子揍我。

赫吉奥

> 如果你说的情况是真实，那我将会永远招待你。

埃尔伽西卢斯

> 谁负担？

赫吉奥

> 当然是我和我的儿子。

埃尔伽西卢斯

> 你能保证？

赫吉奥

> 我保证。

埃尔伽西卢斯

> 作为报答，我再说一遍：你的儿子返回来了。

---

① "波伊女人"指脖枷。拉丁文"脖枷"（boia）与"波伊女人"（Boia）同音。波伊人居住在罗马北方，是高卢凯尔特人的一支。

赫吉奥

你要尽可能把事情照管好。

［赫吉奥下。

第三场

埃尔伽西卢斯

       祝你一路顺风！请快点回来！ 900
他离开这里去港口，把最重要的吃饭问题委托给我。
不朽的天神啊，当我一刀让猪脖子和猪脊梁分开时，
死亡就会立即降临到它的腿肉，毁灭会降临到肥膘，
五花部位也要立即受难，肥油也会立即逃不脱遭殃；
厨师会为它们累得腰酸背痛，肉案会忙得不可开交！ 905
我要是继续在这里列举猪身上其他可做佳肴的部位，
我就要把时间耽误了。我现在就进去行使督抚之权①，
给肥膘下命令，给未经审判便被挂起的猪腿肉帮帮忙。② 908

［进屋。

第四场

［一小奴隶气愤地由屋内上。

小奴隶

埃尔伽西卢斯，愿尤皮特和神明们让你和你那肚子
一齐遭殃，把那些继续请门客吃饭的人都一起毁掉！ 910
刚才，灾难、浩劫、暴虐都一齐闯进了我们的家。
我当时害怕得真担心他会像一只饿狼似地扑向我，
我一看见他那副饥饿的嘴脸，就担心他会冲向我。
天哪，瞧他那副龇牙咧嘴的样子，我真害怕至极。

---

① "督抚之权"（ius pro praefectura）原指罗马对不享有审判权的意大利城市的督抚权。
② 罗马人习惯称帮助友人诉讼为帮忙，罗马督抚对受他管辖的城市拥有审判裁决权，此处以猪腿肉戏拟。

他一跨进屋里,就把肉钩上的肉全都取了下来,   915
夺过刀子,把三条火腿上的肉全都割了下来;
他砸碎了所有的杯罐,唯有大得如斗的除外。
他询问厨师能否把那些东西一齐用瓦盆炖烂。
所有的地窖他都进去过,所有的食橱都被打开。
(向屋内)
伙伴们,你们好好监视着他!我现在去找主人,   920
告诉他要是还想吃饭,得让他给自己另备饭食。
像现在这样糟蹋下去,很快就会使食物荡然无存。
〔下。

第五幕

第一场

[赫吉奥偕菲洛波勒穆斯、
菲洛克拉特斯由港口回来；
斯塔拉格穆斯戴着脖枷走在后面。

赫吉奥

（对菲洛波勒穆斯）

我得好好感谢尤皮特，好好感谢众神明，
他们让你返回到父亲的身边，把我从你
被囚后所经受的极度痛苦之中拯救出来，
他们还把

（指着斯塔拉格穆斯）

　　　　　这个家伙交还到我们的手里，
让他

（指着菲洛克拉特斯）

　　　对我们忠实地履行了诺言。

菲洛波勒穆斯

我也曾经忍受了不少的痛苦和忧伤，我也曾经流过不少眼泪，
关于你经受的苦痛我已听到不少，你一到港口，就对我诉说。
现在让我们谈谈正事吧。

菲洛克拉特斯

（对赫吉奥）

既然我已实践了对你许下的诺言， 930
让你的儿子恢复自由返回来，现在你该怎么办？

赫吉奥

你为我们，
菲洛克拉特斯，做了这样一件大好事，我和我的儿子
对你真是永远感激不尽！

菲洛波勒穆斯

不，爸爸，你现在可以做，
以后也可以做，我也可以做，神明会赋予我们力量，
让我们对应该受我们感激的人以善报善，以恩报恩。 935
亲爱的爸爸，就像你可以为他
（指着斯塔拉格穆斯）

做他受之无愧的事情一样。

赫吉奥

（对菲洛克拉特斯）

完全是这样！不管你有什么要求，我们都不会拒绝。

菲洛克拉特斯

我请求你把那个奴隶还给我，我离开这里的时候，
曾把他留下替我做人质，他对我一直比对他自己
还要好，让我能够对他给我的恩惠作应有的回报。 940

赫吉奥

我们将会满足你的这一要求，以表示对你的感激；
而且如果你还有什么别的要求，你也会得到满足。
不过请你不要生气，我因一时暴怒而让他受了苦。

菲洛克拉特斯

你让他受了什么苦？

赫吉奥

在我发现自己受到欺骗之后，
我给他带上镣铐，把他送去了采石场。

菲洛克拉特斯

啊？天哪！ 945

这样一个高尚之人，他为了救我而惨遭苦难！

赫吉奥

为此，你不用替他付给我一分钱；作为报偿，你可以把他当做自由人领走。

菲洛克拉特斯

啊？好，赫吉奥，谢谢你！请你派人把他找来吧！

赫吉奥

那当然。

（向屋内）

喂，你们在吗？

[众奴隶上。

你们快去把廷达鲁斯找来！　　　　　　　　　950

[奴隶们下。

（对菲洛波勒穆斯和菲洛克拉特斯）

你们俩现在进屋去吧！

（指着斯塔拉格穆斯）

我想好好问问这个该遭鞭打的家伙，我那个小儿子怎么样了。你们趁这工夫去沐浴。

菲洛波勒穆斯

菲洛克拉特斯，你跟我进去！

菲洛克拉特斯

好！

[菲洛克拉特斯随菲洛波勒穆斯进屋，一下。

第二场

赫吉奥

喂，喂，我的大好人，我的亲爱的，现在请你过来！

斯塔拉格穆斯

如果连你这样的人都说假话,那我还该说些什么呢? 955
我曾经漂亮、可爱,但从不是好人,也没干过好事,
以后也不会。请不要误会,别期望我以后会干好事。

赫吉奥

由此你心里自然很清楚,你将会面临怎样的命运。
你如果讲实话,那会使你的不幸处境变得好一些。
你得说真话,说实话,虽然在这之前你从没说过真话, 960
也没说过实话。

斯塔拉格穆斯

我承认是这样。你以为我会感到羞愧?

赫吉奥

我会让你感到羞愧,因为我要让你遍体泛出红晕。

斯塔拉格穆斯

哎呀,你以鞭打威胁我?你以为我是头一回领教吧!
你就直说吧,你有什么要求,想从我这里得到什么?

赫吉奥

你这张嘴还真硬!不过在我看来,你还是少说为佳。 965

斯塔拉格穆斯

但愿如此!

赫吉奥

(旁白)

他小时候曾经很听话,现在可完全变坏!

(大声地)

现在我们谈正事!你要注意听,认真回答我的问题,
[你如果能说实话,那会使你的处境变得好一些。]

斯塔拉格穆斯

真是废话连篇!你以为我不知道我将面临什么?

赫吉奥

不过即使不是全部,起码也可以使自己少挨一点儿! 970

斯塔拉格穆斯

我知道,少挨一点儿,因为我将难逃严酷的惩罚:

我从这里逃跑了，我拐走了你的儿子，我把他卖了。

赫吉奥

卖给谁了？

斯塔拉格穆斯

卖给了特奥多墨德斯之子波吕普卢西乌斯，在埃利斯，卖了六谟纳。

赫吉奥

不死的神明啊！但愿他就是这位菲洛克拉特斯的父亲！

斯塔拉格穆斯

我比你知道得要清楚，我经常见到他。　　　　　975

赫吉奥

至高无上的尤皮特啊，请你拯救我和我的儿子吧！

（转身对屋内）

菲洛克拉特斯，我以你的庇护神的名义，请你快出来！

第三场

［菲洛克拉特斯由屋内上。

菲洛克拉特斯

我在这里，赫吉奥。你有什么事，请吩咐！

赫吉奥

这家伙说，他在埃利斯以六谟纳把我的儿子卖给了你的父亲。

菲洛克拉特斯

那是什么时候的事情？

斯塔拉格穆斯

应该已经有了二十来年。　　　　　980

菲洛克拉特斯

他在瞎说。

斯塔拉格穆斯

　　　　　　　　瞎说的不是我就是你。还在你四岁时，
　　　　　你父亲为你买下了他那个儿子，好让他伺候你。
菲洛克拉特斯
　　　　　他叫什么名字？你如果说的是真话，就应该说出来！
斯塔拉格穆斯
　　　　　他原来叫佩格尼乌斯，后来你们给他取名为廷达鲁斯。
菲洛克拉特斯
　　　　　我怎么不认识你？
斯塔拉格穆斯
　　　　　　　　因为人情如此：人们总是忘却　　　　　　　985
　　　　　那些不能为他们带来好处的人，甚至不屑一顾。
菲洛克拉特斯
　　　　　你说说，事情是不是这样：你把他卖给了我父亲，
　　　　　我父亲买下后把他交给我使唤？
斯塔拉格穆斯
　　　　　（指着赫吉奥）
　　　　　　　　　　　　那是他的儿子。
赫吉奥
　　　　　（急切地对斯塔拉格穆斯）
　　　　　他还活着？
斯塔拉格穆斯
　　　　　　　　我得到了钱，别的事情就什么都没管。
赫吉奥　　（对菲洛克拉特斯）
　　　　　你说呢？
菲洛克拉特斯
　　　　　　　　根据他的话，你这里的那个廷达鲁斯　　　　990
　　　　　就是你的儿子，因为他从小一直和我在一起，
　　　　　和我一起受到良好教育，直到现在长大成人。
赫吉奥
　　　　　如果你们说的都是真情，那我感到既痛心，又幸运，
　　　　　感到痛心是因为我对他太严酷，如果他是我的儿子。

唉，太可惜了，我这个人真是成事不足，败事有余。 995
我刚才对他太严酷了，要是没有那样对他该多好啊！
（向远处眺望）
你们看，他来了，这样地遭受折磨与他的出身不相称。

第四场

[廷达鲁斯戴着沉重的脚镣，
　肩扛采石用的铁棍，
　在众奴隶的伴随下上。

廷达鲁斯

我曾见过不少图画，上面画着冥间受难的场面。
然而若是与我刚才到过的采石场相比，就简直
算不了什么。那里才是真正的让人受苦的地方， 1000
在那里，肉体的困乏用更为繁重的劳动来驱除。
我一到那里，如同人们经常给富家子弟送穴鸟，
或是送家鸭，或是送鹌鹑，供给他们玩弄那样，
人们看见我到来，也立即给了我这根铁棍玩耍。
不过我看见主人站在门口，还看见我那个主人 1005
从埃利斯回来了。

赫吉奥

你好，我亲爱的儿子！

廷达鲁斯

哟，什么"亲爱的儿子"？
哎呀呀，我知道，你为什么要和我扮演父亲与儿子：
你是要使你让我重见光明的场面犹如父母对待儿子。

菲洛克拉特斯

你好，廷达鲁斯！

廷达鲁斯

我也问候你。我是为了你才受这般苦。

菲洛克拉特斯

不过我现在就让你获得自由，变得富有。你知道吗？　　　　　1010
这是你的父亲，这个奴隶在你四岁时把你从这里拐走，
以六谟纳卖给了我的父亲，我的父亲把还是
小孩的你交给了也是小孩的我，好让你伺候我。
（指斯塔拉格穆斯）
他已经都招供，是我们把他从埃利斯带来这里。

廷达鲁斯

（困惑地）
怎么？我是他的儿子？

菲洛克拉特斯

屋里还有你的一个亲哥哥！　　　　　1015

廷达鲁斯

〔你说什么？你把他那个被俘的儿子送回来了？

菲洛克拉特斯

是的，他正在屋里。

廷达鲁斯

波卢克斯啊！你的行为真正派、高尚！

菲洛克拉特斯

（指着赫吉奥）
这是你的父亲，
（指着斯塔拉格穆斯）
这就是那个在你小时候把你从这里拐走的贼。

廷达鲁斯

长大了的我却要把已经变老了的他由于拐骗而交给刽子手。

菲洛克拉特斯

他受之无愧！

廷达鲁斯

请神明作证，我要给应得之人应有的奖赏。　　　　　1020
（对着赫吉奥）
不过请你告诉我，你真是我的父亲？

赫吉奥

　　　　　　　　　　是的，我的儿呀。

廷达鲁斯

我经过仔细回忆，我的脑子里隐隐泛起了一个印象。〕
啊，请波卢克斯作证，我想起来了，我曾经听人说过，
尽管印象有些模糊，像迷雾一样，我的父亲叫赫吉奥。

赫吉奥

（高兴地）

那就是我！

菲洛克拉特斯

（对赫吉奥）

　　我请求你为了你自己，替儿子减轻镣铐之累，　　　　1025

（指着廷达鲁斯）

为了他，

（指着斯塔拉格穆斯）

加重这个家伙的镣铐之苦。

赫吉奥

　　　　　　　　　　是的，首先就该这样做。
我们现在进屋去，派人把铁匠叫来，取下你戴的重镣，

（指着斯塔拉格穆斯）

给他戴上。

斯塔拉格穆斯

　　你做得对，好让一无所有的我也有点个人财产。

〔众人下。

结　束　语

集体朗诵

观众们，刚才表演了一出符合良好风尚的戏剧，
剧中没有各种粗俗表演，也没有任何色情描写，　　　　1030
既没有遗弃婴儿的故事，没有蒙骗金钱的场面，

也没有钟情的年轻人瞒着自己的父亲为伴妓赎身。
诗人们编写这种类型的喜剧并不多，尽管它们
能使高尚者变得更高尚。如果你们喜欢这部剧本，
喜欢我们的表演，不感到厌恶，那就以行动表示： 1035
敬请乐意褒奖良好社会风尚的你们为我们鼓掌！

剧　终

卡西娜
CASINA

导　言

　　我们从剧本"开场词"中得知，普劳图斯的这部剧本曾经演出过，现今见到的是对作者早先上演过的剧本进行加工后重新上演的文本，早先的剧本演出时曾经获得很大成功。"开场词"中把普劳图斯先前的剧本称为"旧剧"，把重新上演时的喜剧创作与先前时代的喜剧创作对比，认为当时的剧作比往日相差甚远。也正是由于这个原因，剧班才决定把普劳图斯的一部旧剧拿来重新上演，供大家鉴赏。我们从中也可以看出，剧本的初演和重演之间可能相隔一辈人的时间。至于二者之间究竟相隔多长时间，罗马喜剧在这期间究竟发生了什么变化，以及这些变化是什么原因促成的，由于无具体的古代材料作为佐证，因而难以定说。

　　"开场词"中还提到，普劳图斯的这部剧本是根据古希腊新喜剧作家狄菲洛斯的剧本改编的，随后叙述了剧本的基本情节。如果把这一叙述与现今传世的剧本进行比较，不难发现二者之间存在较大的差异。这样的差异是怎么产生的？是由于普劳图斯当初改编时造成的，还是由于后来为了符合观众的口味而作的修改？这一问题也同样无法厘清。

　　现在见到的这部剧本中，有不少情节与《赶驴》一剧相近似。两部剧本中都有父亲和儿子同时贪恋一个女子的情节，同样有丈夫的荒唐和妻子的跟踪。不过这两部剧本中对上述相类似情节加工的手法不一样，风格也有很大不同。这再一次证明罗马剧作家在利用新喜剧有限范围的家庭题材时的技巧和创作能力，一种对相似的人物性格和类似的戏剧场景进行不同色彩的构思和加工的才能。不过由于无法断定普劳图斯的这两部剧本写作时间的先后，因而也就难以断定普劳图斯的戏剧技巧的发展途径。

"开场词"介绍了剧中人物之间的关系。在安排人物方面特别有意思的是让那个在十六年前的一天早晨无意中捡到弃婴,就是捡到本剧中的女主人公卡西娜的那个奴隶因病卧床不起,从而使他在全剧过程中不会对女主人公的身份构成暴露威胁,又为当时这类题材最后的"解"打下伏笔。剧作者特别强调他只是"躺在床上",从而也就使他完全可以参加"解"的后台场面,而无须另外再突然出现哪个知情人物来揭露事情真相。正是由于这一点,剧作者甚至一直都没有让这个关键人物在观众面前露面,对事实进行天衣无缝的推理论证,令观众心服口服,而仅仅是交代一句,说事情在后台已完全弄清楚,原来卡西娜是邻居的女儿,仍旧嫁给了"儿"。

剧中另一个未出场的人物是老头的儿子。剧中有三组对称的人物,这就是老头子和邻居老头子,妻子和邻居妻子,城市奴隶和乡下奴隶,他们之间构成交叉矛盾,促进剧情发展。从另一个角度看,父子间对抗的爱情冲突是剧本所有其他矛盾的根源,然而剧作者却在把儿子打发走之后,不让他回来,这样虽然使根本矛盾简化了,但却可以使其他矛盾和冲突更富有戏剧性和喜剧特点,进而排除悲剧观和伦理障碍。狄菲洛斯在原剧里对父子冲突和儿子的内心矛盾肯定花了不少笔墨,根据"开场词"的说明,是普劳图斯没有让儿子从乡下返回来,这说明普劳图斯在剧本的场面安排和情节结构设计等方面对希腊原剧作了相当大的改动和变化。

另外还可以设想,希腊原剧的"解"可能比较复杂,而普劳图斯只是在"结束语"里用了两行文字简单地作了个交代。作者自称原剧就很长(longa),改编剧本更长(longiorem),这部剧"相当长",这显然是剧作者对原剧的一些情节作了更改和扩充,通常主要是增加了逗乐和戏弄场面,而对包含严肃气氛的情节作了删减,只是作一下交代而已。有人认为剧本的"相认"场面有残损,不过从剧本前后的交代看,也许应该说这正是普劳图斯独出心裁的安排。

一些研究者认为,普劳图斯在这部剧本里只是在前半部分(至423行)使用了狄菲洛斯的材料,此后的部分显得很特别。著名的普劳图斯研究者勒奥起初认为它源自古希腊化时期流行的一段音乐表演题材,后来又认为源自意大利民间戏剧阿特拉,虽然没有传下阿特拉剧的任何完整场面,不过剧本的后半部分与奥斯基风格确实很相近。不管是直接取材于阿特拉剧或者是把希腊戏剧材料进行阿特拉剧式的风格加工,对于普劳图斯来说都很有可能,因为他的外号"马克基乌斯"显然就源自阿特拉剧中几个主要角色之一的名字。[1]

---

[1] 参阅普劳图斯:《赶驴》,第11行;《商人》,第10行。

有的研究者主张从人们熟悉的阿里斯托芬的喜剧《鸟》和《和平》里去寻找这些情节的原型。其实在古罗马著名诗人奥维德的作品《岁时记》里，对牧神法乌努斯便有类似的描写。法乌努斯迷恋上了美丽的翁法勒，结果找到的却是换上了翁法勒的衣服的赫拉克勒斯（海格力斯），被羞辱了一顿。本剧中的情节与奥维德的描写有许多相似之处。

老卡托生活的年代为公元前234～前149年。他留下一部著作《农业志》（*De agri cultura*），其中谈到田庄管理，特别谈到田庄总管的职责。田庄总管应照管好田庄各方面的事务，把田庄管理得有条有理，其中包括使田庄建立起良好的生活制度，要使奴隶们各尽其职，要善于照顾奴隶们的生活，善于处理奴隶之间的矛盾和纠纷，要使奴隶行为端正，不偷窃，不损害他人。在所有这些方面，田庄总管要严格律己，使自己成为其他奴隶的榜样。在与主人的关系方面，田庄总管要服从主人，不折不扣地完成主人的一切命令和安排，不可认为自己比主人高明，不可凌驾于主人之上，等等。①

剧中对吕西达穆斯的描写具有明显的社会意义。当然，如此荒唐的主人不是在罗马，而是在自由放纵的希腊。剧中对奴隶行为的描写同样有别于罗马现实。剧中主人吕西达穆斯与自己的田庄总管奥林皮奥串通一气，狼狈为奸，使得主人不像主人，奴隶不像奴隶，奴隶甚至把主人的妻子比作凶恶的猎狗，主人也听之任之。在罗马，上述卡托的要求可作佐证，田庄主人和主人的妻子完全是另一个样子，因此剧中对吕西达穆斯的嘲弄既不违背对希腊制度持蔑视态度的罗马社会上层的观点，同时也能激起罗马社会下层民众心领神会地享受其中的乐趣。

---

① 参阅卡托：《农业志》，第5章。

剧情梗概

两个奴隶追求一个与他们共同为奴的女子，老主人怂恿其中的一个，儿子怂恿另一个。抓阄对老人有利，结果却使他掉进了陷阱：一个年轻的奴隶替代那女奴假装与他成婚，那奴隶把老主人连同田庄总管痛打了一顿。年轻人终于娶得市民身份的卡西娜做妻子。

人　物

奥林皮奥　奴隶，吕西达穆斯的田庄总管
卡利努斯　奴隶，吕西达穆斯的家奴
克勒奥斯特拉塔　妇女，吕西达穆斯的妻子
帕尔达利斯卡　女仆，克勒奥斯特拉塔的侍奴
米里娜　妇女，阿克西穆斯的妻子
吕西达穆斯　老人，雅典人
阿克西穆斯　吕西达穆斯的邻居
基特里奥　厨师

地　点

雅典，一条街道。两座房屋，分别为吕西达穆斯和阿克西穆斯的家。

时　间

上午。

开场词

无比尊敬的观众,我首先向你们衷心致意,
你们无比诚信,诚信女神也无比敬重你们。①
如果我说得不错,那你们就对我表示赞赏,
好使我一开始就知道你们能对我公正评判。

我以为喜欢呷饮陈年老酒者为睿智之人, 5
喜欢饶有趣味地观赏旧式喜剧者也一样;
既然你们喜欢古代戏剧的故事和语言,
你们也应超过其他戏剧地喜欢古代戏剧。
现今不断演出许多新创作的喜剧,
它们甚至比新近发行的货币②还粗劣。 10

我们明白了人们的欣赏趣味,
知道你们喜欢观赏普劳图斯的戏剧,
于是上演一出他原先演出过的喜剧,
你们中的老一辈人对它曾经很称赞。
我知道,年轻一些的人都不知道它, 15
我们将认真表演这出戏,供他们欣赏。
该剧首次上演时曾战胜所有的剧作。
那个时期诗人辈出,犹如繁花锦簇,
现在他们都从这里前去了公共的居所③。
不过故去者仍能使现今的诗人从中获益。④ 20

---

① 此处可能暗示某个与诚信女神(Fides)有关的事件。
② "新近发行的货币",具体所指情况不详,发行时间应在公元前2世纪中期。
③ "公共的居所"指冥界。
④ 这行中的"故去者"和"现今的诗人"的原文是absentes和praesentes,包含剧作家喜欢采用的同音修辞手法。

我现在恳切地请求你们所有的人，
期望你们能善意地对待我的剧班。
你们用不着因背负他人的借贷而忧虑，
也用不着担心哪个债主会催促你还债。
因为正值节日娱乐，钱庄主也在欢娱，　　　　　25
到处是安宁，广场周围笼罩一片寂静①。
他们很聪明，节日期间不向任何人讨债，
不过节日过后人们也不会给任何人还债。
如果你们耳朵空闲，就请你们注意听，
我想现在告诉你们这部喜剧的标题。　　　　　30
这部喜剧的希腊标题是Clerumenoe②，
拉丁文为《抓阄者》。狄菲洛斯③
编写了那部希腊剧本，后来普劳图斯
对它重新加工，仍采用这响亮的标题。

这屋里住着一个已婚老人，他有个儿子，　　　　35
儿子和父亲一起居住在这座房屋里。
他们有个奴隶，那奴隶正生病卧床，
请海格力斯作证，其实是躺在床上；④
这个奴隶，距今已有十六个年头，
一天清晨看见有个妇女正准备　　　　　　　　40
遗弃女婴。他随即走近那个妇女，
请求那妇女把遗弃的孩子交给他；
在他的恳求下，他抱起孩子回家，
交给女主人，请求女主人抚养教育。
女主人同意了，热忱地抚育那个孩子，　　　　45

---

① "寂静"的原文是Alcedonia，意为"翠鸟孵卵的季节"，指风雨季节过去了的秋分前后。
② Clerumenoe是希腊原剧标题的拉丁文字母转写，意为"抓阄"。
③ "抓阄者"的拉丁文是sortientes，词形和意义都与希腊原文完全相对应。狄菲洛斯（Deiphilus，约公元前340年～约前292年），古希腊新喜剧著名作家。
④ 这一交代为本剧矛盾最后的"解"打伏笔。

有如那个女孩是她亲生，没多大区别。

女孩长大到一定年龄，达到能惹男人
喜欢的年岁以后，这个家里的老头子
强烈地爱上了她，他的儿子也一样。
现在双方都在为自己招募军团①对抗， 50
一方是父亲，一方是儿子，互相隐瞒。
父亲怂恿田庄总管请求允许娶那姑娘，
期望若是真把那个姑娘许给田庄总管，
他便可以瞒着妻子为自己安排门卫。
儿子则怂恿自己的持武器奴隶②去请求 55
那个姑娘做妻子，自然期望若能成功，
他就可以在乡间陋舍③里得到所爱。
老人的妻子发现丈夫在为爱情忙碌，
便支持儿子的想法，站在儿子一边。
然而老人发现自己的儿子也爱着 60
那个姑娘，从而成为自己的障碍后，
父亲便把年轻人派到一处很远的地方；
母亲知道后，竭力帮助在外的年轻人。
请不要期待，今天年轻人在这部喜剧中
不会返回城里。普劳图斯不希望他回来， 65
撤掉了他返回途中必须经过的一座桥梁。④

我相信，现在这里有些人会互相议论：
"天哪，这是怎么回事？举行奴隶婚礼？

---

① "军团"的原文是 legio，源自动词 legere，意为"挑选"、"选择"、"招募"。军团是古罗马军队建制单位，战时一般由执政官亲自统率。自罗马著名统帅马略（Gaius Marius Arpinus，公元前156年～前86年）军事改革以后，每个军团为6000人左右。
② "持武器奴隶"指古罗马时代替主人提拿枪、盾等武器，随主人出征的侍奴。
③ "乡间陋舍"的原文是 intra praesaepis suas，是一个俗语。
④ "普劳图斯不希望他回来"显然暗示普劳图斯删略了希腊原剧中"年轻人"返回城里的情节，从而使他在本剧中始终未出现，只是在剧末作了类似的提及。

奴隶娶妻子？或者奴隶要求为自己这样做？
人们想出了新花样，世上以前从未见过。"①   70
我告诉你们，在希腊和迦太基通常那样，
在这里，在我们的阿普利亚②也是如此；
在那些地方奴隶婚礼通常更为奢华，
甚至往往超过为自由人举行的婚礼。
若不是这样，如果有人愿意与我打赌，   75
赌一坛蜜酒，可以让布匿人或希腊人，
我看甚至也可以让阿普利亚人来作证。
怎么啦？都不吭声？我知道，都不渴。

现在再回过来说那个被遗弃的女孩：
有两个奴隶很想能得到她作为妻子，   80
人们会发现她很贞洁，自由人出身，
是天生的雅典人，暂时不会做任何
不名誉的事情，直至结束这部喜剧。
这部剧本之后，请海格力斯作证，
只要有人给她钱，正如我所猜测，   85
她给自己找到丈夫，无须证婚人。

闲话说够了。再见吧，祝你们事业顺利，
凭真正的德行取胜，就像你们往日那样。
[下。

---

① 当时奴隶主不允许奴隶正式结婚，只可以同居。
② 阿普利亚是古代希腊人在意大利半岛上最早的移民地之一，因此那里早就希腊化了。此处包含罗马人对布匿人和希腊人的蔑视。

第一幕

［奥林皮奥由吕西达穆斯的屋内上，
卡利努斯随上。］

奥林皮奥

我就不能如我通常希望的那样，
没有你的监视地说话和做事情？ 90
恶棍，你为什么跟踪我？

卡利努斯

因为我就这样决定，
如同影子，不管你要去哪里，我都跟随你；
请波卢克斯作证，甚至即使你想去上绞架，
我决定也要这样跟随你。因此你就想想，
你能不能凭你那些阴谋诡计偷偷地背着我， 95
夺得卡西娜做妻子，从而让自己称心如意？

奥林皮奥

你与我有什么关系？

卡利努斯

无耻的家伙，你说什么？
一文不值的田庄总管，你爬进城里来干什么？

奥林皮奥

我愿意！

卡利努斯

你怎么不待在乡下的岗位上？

>   你为什么不去干委派给你的事情， 100
>   而是跑来这里费心，干涉城里的事务?
>   你跑到这里来是为了夺走我的未婚妻。
>   你去乡下吧，滚回去履行自己的职务。

奥林皮奥

>   卡利努斯，我没有忘记自己的职责，
>   我已经安排好我在乡下的事务代理。 105
>   要是我能够达到我这次进城的目的，
>   娶卡西娜做妻子。你也爱那个女子，
>   她是那样美丽、温柔，与你一起为奴；
>   一旦我把她作为妻子带往乡下之后，
>   我会一直居住在那里，履行自己的职责①。 110

卡利努斯

>   你会娶到她? 天哪，那时我宁可上吊，
>   结束生命，而不是让你如愿地得到她。

奥林皮奥

>   她是我的；你就给自己套上绞索吧!

卡利努斯

>   从粪堆里爬出来的东西，难道她是你的猎物?

奥林皮奥

>   你才是那样。

卡利努斯

>   你等着瞧吧。

奥林皮奥

>   只要我活着， 115
>   我就要让你为我的婚礼好好忍受折磨。

卡利努斯

>   你想要对我干什么?

奥林皮奥

>   我想要对你干什么?

---

① 此处"职责"的原文是praefectura。该词通常指官员的职责。

首先你将会为这一新婚典礼燃起火炬；
在这之后你会像通常那样，一文不值；
然后，当你前往我们那里，去到田庄， 120
我会给你一只陶罐，给你指出一条小径，
告诉你一处溪流，给你一口锅，八只桶；
如若它们不是经常注满水，
　　　　　　　我就用皮鞭把你注满，
让你不断地提水，把你的腰累弯，
让你变成对辕马再合适不过的后兜兜。 125
然后如果你实在不想再继续吃扁豆，
或者如同蚯蚓吃泥土，请神明作证，
当你想尝尝其他什么永远不可能
更素的素食时，我就把你送到乡野。
在这之后，你疲惫不堪，饥饿难忍， 130
夜里还会让你睡上与你相称的床铺。

卡利努斯

你想怎么办？

奥林皮奥

　　　　　　把你关进带孔的房间，
你从那里可以听见当我亲吻她时，
她对我说："宝贝，我的奥林皮奥，
我的生命，我的甜蜜，我的欢乐， 135
请让我吻吻你的眼睛；我的快慰，
请允许我抚爱你；我的明亮的阳光，
我的小麻雀，我的小鸽子，小兔子！"
她对我这样说时，你这个无赖啊，
却会像只老鼠，巴不得钻进墙壁里。 140
现在为了让你没法求我听你的回答，
我进屋去，我讨厌和你说话。

卡利努斯

　　　　　　　　　　我跟着你。
使你在这里无法背着我干任何事情。
［奥林皮奥下，卡利努斯随下。

第二幕

第一场

﹝克勒奥斯特拉塔和
帕尔达利斯卡从屋内上。

克勒奥斯特拉塔
（对屋内侍奴）
你们给储藏室铃上印章,把印章戒指
立即还给我。我现在要去我的邻居家。 145
若是丈夫找我,你们就从这里招呼我。

帕尔达利斯卡
可是老主人曾经盼咐为他准备早饭。

克勒奥斯特拉塔
别说话,你走开!我今天不会准备,
也不会做早饭,
既然他同我及他的儿子作对,
为了满足自己的情欲胃口, 150
一个卑鄙之徒!我要让他挨饿,让他受渴,
我要用言语和行动报复他,
用恶言恶语使他感到心烦, 153~155
让他过与他相称的生活,
这个阿克戎的食物,
这个卑鄙无耻的家伙,

这个贪求淫荡的恶棍。

现在我去找邻居诉说遭遇到的不幸。 160

（静听）

邻居的屋门在响，瞧，她自己出来了。

天哪，看来我来的不是时候。

第二场

[米里娜由屋内上。

米里娜

（对随身侍奴）

侍奴们，你们跟随我就到这屋门旁边。

（生气地）

喂，喂，你们听见我说什么了吗？ 163～165

我就在这里，若丈夫或有人询问我。

（随身侍奴匆匆退回到屋门旁）

一个人这么待在家里，两只手便发困。

（对随身侍奴）

你们把纺锤给我拿来！

（随身侍奴回屋）

（克勒奥斯特拉塔迎上前）

克勒奥斯特拉塔

米里娜，你好！ 168～170

米里娜

你好，愿卡斯托尔保佑你！可是你，

亲爱的，怎么不高兴？

克勒奥斯特拉塔

婚姻不如意的妇女都这样： 172～175

不管在家在外，都会感到懊恼。

我正好想找你。

米里娜

请波卢克斯作证，
　　　　　　　　我也正想找你，
不过你现在究竟为什么心里感到不痛快？
　要知道，只要你感到不愉快，我也会难受。　　　　　179，180

克勒奥斯特拉塔

　神明作证，我看邻居中唯有你令我最喜欢，
　　　因为只有你能给予我最大的安慰。

米里娜

　我也喜欢你，因此想知道你究竟有什么事情。　　　183～185

克勒奥斯特拉塔

　在家里，丈夫无以复加地非常歧视我。

米里娜

　哎呀，究竟是怎么回事？你不妨详细说说，
　　好让我明白你在家里究竟受到怎样的屈辱。

克勒奥斯特拉塔

　丈夫采用各种卑劣的手法让我受屈辱，
　　我在家里完全没有办法维护自己的权利。　　　　　　190

米里娜

　如果事情真像你说的那样，那就真是件怪事，
　　往往是丈夫难于在妻子面前维护自己的权利。

克勒奥斯特拉塔

　他甚至企图强行从我身边夺走年轻的女侍，
　　她是我的，是我用自己的积蓄把她抚养大。
　　　他要把她送给自己的田庄总管，　　　　　　　　　195
　　其实是他自己看上了她。

米里娜

　（神情紧张地）
　　　　　　　　　请留神，
　　别说话。

克勒奥斯特拉塔

　我们现在正可以说话，

这里只有我们。

米里娜

（环顾四周）

原来这样。你怎么有积蓄？
一个贤淑的女人不应该瞒着自己的丈夫
存储钱财；要是积存，来源肯定会不正当，　　　　　200
甚至可能暗地里取自丈夫或者来自淫荡。
我认为，你拥有的一切都应该归丈夫所有。

克勒奥斯特拉塔

可你这是在对你的知心朋友说这些话。

米里娜

别说了，傻瓜，听我的，不要继续和丈夫作对，　　204，205
不管他爱或做其他事情，只要你自己
　　　　　　　　　在家里没有过错。

克勒奥斯特拉塔

你神志清醒吗？你是在违背自己的意愿说话。

米里娜

　　　　　　　　　失去理智的家伙啊，　　　　　207~210
你要永远避免听见丈夫说出这样的话。

克勒奥斯特拉塔

　　　　　　　　什么话？

米里娜

　　　　　　　　　　妻子，你滚！

克勒奥斯特拉塔

（向街道远处张望）

嘘，别说话。

米里娜

　　　　为什么？

克勒奥斯特拉塔

（指着远处）

　　　　　你瞧！

米里娜

你看那是谁?

克勒奥斯特拉塔

是我的丈夫。你进屋去,快一点,亲爱的。

米里娜

好,我走。

克勒奥斯特拉塔

等以后有时间,你我都空闲,我们再继续 214,215
说这件事。现在再见。

米里娜

好吧,再见!

[米里娜下,克勒奥斯特拉塔及随侍回屋。

第三场

[吕西达穆斯心情愉快地上。

吕西达穆斯

我认为没有什么东西能比爱情更光辉,更美丽,
没有什么回忆起来能比今天更美好,更快活;
我特别对厨师们感到奇怪,他们使用各种作料,
唯独不使用一种作料,尽管这种作料优于一切。 220
我相信,爱情作为作料,食品会更加令人喜欢;
若不掺和爱情,任何东西都不可能优美、愉快。
苦胆掺进爱情也会变甜蜜,使人愉快,解除忧愁。
这些是我自己的亲身体验,而不是凭道听途说;
在我爱上了卡西娜之后,我愈是爱她,
  她也愈是变绚丽,甚至超过了绚丽女神。 225
我搅乱了所有的香料制造商,不管在哪里
  找到出色的香膏,我都要给自己抹上,
只为了让自己令她喜欢;我觉得我已经引起
  她喜爱,可妻子让我很难受,因为她活着。

（向自己的屋子张望）

我看见她正愁眉苦脸地站在那里。我现在必须亲热地同这个可恶之人打招呼。

（走上前）

亲爱的妻子，我的心肝儿，你怎么啦？

克勒奥斯特拉塔

（激烈地回避）

你走开，把手拿开！

吕西达穆斯

（嬉笑地上前拥抱）

哎呀，我的尤诺，你不应该对你的尤皮特愁眉苦脸。 230
你要去哪里？

克勒奥斯特拉塔

（回避）

放开我！

吕西达穆斯

你站住！

克勒奥斯特拉塔

我不！

吕西达穆斯

那我跟着你。

克勒奥斯特拉塔

请问你还有理智吗？

吕西达穆斯

我有理智，既然我爱你。

克勒奥斯特拉塔

我希望你不要爱我。

吕西达穆斯

我做不到。

克勒奥斯特拉塔

你让我讨厌！

吕西达穆斯

（亲切地）

我希望你说真话。

克勒奥斯特拉塔

我相信你刚才说的话。

（继续转身欲走）

吕西达穆斯

（失望地）

我的美人儿，请你看看我。

克勒奥斯特拉塔

（阻止）

但愿你对我能永远这样。　　　　　　235

（嗅嗅）

亲爱的，这是从哪里冒出来的香气？

吕西达穆斯

（旁白）

我完了，真糟糕，

我显然被逮住了。还不赶快用长衫把它从头上擦掉。

香料商啊，愿善意的墨丘利让你遭殃，①你把它们给了我。

克勒奥斯特拉塔

嘿，一文不值的东西，一只灰白色的蚊子，

我实在无法忍住不说，你罪有应得。

委靡不振的东西，都已经是老年人了，

那样一大把年纪，出门还得搽香膏？　　240

吕西达穆斯

（急促地）

天哪，我帮助朋友办事情，正好当时他买了香膏。

克勒奥斯特拉塔

这么快就想出了托词，

---

① 墨丘利是古罗马神话中的商业之神。

难道你不感到害臊？

吕西达穆斯

　　　　　　　　一切都如你所愿。

克勒奥斯特拉塔

　　　　　　　　　　　你在哪家妓馆里鬼混了？

吕西达穆斯

　　我在妓馆鬼混了？

克勒奥斯特拉塔

　　我知道的比你预想的要多。

吕西达穆斯

　　　　　　　　　究竟是怎么回事？你知道些什么？

克勒奥斯特拉塔

　　你已经这么大年纪，所有的老人中没有谁比你更委靡。
　　你这个游手好闲的东西，你从哪里回来？你去了哪里？
　　　　在哪里鬼混了？在哪里饮酒了？　　　　　　　245
　　请卡斯托尔作证，喝得醉醺醺。
　　　　瞧你的样子，披篷还皱巴巴。

吕西达穆斯

　　　　　　　　　　愿神明让我和你遭殃，
　　如果我今天哪怕是给自己的嘴里灌进去一滴酒。

克勒奥斯特拉塔

　　　　　　　　　　别，随你便，
　　你喝吧，吃吧，耗费吧。

吕西达穆斯

　　　　　　哎呀，好妻子，别说了，你说得够多的了。　248~250
　　你不妨把一些话留着，留到明天再用来同我争吵。
　　（稍等片刻）
　　你说什么？你的心境是不是已经变平静，宁可按照
　　丈夫的愿望行事，而不再是任性？

克勒奥斯特拉塔

　　（冷淡地）

什么事？

吕西达穆斯

还问什么事？
关于侍女卡西娜，好把她嫁给我们的田庄总管，
一个精干的奴隶，她在那里会生活如意：
有柴火，有热水，有食物， 255
有各式各样的衣服，还会在那里教育
由她自己生育的孩子。
不像你想把她嫁给那个不中用的奴隶，
就是那个一无所有而无耻的持武器者，
那个家伙直到现在甚至连一个铅币都未能积蓄。

克勒奥斯特拉塔

天哪，真是怪事，你已经这么大年纪，却不记得
自己的义务。

吕西达穆斯

什么义务？

克勒奥斯特拉塔

因为你如果能做事公正、合理， 260
那就让我来关心侍女们的事情，那属于我关心的范围。

吕西达穆斯

真见鬼，你是不是要把她嫁给那个持武器者？

克勒奥斯特拉塔

因为我们应该
帮助她嫁给我们的独生儿子。

吕西达穆斯

不过，尽管儿子是独子，
但是他对于我是独生儿子却远不及我对于他是父亲。
更为合适的是他应该对我让步，而不是我对他让步。 265

克勒奥斯特拉塔

请神明作证，你在为自己找不幸。

吕西达穆斯

（旁白）

　　　　　　　　　　我看她嗅到了味儿。

（大声地）

　　你是说我？

克勒奥斯特拉塔

　　　　当然是你。要不你为什么一直喋喋不休？那样热切？

吕西达穆斯

　　　　因为把她嫁给一个能干的，胜过嫁给一个不中用的奴隶。

克勒奥斯特拉塔

　　　　要是我请求田庄总管，要求他为了我，把卡西娜
　　让给卡利努斯，你看怎么样？

吕西达穆斯

　　　　　　　　　　　　要是我要求持武器者
　　把她让给田庄总管呢？而且我相信这样做能成功。

克勒奥斯特拉塔

　　　　好吧。你想不想让我以你的名义把卡利努斯叫来？
　　就这样，你叫他，而我则叫来田庄总管。

吕西达穆斯

　　　　　　　　　　　　　　　正合我的愿望。

克勒奥斯特拉塔

　　　　他即刻就会来这里。现在让我们试试，
　　　　　　　　看我们两人谁更善于阿谀奉承。

[回身进屋，下。

吕西达穆斯

　　　（看着妻子走进屋）

　　　　神明作证，愿神明们把她毁了，我终于可以这样说。
　　我可怜地忍受着爱情的折磨，而她却使尽全部心计，
　　与我作对。显然妻子已经对我的谋划嗅出了点气味，
　　因此她甚至想方设法地更进一步帮助那个持武器者。

270

275

第四场

[卡利努斯由屋内上。

吕西达穆斯

（未发现卡利努斯）

愿所有的男女神明让他不得好死。

卡利努斯

（进场，对吕西达穆斯）

你妻子告诉我，

说你找我？

吕西达穆斯

是的，我吩咐她叫你来。

卡利努斯

你想说什么就说吧。   280

吕西达穆斯

（试图显得温和）

首先，我希望你能把前额舒展地同我说话，

我早就认为你是个诚实、能干之人。

卡利努斯

我明白。

我在这样想：你是不是要释放我？

吕西达穆斯

我当然愿意。   284，285

不过如果你不帮我的忙，你就难以实现愿望。

卡利努斯

我想知道你究竟想让我干什么。

吕西达穆斯

你听着，我告诉你。

我想把女奴卡西娜嫁给我们的田庄总管做妻子。

卡利努斯

可是你的妻子和儿子主张把她嫁给我。

吕西达穆斯

              这我知道。
现在你需要做出选择，是想做一个鳏居的自由人， 290
还是作为一个已婚奴隶同自己的孩子们一起度日？
选择权归你，这两种身份就看你愿意接受哪一种。

卡利努斯

我若是自由人，便可以按自己的意愿生活；现在得
按照你的想法。不过，我决定不把卡西娜让给任何人。

吕西达穆斯

（愤怒地）
你现在进屋去，赶快把我妻子叫到这屋前来， 295
同时把阄罐拿来，装好水，还有阄签。

卡利努斯

            好，遵命。

吕西达穆斯

请神明作证，我将稍微偏一些方向地避开你掷出的投枪。
因为若是像刚才那样，我会什么都得不到，那我们抓阄。
我将这样报复你和你的那些支持者。

卡利努斯

           不过到时候
我会得到好阄。

吕西达穆斯

       请神明作证，好让你被严刑折磨致死。 300

卡利努斯

卡西娜将会嫁给我，你想怎么设谋就怎么设谋吧。

吕西达穆斯

你怎么还不从我眼前滚开？

卡利努斯

         你不想看见我，可我仍然会活着。

[下。

吕西达穆斯

难道我真的不幸？怎么所有的事情都不合我的意愿？
我实际上很担心，我的妻子或许会把奥林皮奥说动，
使他放弃卡西娜。如果那样，我这个老头子就完了。　　305
若是她没有能够说动他，那我还可以寄希望于抓阄。
若是阄签也与我作对，那我就只好用佩剑做枕头，
向它扑去。不过奥林皮奥出屋来了，倒正是时候。①

第五场

[奥林皮奥由屋内上。

奥林皮奥

（对屋内）
请神明作证，哪怕你把我整个地架到火炉上，
甚至把我放在那里如同烤面包似的把我烧烤，　　310
女主人，你也不可能得到你希望得到的东西。

吕西达穆斯

（旁白）
我有救了，我的希望有救了，我听见他这样说。

奥林皮奥

女主人，什么？你想用拒绝释放我来威胁我？
如果你，甚至如果你同你那个儿子一起胁迫我，
我仍能违背你们的意愿，不合你们的愿望地　　315
只用一个小钱，便可以让自己获得自由。

吕西达穆斯

你这是怎么啦？奥林皮奥，你在同谁争吵？

奥林皮奥

同你经常与其争吵的那个人。

吕西达穆斯

---

① 此处可能戏拟悲剧，以古希腊神话传说中的著名英雄埃阿斯为喻。在整个特洛亚战争的过程中，埃阿斯作战勇敢，是仅次于阿基琉斯的大英雄，但在阿基琉斯去世后，阿基琉斯遗下的铠甲却被判给了奥德修斯。埃阿斯认为自己受到侮辱，气愤不过，卧剑自杀而死。

　　　　　　　　　　同我的妻子？

奥林皮奥

　　你有一个怎样的妻子啊？你确实如同猎人：
　　一辈子不分白天黑夜地同猎犬在一起生活。　　　　　　　320

吕西达穆斯

　　她怎么啦？她和你说什么了？

奥林皮奥

　　　　　　　　她请求我，恳求我，
　　要我不娶卡西娜。

吕西达穆斯

　　　　　　那你呢，你怎么回答她？

奥林皮奥

　　我回答她说，即使尤皮特亲自这样恳求我，
　　我也会拒绝他。

吕西达穆斯

　　　　　　愿神明们为我好好保佑你！

奥林皮奥

　　她现在正处在暴怒之中，对我怒气冲冲。　　　　　　　325

吕西达穆斯

　　请波卢克斯作证，我希望她能爆炸成两半。

奥林皮奥

　　神明作证，我相信会这样，若你再鼓鼓劲。
　　不过请神明作证，你的赞赏令我感到憎恶，
　　因为你的妻子敌视我，你的儿子也敌视我，
　　你的整个家庭都敌视我。

吕西达穆斯

　　　　　　　　你怎么会这么想？　　　　　　　　　　　330
　　只要这位唯一的尤皮特对你宽厚仁慈，
　　你就可以不把那些较小的神灵当回事。

奥林皮奥

　　你这完全是在说大空话。好像你不知道，

这些人间的尤皮特往往会在突然间死去。
　　你说说看，若是你这位尤皮特突然死了，　　　　　　335
　　你的王朝突然间都归于那些较小的神明，
　　那时又有谁来保护我的后背、脑袋和小腿？

吕西达穆斯
　　那时你的处境将会比你想象的还要好，
　　若是我们终于能做到让我得到卡西娜。

奥林皮奥
　　海格力斯作证，我认为不可能，因为你妻子　　　　340
　　那样坚决，不让卡西娜嫁给我。

吕西达穆斯
　　　　　　　　　　我却要那样做。
　　我将把阄签放进阄罐里，为卡利努斯
　　和你抓阄。我看事情已经变成这样子：
　　你们俩必须挥动刀剑进行战斗来解决。

奥林皮奥
　　要是抓阄的结果与你的愿望不一样呢？　　　　　　345

吕西达穆斯
　　你住嘴。我相信神明，我们寄希望于神明。

奥林皮奥
　　在我看来，你的这些话没有任何价值。
　　因为所有的凡人都信任神明，然而我
　　却看到许多相信神明的人常常受蒙蔽。①

吕西达穆斯
　　喂，别说这些丧气话。

奥林皮奥
　　　　　　你想干什么？

吕西达穆斯
　　　　　　　　　　你瞧，　　　　　　　　　　　　350

---

① 这表明当时宗教怀疑主义很流行。

卡利努斯出来了，带着阄罐和阄签。

现在我们得把旗帜放下，准备战斗。

第六场

〔卡利努斯带着阄签和阄罐由屋内上，

克勒奥斯特拉塔随上。

克勒奥斯特拉塔

卡利努斯，你说清楚点，我丈夫究竟想让我干什么？

卡利努斯

波卢克斯作证，他想看到你死去，被送到城外焚毁。①

克勒奥斯特拉塔

卡斯托尔作证，我相信他会这样想。

卡利努斯

天哪，我并不相信，但我确实知道。 355

吕西达穆斯

（对奥林皮奥）

我们家的能人比我想象的要多；现在就有这位预言家。

（稍停，以作战神态）

怎么样，如果让我们走得更近些举起旗帜，当面迎过去？

你跟着我。

（向克勒奥斯特拉塔和卡利努斯走过去）

你们怎么样？

卡利努斯

按照你的吩咐，一切都已准备齐全：

妻子、阄签、陶罐，还有我。

奥林皮奥

唯有你的到来不合我的意。

卡利努斯

---

① 古代罗马公墓位于城外。

　　　　神明作证，你肯定会这样认为，我现在对于你犹如刺棒，　　　360
　　　　我正扎着你的心窝；你正被吓得浑身冒汗，你这个无赖！

吕西达穆斯

　　　　住嘴，卡利努斯！

卡利努斯

　　（指着奥林皮奥）
　　　　　　　还是管管你身边那个吧。

奥林皮奥

　　（指卡利努斯）
　　　　　　　不，还是管管他，他惯于顺从。

吕西达穆斯

　　（对卡利努斯）
　　把陶罐拿过来，把阄签给我。
　　（对所有在场的人）
　　　　　　　　　现在请大家注意。
　　（对妻子）
　　我的妻子，我相信你会答应我的这一要求，
　　把卡西娜嫁给我做妻子，并且甚至相信——　　　365

克勒奥斯特拉塔

　　把卡西娜嫁给你？

吕西达穆斯

　　　　　　嫁给我——哎呀，我不是想这样说，
　　当我想说"我"，我说他，而且当我很想说"我"时，
　　我说溜了嘴，天哪，我早就在说胡话。

克勒奥斯特拉塔

　　　　　　　是的，你早就这样，不只是现在。

吕西达穆斯

　　嫁给他——不；天哪，给我——哎呀，终于说对了。

克勒奥斯特拉塔

　　你经常打着神明的幌子犯错误。

吕西达穆斯

是这样，尤其是对于热切期望的东西。370
不过我和奥林皮奥以你的权利的名义①请求你。

克勒奥斯特拉塔

请求什么？

吕西达穆斯

是这样，亲爱的，请你发慈悲，把你那个卡西娜
嫁给我们的这个田庄总管。

克勒奥斯特拉塔

不，神明作证，我不同意，没有必要。

吕西达穆斯

既然这样，那我就为双方摇阄签。

克勒奥斯特拉塔

有谁反对了？

吕西达穆斯

我认为，这样对于双方的权利最公平、最公正。375
如果最后是我们如意中签，我们当然会很高兴；
如果结果相反，我们也会平静地承受。
（对奥林皮奥）

你拿这阄签。

看看上面写的是什么。

奥林皮奥

（看阄签）
数字1。

卡利努斯

这样不公正，因为他把阄签在我之前给了他。

吕西达穆斯

（对卡利努斯）
这个阄签给你。

卡利努斯

———————————————
① "以你的权利的名义"的原文是tuo pro jure，指卡西娜是由克勒奥斯特拉塔抚养长大的，自然享有监护权。

拿过来。

（接过阄签）

等一等，我刚刚想到一个问题：

（对克勒奥斯特拉塔）

你看看罐里水底下是否还有另一个阄签。

吕西达穆斯

挨鞭子的家伙， 380

你把我看做是你？

克勒奥斯特拉塔

（仔细检查陶罐，对卡利努斯）

里面没有任何阄签。你就放心吧。

卡利努斯

但愿能让我中美好、幸运之签——

奥林皮奥

请波卢克斯作证，

我敢相信，肯定会让你倒大霉，因为我知道你有多虔诚。

不过请等一等，我想看看你这个阄签是杨树还是杉树？

卡利努斯

你为什么关心这个？

奥林皮奥

因为我担心它可能浮上水面。 385

（查看卡利努斯的阄签）

吕西达穆斯

好极了！注意，现在请你们把阄签扔进罐里。

（卡利努斯和奥林皮奥各自把阄签扔进罐里）

好，就这样。

（对克勒奥斯特拉塔）

妻子，你去把它们放平。

奥林皮奥

不要相信你的妻子。

吕西达穆斯

　　　　　　　　　　　　　你放心吧。

奥林皮奥

　　海格力斯作证，今天她一碰阄签，便会念咒语。

吕西达穆斯

　　　　　　　　　　　　　你住嘴！

奥林皮奥

　　我住嘴。我请求神明们——

卡利努斯

　　　　　　　　　好让你今天挨狗咬，钉木枷。

奥林皮奥

　　让我的阄签被抓中——

卡利努斯

　　　　　　　　　好让你的双脚被吊起来。　　　　　390

奥林皮奥

　　好让你穿过脑袋，经过鼻子，插进你的眼窝。

卡利努斯

　　你怎么害怕了？应该早就为你准备好套索。

奥林皮奥

　　　　你完了！

吕西达穆斯

　　　　　　　你们两个人注意。

奥林皮奥

　　　　　　　　我不再说话。

吕西达穆斯

　　　　　　　　　　克勒奥斯特拉塔，
　　现在为了使你不至于说我耍阴谋或者提出疑议，
　　请允许我为你抽取阄签。

奥林皮奥

　　　　　　　　你会害了我。

卡利努斯

　　　　　　　　　　他会从中获利。　　　　　　395

克勒奥斯特拉塔

（对吕西达穆斯，尖酸地）

你做得对。

卡利努斯

请求神明，让你的阄签从罐里跳出来。

奥林皮奥

你说什么？因为你好逃跑，就希望大家模仿你？但愿你的阄签有如从前曾经向海格力斯的后代宣布过的那样，在抓阄签的过程中就已经消失。①

卡利努斯

而你，但愿你自己被树枝加温，熔化而消失。　　　　400

吕西达穆斯

喂，奥林皮奥，你听着。

奥林皮奥

若是这个烙了字的家伙让我听。

吕西达穆斯

但愿会使我顺利和幸福。

奥林皮奥

是的，对我也是这样。

卡利努斯

不，不。

奥林皮奥

神明作证，是这样。

卡利努斯

不，神明作证，是对于我。

克勒奥斯特拉塔

（对奥林皮奥）

他胜利了，你就会不幸。

---

① "海格力斯的后代"指克瑞斯丰特斯（Cresphontes）。据说一次抓阄签时，他误把泥块当成石子，投进水罐里，结果未及抓阄签，泥块便吸水融化了。

吕西达穆斯

（对奥林皮奥）

今天你就砸烂他的嘴巴！

（见奥林皮奥犹豫）

你怎么啦？

（对卡利努斯）

你把拳头放下！

奥林皮奥

我是用手掌，还是直接用拳头揍他？

吕西达穆斯

你自己看着办。

奥林皮奥

（伸出拳头若揍卡利努斯）

让你尝尝。　　　　405

克勒奥斯特拉塔

你怎么能这样对待他？

奥林皮奥

因为我的尤皮特命令我这么做。

克勒奥斯特拉塔

（对卡利努斯）

你也像他那样，用拳头回击他。

奥林皮奥

哎呀，尤皮特，我在挨拳头。

吕西达穆斯

（对卡利努斯）

你怎么敢出手打他？

卡利努斯

因为我的这位尤诺命令我这么做。

吕西达穆斯

（无奈地）

你不得不忍受，尽管我还活着，但既然妻子这样命令。

克勒奥斯特拉塔

那个有权这样说话的人也应该这样。

奥林皮奥

他为什么破坏 410

我的吉兆预感?

吕西达穆斯

卡利努斯,我看你应该当心遭殃。

卡利努斯

你提醒得很及时,在进行了口角争斗之后。

吕西达穆斯

喂,妻子,

现在开始抓阄签。请你们注意。

(旁白)

我害怕得都不知道自己在哪儿。

完了,我看我害上了心脏病,它早就在拼命乱跳,

在胸中不断地撞击。

克勒奥斯特拉塔

(把手伸进阄签罐里)

我抓着阄签了。

吕西达穆斯

把它拿出来。 415

卡利努斯

(见奥林皮奥屏住呼吸)

你是不是已经死了?

奥林皮奥

(对克勒奥斯特拉塔)

你让大家看看。

(克勒奥斯特拉塔展示阄签)

这是我的阄签。

卡利努斯

真可恶!

克勒奥斯特拉塔

（显得很顺从）

卡利努斯，你被战胜了。

吕西达穆斯

奥林皮奥，我们有神明助佑！

我真高兴。

奥林皮奥

这是由于我自己和我的祖辈们一向虔诚。

吕西达穆斯

妻子，现在请你进屋去，准备婚礼。

克勒奥斯特拉塔

好，我按你的吩咐办。

吕西达穆斯

你知道吗？他把她从这里带往乡下的路途很遥远。

克勒奥斯特拉塔

我知道。 420

吕西达穆斯

你进屋，尽管使你很痛心，不过还是去准备吧。

克勒奥斯特拉塔

好吧。

［克勒奥斯特拉塔下。

吕西达穆斯

（对奥林皮奥）

我们也进屋去，让他们快点准备。

奥林皮奥

难道我会拖延？

吕西达穆斯

（指卡利努斯）

你瞧，这个人就站在旁边，我不想再多说什么。

［二人从卡利努斯侧旁同下。

第七场

卡利努斯

  如果我现在上吊,那将是白费辛劳,
  不仅得辛苦一番,还得为绳索耗费,   425
  并且还会给我们的敌人们制造快慰。
  我何必就这样死去?可是我确实被
  阄签战胜。卡西娜将嫁给田庄总管,
  而且并非田庄总管获胜让我如此难受,
  是老头子花那么大力气达到了目的,   430
  不是把卡西娜嫁给我,而是嫁给他自己。
  当时他是那样的激动,那样的兴奋,
  在田庄总管获得胜利后居然欣喜若狂。
  (静听)
  我听见门在响,我暂且退到这旁边,
  (看见奥林皮奥和吕西达穆斯由屋内出来)
  我的那些心地善良的朋友出来了,   435
  我就在这里给他们由骗局再设骗局。
  (退到舞台一旁)

第八场

  〔奥林皮奥和吕西达穆斯由屋内上。

奥林皮奥

  就那样让他去乡下吧;我会让这个家伙,
  返城时像个烧炭工,背着叉形枷①去找你。

吕西达穆斯

  应该让他这样。

奥林皮奥

---

① 叉形枷(furca)是惩罚奴隶的一种刑具。

吕西达穆斯

　　如果卡利努斯在家，我想派他同你一起　　　　　　　440
　　去采购食物，以便给我们的这个敌人
　　在他现有的忧伤之中再增加一些不快。

卡利努斯

　　（旁白）
　　我再向墙壁后退一些，就像螃蟹那样，
　　那样我便能更好地偷听到他们的谈话。
　　（倚着墙壁稍许向后退）
　　他们一个折磨我，另一个想把我泡软。　　　　　　　445
　　不过这个无赖竟然穿着白色的长袍裤，
　　尽管浑身挂满鞭痕。我不能着急去死，
　　我一定要首先把他送往阿克戎的领地。

奥林皮奥

　　我听从你的吩咐，满足了你的愿望，
　　我让你得到了你最为渴望得到的东西。　　　　　　450
　　你的所爱今天将背着你的妻子陪伴你。

吕西达穆斯

　　　　　　　　　　　　别说话。
　　众神明垂怜我，使我今天勉强控制住
　　自己的双唇，没有亲吻你，我的欢乐。

卡利努斯

　　（旁白）
　　什么？还亲吻？怎么回事？什么是他的欢乐？
　　天哪，我看他甚至会把田庄总管的膀胱掏出来。　　　　455

奥林皮奥

　　你现在也喜欢我？

吕西达穆斯

　　　　　　　　是的，不亚于喜欢我自己。
　　你让我拥抱你吗？

卡利努斯

（旁边）

什么？要拥抱？

奥林皮奥

当然可以。

吕西达穆斯

（欣喜若狂地抱住奥林皮奥）

因为我一碰着你，就觉得犹如在舔蜂蜜。

奥林皮奥

（厌恶地推开吕西达穆斯）

好色之徒，请你离开我的后背远一些。

卡利努斯

（旁白）

原来如此，就这样让他做了田庄总管？ 460
他对我也一样，一次我陪同他回家，
他在门口也想让我做他们家的总管。

奥林皮奥

今天我多么听从你，多么让你高兴。

吕西达穆斯

只要我活着，我要让你活得比我更美好。

卡利努斯

（旁白）

天哪，我看他们今天完全错乱了脚步， 465
这个老头子肯定经常追求长胡须的人。

吕西达穆斯

就像今天我将亲吻卡西娜，使我能
背着自己的妻子得到欢乐。

卡利努斯

（旁白）

哎呀，太好了，
波卢克斯作证，我现在明白了是怎么回事。

原来他自己爱上了卡西娜。我逮住了他们。 470

吕西达穆斯

请神明作证，我也会这样拥抱她，亲吻她。

奥林皮奥

首先应该让我娶她。你怎么这么着急？

吕西达穆斯

我喜欢她。

奥林皮奥

我认为今天你不可能做到。

吕西达穆斯

肯定能够，
既然你希望自己明天就能获得自由。

卡利努斯

（旁白）

这样说来我更应该好好竖起自己的耳朵： 475
我要在一处森林里巧妙地逮住两只野猪。

吕西达穆斯

我在这里有个很要好的邻居，
（指阿克西穆斯的住屋）
他那里为我
已经准备了地方，我详细地向他说明了
我的整个爱情，他答应将为我提供房间。

奥林皮奥

他妻子呢？去哪里？

吕西达穆斯

我也有巧妙的安排。 480
我妻子将邀请她到我们家来参加婚礼，
同她在一起，帮助她，夜里也一起睡。
我已经这样吩咐，妻子也同意这样做。
他妻子将在我家睡觉，丈夫将离开家。
你将把妻子带往乡下，乡下就是那里， 485

就这样一直到我与卡西娜举行完婚礼。
安排得妙不妙?

奥林皮奥

真狡猾!

卡利努斯

（旁白）

你们就这样谋划吧,
请神明作证,你们的盘算会让自己遭殃。

吕西达穆斯

你知道你现在该干什么吗?

奥林皮奥

你就说吧。

吕西达穆斯

拿上钱袋, 490
赶快去采购食品,不过我希望尽可能买些
柔软的食物,就像卡西娜本人那样。

奥林皮奥

好吧。

吕西达穆斯

你就买些墨斗鱼、各种贝类、小乌贼,
还有柔软的大麦。

卡利努斯

（旁白）

还有小麦,若是有胃口的话。

吕西达穆斯

还有比目鱼。

卡利努斯

（旁白）

来点比鞋底还硬的比目鱼如何? 495
老不死的东西,好让它们使你的牙齿打架。

奥林皮奥

要不要买点口条？①

吕西达穆斯

　　　　　　　　用不着，既然有妻子在家。
她对于我们就是口条，因为她从不会沉默。

奥林皮奥

既然是这样，那么你再考虑考虑，
要不要买点鱼？

吕西达穆斯

　　　　　　　你说得对，快去吧。　　　　　　　500
不要吝啬钱，尽可能多采购食物。
我现在还需要去找我的这位邻居，
再向他提醒一下。

奥林皮奥

　　　　　　那我现在就走？

吕西达穆斯

　　　　　　　　去吧！

〔二人同下，奥林皮奥去市场，
　吕西达穆斯进入阿克西穆斯的住屋。

卡利努斯

　　（上前）
现在即使用三倍的自由也诱惑不了我，
我今天却要给他们安排巨大的不幸，　　　　505
把这件事情原原本本地报告给女主人。
我要在敌人作恶时当场把他们捉住。
不过若是女主人想现在就履行职责，
我们会获胜。我会抢先对他们采取行动。

---

① 第492～497行中提到的一些食物，有些今人已不得而知，可能是出于卡利努斯的构思和联想。"柔软的大麦"的原文是 hoedeia，可能源自 hordeum，指麦类。"小麦"的原文是 triticeia，可能源自 triticum，指小麦属类。第495行中的"比目鱼"的拉丁文是 solea，也指拖鞋，因此卡利努斯以 sculponeas（木屐）相喻。"口条"的原文是 lingulaca，与 lingua（语言、舌头）相近。

今天的预兆都对我们有利,我们会转败为胜。 510
现在我进屋去,对另一个厨师制作的菜肴,
我要把它们全都采用另样的方式烹调,
把已经为他烹调好的全变成尚未烹调,
把尚未为他烹调的要全都为他烹调好。
〔下。

第三幕

第一场

〔吕西达穆斯和阿克西穆斯
　一同由后者屋内上。

吕西达穆斯

你究竟是我的朋友还是我的敌人？阿克西穆斯， 515
现在我就会知道，你就会原形毕露，考验见真情。
我问你为什么责备我爱？你这是在白白浪费时间，
什么"满头白发"、"年龄已不合适"——白费时间，
什么"你有妻子"和其他的一切，都是白费时间。

阿克西穆斯

我还从未见过有哪个人比你爱得更可怜。 520

吕西达穆斯

请把房屋空出来。

阿克西穆斯

　　　　　天哪，我还要把奴隶、侍女
统统从家里赶到你那里去？

吕西达穆斯

　　　　　啊，没有人比你更聪明。
不过得请你记住一点，就像歌曲中演唱的那样：

举着面包和需要的一切前来，如同前往苏特里乌姆。①

阿克西穆斯

我记得。

吕西达穆斯

好，现在没有哪个人比你更聪明。 525

你去办吧，我去广场，一会儿就回来。

阿克西穆斯

祝你顺利。

吕西达穆斯

让你的房屋也长有舌头。

阿克西穆斯

为什么？

吕西达穆斯

当我回来时，它们能欢迎我。

阿克西穆斯

哎呀呀，你像该挨鞭子的人②，那么爱开玩笑。

吕西达穆斯

如果我不灵敏而好讥嘲，我怎么还会去爱？

不过你要注意，不要让我去找你。

阿克西穆斯

我会一直在家里。 530

[二人分别下。

第二场

[克勒奥斯特拉塔由屋内上。

克勒奥斯特拉塔

---

① 苏特里乌姆（Sutrium）是埃特鲁里亚城市，位于罗马北方。"前往苏特里乌姆"比喻去遥远的地方，需要带足食物。

② "该挨鞭子的"（caedundus）通常作为对奴隶的蔑称。在普劳图斯笔下，爱开玩笑是奴隶的重要性格特征。

　　　　天哪，这就是为什么我丈夫那样强烈地要求，
　　　　希望尽快把邻居家的女主人邀请到我们这里来，
　　　　原来是让邻居空出房屋，他好把卡西娜带过去。
　　　　现在我怎么也不会去邀请她，不给这些老公羊，
　　　　这些无耻至极的家伙提供自由作恶的地方。　　　　535
　　　　（见阿克西穆斯从屋内出来）
　　　　不过你看，他自己来了。元老院的支柱，
　　　　　　　　　　　　　　人民的保障，
　　　　就是我的这位邻居，他将为我的丈夫提供地方。
　　　　卡斯托尔作证，价钱很便宜，只需要一升盐。

阿克西穆斯

　　　　（自言自语）
　　　　我感到奇怪，怎么还不来邀请我妻子去那边？
　　　　妻子早就打扮好了，在家里等待，只待邀请。　　　　540
　　　　（看见克勒奥斯特拉塔）
　　　　那就是她，我想是邀请来了。
　　　　（上前）
　　　　　　　　你好，克勒奥斯特拉塔。

克勒奥斯特拉塔

　　　　　　　　　　　　　你好，阿克西穆斯，
　　　　你妻子在哪里？

阿克西穆斯

　　　　　　　　她在屋里，只等你来邀请她；
　　　　因为你丈夫曾经请求我派她去你那里帮忙。
　　　　需要叫她吗？

克勒奥斯特拉塔

　　　　　　　　不要叫她，我想用不着麻烦她。

阿克西穆斯

　　　　　　　　　　　　　　她空着。

克勒奥斯特拉塔

　　　　我不能耽搁，不想麻烦她了，我一会儿再来。　　　　545

阿克西穆斯

（疑虑）

难道你们不准备举行婚礼？

克勒奥斯特拉塔

我正在准备举办。

阿克西穆斯

那就是说你们不需要人帮忙？

克勒奥斯特拉塔

我家里的人手已足够，
等婚礼结束后我来找她。再见，请向她转达问候。

［进屋，下。

阿克西穆斯

现在我该怎么办？真可怜，做了件非常丢脸的事情，
都是由于那头老公羊，那个无耻的、掉了牙的老家伙，　　　　550
他给我惹来这些麻烦，我答应他让妻子去那里帮忙，
真有如去舔盘子。这个无耻的家伙，他曾经告诉我，
他妻子会邀请我的妻子过去，可他妻子却说不需要。
其实这也没什么奇怪，若是邻居女主人嗅出了味儿。
不过换一个角度考虑这件事情，便会是另一个样子，　　　　555
因为若是她真的嗅出了点什么，她肯定会对我诉说。
我现在进屋去，好把自己的船只重新拖上船坞。

［进屋，下。

［克勒奥斯特拉塔由屋内重上。

克勒奥斯特拉塔

他被捉弄了一番。都上了年纪，还这样折腾！
现在我就等我那个无耻透顶的丈夫返回来，
我在嘲弄了这个之后，再嘲弄一番那个家伙。　　　　560
我希望让他们两个人之间再发生一场争吵。

（向远处张望）

瞧，他来了。一脸苦相，倒很像是个正派人。

（退到屋门边）

第三场

［吕西达穆斯上。

吕西达穆斯

（自言自语）

在我看来，这是一个巨大的愚蠢。
从没有一个情人会在这一天去广场，
当他的恋爱对象已经梳妆整齐； 565
我就是这么愚蠢。我把一天耗掉了，
刚才为我的一个亲属出庭作辩护；
神明有眼，我很高兴输了那场官司，
使得那位亲属没有徒然请我出庭。
依我看，若是想邀请人出庭辩护， 570
首先应该询问，要认真探察清楚，
那人乐意不乐意为邀请者去出庭；
若是他不愿意，那就让他回家去。

（停住，张望）

我看见妻子就站在门前。哎呀，真倒霉，
我真担心，她不是聋子，可能已经听说。 575

克勒奥斯特拉塔

（旁白）

请神明作证，我确实正听到，我要让你倒大霉。

吕西达穆斯

（旁白）

我向前走近一些。

（对克勒奥斯特拉塔）

亲爱的，你在这里干什么？

克勒奥斯特拉塔

请神明作证，我早就在等你。

吕西达穆斯

事情都已安排好？
你已经把你的那位邻居女主人请过来了，
让她给你帮忙？

克勒奥斯特拉塔

我按你的吩咐去邀请了。 580
但是你的那位同道，很要好的朋友，
不知道为什么却对他的妻子生了气，
拒绝我的邀请，不同意妻子来这里。

吕西达穆斯

这就是你的最大弱点，待人不够热情。

克勒奥斯特拉塔

那不是家庭主妇的本分，而是娼妓的本色。 585
亲爱的丈夫，她们只会向别人的丈夫献殷勤。
你自己去邀请她吧，我还得回屋里去忙碌，
丈夫啊，去干必要的事情。

吕西达穆斯

那你快点儿。

克勒奥斯特拉塔

一定。

（旁白）

好啊，我已经让他的内心感到一些恐惧，
我今天要让这位恋人好好地受一番折磨。 590
［回屋，下。

第四场

［阿克西穆斯由屋内上。

阿克西穆斯

我来这里看看那位恋人从广场回来没有。
这个假正经，嘲弄我，也嘲弄我的妻子。

（看见吕西达穆斯）

我看见他就站在屋前。

（上前）

天哪，我正想找你。

吕西达穆斯

请海格力斯作证，我也想找你，没用的家伙，

你怎么说？我怎么委托你？我求你什么了？

阿克西穆斯

什么？ 595

吕西达穆斯

你为我很认真地清理了住屋的房间，

还已经打发你的妻子来到我们这里。

我将由于你而遭殃，时机也正合适。

阿克西穆斯

你怎么不去上吊？实际是你曾经说，

你会让你的妻子前来邀请我的妻子。 600

吕西达穆斯

我妻子说她已经邀请过，并且她还说，

是你不让她过来。

阿克西穆斯

可是我妻子却告诉我，

说你们完全不需要她去你们那里帮忙。

吕西达穆斯

可是现在是她亲自派我前来邀请你妻子。

阿克西穆斯

可是我却不以为然。

吕西达穆斯

可是你把我给毁了。

阿克西穆斯

可是这也好， 605

可是我不会耽误很久，可是我希望不会——

吕西达穆斯

阿克西穆斯

　　　　　给你造成不快。

吕西达穆斯

　　　　　　　　可是我却很乐意这样。
　　你今天怎么也不可能这样"可是"地超过我。

阿克西穆斯

　　可是请神明作证，愿神明们最终让你遭殃。

吕西达穆斯

　　现在怎么样？你想不想让妻子到我这里来？　　　610

阿克西穆斯

　　你就带着她们，带上我的妻子，你的妻子，
　　还有那个女子，一起去遭受巨大的不幸吧。
　　你走吧，去安排其他事情，我让我的妻子
　　经过花园前往你们那里，去见你的妻子。

吕西达穆斯

　　现在你是我的朋友，亲如兄弟的朋友。　　　615

（阿克西穆斯进屋）

　　我凭什么征兆来肯定这一爱情已经属于我？
　　或者我究竟是在什么时候得罪了维纳斯，
　　竟然使得我的爱情如此遭受阻挠和拖延？

（听见从自己屋里传出喊叫声）

　　哎呀呀，怎么从我家里传出来了喊叫声？　　　620

第五场

[帕尔达利斯卡惊恐地由屋内上。

帕尔达利斯卡

　　我完了，完了，我完全完了，完全完了，
　　我心里害怕得要命，浑身不断地发颤。
　　我不知道谁能来帮助我，救援我，保护我。

我是该自己救助自己,还是该向他人求助?
我在屋里看见了那样令人难以想象,   625
令人惊异的事情,闻所未闻的疯狂。
(对屋内)
你当心,克勒奥斯特拉塔,你要离开她,
免得她在狂怒之中给你造成伤害。
你夺下她的宝剑,她已经不能自持。

吕西达穆斯

(旁白)
她怎么啦,怎么这么慌张,急匆匆地跑出来?   630
(大声地)
帕尔达利斯卡!

帕尔达利斯卡

(吃惊地)
  糟了,我的耳朵听见那边有叫声?

吕西达穆斯

你看着我!

帕尔达利斯卡

  啊,主人——

吕西达穆斯

   你怎么啦?你害怕什么?

帕尔达利斯卡

     我完了。

吕西达穆斯

你怎么完了?

帕尔达利斯卡

  我完了,你也完了。

吕西达穆斯

    我怎么完了?为什么?

帕尔达利斯卡

你要倒霉了。

吕西达穆斯

　　　　　　　　不,是你要倒霉了。

帕尔达利斯卡

　　　　　　　　　　　　我快倒下了,你快来扶住我。

吕西达穆斯

　　不管是什么事情,你快告诉我!

帕尔达利斯卡

　　　　　　　　　　　　请你扶住我的胸部。　　　　　　635

　　快给我风,亲爱的,用披篷扇。

吕西达穆斯

　　(旁白)

　　　　　　　　　　我担心发生了什么事情。

　　　　　　　　她不会在什么地方,

　　　　　　　　过量地喝了醇醪,

　　　　　　　　把自己醉倒了吧?　　　　　　　637~640

帕尔达利斯卡

　　亲爱的,罩住我的耳朵。

吕西达穆斯

　　　　　　　　　　离开我去遭殃吧,

　　愿神明让你的胸膛、耳朵、脑袋一起遭殃。

　　除非你赶快告诉我究竟发生了什么事情,

　　否则我就砸碎你的脑壳,你这个邪恶女人,

　　坏透了的东西,竟然还来拿我取笑作乐。　　　　645

帕尔达利斯卡

　　我的主人——

吕西达穆斯

　　　　　　　我的侍奴,你想要我干什么?

帕尔达利斯卡

　　　　　　　　　　　　你太狂暴了。

吕西达穆斯

　　　　　　　　　　　　你太啰唆了。

你告诉我,究竟发生了什么事情,说话要简简。
屋里发生了什么混乱?

帕尔达利斯卡

你会知道的,你听着。
发生了一件非常可悲的事情,
    刚才在你们家屋里,   649,650
你的女侍奴制造了这样一场混乱,
一场与阿提卡生活方式相悖的混乱。

吕西达穆斯

什么样的混乱?

帕尔达利斯卡

恐惧使我紧张得说不出话来。

吕西达穆斯

你告不告诉我究竟发生了什么事?

帕尔达利斯卡

我这就说。
你的女奴,就是你想把她嫁给田庄总管的 655
那个女奴,她在屋里——

吕西达穆斯

她在屋里怎么啦?

帕尔达利斯卡

她模仿那些不名誉的妇女的不名誉方式,
要杀死自己的丈夫;生命——

吕西达穆斯

怎么啦?

帕尔达利斯卡

哎呀——

吕西达穆斯

怎么回事?

帕尔达利斯卡

声称要剥夺他的生命。

剑——

吕西达穆斯
　　原来如此。

帕尔达利斯卡
　　　　　剑——

吕西达穆斯
　　　　　　　那剑怎么啦？　　　　　　　660

帕尔达利斯卡
　　她握着。

吕西达穆斯
　　　　我太不幸了，她为什么握着剑？

帕尔达利斯卡
　　她在屋里追赶所有的人，
　　不允许任何人靠近她；
　　人们纷纷藏进柜子，爬到床下，
　　害怕得说不出话来。

吕西达穆斯
　　（旁白）
　　　　　我完了，我完了。　　　　　　665
　　（对帕尔达利斯卡）
　　到底是什么恶魔突然降临于她？

帕尔达利斯卡
　　她发疯了。

吕西达穆斯
　　（旁白）
　　　　显然我受到她巨大的憎恨。

帕尔达利斯卡
　　不，若是你知道她今天说的话——

吕西达穆斯
　　我很想知道她说了什么？

帕尔达利斯卡

你听着。
她以所有的男女神明的名义发誓， 670
她要杀死今天夜里同她一起睡觉的人。

吕西达穆斯

（吃惊地）

她要杀死我？

帕尔达利斯卡

（故作吃惊）

那与你有什么关系？

吕西达穆斯

（旁白）

哎呀！

帕尔达利斯卡

你同她有什么关系？

吕西达穆斯

我刚才说错了，
我想说他，就是那个田庄总管。

帕尔达利斯卡

（旁白）

你这是故意从大路拐进了小道。 675

吕西达穆斯

她威胁我了吗？

帕尔达利斯卡

她要特别攻击你，
超过所有的人。

吕西达穆斯

为什么？

帕尔达利斯卡

因为你要把她嫁给奥林皮奥。
她发誓，她决不会让你，让她自己，还有
她那个丈夫活到明天。人们派我到这里来， 679，680

是为了让你提防她。

吕西达穆斯

（旁白）

天哪，我真可怜，我完了。

帕尔达利斯卡

（旁白）

活该！

吕西达穆斯

（旁白）

现在和过去都没有哪位恋爱中的老人
像我这样地不幸。

帕尔达利斯卡

（对观众）

我狠狠地捉弄了他一顿。 683～685
我刚才说的事情完全是编造的故事。
女主人和女邻居一起想出了这条诡计，
把我派来这里嘲弄他。

吕西达穆斯

喂，帕尔达利斯卡。

帕尔达利斯卡

什么事？

吕西达穆斯

就是那——

帕尔达利斯卡

那什么？

吕西达穆斯

就是我想询问你的事。

帕尔达利斯卡

你在耽误我。

吕西达穆斯

你没有使我感到忧愁。① 690
不过卡西娜现在仍然还握着剑吗？

帕尔达利斯卡
握着，而且是两把。

吕西达穆斯
为什么握两把？

帕尔达利斯卡
她说是
今天用一把杀死你，另一把杀死田庄总管。

吕西达穆斯
（装作若无其事地）
所有活着的人中我最可能被杀死。
我认为最合适的是给自己穿上铠甲。 695
我妻子会怎样？她不会走过去夺剑？

帕尔达利斯卡
谁也不敢靠近她。

吕西达穆斯
她应该恳求。

帕尔达利斯卡
她恳求过。
可卡西娜拒绝在任何条件下放下剑，
除非她知道不会再把她嫁给田庄总管。

吕西达穆斯
既然她不愿意，那她今天将违愿地出嫁。 700
因为我怎么会不把开始的事情进行到底，
让她嫁给我？不，我说的是
嫁给田庄总管。

帕尔达利斯卡
你常常说溜嘴。

---

① 帕尔达利斯卡说的"耽误"的原文是moram，吕西达穆斯误听为maerorem，从而成为"忧愁"。

吕西达穆斯

恐惧影响了我说话。不过我请你
告诉我妻子,说我请她劝劝她, 705
让她把剑放下来,好让我进屋。

帕尔达利斯卡

我这就去说。

吕西达穆斯

你也劝说她。

帕尔达利斯卡

我也劝说。

吕西达穆斯

要像通常那样亲热。你听着,
你若办成事情,我会给你拖鞋,给你手指戴上
黄金戒指和许多其他好处。

帕尔达利斯卡

我会尽力而为。

吕西达穆斯

你去办吧。 710

帕尔达利斯卡

我现在就去说,倘若你
不再耽误我。

吕西达穆斯

那你就去吧。

〔帕尔达利斯卡下。

(向远处张望)

我的助手终于采购食品回来了,率领着大队人马。 713~719

第六场

〔奥林皮奥、基特里奥及众随从
带着大批食品上。

奥林皮奥

（对基特里奥）

你看好，小偷，

（指着随从们）

让你的那些荆棘前往你的旗帜下。

基特里奥

他们是什么荆棘？　　　　　720

奥林皮奥

因为他们接触什么，就会偷走什么，

他们一扯到什么，就会把它们撕碎；

因此不管他们前往哪里，在哪里出现，

就会立即给主人造成双倍的损失。

基特里奥

（不满地）

哼！

奥林皮奥

（看见吕西达穆斯，旁白）

哎！我还不赶紧让自己穿戴华丽而有贵族气派，

好迎过去，见我的主人？

（整理好穿戴，向吕西达穆斯走去）

吕西达穆斯

哎呀，伙计，你好！

奥林皮奥

我承认。

吕西达穆斯

你承认什么？

奥林皮奥

你在爱，而我又饿又渴。　　724～725

吕西达穆斯

你穿戴得真漂亮。

奥林皮奥

啊，今天……①

吕西达穆斯

你停一下，尽管你令人厌恶。

奥林皮奥

嘘，嘘，你的话令我恶心。

吕西达穆斯

为什么？

奥林皮奥

不为什么。你是不是要一直站着？
你想让我忙个不停。

（向房屋走去）

吕西达穆斯

我要让你遭大殃，你如果不停住。

奥林皮奥

啊，宙斯，② 730

你离我远点，如果你今天不想让我呕吐。

吕西达穆斯

你给我站住！

奥林皮奥

为什么？
（轻蔑地注视着吕西达穆斯）
这个人是谁？

吕西达穆斯

我是主人。

奥林皮奥

谁的主人？

吕西达穆斯

你是他的奴隶。

奥林皮奥

---
① 此处原文有残损。
② "啊，宙斯"原文为古希腊文。

　　　　　　　　　　　我是奴隶？

吕西达穆斯

　　　　　　　　　　　　我的奴隶。　　　　　　733～735

奥林皮奥

　　难道我不是自由人？
　　让我想想，让我想想。

吕西达穆斯

　　　　　　　　　你停下，等一等。

奥林皮奥

　　　　　　　　　　　请你让我走！

吕西达穆斯

　　我是你的奴隶！

奥林皮奥

　　　　　　　这样说就对了。

吕西达穆斯

　　　　　　　　　　我请求你，
　　亲爱的奥林皮奥，我的父亲，我的保护人。

奥林皮奥

　　　　嘿，你很聪明。

吕西达穆斯

　　　　　　　　我完全属于你。　　　　　　　740

奥林皮奥

　　我为什么需要你这样一个无用的奴隶？

吕西达穆斯

　　现在怎么样？能很快让我恢复精神吗？

奥林皮奥

　　若是能很快地准备好午餐。

吕西达穆斯

　　那就让他们离开。

奥林皮奥

　　（对厨师们）
　　　　　　　你们赶快进屋去，赶快。　　744，745

（厨师们提着东西进屋）

我一会儿就进来，给我准备好一顿醉醺醺的午餐，

　　　我希望午餐要既丰盛，又奢华。

　　　丝毫不像蛮族人①那样乏味无趣。

（对基特里奥）

你还站在这里干什么？你先进去，

　　　　　　　我待一会儿。

[厨师等人进屋。

（对吕西达穆斯）

我们是不是还得等一等？

吕西达穆斯

（担心地，指着屋内）

听说卡西娜在屋里手持宝剑，要杀死我和你。

奥林皮奥

（疑惑地）

　　　我知道。让她握着剑， 750
　　　仅仅是胡闹，我很了解
　　　这些卑鄙透顶的娼妓，
　　　现在你就跟着我进屋去。

吕西达穆斯

　　　不，我担心会遭到不幸。
　　　你先进去，仔细观察一下屋里的情况。 755

奥林皮奥

　　　对于我来说，我的生命
　　　也像你的生命对你那样宝贵。

（向房屋走去，回头对吕西达穆斯）

你也跟着我进来吧。

吕西达穆斯

　　　　　　既然你这样要求，那我跟着你。

[二人进屋，下。

---

① "蛮族人"的原文是barbarus，此处代指罗马人。

第四幕

第一场

［帕尔达利斯卡由屋内上。

帕尔达利斯卡

（兴奋地）

天哪,我想无论是在涅墨亚或奥林匹亚,[①]

不管在哪里都未曾有过如此热烈的狂欢,   760

就像在这座屋里正在纵情地进行的欢乐,

由我们的老主人和田庄总管奥林皮奥主演。

所有的人都在整座房屋里匆忙地奔跑,

老头子对着厨房放声大喊,催促厨师们:

"今天你们怎么不干活儿?怎么不上菜?   765

你们赶快做,宴会早就应该准备好了。"

那个田庄总管头戴花冠,身穿白色衣袍,

装饰得整洁而华丽,在屋子里踱来踱去。

两个女奴则在内寝给那个持武器者打扮,

要把他替代卡西娜,嫁给我们的田庄总管。   770

不过人们出色地伪装着,好像都不知道

将会发生什么事情;厨师们则像应该的那样,

[①] 涅墨亚位于伯罗奔尼撒半岛东部,科林斯以南,那里有著名的宙斯庙。奥林匹亚位于伯罗奔尼撒半岛西北部的埃利斯,那里的宙斯庙很有名,庙里立有由著名雕塑家费狄亚斯制作的宙斯像。这两处地方都是古代祭祀宙斯的重要地方,且举行体育竞赛。

不停地忙碌着，只是不给老头子准备佳肴，
他们打开了各种陶罐，用水把火浇灭——
按照妇女们的要求去做；她们今天不想让 775
老头子吃上饭，要把他空着肚子赶出屋去，
好让她能够唯独把她自己的肚子填饱。
我知道这些女人，她们个个都是暴食者，
她们能把整船的食物吞下去。

（静听）

      不过门在响。

第二场

[吕西达穆斯由屋内上。

吕西达穆斯

（尽量压制住自己的怒火，
  对屋内的克勒奥斯特拉塔）

如果合你们口味，妻子，那你们就吃吧， 780
只要这里饭菜一做好，我就去乡下用餐。
因为我想陪伴新郎和新娘一起去那里，
我知道经常可能发生的那种邪恶风俗，
免得有人抢了新娘。你们就随心所欲吧。
不过你们要赶快把新郎和新娘送出来， 785
让我们能在天亮前到达！我明天就回来。
好妻子，明天我将举行一场盛大的宴会。

帕尔达利斯卡

（旁白）

事情的结果正如我所说：老头子空着肚子，
被妇女们赶了出来。

吕西达穆斯

（看见帕尔达利斯卡）
  你在这里干什么？

帕尔达利斯卡

  我想去我想去的地方。

吕西达穆斯

     真是这样?

帕尔达利斯卡

        是这样。 790

吕西达穆斯

 你在这里观察什么?

帕尔达利斯卡

     我什么也没有观察。

吕西达穆斯

        你去吧,

 你在这里偷闲,屋里的其他人正忙着。

帕尔达利斯卡

        我走。

 〔缓慢地回屋。

吕西达穆斯

 你从这里滚开吧,坏得不能再坏的东西。

 (看着帕尔达利斯卡离去)

 她已经离开,现在可以想说什么就说什么。

 天哪,恋爱之人即使饥饿,也没有什么感觉。 795

 (见屋门打开)

 瞧,他出来了,头戴花冠,手持照明油灯,

 我的同盟者,同伙,爱情对手,田庄总管。

第三场

 〔奥林皮奥由屋内上。

奥林皮奥

 (对舞台上的吹笛手)

 吹笛手,人们这就要把新娘送出屋到这里来,请吹奏起悦耳的婚歌,让歌声响彻整个街道。
啊,许门,赞颂婚姻之神。①   800

吕西达穆斯

我的救星,你在干什么?

奥林皮奥

请海格力斯作证,我正饿着肚子。

吕西达穆斯

可我在恋爱。

奥林皮奥

可我却毫无办法,你以爱代食,
而我早就饥肠辘辘,咕噜咕噜地叫个不停。

吕西达穆斯

她们现在在屋里为什么这样地拖拖拉拉?
好像是故意那样,我着急,但毫无进展。   805

奥林皮奥

让我们一起唱婚歌吧,那时她们便会跑出来。

吕西达穆斯

好吧,我将在我们共同的婚礼中帮助你。

吕西达穆斯

奥林皮奥

啊,赞颂婚姻之神。

吕西达穆斯

天哪,我都快要爆炸了,这嘈杂的婚曲,
而不是暴死于爱疫,我倒更希望能够那样。   810

奥林皮奥

请神明作证,你若是一匹马,肯定不可抑制。

吕西达穆斯

为什么?

奥林皮奥

---

① 许门(Hymen)是婚姻之神。

因为你非常暴烈。

吕西达穆斯

难道你试验过？

奥林皮奥

愿神明赐福。

（静听）

听，屋门在响，人们出来了。

吕西达穆斯

天哪，希望神明们拯救我。

第四场

［帕尔达利斯卡、换装的卡利努斯上，
克勒奥斯特拉塔和米里娜随上。

卡利努斯

（旁白）

这是卡西努斯①在这里散发气味。 815

帕尔达利斯卡

我的新娘，你要慢慢抬脚过门槛；
你走吧，这是一条幸福之路，
要永远赶超你的丈夫，
好使你自己强过他，作为胜利者战胜他，
你的声音和权力将凌驾于他之上，让丈夫
给你穿衣服，你给丈夫脱衣服。
要白天黑夜地与他耍心计， 820
你可要牢牢记住。

奥林皮奥

（对吕西达穆斯）

她只要这样试一试，就立即让她遭大殃。 822~825

---

① "卡西努斯"（Casinus）是由（Casina）引申的一个阳性名词，意即"男性的卡西娜"。

吕西达穆斯

　　别说话。

奥林皮奥

　　　　我要说。

吕西达穆斯

　　　　　　说什么?

奥林皮奥

　　　　　　　　恶人在向恶人传输邪恶之道。

吕西达穆斯

　　你会给我把现在已经安排就绪的事情搅乱。
　她们正希望能够这样,使我们的计划落空。

帕尔达利斯卡

　　　　奥林皮奥啊,正像你期望的那样,
　　　从我们手里接受妻子吧。　　　　　　　　830

奥林皮奥

　　　请你们交给我吧,只要你们愿意。
　　(从女仆们手里接过卡利努斯)

吕西达穆斯

　　(对帕尔达利斯卡和其他女仆)
　　　你们进屋去吧。

帕尔达利斯卡

　　(对奥林皮奥)
　　　亲爱的,一个纯洁单纯的女子,
　你们可要好好照顾她。

奥林皮奥

　　　　我们会好好照顾的。

帕尔达利斯卡

　　再见!

奥林皮奥

　　(对妇女们)
　　　你们走吧。

吕西达穆斯

你们可以走了。

帕尔达利斯卡

那就再见。

［妇女们下。

吕西达穆斯

（小声地）

我妻子走了吗？

奥林皮奥

她在家，不用害怕。

吕西达穆斯

太好了。 835

天哪，现在我终于自由了。

我的小心肝，我的小蜜蜂，我的小太阳！

奥林皮奥

瞧你那样子！

你要当心，放聪明些，

她是我的。

吕西达穆斯

我知道，不过她首先是我的果实。

奥林皮奥

请你握住这火炬。

吕西达穆斯

不，不，还是由我来扶着她。 840

啊，全能的维纳斯，你给了我

许多好处，你把这女子拥有的一切归我所有。

奥林皮奥

啊，多么柔软的躯体，

我的爱妻。

（突然惊异地跳起来）

这是怎么回事？

吕西达穆斯

　　　　　怎么啦？

奥林皮奥

　　　　　　　她踩了我的脚，　　　　　　　　　　845
　　有如大象的蹄子。

吕西达穆斯

　　　　　　　　别瞎说，
　　天空的浮云都不及她的胸部柔软。

奥林皮奥

　　请神明作证，多么美妙的乳房——哎呀呀！

吕西达穆斯

　　又怎么啦？

奥林皮奥

　　　　我的胸部不是被前臂，而是撞上了攻城槌。

吕西达穆斯

　　　　你为什么这么粗鲁地对她动手动脚？　　　　850
　　看我这样轻柔地触碰她，她就不会对我动武。

奥林皮奥

　　　　哎呀！

吕西达穆斯

　　　　你又是怎么回事？

奥林皮奥

　　　　　　　　哎呀呀，她怎么那么有劲，
　　我的手臂差点被拧下。

吕西达穆斯

　　　　　　　　让她进房间吧。

奥林皮奥

　　　　那就让我们进去吧！

吕西达穆斯

　　　　　　　　走吧，亲爱的。

　　［三人同下，进入阿克西穆斯的住屋。

第五幕

第一场

[米里娜、帕尔达利斯卡、
 克勒奥斯特拉塔由屋内上。

米里娜

    我们受到热情的接待,现在心情愉快地   855
    到屋外来,好在这街上看看婚礼的热闹。
    请神明作证,我从未有哪一天这么笑过,
    我想以后也不会有哪一天会能如此大笑。

帕尔达利斯卡

    (窃喜地)
    我真想知道卡利努斯是怎样与新郎见的面。

米里娜

    还从未有诗人构思过更巧妙的诡计,   860
    像我们现在如此巧妙地安排的那样。

克勒奥斯特拉塔

    我现在真希望能看见老头子的脸被打肿,
    跑出屋来,没有哪个老人比他活得更无耻。
    我想除了那个
    无耻至极的家伙,
        就是那个给他

提供房屋的家伙。现在你就①   865
坐在这里,帕尔达利斯卡,他会从
那屋里出来,你就狠狠地嘲笑他。

帕尔达利斯卡

很乐意这样做,我通常就是这样。

米里娜

(让帕尔达利斯卡站到她家屋门旁)
你站在这里可以观察到一切,听屋里在说些什么。   870

帕尔达利斯卡

你站在我后面,亲爱的。

米里娜

     你在那里
可以想说什么就说什么。

帕尔达利斯卡

      别说话,
你们家的门在响。②

第二场

[奥林皮奥由屋内上。

奥林皮奥

(激动地)
真不知我现在该逃往何处,去哪里躲藏?真不知
     该如何掩盖遭受到的羞辱?   875
主人和我刚才由于为我们举行的婚礼而被羞辱得
        真是登峰造极。
我现在感到如此羞愧,如此恐惧,我们两人遭到了
        如此巨大的嘲弄。
我也真愚蠢,真是新鲜事,我从未感到过羞愧,

---

① 此处原文有残损。
② 以上原文多处残损,不完整。

现在却感到了羞耻。
请注意，我这就向你们叙述刚才发生的事情，
值得大家竖起耳朵认真听，
无论是聆听或是复述刚才我在屋里制造的混乱，
都会觉得可笑至极。

880
当我把这个新娘领进屋里后，我便直接把她
带进了房间。
房间里一片黑暗，如同在地牢里一般；老头子
暂时不在，我说了声"躺下"。
我轻轻地、温柔地把她放下，
好赶在老头子之前与她完事。
当时我立即开始慢慢地……① 885
不断地回头张望，以免老头子……②
作为爱情的诱惑，我首先请求她给我一个吻，
她伸手挡住我，
因为她怎么也不允许我
去吻她。
当时我愈是着急，愈是渴望投进卡西娜的怀抱。③ 889, 890
为了能背着老头子抢先得到她，我把房门关紧，
免得突然被老头子撞见。

米里娜

（对克勒奥斯特拉塔）

现在你可以过来，走近他。

克勒奥斯特拉塔

（从门旁走出来）

请问，
你的新娘在哪里？

---

① 此处原文有残损。
② 此处原文有残损。
③ 此处原文有残损。

奥林皮奥

（旁白）

天哪，我完了，事情被公开。

克勒奥斯特拉塔

现在你把事情 893~895
一件件按次序叙说清楚。屋里究竟发生了什么事？
卡西娜干了什么？
她是不是很顺从？

奥林皮奥

羞于启齿。

克勒奥斯特拉塔

按次序回忆，你干了什么？

奥林皮奥

天哪，羞于启齿。

米里娜

放勇敢些！① 899~900
在你躺下后，你说说，发生了什么事情……

奥林皮奥

……耻辱。

克勒奥斯特拉塔

（坚决地）

当心有人听见了发生过的事情。

奥林皮奥

……巨大的耻辱。②

克勒奥斯特拉塔

该死的东西，继续说。

奥林皮奥

当时
……继续…… 904，905

---

① 此处原文有残损。
② 以上原文多处残损。

克勒奥斯特拉塔

什么?

奥林皮奥

天哪!

克勒奥斯特拉塔

什么?

奥林皮奥

天哪!

克勒奥斯特拉塔

什么事?

奥林皮奥

啊,太可恶了。

……我担心她带着剑;我开始寻找……①

正当我搜寻她是否藏着佩剑时,我抓到一个"把手"。

不过当时我猜想,她带的不是剑,因为剑是凉的。

克勒奥斯特拉塔

继续说。

奥林皮奥

我羞于启齿。

克勒奥斯特拉塔

是不是萝卜?

奥林皮奥

不是。

克勒奥斯特拉塔

难道是黄瓜? 910

奥林皮奥

请海格力斯作证……肯定不是什么蔬菜之类,

不管它是什么,只要不是什么从未碰到过的灾难。

不过,不管它是什么,它的体积很大。

---

① 此处原文有残损。

米里娜

那究竟是什么东西？你倒说说看。

奥林皮奥

     当时我说道："卡西娜，   915
亲爱的，我的爱妻，我是你的丈夫，你为什么
  这样蔑视我？天哪，你完全不应该
  这样对待我，因为我已经得到了你。"   918~920
这时她没有说话，而是用衣服遮住女性的私处。
我看见她把自己紧紧地裹住，不允许任何接近。
我想把她……

米里娜

（对克勒奥斯特拉塔）
他说得很有趣。

奥林皮奥

  ……吻……①
…………胡须有如鬃毛一样扎着我的嘴唇，
我即刻跪起双膝，她又用双脚狠狠地蹬我的胸口。 930
我从床上倒栽下来；她又一跃而起，狠揍我的脸。
我便一声不吭地跑了出来，你也看见我这身装束，
好让老头子进屋去饮我刚才饮过的这杯酒。

克勒奥斯特拉塔

       太好了，
不过你的外袍哪里去了？

奥林皮奥

     我刚才把它落在了屋里。

克勒奥斯特拉塔

感觉怎么样？足足地享受了一顿拳脚招待？

奥林皮奥

       真是活该！   935

---

① 此处原文严重残损。

不过门在咔嚓咔嚓地响。
        难道是她现在追我来了？
[众人退到吕西达穆斯的屋门旁。

第三场

[吕西达穆斯由屋内匆匆跑上。

吕西达穆斯
  我感到极度的羞耻，不知道该怎么办好。
  我无法去见我的妻子，当着她的面，
    这个样子， 一切耻辱将暴露无遗，
  不管采用什么办法。
        我完了，真可怜。   940
  ……面抓住我的喉咙。
  ……我不知道怎么向妻子辩白自己。
    ……可怜地失去了披篷，
     ……偷偷地结婚。
      ……我认为
     ……于我最合适。
    ……进去找我的妻子，   945
  把自己的后背交给她，由于这样的过错。
    不过那时谁会为我承担责任？
  现在我该怎么办？
       我不知道，除非我   950
  也像那些无耻的家奴，从家里逃跑。
  要是我留在家里，怎么也救不了我的肩胛骨。
  ……可以说一些废话。请神明作证，
    ……我实在不愿挨鞭打，[①]
    尽管我应该忍受。

---

① 此处原文有残损。

我还是顺着这条街立即逃跑吧。

[朝阿克西穆斯的屋后跑去,下。

第四场

[卡利努斯由阿克西穆斯的屋内上,
提着吕西达穆斯的手杖和披篷。

卡利努斯

喂,求爱者,你站住!

吕西达穆斯

(旁白)

我完了,他让我回去。

我假装没有听见,我继续跑。　　　　　　956~962

卡利努斯

你这个马西利亚①风俗推崇者,你在哪里?
如果你现在想同我玩耍,正是好机会。
回到房间里去吧。

(挥动着手杖)

神明作证,你完了。

(稍停)

喂,你过来。

现在我会为我和你找一个无可争议的公正仲裁人。

吕西达穆斯

(旁白)

我完了,那个人会用棍棒把我狠狠收拾一顿。

(转身探索着)

我必须走这条路。因为如果走那条路,会折断我的腰。

克勒奥斯特拉塔

你好啊,求爱人。

---

① 马西利亚即今法国马赛,古代这里是古希腊伊奥尼亚人的移民地,直到罗马时代仍然很富裕、繁荣,是古代欧洲南部的文化中心之一。

吕西达穆斯

（停住脚步，旁白）

啊，与妻子迎面相遇……
这里是狼，那里是狗。不祥的母狼用棍棒威胁我；
神明作证，我看现在我得改一改那句古老的谚语。[①] 970
我走这条路，但愿不祥的母狗于我更合适。

（转向克勒奥斯特拉塔的方向）

米里娜

（走近克勒奥斯特拉塔，对着吕西达穆斯）

你好啊，重婚的家伙！

克勒奥斯特拉塔

亲爱的丈夫，你从哪里来？
怎么这身打扮？你的手杖哪去了？你的披篷呢？   975

米里娜

我想准是他企图通奸，引诱卡西娜时弄丢了。

吕西达穆斯

（旁白）

我完了！

卡利努斯

（假装温柔地对着吕西达穆斯）

我们进屋去吧，我是卡西娜。

吕西达穆斯

见鬼去！

卡利努斯

（嬉笑着）

你不爱我？

克勒奥斯特拉塔

你怎么不回答？你的披篷怎么啦？

---

① "那句古老的谚语"指"位于祭牲和石块之间"（inter sacrum saxumque）。这句谚语源自罗马用石块击杀祭牲的祭祀习俗，意为两面都处于危险之中。吕西达穆斯把它改为"这里是狼，那里是狗"。

吕西达穆斯

  一些酒神女,天哪,妻子——

克勒奥斯特拉塔

    酒神女?

吕西达穆斯

    一些酒神女,天哪,妻子——

米里娜

        他故意瞎扯,
卡斯托尔作证,现在没有酒神女们的娱乐。①

吕西达穆斯

        我忘记了,   980
不过酒神女们仍然——

克勒奥斯特拉塔

    酒神女们怎么啦?

吕西达穆斯

      如果不可能是——

克勒奥斯特拉塔

  请卡斯托尔作证,你害怕了。

吕西达穆斯

    我害怕了?

克勒奥斯特拉塔

    天哪,你在说谎,因为你脸色苍白。

……什么……你问我?

……让我……

        ……我祝贺。 985
       ……老人

……在……

……现在卡利努斯……

---

① "酒神女"(Bacchae)指酒神的疯狂女侍,酒神节时伴随酒神疯狂地舞蹈。对古希腊的酒神狄奥倪索斯的崇拜,在第二次布匿战争之后传入罗马,由于庆典过分疯狂,于公元前186年遭到禁止。

他在这里…………①   989, 990

奥林皮奥

 他以自己的无耻行为也损害了我的名誉。

吕西达穆斯

 你住嘴!

奥林皮奥

   请海格力斯作证,我不住嘴。你曾经
 极力劝说我,要我请求卡西娜嫁给我做妻子,
 实际上是为了你。

吕西达穆斯

   我这样做了?

奥林皮奥

    甚至伊利昂的赫克托尔②——   994, 995

吕西达穆斯

 愿他会收拾你。我会做你们说的那些事情?

克勒奥斯特拉塔

 你还问?

吕西达穆斯

   请神明作证,我若是做了,那真是做了件丑事。

克勒奥斯特拉塔

 你现在回屋去;我会提醒你,若是你的记性不好。

吕西达穆斯

 请神明作证,依我看,最好还是我相信你的话。
 不过,善良的好妻子,请宽恕你的这个丈夫。
    米里娜,请你求克勒奥斯特拉塔;   1000
 若是在这之后我什么时候又爱上卡西娜,或者
 即使不是爱上,而是发生了其他什么类似的事情,
 那么我会毫无怨言,妻子,你就把我
    吊起来,或是用树枝抽打我。

---

① 第983~990行严重残损。
② 赫克托尔是特洛亚王子,特洛亚战争期间特洛亚方面最重要的将领。

米里娜
　　看在神明的份上，我觉得可以宽恕他。
克勒奥斯特拉塔
　　　　　　　　　　就按你的意见办。
　　因为我不想由于这件事不宽恕他而让你烦恼，　　　　1005
　　以免我们使得这部相当长的剧本变得更加长。
吕西达穆斯
　　你不再生气了？
克勒奥斯特拉塔
　　　　　我不生气了。
吕西达穆斯
　　　　　　是真的吗？
克勒奥斯特拉塔
　　　　　　　　是真的！
吕西达穆斯
　　世上没有哪个人有比我的妻子更贤惠的妻子。
克勒奥斯特拉塔
　　（对卡利努斯）
　　现在请你把拐杖和披篷还给他。
卡利努斯
　　　　　　　　若是他也愿意，就拿着吧。
　　神明作证！我却空前地蒙受了如此巨大的屈辱，　　　　1010
　　嫁给了两个人，他们都像通常那样让我做新娘。

结束语

　　观众们，现在我们说明屋里将发生的事情。
　　这位卡西娜被发现原来是这位近邻的女儿，
　　她仍旧将嫁给我们主人的儿子欧提尼库斯。
　　你们应该以应有的掌声给我们应有的报答。　　　　1015

谁这样做，就让谁永远瞒着妻子带走情人；
如果有谁不愿意尽可能地报以热烈的掌声，
那就给他一头浑身腥臭的肥公牛替代姘头。
〔众人下。

剧　　终

提　匣
CISTELLARIA

导　言

关于普劳图斯的这部剧本的希腊原剧，一些研究者通过比较，推测普劳图斯的这部剧本可能是根据米南德的一部剧本改编的。

本剧第89~93行的内容与米南德的一部剧本的一个传世残段非常相似。米南德的那部剧本的传世残段是这样的：

> 那天正举行
> 狄奥倪索斯节游行……
> 他当时跟随我直到我家的屋门跟前，
> 从此他经常来回徘徊，向我和我母亲
> 献殷勤，就这样认识了我。

古代传下来一幅镶嵌画，画中三个女子并排而坐用早餐，画中镶嵌的文字说明她们分别是菲勒尼斯、普拉贡、皮提阿斯。这三个人物名字与米南德的那部剧本中的人物相对应。其中"菲勒尼斯"正好与普劳图斯的剧本中的人物"塞勒尼乌姆"相对应，而画面场景则与普劳图斯的这部剧本的第一幕第一场相吻合。

研究者们对米南德的那部剧本作了许多研究，但它究竟是一部怎样的剧本，标题是什么，仍然不得而知，只是根据上述那幅镶嵌画的场面，拟称图画为《用早餐的女子》，剧本的演出年代也无从查考。普劳图斯的这部剧本的演出年代也无法确考。剧中第199~200行提到布匿战争的胜利，不过那只是无定指地提及。按照普劳图斯的戏剧活动时期，它可能是指第二次布匿战争（公元前218--前201年）。如果是这样，那么这部剧本便是普劳图斯中年时期的作品。不过它也可能是指第三次布匿战争（公元前149～前146年）。如果指的是后者，那么那次演出便是对普劳图斯生前的剧本的重演，那个提及是在那次演出时由演出者加进去的一句适应时事的台词。

这部剧本的中间部分严重残缺，估计可能缺失600多行诗。研究者们根据公元4世纪的一部传世抄本作了一些补充。那部抄本本身因被擦抹同样也严重残损，许多诗行完全残缺不全，以至于使许多的场面甚至都不可能约略地看出情节的发展过程，因而对本剧文本的补充也只能是零散而有限的。由于文本严重残缺，研究者在许多地方对内容便不得不勉强地进行推测，从而出现理解的差异。这种情况不仅表现在对个别词语或诗行的理解上，甚至对一些场面的基本内容的理解也存在歧见。例如在阿尔克西马科斯与奴隶对话的那个场面中，不仅后者说的话有时显得与他的身份不相称，而且对在他们谈话过程中出现的第三个角色的身份甚至都难以确定。

这部剧本的主题也像在当时的喜剧中经常见到的那样，描写年轻人的爱情。剧中描写的爱情发生在伴妓群体和富有家庭这两个相差很大的社会阶层之间。剧中男青年是一个出身于相当富有的家庭的子弟，女子则来自受人鄙视的妓门。剧中首先表现的是伴妓群体特有的生活、心理和对爱情的看法。两个年轻女子由终身为业的伴妓抚育长大，生活贫困的母亲和养母希望她们能继续操此行业，成为她们老年生活的依靠和寄托。然而年轻女子却不想以做伴妓为业，而是怀有另一种追求，希望能够过正式嫁人的女子的那种生活，嫁一个与自己相爱、可以终生为伴的丈夫，安定、幸福地度过一生。

剧中赋予伴妓环境里长大的塞勒尼乌姆以良好的天性。她与自己喜欢的青年互相倾慕，私订终身。青年的父亲要儿子娶另一个女子，从而产生了矛盾。在非常重视个人血统的古希腊社会，证明塞勒尼乌姆的自由人出身这一点是非常重要的。像当时其他类似的剧本一样，本剧对"认识"过程也作了充分的、多方位的展示，首先是人证（亲自经历弃婴事件的人），然后是最为关键的物证，从而使人们对人物的身份确信无疑。在塞勒尼乌姆的自由人身份得到确认后，那个准备嫁给阿尔克西马科斯的女子实际上与塞勒尼乌姆恰好是异母姐妹，从而使得青年的父亲也没有什么有力的理由来反对儿子的这场互相情投意合的婚姻。

无论是对希腊新喜剧，或者对于主要是对希腊新喜剧进行改编的罗马喜剧来说，这部喜剧的题材很有代表性。剧中描写的人物形象和感情冲突在抒情诗和各种叙事文学中都得到过形象而鲜明的反映，例如关于育婴伊昂的传说便成为古希腊著名悲剧家欧里庇得斯创作同名悲剧的题材。

在欧里庇得斯的悲剧《伊昂》中，神明阿波罗使雅典公主克瑞乌萨怀了孕，生下一个男孩。那男孩由神明安排，被送到得尔斐阿波罗庙，取名为伊昂，在那里长大，成了阿波罗的祭司，最后在那里母子相认。其中不同的是那部剧本作为悲剧，伊昂的生身父亲是神明阿波罗，而本剧作为喜剧，人物是凡人。

普劳图斯的这部剧本与《伊昂》在情节方面的相近使它在风格方面与其也有许多共同特点。普劳图斯的这部喜剧除了作为纯喜剧角色的奴隶兰帕狄奥有一些包含幽默的对白和女奴哈利斯卡寻找丢失的提匣时的幼稚表现外，几乎没有滑稽逗乐的可笑场面，甚至还让人觉得颇有悲剧感。剧中主人公的情感表达，例如年轻人阿尔克西马科斯的独白，如同抒情诗一样，富有激情。这一形象不同于当时同类喜剧中常见的陷入爱情的年轻人的形象。在那些剧本里，年轻人往往只是抱怨自己的命运不能如愿，抱怨没有机智的奴隶帮助想办法摆脱困境，而这部剧本里的阿尔克西马科斯与他们相比，则表现出明显的情感强度。阿尔克西马科斯的这段富有激情的独白的诗歌格律比较复杂，当时这样的独白通常由富有表现力的音乐相陪衬而进行演唱。

剧本开始时，同时出现了两个处境相近的年轻女子塞勒尼乌姆和古姆纳西乌姆。由于抄本残损，古姆纳西乌姆在其后的场面中出现不多。塞勒尼乌姆的生母并不是伴妓，是被强暴而生下她。她出生后立即被遗弃，被一个伴妓收养，从而落入妓门，在伴妓环境中长大，但具有较强的个性，有主见。古姆纳西乌姆由伴妓生育和抚养，性格比较软弱，对母亲的安排不敢违逆。剧作者显然是以古姆纳西乌姆来与主要人物塞勒尼乌姆作陪衬和比较，以突出塞勒尼乌姆的形象和性格。

剧中那个对塞勒尼乌姆的母亲施暴的人也颇有悔过之意，以实际行动弥补"酒"促使他造成的过失。事后他回到故乡，另外成了亲。不过他在那个妻子去世后，便又迁居到他犯过失的西库昂，觅踪寻迹，与遭受自己伤害的那个女子正式成婚，并且一直在努力寻找他们被遗弃的孩子。

在剧本最后出现的女奴哈利斯卡的形象很活跃，为演员的表演提供了相当充分的余地，而且有许多直接与观众交流的地方。有些研究者推测，这一形象在剧本残损的部分可能就已经出现，因而比我们现在看到的还要充分和完整。

这里还应该指出的是，尽管剧作家给予那个终生以伴妓为业的老婆子叙拉一些不好的性格特征，如嗜酒、好闲扯，但她仍表现出一些良好的心理，如她对同行互相关心。与带有明显的喜剧特征的叙拉相比较，另一个伴妓墨勒尼斯的性格特征则表现得比较充分。墨勒尼斯希望能有一个养女作为日后的依靠。她得到刚出生的塞勒尼乌姆之后，如同对待自己的亲生女儿一样，认真抚养她长大，不过她也一直有心希望养女能够找到自己的生身母亲，保持着女性固有的良好天性。由此她在塞勒尼乌姆真的找到生身母亲后不免感到失落，但也为能把养女归还她自己的生身父母而高兴。

在剧本结构方面，本剧采用的是首先介绍人物，而后介绍剧情背景的手法，对情节的有关交待在第一、二场之中首先由嗜酒的老婆子唠唠叨叨地介绍一部分，然后由寓意性的助佑之神以独白形式进行补充。米南德在他的喜剧《割发》中采用的就是这种手法，因此这部剧本中的这一手法可能源自希腊原剧。本剧中对人物关系的介绍突出了人物关系的错综复杂，可能在剧本的佚失部分有很好的表现。

同样，剧本的结尾可能会令不少观众觉得太仓促。然而正如剧本对剧情开始之前的许多细节在剧中往往只是一语带过，而未作详细交代那样，剧作者把母女相认的场面放到幕后，让作为父亲的得弥福赶紧进屋去加入其中。由此可以认为，这是剧作者的一种颇具独出心裁的表现手法，把结尾时可能发生的动人场面留给观众和读者去想象。

剧情梗概

利姆诺斯青年强暴了一个西库昂少女,^①
返回故乡后别外成婚,生了一个女儿。
西库昂女子生了个女孩,奴隶把女孩
抱去遗弃,但却埋伏着暗中偷偷窥探。
一伴妓捡得女孩后交给了另一个伴妓。 5
青年从利姆诺斯返回又娶了他施暴的
那个女子,把在利姆诺斯出生的女儿
许配给爱着那个遭遗弃的女孩的青年。
奴隶努力寻找,找到了被遗弃的女孩。
最后那女孩被合理合法地证明是市民, 10
情人阿尔克西马科斯终于如愿得到她。

---
① 利姆诺斯岛位于爱琴海西北部,西库昂是希腊伯罗奔尼撒半岛北部一城市。

人　物

塞勒尼乌姆　伴妓

古姆纳西乌姆　伴妓

叙拉　老媪，古姆纳西乌姆的养母

助佑之神

阿尔克西马科斯　青年

奴隶　阿尔克西马科斯的奴隶

老人　阿尔克西马科斯的父亲

兰帕狄奥　法诺斯特拉塔的家奴

墨勒尼斯　老媪，塞勒尼乌姆的养母

法诺斯特拉塔　老媪，塞勒尼乌姆的生母

哈利斯卡　塞勒尼乌姆的侍奴

得弥福　老人，利姆诺斯人，法诺斯特拉塔的丈夫

时　间

上午。

地　点

希腊西库昂。一街道，两座房屋，一座为阿尔克西马科斯的住屋，另一座为得弥福的住屋。①

---

① 有的研究者认为，从现存的一些残段看，似乎还应该有第三座住屋，为古姆纳西乌姆与其养母的居处。

第一幕

第一场

[塞勒尼乌姆、古姆纳西乌姆
由阿尔克西马科斯的屋内上,
叙拉步履蹒跚地随后。

塞勒尼乌姆

如同我以前就很喜欢你,把你视为自己的知己,
亲爱的古姆纳西乌姆,今天你们,你和你的母亲,
也这样向我表明了你们自己。即便你是我的亲姐妹,
也不一定就能使我对你们表示更为强烈的敬意,
不,我看若不是具有像我这样的内心,那不可能。　　　　5
你们抛开了其他的事情,一直为我的事情操心,
因此我爱你们,也为此我向你们表示衷心的感激。

古姆纳西乌姆

请波卢克斯作证,这是因为你经常以这样的耗费,
愉快地博得我们的好感,使我们乐意为你效劳;
　　你经常热情地以丰盛的早餐　　　　　　　　　　10
　　招待我们,令我们铭记难忘。

塞勒尼乌姆

请波卢克斯作证,我极其愉快地招待了你们,
我还会继续这样做,尽可能使你们感到满意。

叙拉

　　　　如同海上风平浪静，一个顺利航行的人经常这样说：
　　我很高兴来拜访你们；请卡斯托尔作证，我们今天　　　　15
　　　　　在这里也受到如此热情的款待，
　　只是你这里的规矩除外，其他的一切都令我满意。

塞勒尼乌姆

　　亲爱的，你这话什么意思？

叙拉

　　　　　　　　可饮的东西提供得太少，
　　还掺和了很多水。

古姆纳西乌姆

　　（对叙拉）
　　　　　　亲爱的，在这里说这些合适吗？

叙拉

　　　　　　　　　　　　合理合法。　　　　　　　19，20
　　　　这里没有其他外人。

塞勒尼乌姆

　　　　　　　　　我喜欢你们，值得这样做，
　　因为你们很尊重我，关心我。

叙拉

　　　　　亲爱的塞勒尼乌姆，请神明作证，
　　我们属于这样的阶层①，理应该互相善意相待，
　　　　　　　建立真诚的友谊，
　　你不妨看看那些出身于社会上层的女子，
　　　　　　　那些最富贵的女人，　　　　　　25
　　她们是如何看重友谊，如何努力保持
　　　　　　这种使她们互相联系的纽带。
　　如果我们也能像她们那样，如果我们
　　　　　　模仿她们，那我们会很难生活，
　　怀着极大的妒忌。她们想让我们需要

---

① "阶层"的原文是ordo，罗马人通常用来指元老、贵族、骑士和平民自由人阶层，这里伴
　妓借用来指伴妓群体。

　　　　　她们所拥有的东西，
　　　　　　　而我们却力所不及。　　　　　　　　　29，30
　　　　　从而不得不在一切事情上
　　　　　　　经常祈求她们。
　　　　　如果你去到她们那里，你会像想去时那样想立即离开，
　　　　　她们会当面奉承我们阶层，然后如果出现合适的机会，
　　　　　她们又会在背地里狡猾地泼冷水。　　　　　　35
　　　　　她们称我们经常陪伴她们的丈夫，
　　　　　称我们是姘妇，竭力地贬低我们。
　　　　　我们两人，就是我和你母亲，在解除了奴籍后
　　　　　成了伴妓，你妈妈抚育了你，
　　　　　（指古姆纳西乌姆）
　　　　　　　　　　我抚育了她，
　　　　　出身于众多的父亲。我并不是由于自豪，　　　　40
　　　　　让她从事伴妓职业，而是为了免于饥饿。

塞勒尼乌姆
　　　　　最好还是尽可能地给她找个男人出嫁。

叙拉
　　　　　　　　　　　啊呀呀，
　　　　　卡斯托尔作证，她每天都在嫁男人，今天嫁了，
　　　　　明天夜里还得嫁。我绝不会不让她出嫁而守寡。
　　　　　因为要是她不嫁人，我们全家都得可怜地饿死。　　　45

古姆纳西乌姆
　　　　　我完全应该，母亲，你怎样希望，我就怎样去做。

叙拉
　　　　　卡斯托尔作证，我不会感到后悔，如果
　　　　　　　　　你能像你说的那样去做。
　　　　　因为如果你能像你希望的那样去做，
　　　　　　　　　你就永远不会成为老婆子，
　　　　　而且你还会永远拥有像你现在拥有的这样的年纪，
　　　　　将会让许多人亏损，而让我永远不用耗费地获利。　　50

古姆纳西乌姆

  谢天谢地!

叙拉

  没有你的努力,神明们也干不了任何事情。

古姆纳西乌姆

  请海格力斯作证,我会尽力去做;
  不过我们闲话就说到这里。
  (对塞勒尼乌姆)
  我的明亮的眼珠儿,亲爱的塞勒尼乌姆,
         我从来没有看见过你
  如此忧伤。请你说说,究竟是怎么回事,
         为什么欢乐抛弃了你?
  你通常一直配戴的那些饰物怎么不见了?
         看你现在成这个样子,   55
  你瞧你还一直深深地叹息,脸色那么苍白。
         把它们都对我们说说,
  你这究竟是怎么回事,希望我们做些什么,
         不妨让我们清楚地知道。
  我请求你,请你不要用你的这些眼泪
         使我们也感到伤心。

塞勒尼乌姆

  我在折磨自己,亲爱的古姆纳西乌姆,
         我感到难受,我精疲力竭。
  我感到非常痛苦,痛苦源自我的心灵,
         源自我的双目,源自疾病。   60
  我又能怎么说呢?若不是我的愚蠢
         使我自己陷入了忧伤。

古姆纳西乌姆

  你就把那愚蠢隐藏起来,隐藏在它产生的地方。

塞勒尼乌姆

  这怎么隐藏?

古姆纳西乌姆

你就尽可能把它隐藏在心灵的最深处。

让你的愚蠢只有你自己知道,没有任何见证人。

塞勒尼乌姆

不过我是心里痛苦。

古姆纳西乌姆

什么?你哪里来的什么心? 65

正如男人们所说,无论是我或是

其他任何女人,都没有心。

塞勒尼乌姆

如果有什么痛苦,那就是心里痛苦,

即使没有心,也仍然是那里感到痛苦。

古姆纳西乌姆

(对母亲)

这个女人爱上人了。

塞勒尼乌姆

请问,是不是开始爱是痛苦的?

古姆纳西乌姆

请神明作证,强烈的爱既充满甜蜜,又充满痛苦;

爱既能使人感觉甜美,又能让人感到足够的苦涩。 70

塞勒尼乌姆

我的病正像你说的那样,亲爱的古姆纳西乌姆,

它使我变得软弱无力。

古姆纳西乌姆

爱情既狡猾又奸诈。

塞勒尼乌姆

所以它那样地侵占①我。

古姆纳西乌姆

只要你振作精神,痛苦就会减轻。

---

① "侵占"的原文是peculatus。这是古罗马的一个法律术语,意为"抢劫国有财产"。

塞勒尼乌姆

相信会这样，
如果有医生能够前来给我的这个病提供药物。

古姆纳西乌姆

会来的。

塞勒尼乌姆

你这句话对于陷入爱情的人太乏味：
他会来，要是他没有来。　　　　　75
不过由于我自己的过错和愚蠢，我还让
自己忍受着更大的折磨：
因为我想让自己属于一个人，
想同他一起生活一辈子。

叙拉

塞勒尼乌姆啊，你的这种想法更适合于贵妇们，
爱上一个人，把自己嫁给他，与他生活一辈子。
要知道，其实伴妓非常相似于一座富裕的城市，　　80
如果没有很多富人，她独自一人维持不了事业。

塞勒尼乌姆

现在我向你们说明了我为什么邀请你们来。
因为我告诉了我的母亲，我不愿意当伴妓，
她赞同我的想法，并且就像我听从她那样，
顺从我的愿望，允许我和我喜欢的人生活。　　85

叙拉

请卡斯托尔作证，她干了件蠢事，你已经
同男人有往来？

塞勒尼乌姆

只同阿尔克西马科斯往来，
从来没有任何其他男人破坏过我的贞操。

叙拉

这个人怎样投入了你的怀抱？

塞勒尼乌姆

　　　　　　　　在狄奥倪索斯节上，
母亲带着我去观看表演。我回家的时候，　　　　　　　　　　90
他观察着，一直偷偷跟踪到我们家门口。
然后他便同我和我的母亲建立起了友谊，
靠奉承、馈赠和礼物。

叙拉

　　　　　　　　我想你不妨把那个人交给我，
让我来跟他周旋！

塞勒尼乌姆

　　　　　　　　还需要多说什么？我逐渐习惯，
开始喜欢他，他也喜欢我。

叙拉

　　　　　　　　啊呀，亲爱的塞勒尼乌姆，　　　　　　　　95
你应该假装喜欢。因为如果你真的爱上了他，
你便会更多地考虑所爱，而不是自己的收入。

塞勒尼乌姆

不过他曾经庄严地在我的母亲面前发过誓，
会娶我做妻子，现在要给他娶另一个女子，
是他的亲属，来自利姆诺斯，就住在近旁，　　　　　　100
是他父亲让他这样做，现在我母亲对我生气，
因为我在家没有告诉她，我知道了这件事，
知道他将要娶那个女子后。

叙拉

　　　　　　　　啊，没有什么比爱情更不公正。

塞勒尼乌姆

现在我请求你允许你的女儿在这里留三天，仅三天，
在这里帮助我照料，因为我的母亲召唤我去她那里。　　105

叙拉

尽管你说的这三天时间令我烦恼，会让我受损失，
不过我同意这样做。

塞勒尼乌姆

你真善良而友好，不过亲爱的古姆纳西乌姆，
我不在期间若阿尔克西马科斯前来找我，请不要
对他大声叫嚷，他对我没有错，他仍在我的心上，
亲爱的，请你要冷静，不要说任何使他痛心的话。 110
你拿着这钥匙，如果什么时候需要，你好使用它。
我走了，再见。

古姆纳西乌姆
     你让我忍不住流下泪来。

塞勒尼乌姆
         亲爱的古姆纳西乌姆，
再见吧。

古姆纳西乌姆
   亲爱的，你得把自己收拾收拾，难道就这样
不整洁地前去？

塞勒尼乌姆
     对于不整洁的命运，我还应该更肮脏一些。

古姆纳西乌姆
   起码也得把这件披蓬带上。

塞勒尼乌姆
       你不用给我拿，我自己愿意。 115

古姆纳西乌姆
   既然你这样希望，那就祝你健康，再见。

塞勒尼乌姆
         但愿如此，再见。

[离开，下。

古姆纳西乌姆
   如果你没有什么要说，妈妈，那我进屋去。天哪，
我看到了陷入爱情的样子。

叙拉
      因此我要大声对着你的耳朵说，
你不要爱任何人，现在进屋去！

古姆纳西乌姆

      你还有什么吩咐?

叙拉

          再见吧!

古姆纳西乌姆

            再见。

〔进屋,下。

第二场

叙拉

 我也像大部分从事这种行业的妇女那样,   120
 有个毛病,那就是我们在吃饱喝足之后,
 立即会多嘴多舌,话多得远远超过限度。
 刚才在这里流眼泪的那个女子,是我从前
 在她是个初生婴儿被遗弃时在窄巷里捡得。
 〔这里有一个青年,家庭出身高贵,   125
 我现在甚至也像我刚才说的那样,
 只是稍微补充了一些利伯尔①汁液,
 我的舌头便像期望的那样变自由,
 难以在应该保持沉默时沉默不语。
 西库昂人,家族高贵,父亲还活着。   130
 那个年轻人狂热地爱上了这个女子,
 刚才她挂着泪水离去,她也很爱他。〕
 我把她送给了我的一位伴妓朋友,
 她经常向我提起,希望我能给她
 找到一个孩子,男孩女孩都可以,   135
 只要是新生,作为她自己的孩子。

---

① 利伯尔是古罗马神话传说中的酒神,原意为"酒",这里代指酒。

一有了合适的机会，我便立即
满足了她原先对我提出的请求。
她在从我这里接过这个女孩后，
就立即好像她亲生接受的这一个， 140
没有接生婆帮助，没有经受痛苦，
像其他妇女生育时经常忍受的那样。
她说自己有一个外邦倾慕人，
正是为了他才做这样的置换。
这事除了你们外，仅我们俩知道， 145
我给了她孩子，她接受了孩子。
事情就是这样。如果有什么需要，
我希望你们提醒我，现在我回屋去。
［下。

第三场

［助佑之神上。

助佑之神

这个老妇有两个特点：饶舌又贪杯。
她几乎没有给神灵留下说话的余地， 150
关于那个被遗弃的女婴滔滔不绝地
说个没完没了。若是她能保持沉默，
我作为神本想作说明，会说得更充分。
人们称我为救助之神。现在就请听，
我将把这件事情向你们彻底地说清楚。 155
在西库昂早就设有狄奥倪索斯节。
一个利姆诺斯商贾去那里观看娱乐，
他年纪轻轻，强暴了一个年轻女子，
喝醉了酒，在大街上，夜深人静时。
他担心自己会因此受到严酷的惩罚， 160
便立即匆忙逃跑，返回了利姆诺斯，

他当时就居住在那里。那个女子
被强暴后第十个月产下一个女婴。
她由于不知道这事是何人所为，
于是便同她父亲的一个奴隶商量，   165
把女婴交给那个奴隶去遗弃。
奴隶遗弃婴儿，被这个老妇捡得。
但奴隶弃下婴儿后曾经偷偷观察，
老妇把婴儿带往哪座住屋。
正如你们已经听到她自己承认，   170
她把那个女婴交给了伴妓墨勒尼斯，
那个伴妓抚育了女婴，如同亲生孩子，
认真而合乎礼俗。那个利姆诺斯人
这期间娶了毗邻的女子，是他的亲属。
那个女人已经满了命限，侍奉了丈夫。   175
那个男子在为妻子办完丧事后，
立即迁来这里，给自己娶了那个
他早先曾经在这里强暴过的女子，
并且认出了就是被他强暴的那一个。
那女子向他说明了自己由于他的强暴，   180
生了一个女孩，把女孩交给了
奴隶立即遗弃。丈夫随即吩咐，
要那个奴隶尽可能设法找到那个
捡了孩子的妇女。现在那个奴隶
正在到处仔细寻找，希望能找到   185
那个当年抱走了弃婴的伴妓，
他自己放下婴儿后，曾经窥见过她。
我现在把余下的事情一概作交待，
以便卸掉拖欠着什么债务似的恶名，
这里有个西库昂青年，同父亲住在一起；   190
他深深地爱上了那个遭遗弃的女子，
就是刚才流着泪离开去找母亲的那女子，

她也很爱他，一场无比甜蜜的爱情。
然而人间的事情没有什么能长久。
父亲希望儿子能够成亲娶妻室，　　　　　　　　　　　195
母亲知道后要求女儿立即返回去。
事情就是这样。祝福你们健康顺利，
凭借真正的德性获胜，就像先前那样；
保护你们的同盟者，不管是老是新，
合理合法地加强你们的同盟军队，　　　　　　　　　　200
打败仇敌，争取荣誉和桂冠，
让被战胜的布匿人接受惩处。

第二幕

第一场

[阿尔克西马科斯上。

阿尔克西马科斯
 我相信,阿摩尔首先为凡人设计了痛苦的折磨。
 我凭自己的遭遇就是在这里得出这样的推测,
  用不着为寻找出远门,
 既然我的心灵遭受的折磨远远超过所有凡人,   205
  没有人能与我竞争。
 我被抛弃,被驱赶,被刺戳,被翻转;
 我缚在爱情转轮上,可怜地失去知觉;
 我被撕扯,被撕裂,被分解,被肢解;
 我的心灵迷糊,有如一团浓重的迷雾;   209,210
我在哪里,又不在哪里,我不在哪里,又在哪里,
  我的整个心智一片朦胧。
 我所喜欢的东西随即又不喜欢,
 我精疲力竭,阿摩尔在嘲弄我: 214,215
 追逐,驱赶,攻击,抢夺,阻拦;
 诱惑,馈赠,想给什么又不给予。
  他哄骗我:
 他刚刚劝说,又立即劝阻,
 刚刚劝阻,又要求再坚持。   219,220

他如同大海一样拿我玩耍，
　　撕扯我这爱的心灵；
　　如果可怜的我还没有被淹没，
躲过了死亡，突然又袭来毁灭性的巨澜。
父亲就这样连续六天把我留阻，
　　让我待在田庄里，
　　使我没有看到我的女友，
　　　我这样回忆，
　　不让人觉得可怜？

残段一

　　今天第六天…… 230

残段二

阿尔克西马科斯
　　喂，小奴，你能不能精力充沛地干活？

奴隶
　　　　　　不，有其他人那样干，
已经足够。我不希望让自己被称为勇敢之士。
……

奴隶
　　不过你这是想干什么？

阿尔克西马科斯
　　　　　　我真想好好地痛骂你一顿。

奴隶
　　　　　　　　　　为什么？

阿尔克西马科斯
　　因为我活着。

奴隶

　　　　　天哪，如果你愿意，我很容易满足你。

阿尔克西马科斯

　　　　　　　　　　但愿如此。

奴隶

　　我担心你会用拳头狠狠地揍属于我的面颊。　　　　235

阿尔克西马科斯

　　神明作证，我绝不会那样做。

奴隶

　　　　　你发誓。

阿尔克西马科斯

　　　　　我发誓不会那样做。

　　不过首先，我竟然能够这么多天地同女友分开，
我真不是个东西。

奴隶

　　　　海格力斯作证，你是不是个东西。

阿尔克西马科斯

　　　　　　尽管我那样爱她，
她也同样地爱我。

奴隶

　　　　　海格力斯作证，你应该遭不幸。

阿尔克西马科斯

　　我给她的心灵造成那么多那么大的痛苦。

奴隶

　　　　　　你永远干不了事情。　　　　240

阿尔克西马科斯

　　尤其是因为我们曾经以誓言肯定了我们的关系。

奴隶

　　在这之后，无论神明或凡人都不会再给你恩惠。

阿尔克西马科斯

　　她曾经希望与我正式结婚，共同度过这一生。

奴隶

你应该给自己戴上镣铐,永远不要把它取下来。

阿尔克西马科斯

她是那样地信任我,完全相信我的忠诚。 245

奴隶

请海格力斯作证,我认为应该把你鞭打一顿。

阿尔克西马科斯

她通常称呼我为香甜的蜂蜜和甜蜜的吻。

奴隶

为这句话你应该扛十字叉型枷①,

阿尔克西马科斯

我更高兴。你现在对我有什么劝告?

奴隶

      我这就告诉你:
你应该把自己吊起来,请求她不要对你生气。 250

阿尔克西马科斯

是否因为……

奴隶

那么你为什么……用袖子……你……

……

[第三角色上。

如果我爱她,怎么样?

第三角色

      ……也爱 273
我知道而且像她爱你一样,
 如果我把你们关在监牢里,
  白天黑夜地由于爱情,

……

如果不死去

---

① 叉型枷是当时严厉惩罚奴隶的刑具。

任何人永远不……给我……

第三角色

非常巨大。

他们愚蠢地、无节制地、不光彩地相爱。 280

……愿他们不相爱。 281

阿尔克西马科斯

……你在哪里？

奴隶

我在这里。 283

阿尔克西马科斯

你去给我把武器拿来，把铠甲也拿来。

奴隶

让我把铠甲拿来？

阿尔克西马科斯

去，快跑，把马牵来。 285

奴隶

（旁白）

海格力斯作证，他神智失常。

阿尔克西马科斯

去吧，把大批矛兵和大批后备军队也带来，

越多越好，不要再提问题，免得耽误时间。

（狂暴地）

我吩咐的东西在哪里？

奴隶

（旁白）

他完全失去了理智。

第三角色①

（旁白）

我看他肯定中邪了，既然变成这个样子。 290

---

① 有的研究者推测，这里出现的可能是古姆纳西乌姆。

奴隶

  请问你是在说疯话还是在站着说梦话？
  既然你让我把马牵来，把铠甲也拿来，
  把大批矛兵带来，还要求许多后备兵，
  越多越好。你把这些全都搅和到一起，
  吩咐我。

阿尔克西马科斯

    请问，难道我对你说过这些话？   295

奴隶

  天哪，你刚才是这样说的。

阿尔克西马科斯

     我确实没有在这里。

奴隶

  那你是个魔术师，如果你能让自己
     不在这里，又在这里。

第三角色

  依我看，年轻人，你受到阿摩尔毒药的驱使。
  因此我想给你提一些劝告。

阿尔克西马科斯

     那你就提吧！

第三角色

  你当心，永远不要同阿摩尔进行战争。   300

阿尔克西马科斯

  那我怎么办？

第三角色

   你前去她家里找她的母亲，
  你辩白，发誓，请求，请求要热切，
  你还要恳求她，要她不要对你生气。

阿尔克西马科斯

  神明作证，我要为一切辩护，
     直到声嘶力竭。

残段三

[老人上。

老人

  ……想阻挠获得一笔巨额财富，还有丰厚的嫁妆。   305

  ……

  一个梳妆整齐的小女子……天哪，真逗人喜欢。

  尽管我是一匹老骟马，甚至现在正如我所想象，

  如果能够和她单独在一起，对着这匹小马驹嘶鸣。

古姆纳西乌姆

  （装着没有看见老人）

  阿尔克西马科斯，回到我这里来正是时候，

  因为没有哪个女人喜欢单独地生活。

老人

  （旁白）

        愿你招呼我。   310

  好使你不孤独。我将和你在一起，我会让你干活。

古姆纳西乌姆

  阿尔克西马科斯把这座屋子安排得多么令人喜欢。

老人

  （旁白）

  维纳斯到来总是令人喜欢，爱情永远令人愉快。

古姆纳西乌姆

  这座屋子散发着纯真的维纳斯气味，

       因为它由恋人装饰。

老人

  （旁白）

  她本身令人愉快，天哪，说起话来也一样。   315

  （稍停，思考）

  不过根据她刚才说的话判断，请神明作证，

是她诱惑了我的儿子。或者这仅仅是怀疑，
因为我从来没有见过她；我相信我的看法，
是我的儿子租赁了这座房屋，她就站在这屋前。
我看就是这个女子，她还称呼我儿子的名字。　　　　　　　320
我不妨上前去招呼她。
（走上前）
　　　　　　　　你好，不幸的亏损诱惑者。

古姆纳西乌姆

　　　　　　　　……你会挨揍。

老人

　　　　　　　　……我想能在你这里。　　　　　　　　　　323

古姆纳西乌姆

　　　　　　　　……我现在请他进屋去，　　　　　　　　330
因为伴妓独自站在大街上就完全像一个娼妓。
……

古姆纳西乌姆

　　　　　　　　……如同你所希望。　　　　　　　　　　362

老人

我想从你这里知道，究竟是什么……
我在什么地方或者我们家某个人损害过你，
请你详细说说……　　　　　　　　　　　　　　　　365
你为什么要伤害我、我的儿子和他的母亲，
抢劫我们的财富？

古姆纳西乌姆

（旁白）
　　　　　　　　我已经说过，这个可怜人误会了。
对象很有趣，我要嘲弄他，我看这是个好机会。
（大声地）
你为什么不公正地伤害没有给你造成伤害的人？

老人

  不过请问你，除了我的儿子，难道你就没有
一个其他情人？

古姆纳西乌姆

     没有任何其他人可能会令我喜欢。   370

老人

  那么我……

古姆纳西乌姆

    不需要，你这样的人只能让我受损失。

老人

  为什么……

古姆纳西乌姆

     他是不是来试探这件事？

残段四

古姆纳西乌姆

     你们这些上了年纪的人   373
通常会提供一些非常令人愉快的小款待。

残段五

叙拉

  你竟然要求我回答？这样要求不公平。 375
应该相反，通常是我要求男人们允诺，
使我获利，而不我对他们作任何允诺。

残段六

叙拉

  如果你根据财富要求，根据财物……

残段七

叙拉

既然你想来,你为什么没有来?你的步子太小。

残段八

古姆纳西乌姆

请波卢克斯作证,妈妈,我更多锻炼的
是卧床,而不是奔跑。因此我行动迟缓。　　　　　　　　380

残段九

……记住自己的职责。

残段十

酿出好酒的气息碰着了鼻孔。

残段十一

披散着头发,被割去了两只耳朵

残段十二

她们好像在清扫刽子手的小街窄巷……　　　　　　　　384
……
……

不像现在这里这样,蜗牛,青色的,
她们发着高烧,可怜女子,骨瘦如柴,
两个奥波罗斯,廉价油膏,让人惊奇,
以擦净的脚踝,以纤细的小腿……　　　　　　　　　　408
……
……

塞勒尼乌姆

　　　　　　　　　　你令人厌烦。　　　　　　　　　　449

阿尔克西马科斯

　　（抚爱地）

　　我的住屋缺少心爱的女主人。请你去那里。

塞勒尼乌姆

　　　　　　　　　　把手拿开！　　　　　　　450

阿尔克西马科斯

　　我的小小亲妹妹。

塞勒尼乌姆

　　　　　　我不需要这样的小小小兄弟。

阿尔克西马科斯

　　（对墨勒尼斯）

　　那么你是我的小妈妈。

墨勒尼斯

　　　　　　我不需要你这样的小小儿子。

阿尔克西马科斯

　　我求求你——

塞勒尼乌姆

　　　　　再见！

阿尔克西马科斯

　　　　请允许我——

塞勒尼乌姆

　　　　　　　不愿意。

阿尔克西马科斯

　　　　　　　请允许我辩白。

塞勒尼乌姆

　　……

阿尔克西马科斯

　　　请让我说话，

墨勒尼斯

　　　　　你的伪誓已经使我感到足够。
　　……现在不可能。

阿尔克西马科斯

       我希望能接受请求。   455

塞勒尼乌姆

  可我不愿意接受由你发出的请求。

阿尔克西马科斯

          不幸的我应该

忍受这一切。

塞勒尼乌姆

     这倒令我满意，但我不应该可怜你。

  既然对于一个人……

     发了誓……

        ……破坏誓言……   460

……他们……

塞勒尼乌姆

        你会给……

阿尔克西马科斯

  不，我不给，今天我不放你走，

     如果我想对你说的话

   ……你不想听一听。

墨勒尼斯

  你能不能不再继续让我厌烦？

阿尔克西马科斯

      我甚至就叫这个名字。   465

  所有的凡人都称呼我为令人厌烦的。

       ……我请求你。

墨勒尼斯

     不过你是徒然请求。   467

  因为什么都没有地……

阿尔克西马科斯

     ……我会给……   470

  我可以发誓。

墨勒尼斯

不,我现在对你发出的誓言非常小心:

恋人们发出的誓言就像是混乱的法律。

阿尔克西马科斯

不知道……

墨勒尼斯

      你说的都是废话。   474

……

阿尔克西马科斯

我会恳求……   477

我以怎样的方式……

墨勒尼斯

      因为你找到了新的女伴。

她……有些事情好像你不知道。   480

阿尔克西马科斯

……愿男女神明让她遭殃……同样地。

无论什么时候,如果我这是说谎。

墨勒尼斯

         我不需要。

……你在说谎,因此对你……不知道诚信。

如果你曾经蒙骗我,但你永远蒙骗不了神明。

阿尔克西马科斯

我甚至可以称她是妻子。

墨勒尼斯

      你会娶她,如果……   485

现在,如果这对于你合适,她……

阿尔克西马科斯

我给她置备了金饰和衣服。

墨勒尼斯

如果你曾经爱过……你给她置备过。

不过对不起。现在我问你什么,你给我回答,

　　　　你置备过……
　　　　就像你曾经想为自己……　　　　　　　　490
阿尔克西马科斯
　　　　　　……正是我希望的。

第二幕

第一场

墨勒尼斯
你这样做是因为你觉得那个利姆诺斯女子富有。
你就拥有她吧。我们的财力无法同你的相比拟,
我们所具有的财富也远不及你具有的那样丰盈。
但是我却不用担心或许会有人指责我违背诺言。 495
至于你,如果你感到痛苦,你会知道
　　　　　　　痛在哪里和为什么。

阿尔克西马科斯
愿神明们让我遭殃——

墨勒尼斯
　　　　　　不,我祝福你能一切如愿。

阿尔克西马科斯
若是我娶那个女子,就是父亲为我说定的那个。

墨勒尼斯
于我也是一样,如果我什么时候把女儿嫁给你。

阿尔克西马科斯
难道你能忍受我违背誓言?

墨勒尼斯
　　　　　　请波卢克斯作证,越快越好, 500
免得你毁了我和我的财产,继续嘲弄我的女儿。

你赶快离开吧,快去寻找相信你的誓言的去处。

阿尔克西马科斯,你在我们这里已失去了诚信。

阿尔克西马科斯

不妨再作考验。

墨勒尼斯

我曾经经常这样做,为此感到惋惜。

阿尔克西马科斯

你把她还给我。

墨勒尼斯

对当今的事情可以应用一句旧成语: 505

给了的东西我惋惜给了,留下的东西我不会再给。

阿尔克西马科斯

你不想把她交给我?

墨勒尼斯

你已经代我回答了。

阿尔克西马科斯

你放不放她?

墨勒尼斯

你已经早就知道我的所有决定。

阿尔克西马科斯

你心里完全这样决定了?

墨勒尼斯

我甚至都不愿意想。

阿尔克西马科斯

请波卢克斯作证,我都不想听你说这些话。   510

墨勒尼斯

你不想听?你想干什么?你好好想想吧,

好让自己知道该干什么。

阿尔克西马科斯

愿男神和女神们,天上的、地下的、中间的,

愿神后尤诺,愿至尊之神尤皮特的女儿让我,

愿他的伯父萨图尔努斯①让我——

墨勒尼斯

请卡斯托尔作证，不，是他的父亲。

阿尔克西马科斯

愿丰饶的奥皮斯②，他的外祖母——

墨勒尼斯

不，是他的母亲。 515

阿尔克西马科斯

愿女儿尤诺、叔父萨图尔努斯和至高的尤皮特——
啊呀，你把我搅乱了，由于你我才这样错乱。

墨勒尼斯

你继续说。

阿尔克西马科斯

你会继续说，说我知道你会作什么决定吗？

墨勒尼斯

我不会放她。我这样决定了。

阿尔克西马科斯

好吧，就这样，愿尤皮特让我，
愿尤诺让我，愿雅努斯③，愿——
我都不知道该说什么了。 520
好，我知道。不，妇人，听着，好知道我的决定。
愿所有的神明，年长的和年少的，愿灶神惩罚你，
如果在我还活着的时候你不给我塞勒尼乌姆的吻，
如果我今天不把你、你的女儿和我自己通通砍死；
第二，如果我明天天亮前没有把你们两个人杀死； 525
第三，请海格力斯作证，如果我不把一切都毁掉，
如果你不把她交给我。我想说的都已说了，再见。

---

① 萨图尔努斯是古罗马神话传说中的农神，属于老一辈神，剧作家故戏称他为尤皮特的长辈"伯父"。
② 奥皮斯是古罗马神话中的山林之神。
③ 雅努斯是古罗马神话中的门神。

［匆匆回屋，下。

墨勒尼斯

（看着阿尔克西马科斯离去）

他愤怒地离开了。现在我怎么办？如果我让女儿
回到他那里，事情将恢复原样，当他感到厌恶时，
他会把女儿赶出来，把那个利姆诺斯女子娶回家。 530
不过我现在去跟着他，恋人什么事情都会干出来。
更何况穷人不能和富人享受平等的法律权利，
我宁可白费一番苦心，怎么也不能不关心女儿。

（眺望远处街道）

不过那个人在直接顺街道匆匆跑过来，他是谁？

（不安地眺望阿尔克西马科斯的住屋）

我担心那个又害怕这个，我完全处在恐惧之中。 535

第二场

［兰帕狄奥匆匆跑上。

兰帕狄奥

（未看见墨勒尼斯，兴奋地）

我大声喊叫着，沿街追赶一个老婆子，
终于追上她。可她今天不管你怎么说，
都总是牢牢管住舌头，什么也记不清。
无论我怎么向她讨好，答应给她好处，
无论我怎么施用计谋，采用欺骗手段， 540
询问她。最后好不容易才使得她说话，
那也是由于我答应会给她一大桶好酒。

第三场

［法诺斯特拉塔由屋内上。

法诺斯特拉塔

我好像听见，就在这住屋前有我的奴隶
　　兰帕狄奥说话的声音。

兰帕狄奥

　　　　　　女主人，你不耳聋，
　　你所听见的是真的。

法诺斯特拉塔

　　　　　　你带来了什么消息？

兰帕狄奥

　　　　　　　　会令你高兴的消息。　　545

法诺斯特拉塔

　　究竟是什么消息？

兰帕狄奥

　　（指阿尔克西马科斯的住屋）
　　　　　　刚才我看见从这座屋里
　　走出来一个妇女。

法诺斯特拉塔

　　　　　　就是那个抱走了我的
　　女儿的妇女？

兰帕狄奥

　　　　　　你说得完全对。

法诺斯特拉塔

　　　　　　那后来怎么样？

兰帕狄奥

　　我这样对她说："我曾经看见你从竞技场
　　抱走了我家女主人的女儿。"当时她立即　　550
　　陷入极度的恐惧。

墨勒尼斯

　　（旁白）
　　　　　　我全身发颤，心跳得慌。
　　我确实记得是从竞技场抱来一个女孩，
　　而我把那个女孩称作是我自己的孩子。

法诺斯特拉塔

请你再走过来一些。我急切地想听听
究竟是怎么回事。

墨勒尼斯

（继续旁白）
        但愿你从未能听见。 555

兰帕狄奥

我继续对那个姑娘说:"这个老太婆
不是想让你幸福,而是想让你受难。
她是你的奶妈,你不要以为她是母亲。
我要把你带回去,让你重新极度富有,
在那里你会生活在一个富有的家庭里, 560
你的父亲会给你二十塔兰同作嫁妆;
不会像在这里,像是个图斯卡女子①,
只能用不光彩的身体为自己寻找嫁资。"

法诺斯特拉塔

亲爱的,难道抱走她的是一个妓女?

兰帕狄奥

是的,曾经是个妓女;请你继续听我说。 565
我已经把她拉到自己身边,开始劝导她,
老婆子抱住她的双膝,哭泣着苦苦哀求,
要她不要抛弃她。称女子是自己的女儿,
是她自己生育了她,并且还对我发誓说:
"你正在寻找的那个女孩,我把她交给了 570
我的女友,她像抚育自己的女儿抚育了她;
她现在还活着。"我立即问:"她在哪里?"

法诺斯特拉塔

请神明们拯救我!

墨勒尼斯

---

① "图斯卡女子"(Tusca)即吕底亚女子,古代吕底亚位于今小亚细亚境内。

（旁白）
可你们俩正在毁掉我。

法诺斯特拉塔
你应该探查清楚，她把孩子交给了谁。

兰帕狄奥
我已查清楚，她说是给了伴妓墨勒尼斯。 575

墨勒尼斯
（旁白）
他说的是我的名字，我这下彻底完了。

兰帕狄奥
她这么说时，我立即打断她的话问道：
"她住在哪里？带我过去，指给我看。"
她说："她离开了，现在在外邦居住。"

墨勒尼斯
（兴奋地）
喷洒了点水珠。

兰帕狄奥
"她去到哪里我们会跟到哪里， 580
你想这样胡扯？请神明作证，你告诉我，
现在她究竟住在哪里？"请海格力斯作证，
我一刻也没停地逼问她，直到那个老婆子
发誓说要指给我看。

法诺斯特拉塔
就是不应该放过她。

兰帕狄奥
我看着她。不过她说需要首先去找 585
一个女人，那个女人与她非常要好，
而且这件事情同那个女人也有关系。
我看那个女人知道她会过来。

墨勒尼斯
（旁白）

　　　　　　　到时候她会指认我，
　　　　　把她自己的不幸附加到我的不幸上，
　　　　　把塞勒尼乌姆作为她的阴谋的共谋。　　　　　　　　　590

法诺斯特拉塔

　　　你看我现在怎么办？

兰帕狄奥

　　　　　　　你现在进屋去，放宽心。
　　　如果你丈夫回来，你让他在家里稍待，
　　　若我有事情需要他，就用不着去寻找。
　　　我现在再回去找那个老婆子。

法诺斯特拉塔

　　　　　　　　兰帕狄奥，
　　　你要努力把事情办成。

兰帕狄奥

　　　　　　　我会办好这件事情。　　　　　　　　　　　　　595

法诺斯特拉塔

　　　我把希望寄托在神明和你身上。

兰帕狄奥

　　　　　　　我也寄希望于他们，你回去吧。

　　　〔法诺斯特拉塔进屋，下。

墨勒尼斯

　　　（走上前，对兰帕狄奥）
　　　年轻人，你站住，听我说，

兰帕狄奥

　　　　　　　　妇人，你找我？

墨勒尼斯

　　　是的，我找你。

兰帕狄奥

　　　　　　　你有什么事情？我正忙着。

墨勒尼斯

　　　（指法诺斯特拉塔进去的住屋）

谁住在这座房屋里?

兰帕狄奥

　　　　　　那是我的主人得弥福。

墨勒尼斯

　　就是把自己的女儿嫁给阿尔克西马科斯,　　　　　　600
　　好让女儿进入非常富裕的家庭的那个人?

兰帕狄奥

　　是的,正是此人。

墨勒尼斯

　　　　　　喂,你们现在怎么又在找
　　另一个什么女儿?

兰帕狄奥

　　　　　　　你听我跟你这样说吧:
　　他家的妻子的女儿不是由妻子生的。

墨勒尼斯

　　你这话是什么意思?

兰帕狄奥

　　　　　　　我告诉你,那女儿是　　　　　　605
　　由我的主人的前妻为他生的女儿。

墨勒尼斯

　　　　　　　我明白了。
　　你是在为刚才说话的这个女人寻找女儿。

兰帕狄奥

　　我是在寻找她的女儿。

墨勒尼斯

　　　　　　请你再告诉我,
　　这个现在作为妻子的是前妻吗?

兰帕狄奥

　　　　　　　你说这些话,
　　妇人啊,你会把我耽误的,不管你是谁。　　　　　　610
　　他中间还曾娶过妻子,就是由那个妻子
　　生了这个女儿,要把她嫁给阿尔克西马科斯。
　　那个妻子已经故去。现在你明白了?

墨勒尼斯

　　　　　　　　　　　　我算是明白了。
不过还有一处不明白，先前的妻子怎么变成
最后的妻子，最后的妻子又变成先前的妻子？　　　　　　615

兰帕狄奥

他在把那女人娶回家之前曾经强暴过她，
使她提前怀了孕，提前生了一个女儿；
她生下女儿之后，她吩咐丢弃了那女儿。
是我丢弃了那孩子。由另一个妇女抱走，
我当时看见了。主人后来又娶了这女人。　　　　　　　620
现在我们正在寻找的就是她的那个女儿。
可是你现在为什么仰起头来看望天空？

墨勒尼斯

我现在去我着急去的地方，不要耽误我。
我现在明白了。

兰帕狄奥

　　　　　　　海格力斯啊，感谢众神明，
我想若是你还没明白，你就不会放我走。　　　　　　625
〔下。

墨勒尼斯

现在我不得不违愿地去做件好事，
尽管我不愿意。我知道事情已暴露。
我现在就进屋去接受他们的感激，
而不是由她告诉我。我这就进去，
把塞勒尼乌姆归还给她的父母亲。　　　　　　　　　　630
〔下。

第三幕

第一场

〔墨勒尼斯、塞勒尼乌姆由屋内上,
哈利斯卡随后。

墨勒尼斯

(对塞勒尼乌姆)

我对你叙说了一切;塞勒尼乌姆,你跟我来。

(朝得弥福的住屋走去)

你更应该是他们的女儿,而不是我的女儿。

尽管我不愿意失去你,不过我的心只求一点,

就是真诚地希望你从今以后能够幸福地生活。

(展示小提匣)

这里面装的是些玩具,从前她把你

       同它们一起提到我那里,

把这些东西交给我,为了好让你的

       父母亲比较容易认出你。

哈利斯卡,你拿上这个小提匣。

(指得弥福的住屋)

      去敲那边的屋门。

你告诉他们,让他们赶快派个人到我这里来。

〔阿尔克西马科斯握着佩剑由屋内上。

阿尔克西马科斯

（悲怆地）

死亡啊，你把我这个善良的朋友带回去。

塞勒尼乌姆

（看见阿尔克西马科斯）

母亲啊，　　　　　　　639，640

我们完了，真可怜！

阿尔克西马科斯

（把佩剑指向胸部）

我是刺向这里，还是刺向左腰？

墨勒尼斯

（对塞勒尼乌姆）

你怎么啦？

塞勒尼乌姆

（指阿尔克西马科斯）

你没有看见阿尔克西马科斯？他握着佩剑。

阿尔克西马科斯

（自我责备地）

你怎么啦？你迟疑。告别光明吧。

塞勒尼乌姆

（对墨勒尼斯和哈利斯卡）

你们快过来，

他会把自己杀死。

（三人跑上前，哈利斯卡

夺下阿尔克西马科斯的佩剑）

阿尔克西马科斯

（对塞勒尼乌姆）

啊，比我的生命还珍贵的生命！

现在你，不管我愿不愿意，你一个人使我活着。　　　645

墨勒尼斯

你没有认真考虑采取这样的行动。

阿尔克西马科斯

  （对墨勒尼斯）

       你与我没有任何关系，
对于你我是一个已死之人；我要
      拥有她，不会放走她，
请海格力斯作证，我决定了，我要
      让她紧紧贴住我。

  （大声地对屋门）

喂，奴隶们，你们在哪里？用门闩
      把屋门关好，立即插紧门锁，
我要把她送进屋里。

  〔领塞勒尼乌姆进屋。

墨勒尼斯

     他走了，把姑娘带走了。   650
我也过去，跟他进屋去，好让她能从我这里
知道一切，只要我能使他对我的愤怒变平和。

  〔与哈利斯卡一起进阿尔克西马科斯的屋，下。

第四幕

第一场

[兰帕狄奥上。

兰帕狄奥
　　我敢肯定，我从没有见过有哪个老婆子比这个更该受酷刑，她刚刚承认的东西一会儿又否认。
　　（看见法诺斯特拉塔出现在屋门口）
　　我看见女主人就站在那里，
　　（注视地上的小提匣）
　　　　　　　　　　　　　不过这是怎么回事？
　　一只小提匣，还有玩具。街上没有任何其他人，看来我得恢复一下童年，弯下腰去看看这提匣。

法诺斯特拉塔
　　兰帕狄奥，你在干什么？

兰帕狄奥
　　这里有只提匣，是从我们家里拿来这里的吗？
　　因为它就放在这门口，我提起它。

法诺斯特拉塔
　　　　　　　　　　　关于那个老婆子，
　　你有什么消息？

兰帕狄奥

    大地上没有任何比她更无耻的女人。   660

她刚刚对我承认的东西,她随即又通通否认。

请海格力斯作证,我与其让这个老婆子嘲笑,

还不如随便怎么样死了好。

法诺斯特拉塔

 (扫视兰帕狄奥提的东西)

      众神明啊,请救救我!

 (抓住提匣,激动地查看物件)

兰帕狄奥

 你为什么请求神明救助?

法诺斯特拉塔

    请保护我们。

兰帕狄奥

    这是怎么回事?

法诺斯特拉塔

 这些是玩具,你曾经把我们的小女儿

    同它们一起提去送给死亡。   665

兰帕狄奥

 你神智清醒吗?

法诺斯特拉塔

    肯定是它们。

兰帕狄奥

    你还继续发疯?

法诺斯特拉塔

    是这样。

兰帕狄奥

      若是哪个

其他女人对我这么说这些话,我会说她喝醉了。

法诺斯特拉塔

 请卡斯托尔作证,我想起来的不是谎言。

兰帕狄奥

      那它们从哪里来？
或者是哪位神明把它们抛弃在我们的屋门前？
好像还安排得正是时候。

法诺斯特拉塔

     神圣的斯佩斯①，请来帮助我。   670

第二场

〔哈利斯卡激动地由阿尔克西马科斯屋内上。

哈利斯卡

若是神明们不赐予我获救的希望，那我就完了，
  我不知道从哪里可以获得帮助，
我的粗疏就这样使我陷入了不幸。
  那不幸将降临于我的后背，我真害怕，
  如果女主人发现我是这样地粗心大意。
  我把提匣拿在手里，带到这座屋门前，   675
  不知道把它放在了哪里，不过在我看，
  我可能就把它丢在这附近的什么地方。

（对观众）

亲爱的人们，亲爱的观众们，请告诉我，
      若是有哪个人看见过，
谁把它拿走了，或谁把它提起来，是朝
      这来还是那里离开了。

（稍停，旁白）

  我真愚蠢，向这些人请求，惹人厌烦，   680
  他们这些人一向好拿妇女的不幸取乐。

（察看地面）

  现在我看看这里有没有什么痕迹，

---

① 斯佩斯是古罗马神话传说中的希望之神。

> 要是在我离开后没有人从这里经过,
> 那只提匣箱还应该在这里。

(再次查看,失望)

> 　　　　　　　怎么办,我完了!
> 现在清楚了,我真不幸,我真可恶。　　　　　　685
> 没有任何提匣,我也是哪里也没有:
> 　　它完了,害得我也完了。
> 不过我再继续寻找,重新开始寻找,
> 　　我内心里害怕,体外充满恐惧①,
> 现在两方面都让我心惊胆颤。　　　　　　　　688A
> 　　不幸之人就这样处于不幸之中。
> 若是有人捡到它,现在会感到很高兴,　　　　690
> 可它对其他人没有用,我却很需要它。
> 不过我怎么还在耽误,什么事情都不干。
> 哈利斯卡,你再继续寻找,认真察看,
> 瞪大眼睛仔细搜寻,还要机敏地占卜。

兰帕狄奥

(旁白,对法诺斯特拉塔)

　　女主人!

法诺斯特拉塔

　　　　什么事?

兰帕狄奥

　　　　　　就是她。

法诺斯特拉塔

　　　　　　就是谁?

兰帕狄奥

　　　　　　　　就是她丢了提匣。　　　　　　695

法诺斯特拉塔

　　就是她,事情很清楚,她说出了丢提匣的地方。

---

① 指担心皮肉受苦。

哈利斯卡

  他从这里走过，我看见尘土里

  有鞋印，我继续顺着这个方向找。

  他在这里，又在那里停留过。

  这里刚才模糊了我的眼睛。　　　　　　　　　　699A

  他没有从这里走过，他在这里站过，

  从这里向那边走去，在这里会合。　　　　　　　700A

  这里涉及两个人，事情很清楚。

  啊，我看见这里是单个人的足迹。　　　　　　　701A

不过他从这里离开。我要仔细观察。

  他从这里去那里，又没有离开这里。

我看事情是这样：丢失了被丢失的东西，

    一起丢失的还有我的一层皮。

  现在我回屋去。

（向阿尔克西马科斯的住屋走去）

法诺斯特拉塔

（上前，对哈利斯卡）

    姑娘，请停一下，有人找你说话。

哈利斯卡

谁在叫我？

兰帕狄奥

  一个高尚的女人和一个邪恶的男人想找你。　　　705

哈利斯卡

［一个高尚的女人和一个邪恶的男人找我？］

不过找人的人肯定比被找的更清楚，

    为什么要找我。我且返回去。

（对法诺斯特拉塔）

［请告诉我，你有没有看见在这里，在这个地方，

有一只小提匣和一些小玩具？我把它掉在了这里。

刚才我们跑向阿尔克西马科斯，为了不让他　　　　710

结束自己的生活，我想是我当时把它掉下了。

兰帕狄奥

（旁白，对法诺斯特拉塔）

这女人说丢了提匣。女主人，我们别说话，请稍待。

哈利斯卡

我完了，真不幸！我怎么对女主人说呢？她要我
认真保管好那提匣，为了让塞勒尼乌姆比较容易
认出自己的生身父母，她从小由我的女主人抚育，   715
由一个伴妓女把她交给女主人。

兰帕狄奥

（旁白，对法诺斯特拉塔）

她说的是我们的事情，
她应该知道你的女儿在哪里，既然她说出了标记。

哈利斯卡

现在女主人希望把她还给她自己的生身父母亲。
亲爱的，请你帮帮忙，我把我的事情托付给你。

兰帕狄奥

（上前，对哈利斯卡）

我帮你找，你说的那些事情对于我就是面包。   720
刚才你寻找东西时，我在回答女主人的询问。
现在我回到你这里，若有什么需要，请吩咐。］
你刚才在寻找什么？

哈利斯卡

你和亲爱的女主人，我向你们问候。

法诺斯特拉塔

我们也问候你，不过你在寻找什么？

哈利斯卡

我在这里寻找足迹，
一个女人逃跑的足迹，［造成巨大的］忧愁。

兰帕狄奥

那是怎么回事？   725

哈利斯卡

它给外人造成不幸，给自己的家人造成忧愁。

兰帕狄奥

（对法诺斯特拉塔）

女主人，一个不幸的东西，还很狡猾。

法诺斯特拉塔

请卡斯托尔作证，看来是这样。

兰帕狄奥

她在模仿一种无用而有害的动物。

法诺斯特拉塔

模仿什么动物？

兰帕狄奥

模仿卷叶虫，把自己卷在葡萄树叶子里，把自己包裹住。

她现在也是这样，在给自己编织卷曲的语言。

（对哈利斯卡）

你在寻找什么？

哈利斯卡

年轻人，我的小提匣在这里飞走了。

兰帕狄奥

你应该待在里面。

哈利斯卡

请波卢克斯作证，不怎么值钱。

兰帕狄奥

真奇怪，你本应该把整群出售的奴隶装进去。

法诺斯特拉塔

（对兰帕狄奥）

你让她说话。

兰帕狄奥

你快说吧。

法诺斯特拉塔

你快说，提匣里装的什么东西。

730

哈利斯卡
  一些小玩具。

兰帕狄奥
      有个人说他知道那个提匣在哪里。   735

哈利斯卡
  天哪,如果那个人能指出那提匣,
        会受到一个女人的感激。

兰帕狄奥
  有个人也想说自己为此应该获得奖赏。

哈利斯卡
         请波卢克斯作证,
  那个丢失了那只小提匣的女人没有什么好回赠。

兰帕狄奥
  不过他只是想做件好事,而不是为了得到赏银。

哈利斯卡
  神明作证,那个女人从没有对效劳不给奖赏。   740

法诺斯特拉塔
  那是个正派女人。现在你为自己做了件好事,
  我们承认提匣在我们这里。

哈利斯卡
      祝愿你们幸运。它现在在哪里?

法诺斯特拉塔
  我也这样祝愿你。不过我有一件很重要的事情,
  想同你说说。为了我的幸福,我想与你合作。

哈利斯卡
  你有什么事情?或者你是谁?

法诺斯特拉塔
        我就是那个经常玩   745
  那些东西的女孩的生身母亲。

哈利斯卡
      你就住在这里?

法诺斯特拉塔

         你猜对了。

不过请你，姑娘，不要这样支支吾吾地搪塞，

快请直言相告，你是从哪里得到那些小玩具。

哈利斯卡

我的女主人的女儿经常玩它们。

兰帕狄奥

你说谎，是我的主人，不是你的女主人的女儿。   750

法诺斯特拉塔

（对兰帕狄奥）

你不要打断谈话。

兰帕狄奥

     好，我不说话。

法诺斯特拉塔

      姑娘，请继续说。

玩这些玩具的女孩在哪里？

哈利斯卡

（指阿尔克西马科斯的住屋）

      就在那座屋里。

法诺斯特拉塔

请波卢克斯作证，那里住着我丈夫的女婿。

（对烦躁的兰帕狄奥）

请你不要再次打断谈话，

（对哈利斯卡）

    现在请你继续说。

人们说她现在有多大岁数？

哈利斯卡

     都说她十七岁。   755

法诺斯特拉塔

她是我的女儿。

兰帕狄奥

（对法诺斯特拉塔）

    她是你的女儿，年龄完全一致。

哈利斯卡

  好，你找到了你那部分，我在找我的那部分。

兰帕狄奥

  请波卢克斯作证，还有第三部分，我也在找。

法诺斯特拉塔

  现在我终于找到了我一直在努力寻找的女儿。

哈利斯卡

  应该诚实地归还被委托的东西，   760
  免得使感激变成应得的惩罚。
  我们的这个养女无疑是你的女儿，
  我的女主人也希望能把她还给你。
  现在她正走出屋来。关于其他情况
  请询问她本人；我是奴隶。

法诺斯特拉塔

    你说得很合理。   765

哈利斯卡

  我非常希望她也能够得到你的感激。
  不过现在请你把那个小提匣还给我。

法诺斯特拉塔

  兰帕狄奥，怎么样？

兰帕狄奥

    你的东西你拿着。

法诺斯特拉塔

  但是我那可怜女儿！

兰帕狄奥

    我想可以这么办：
  你把提匣给她，同她一起去屋里。   770

法诺斯特拉塔

  我听你的。你拿着给你的这提匣,

  (把提匣给哈利斯卡)

  让我们一起进屋去。

  (向阿尔克西马科斯的住屋走去)

        不过你的女主人

叫什么名字?

哈利斯卡

     叫墨勒尼斯。

法诺斯特拉塔

       你走前面,我跟着你。

  〔众进屋,下。

第五幕

[得弥福上。

得弥福

这是怎么回事?各条大街所有的人都在传说,
称给我找到了女儿。听说我的奴隶兰帕狄奥 775
在广场上找我。

[兰帕狄奥由阿尔克西马科斯屋内上。

兰帕狄奥

    主人,你从哪里来?

得弥福

      从议事会来。

兰帕狄奥

        我很高兴,
由于我的努力使你增加了孩子。

得弥福

      我不喜欢这样。
我不希望由于他人的努力而使我增加了孩子。
不过这究竟是怎么回事?

兰帕狄奥

      你快去你的邻居的住屋,
在那里你会认出你的女儿,你的妻子也在那里。 780
你赶快去吧!

得弥福

　　　　　　这件事肯定比其他一切事情都重要。

〔进屋,下;兰帕狄奥随下。

结　束　语

观众们,请你们不要等待他们会重新回来,
他们谁也不会返回,他们都在里面忙事情。
既然这场演出已经结束,他们就都得卸装。
然后违规者会受谴责,没有违规者有酒喝。　　　　　　785
观众们,现在还给你们留着一件事情,
就是按祖传的习俗,演出结束时热烈鼓掌。

剧　　终